GARRETT CARR

DER JUNGE AUS DEM MEER

Aus dem Englischen
von Kathrin Razum

Rowohlt Hundert Augen

Die Originalausgabe erschien 2025 unter dem Titel
«The Boy from the Sea» bei Picador,
Pan Macmillan, London.

Deutsche Erstausgabe
Veröffentlicht im Rowohlt Verlag, Hamburg, Mai 2025

Satz aus der Kepler Std
Gesamtherstellung CPI books GmbH, Leck
ISBN 978-3-498-00716-4

FSC www.fsc.org
MIX
Papier | Fördert
gute Waldnutzung
FSC® C083411

1.

Wir waren ein zäher Menschenschlag, geformt vom Leben mit dem Atlantik. Ein paar Tausend Männer, Frauen und Kinder, die sich an die Küste klammerten und versuchten, trocken zu bleiben. Unsere Stadt war nicht einfach nur eine Stadt, sie war eine Notwendigkeit und ein Schicksal. Wir wussten, dass es angenehmere, gnädigere Orte gab, wir sahen sie im Fernsehen, aber im Vergleich wirkten sie zahm. Jeden Abend kreisten Seemöwen über zurückkehrenden Fischkuttern, und die Sonne versank feurig orange im Meer und gab uns eine Ahnung von unserem Platz auf dem Erdball. Wir mochten dieses Gefühl, wir genossen es, aber wir redeten nicht groß darüber. Der Wind vom Atlantik hatte uns so lange die Worte von den Lippen gerissen, bis wir lernten, ohne sie auszukommen. Unsere Stadt lag spektakulär, aber sie war kein Postkartenmotiv, und wir konzentrierten uns auf die praktischen Erfordernisse. Manche Leute hätte die Gegenwart des Meers vielleicht mit Spiritualität erfüllt, doch nicht uns. Wir neigten nicht zur Spiritualität, und wenn wir abergläubische Momente hatten, sprachen wir nicht davon.

Die Donegal Bay war trübe und schenkte uns nichts, aber wir hatten zwei starke Gegenmittel: Wir wussten, was wir wollten, und wir wussten hart zu arbeiten. Unsere Ambitionen richteten sich darauf, unsere Hypotheken abzubezahlen, Erstbesitzer eines Autos zu sein, vor dem Haus die Steine aus dem Boden zu graben und einen schönen Rasen anzulegen. Einige von uns sprachen nach dem Abendessen leise von einem Wintergarten oder einem Anbau. Wir waren bereit, dafür hart zu arbeiten, und harte Arbeit gab es in unserem Ort genug. Wir konnten auf einem Fischkutter anheuern oder in der Fischfabrik arbeiten oder einen der Lastwagen fahren, die unsere Fänge durchs ganze Land und darüber hinaus transportierten.

Wir arbeiteten auch für unsere Kinder. Wir wollten alle ein Stück Land in unserer Nähe, auf dem sie leben sollten, wenn sie erwachsen waren, wobei ein Bauplatz das Geringste war, was wir ihnen mitgaben. Wir sahen zu, wie sie robuster wurden, freuten uns daran, wie sie anfingen, die industrialisierte Bucht, in der wir sie angelandet hatten, für sich zu entdecken. Wir hatten gern große Familien, aber wir mussten immer damit rechnen, dass ein oder zwei Zartere unter den Kindern waren, solche, die eines Tages voller Entsetzen über den trostlosen Ausblick und die Isolation zu uns aufschauen und rufen würden: «Müssen wir hier leben?» Ihnen erklärten wir dann, dass dies ein einzigartiger, ein besonderer Ort sei, in der Hoffnung, dass sie schließlich doch einlenken würden. Aber tatsächlich war uns ihre Unruhe nicht ganz fremd. Wir waren uns letztlich nicht wirklich sicher, ob wir auf die beste Weise lebten und ob dies der beste Ort dafür war. Vielleicht würde uns selbst das Erreichen unserer Ziele keine wahre Befriedigung verschaffen, und die harte Arbeit würde uns zugrunde richten. Tief in unserem Innern hofften wir, dass unsere Kinder ihren Weg in ein besseres Leben finden würden.

Diese Gemütslage erklärt vielleicht die Aufregung, die gewaltige Aufregung, als das Baby auftauchte. Jedes Neugeborene steht für Möglichkeiten, aber hier war eines ohne Eltern, ohne Geschichte, ein Kind, das ganz und gar Zukunft war. Tiefe Sehnsüchte wurden geweckt, als es bei uns landete. Irgendwie war es plötzlich da, in den Armen eines Mannes, dessen Miene ausdruckslos war, als wäre er selbst nichts, wäre nur seine Rolle: Träger des Kindes. Es war Mossy Shovlin, wir kannten ihn alle. Üblicherweise saß er auf der Mauer des Hafenparkplatzes, und er war keiner, an dem man sich gestört hätte. Er war auf dem Küstenweg gekommen, von da, wo er mit seinen Eltern und Geschwistern wohnte, nur hielt er an diesem Tag komischerweise ein Baby im Arm. Ein Freitagmorgen war das, am bedeckten Himmel ballten sich finstere Regenwolken. Es roch stark nach Fisch und feuchten Netzen, am Kai waren scheppernd die Gabelstapler zugange, und von den Dächern unserer Häuser und Läden kreischten Hunderte Seemöwen. Das Baby schrie nicht richtig, doch es wimmerte immer mal wieder und wand sich, in ein altes Handtuch und einen Wollpullover gewickelt. Das Vernünftigste wäre gewesen, das Baby in die Gesundheitsstation zu bringen, aber Mossy lief daran vorbei und an der Polizeiwache ebenso. Frauen traten aus den Läden, streckten die Arme aus und sagten: «Gib uns das Kind.» Mossy drückte das Baby fest an sich, beugte sich vor und kehrte ihnen den Rücken, worauf die Frauen verstummten und ihm dann hinterhergingen. Bald schlossen sich auch andere an: Kinder auf dem Weg zur Schule, die nicht arbeitenden Männer und John Cotter, der die Zeitung kaufen gegangen war. Alle waren von Mossy beeindruckt: seinem neuen Sinn für das angemessene Verhalten, seiner Würde. Als er den steilen Hang zur Kirche hinaufging, folgten ihm bereits ein Dutzend Leute, die alle glaubten, er bringe das Baby zum Pfarrer. Aber nein, auch an der Kirche ging er vorbei. Mossy blieb erst stehen, als er unsere Filiale der Ulster Bank erreichte. Das Gebäude besaß für ihn offenbar eine besondere Autorität, mit seinen hohen Fenstern, dem umlaufenden Geländer und der großen Steintreppe. Mossy stieg die Treppe hinauf, dann wandte er sich den Leuten zu. «Die Flut hat das Kind gebracht», sagte er. «Der Kleine lag in einem Fass.»

Einige versuchten, mehr von ihm zu erfahren. «Zu wem gehört er?», fragte Justine O'Donnell.

«Er ist ein Geschenk aus dem Meer», sagte Mossy.

Die in unserer Stadt vorherrschende Religion verlangte, dass wir an Wunder glaubten, aber das taten wir nicht.

«Geht zum Steinstrand, wenn ihr denkt, dass ich lüge», sagte Mossy.

Der Steinstrand lag außerhalb der Stadt, in der Nähe von St. Catherine's Well und dem Schiffsfriedhof. Eine kleine Einbuchtung in der Küste, nicht länger als ein Lastwagen mit Anhänger, die runden grauen Steine von Tang und Abfällen übersät: ausgefranste Tauenden, Styroporstücke und orangefarbene runde Auftriebskörper, die von Netzen abgerissen waren. Die Strömungen in der Donegal

Bay folgten ihren eigenen Gesetzmäßigkeiten, hier spülte die Flut allen möglichen Plunder an, während sie in der nächsten kleinen Bucht das Gegenteil tat und zweimal am Tag die Steine sauber wusch. Am Steinstrand wurde dauernd Treibgut angeschwemmt, deshalb hatte Mossy, als er dort vorbeiging, dem halben Fass, das sich zwanzig Meter entfernt in der leichten Dünung hob und senkte, zunächst keine Beachtung geschenkt. Das Fass war blau und aus hartem Plastik, eins von der Sorte, die wir benutzen, um Salzfisch zu exportieren. Es war der Länge nach durchgesägt, und wegen seines Schwimmverhaltens war Mossy dann doch stehen geblieben. «Völlig stabil hat das im Wasser gelegen», sagte er. «Sonst wäre ich daran vorbeigegangen.» Er schüttelte den Kopf, als ihm das klar wurde. «Ich hätte so leicht einfach vorbeigehen können.»

Mossy war vom Fußweg zur Flutlinie gelaufen. Sowohl am Tiefgang als auch an der stabilen Lage erkannte Mossy, dass das halbierte Fass mit Ballast beschwert war. Das Wasser plätscherte vor seinen Füßen, während er zusah, wie das Fass herantrieb, was letztlich eine halbe Stunde dauerte, aber Mossy hatte keine großen Pläne für den Tag, außer eine Runde auf der Mauer des Hafenparkplatzes zu sitzen. Nach einer Weile bemerkte Mossy, dass sich in dem Fass etwas bewegte, und sah ein silbriges Aufblitzen, und das war der Moment, wo er Schuhe und Strümpfe auszog und ins Wasser watete. Das Fass war mit Alufolie ausgelegt, was wohl zur Isolation dienen sollte, und der Ballast erwies sich als eine kleine Betonplatte mit einer zusammengefalteten Decke darauf. Auf dieser lag das Baby, warm eingepackt und rosig, die großen Augen zum grauen Himmel gerichtet. Die meisten von uns hätten erschrocken gegafft, aber Mossy war ein Mensch, der jegliche Gegebenheit unmittelbar zu akzeptieren vermochte, eine unterschätzte Gabe. Er hob das Baby aus dem Fass heraus.

«Das Fass liegt noch da, wenn ihr mir nicht glaubt», sagte Mossy auf der Treppe der Bank. «Schaut's euch an.»

Später erklärte der Arzt, das Baby sei so weit gesund, besonders wenn man die Umstände bedenke, und erst ein paar Tage alt. Die Gemeindeschwester bot an, es zu sich zu nehmen, bis über den nächsten Schritt entschieden wurde. Es gefiel ihr, den Kleinen in ihrer Obhut zu haben: Die ganze Stadt redete über ihn, und der *Donegal Democrat* würde ihm wahrscheinlich eine ganze Seite widmen. Die Vorstellung, das Baby sei von der Flut gebracht worden, war Irrsinn, aber es war die einzig vorhandene Erklärung, und wir waren gebannt. Schüchtern näherten sich einige von uns der Einfahrt am Haus der Gemeindeschwester, beobachteten die Fenster und kamen sich lächerlich vor. Wir waren froh, als noch andere erschienen, um sich ebenfalls lächerlich vorzukommen. Es war Abend geworden, als die Schwester begann, Leute einzulassen, immer vier auf einmal, und bald erinnerte ihr Haus an eines, in dem Totenwache gehalten wird, auf den Randstreifen ringsum parkten Autos, und Scharen von uns kamen und gingen und unterhielten sich leise. Wir brachten Geschenke mit: Kuscheltiere, Rasseln und Wollmützchen, die wir nachmittags hektisch gestrickt hatten. In Vierergruppen wurden wir hereingeführt und standen dann vor dem Sofa, wo eine der jugendlichen

Töchter der Gemeindeschwester mit dem Baby lag, das in seinem neuen weißen Strampler zufrieden schlummerte. «Er trinkt prima aus der Flasche, gar kein Problem», sagte die Gemeindeschwester. «Ein echtes Herzchen.»

Das Baby hatte verblüffendes schwarzes Haar, aber in unserer Stadt redete niemand von Elfen, wer auf so etwas aus war, ging nach Galway. Das Baby war einfach ein weiteres Menschenkind, doch Geheimnisvolles ging uns immer nahe, und wir wollten unseren Respekt zum Ausdruck bringen. Die Gemeindeschwester und ihre Töchter wachten die ganze Nacht über das Baby. Die Frau im Nachbarhaus stellte eine Kerze in ihr Fenster, und bald tat es die halbe Stadt, in jeder Straße zitterten Lichtpünktchen auf den Fensterbrettern. Am Sonntag kamen Leute in die Kirche, die sich seit Jahren dort nicht mehr hatten blicken lassen, und die Gottesdienste waren voll. Die Fischer, die nicht arbeitenden Männer und die übrigen Männer der Stadt, die normalerweise hinten standen, kamen nach vorn und knieten mit den Alten, den Frauen und den Frommen in den Kirchenbänken. Wurde ein Baby auf dem Parkplatz eines Krankenhauses oder an einem anderen erwartbaren Ort ausgesetzt, dann schimpfte der Pfarrer jedes Mal, ließ sich über Teenagerschwangerschaften aus und gab dem Fernsehen und den Rolling Stones die Schuld. Doch an diesem Sonntag stellte er besinnliche Betrachtungen an. Er sprach von Moses in seinem Binsenkorb. Hughie Devlin wandte sich zu seiner Frau, und man hörte ihn flüstern: «Ich hab dir doch gesagt, dass mich diese Geschichte an irgendwas erinnert.»

Die Gemeindeschwester hatte ihre Arbeit, und die Töchter mussten zur Schule, deshalb fing sie an, das Baby über Nacht an andere Familien im Ort auszuleihen. Ein Fischer namens Ambrose Bonnar hörte davon und fuhr schnurstracks zu ihr. In ihrer Tür stehend sagte er: «Unser Junge ist aus dem Alter für eine Wiege raus, aber wir haben sie noch und das ganze Zubehör auch.» Ambrose war bereit, das Kind sofort mitzunehmen. Er zeigte mit dem Daumen auf den Rücksitz seines Autos, wo er den Kindersitz seines Sohns wieder montiert hatte. «Das ist ein guter», sagte er. «Aus Leder.»

Die Schwester war überrascht, dass ein Mann um das Kind bat. Wir befanden uns schließlich im Jahr 1973. «Ist Christine einverstanden?», fragte sie.

«Meine Frau kann gut mit Babys», sagte Ambrose.

Die Gemeindeschwester zögerte. «Und Sie selbst?», wollte sie wissen.

Ambrose richtete sich auf. «Ich erst recht.»

Falsche Unbescheidenheit – viele von uns pflegten diesen Darstellungsstil, und Ambrose ganz besonders.

«Aber nur für heute Nacht», sagte die Gemeindeschwester. «Morgen wollen ihn die McGinleys. Also, die McGinleys aus der Church Lane. Die Crockna-Road-McGinleys haben bisher nicht gefragt, aber das werden sie bestimmt noch tun.»

Als Ambrose nach Hause kam, war Christine in der Küche, mit dem zweijährigen Declan und ihrer Schwester Phyllis. Phyllis wohnte drei Minuten entfernt in derselben Straße und schaute jeden Tag bei ihrer Schwester vorbei. Sie saß auf ihrem üblichen Platz, dem Barhocker neben der Hintertür, einen Aschenbecher auf dem Knie. Christine saß in dem Sessel neben der Waschmaschine, ihrem Platz für Tee und Zigaretten. Der Sessel gab ihr etwas Großmutterhaftes, dabei war sie erst Anfang dreißig. Die Schwestern rauchten Silk Red Cut, wovon ihre Finger gelblich verfärbt waren, Ambrose war ein Benson-&-Hedges-Mann. Declan war in seinem Laufstall, er lachte, als er hörte, wie Ambrose hereinkam und rief: «Hier will euch jemand kennenlernen!»

Declans Stimmung veränderte sich, als er den Besucher in den Armen seines Vaters sah. Er ließ das Plastikstück, an dem er gekaut hatte, fallen, zog sich an den Gitterstäben auf die Füße und starrte. «Warum?», fragte er. «Warum» war ein paar Monate zuvor sein erstes Wort gewesen, als hätte er gewusst, dass er es brauchen würde.

Phyllis drückte es anders aus: «Was ist denn das für ein Irrsinn?»

Christine sah ihren Mann nur an und wartete auf eine Erklärung. Ambrose lieferte jedoch keine, er setzte sich einfach vergnügt an den Tisch und nahm das Baby mit dem Gesicht nach vorn aufs Knie, und die aufrechte Position veranlasste es, die Augen aufzumachen. Sie reflektierten das Licht nicht, wie zwei Rosinen. Das Baby schaute zu dem Kleinkind im Laufstall, dann zu Phyllis Lyons, und schließlich zu Christine Bonnar, geborene Lyons. Seine Miene blieb neutral.

«Wann bringst du ihn wieder zurück?», fragte Phyllis.

Declan grunzte. «Warum?», sagte er wieder. Niemand bemerkte seine exzellente Artikulation, alle waren auf das Baby fixiert.

«Ein Prachtexemplar von einem Kind, oder?», sagte Ambrose zu allen. «Schaut euch mal diese Haare an!»

«Spanischer Vater, würde ich sagen», kommentierte Phyllis. «Letztes Jahr hat ein Boot mit denen hier angelegt.»

«Sch», machte Ambrose.

«Ich denke eher an die Mutter», sagte Christine. «Wahrscheinlich ist sie jetzt irgendwo allein. Elend, verängstigt.»

«Aber das Kind ist doch angeschwemmt worden?», sagte Ambrose leichthin.

«So dumm bist nicht mal du», sagte Phyllis.

Mittlerweile hatten einige von uns angefangen, sich aus dem Bann des Kindes und seines geheimnisvollen Erscheinens zu lösen, unser gesunder Menschenverstand meldete sich zurück. Sicher gab es eine banalere Erklärung als das Übernatürliche oder die Meeresströmungen. Nicht alle fühlten sich imstande, ihre nüchternen Überlegungen öffentlich zu äußern, denn einige von uns waren immer noch verzaubert, Phyllis jedoch war diesem Problem aus dem Weg gegangen, indem sie von Anfang an unverhohlen zynisch gewesen war. «Und wer wechselt seine dreckigen Windeln?», fragte sie.

«Ich kann mit Windeln umgehen», sagte Ambrose. «Wenn es sein muss.»

«Dass du mir bloß die Finger von dem Kind lässt», befahl Phyllis ihrer Schwester. Phyllis war vier Jahre älter als Christine und kommandierte sie immer herum. Als Christine einen Mann gefunden hatte, passte sich Phyllis der Situation an und lernte, auch ihn herumzukommandieren.

Ihre Position auf dem Hocker half ihr, die Lage zu dominieren, nicht weil er hoch, sondern weil er unbequem war und neben der Hintertür stand. Sich dort zu positionieren hieß, ihre Gastgeber aus dem Konzept zu bringen, weil sie ständig im Begriff schien zu gehen. Warum mit jemandem diskutieren, der eh gleich das Haus verlässt? Dadurch, dass sie stets so wirkte, als ginge sie gleich, konnte Phyllis oft ihren Willen durchsetzen, und eine Stunde später war sie dann immer noch da. Jetzt würde sie sich den ganzen Nachmittag hier aufhalten, wegen des Babys.

Christine zog an ihrer Zigarette. «Wie heißt er?», fragte sie.

«Der hat keinen Namen», sagte Phyllis. «Er braucht keinen.»

«Jedes Kind braucht einen Namen!», sagte Ambrose. «Wir sollten ihm einen geben.»

«Mit welchem Recht?», fragte Phyllis.

Declan grunzte erneut zustimmend und zog damit die Aufmerksamkeit seines Vaters auf sich. «Was meinst du, was ein guter Name wäre?», fragte Ambrose sein Kind in dem scherzenden Ton, den er immer verwendete, wenn er etwas ansprach, das ihm wichtig war.

Irgendwie spürte Declan, dass er benutzt wurde, er schlug gegen die Gitterstäbe des Laufstalls und sagte: «Warum?»

«Was hast du gesagt? Martin?», fragte Ambrose. Er drehte das Baby mit dem Gesicht zu sich, stand auf und hielt es mit ausgestreckten Armen vor sich hoch, um es noch einmal ausgiebig zu mustern. «Nein, ich glaube, ein Martin ist er nicht. Er hat etwas Weiches.»

«Warum?», sagte Declan, jetzt mit Tränen in die Augen.

«Brendan? Hast du Brendan gesagt?», fragte Ambrose, und während er das Baby betrachtete, breitete sich Entzücken auf seinem Gesicht aus, und seine Falten glätteten sich, bis er fünf Jahre jünger aussah. Den Namen Brendan hatte Ambrose schon immer schön gefunden. «Brendan, der Junge aus dem Meer.»

Christine lächelte, sie sah es gern, wenn Ambrose vergnügt war, und seine Fantasie hatte sie von Anfang an zu schätzen gewusst. Aber Phyllis musterte ihn kalt, welcher Mann kommt denn mit einem herrenlosen Baby nach Hause? Er führte garantiert etwas im Schilde. Auch Declan beobachtete das Ganze von seinem Laufstall aus genau. Da er noch kaum sprechen konnte, waren seine Instinkte unverstellt und scharf, und er erkannte, was hier gerade geschah, sah weiter voraus als Phyllis. Dieses Baby würde nicht mehr verschwinden, dieses Baby würde bleiben. Die Welt, die er kannte, hatte geendet.

Jetzt ist es an der Zeit für einen kleinen Rückblick. Man wird wissen wollen, wie es kam, dass Ambrose in unserer Stadt lebte, und wie er einer von uns wurde. Ambrose war auf Aran Island geboren und aufgewachsen. Dem Aran Island in Donegal, nicht zu verwechseln mit dem in Schottland oder dem in Galway. Die Insel liegt nur fünfzig Seemeilen um die Küste herum von unserer Stadt entfernt, aber das reichte, um Ambrose zu einem Fremden zu machen. Ein Fischer durch und durch, hatte er früh seinen Weg gefunden, ein stiller Junge, der sich verwandelte, als er anfing, in den schmalen Felsbuchten der Insel mit dem Wadennetz Makrelen zu fischen. Das Makrelenfischen war eine Gemeinschaftsarbeit, und der junge Ambrose stellte fest, dass er eine Begabung dafür hatte, die anderen Kinder und später auch die Erwachsenen zu organisieren. Schon als Elf- oder Zwölfjähriger genoss er genug Respekt, um allen Befehle zubrüllen zu dürfen. Er hatte einige Leute angewiesen, Steine ins Wasser zu werfen, um die Fische aufzuscheuchen, und drei oder vier Familien direkt ans Netz beordert. Wenn das Netz voll war, wurde es auf den Strand gezerrt, und alle stürzten sich darauf, packten die zappelnde Fische, verpassten ihnen einen kräftigen Hieb auf den Kopf und warfen sie in eine Kiste. Ambrose war mit Feuereifer bei der Sache, er liebte die archaische Befriedigung, die es bereitete, einen Fang anzulanden, und das damit verbundene Selbstwertgefühl. Auf der ganzen Insel grüßten ihn Männer und Frauen auf der Straße und sagten: «Ich hab gehört, du hast gute Arbeit geleistet heute» oder «Warst wieder erfolgreich, wie ich höre.» Alle sagten, er sei der geborene Fischer.

Als Jugendlicher tat sich Ambrose mit einem seiner Brüder und zwei Cousins zusammen, und zu viert fischten sie von einem Sieben-Meter-Boot aus mit Netzen. Sie schufteten wie die Teufel und fürchteten sich weder vor Hagel noch vor pechschwarzer Nacht. Sie waren die erfolgreichste Besatzung der Insel und auch auf dem Festland bekannt, wo sie ihren Fang verkauften. Andere Fischer begannen damals, ihre Boote mit Außenbordmotoren oder umfunktionierten Kleinlastermotoren auszurüsten, aber Ambrose und seine Besatzung blieben auf sein Geheiß bei ihren Rudern. Eine jungenhafte Vorstellung von Männlichkeit hatte ihn im Griff, und er sah keine Notwendigkeit für eine Maschine zwischen sich und dem Meer, er war selbst ein Naturelement.

Ambroses Brüder und Schwestern wanderten in stetem Strom aus, und es war absehbar, dass auch er gehen würde. Er hatte ein schlichtes Ziel, nämlich auf größeren Booten zu arbeiten, auf richtigen Fischkuttern, und so teilte er eines Tages die letzten Einnahmen mit seiner Besatzung und ließ sie ohne ihn nach Aran Island zurückfahren. Ambrose reiste zu einem Fischerdorf am anderen Ende Irlands, nach Dunmore East im County Waterford, wo er auf verschiedenen Booten arbeitete und an Land zu einer festen Größe in den Pubs wurde. Drei Jahre fischte und zechte Ambrose dort, dann begann sich wieder Unzufriedenheit in ihm zu regen. Was er jetzt zu seinem Glück brauchte, war, selbst Schiffsführer zu sein, mit einer eigenen Besatzung, und er konnte sich nicht vorstellen, dass er das in dieser Gegend erreichen würde. Die Fischer von Waterford nervten ihn, sie waren lahm und zu sehr der Kirche zugetan. Auf einem Kutter, auf dem er als Decksmann arbeitete, hörten sie eines Tages, dass in Amerika Präsident Kennedy erschossen worden war. Mit großem Ernst erklärte der Kapitän, dass sie «als Zeichen des Respekts» in den Hafen zurückkehren würden, obwohl sie erst seit drei Stunden unterwegs waren. Als Zeichen des Respekts! Wo das Meer von Fischen schier überquoll! So etwas Beklopptes hatte Ambrose noch nie gehört. Es kam zum Streit.

Richtig zufrieden war Ambrose eigentlich nur, wenn er

mit Tommy O'Gara zusammenarbeitete. Tommy war ein junger Mann, der wie er aus Donegal kam und sich ein bisschen im Land umsehen wollte, bevor er sich irgendwo niederließ. Er kam aus unserer Stadt, und wir kannten seine Eltern gut, die O'Garas aus Three Mile Cross, nette Leute. Nicht zu verwechseln mit den O'Garas, die das Postamt betrieben, wobei das auch nette Leute waren. Die meisten Männer auf den Fischkuttern spielten in den Arbeitspausen Karten, doch Ambrose und Tommy hatten Geschmack am Schachspielen gefunden und legten zusammen, um sich aus einem Katalog ein Schachspiel mit Magnetfiguren zu bestellen. Während die Männer aus Waterford die Karten hinknallten und ihre Begeisterung oder ihren Protest laut hinausschrien, spielten Tommy und Ambrose still und friedlich Schach und äußerten nur gelegentlich mal einen Kommentar, ein Kompliment oder leisen Spott. Wenn Ambrose einen einigermaßen guten Zug gemacht hatte, sagte er jedes Mal: «So – jetzt bist du geliefert.» Die Fischerei, da waren sie sich einig, würde ihr Lebensinhalt sein, und um weitere Erfahrung zu sammeln, reisten sie nach Cork weiter. In den folgenden paar Jahren fischten sie oft zusammen von Castletownbere aus.

Es gab noch andere Erfahrungen zu machen, und Ambrose hatte auf seinen Reisen so manche Liebschaft. Die irischen Verkäuferinnen und Bedienungen fanden ihn zumindest originell, und sie ließen sich gern auf eine Knutscherei ein, mit der Zeit auch auf ein bisschen mehr. Er und die Mädchen waren jung, und Verhütung gab es damals noch nicht, daher war alles einfacher – so einfach, dass sich einige von uns ein, zwei Jahre lang nicht sicher waren, ob sie technisch betrachtet noch Jungfrau waren. Sex war eine Art unausgereiftes Gegrapsche. Unsere Aufklärung bestand gemeinhin darin, den Kühen oder Ziegen zuzuschauen, es war also gut, dass es genügend Vieh im Land gab. Wenn eine Frau beim Sex redete, dann nur, um mit einem hauchigen Flüstern oder einem Zischen eine Warnung auszustoßen. «Wir wollen doch keinen Unfall.» «Nicht weiter.» «Na, dann mach, aber da zur Seite.»

Bald begannen Ambrose und Tommy, sich auch an den Fischern in Cork zu stören. Die beiden Männer aus Donegal konnten eine Stunde lang in zufriedenem Schweigen nebeneinanderstehen und ein Netz reparieren, aber die aus Cork mussten unentwegt schwatzen. «Und trotzdem», sagte Tommy, «vermitteln sie einem das Gefühl, sie hätten einem nicht alles gesagt.»

Allerdings waren sie weniger schlimm als die Männer aus Connemara, wie Ambrose im darauffolgenden Jahr feststellte, als er von Galway City aus fischte. Denn die wurden von ihrem Aberglauben gelähmt. Da erschien ein großer starker Fischer am Kai, um auf Fang zu fahren, und war bang wie ein Kind, weil er auf der Straße einer rothaarigen Frau begegnet war oder versehentlich eine ungerade Zahl Socken eingepackt hatte oder weil eine Amsel ihn dreimal angezwitschert hatte oder irgend so ein Unsinn.

Nach Galway arbeitete Ambrose ein paar Saisons von Dublin aus und fing Schwertmuscheln. Die Dubliner mochte er auch nicht, sie dachten, Donegal gehöre zu Nordirland, und gaben sich keine Mühe, seinen Dialekt zu verstehen. Inzwischen hatte Ambrose sein Kapitänspatent, aber er sehnte sich nach mehr: Er wollte ein eigenes Boot. Er erzählte niemandem davon, bis er eines Nachmittags Tommy auf dem Kai entdeckte. Er hatte ihn seit einem Jahr nicht mehr gesehen und rannte fast zu ihm hinüber. Natürlich nicht wirklich, aber fast. Sie lehnten sich an eine Mauer, rauchten und unterhielten sich ewig lange. Ambrose beschwerte sich über seine neue Besatzung, aber Tommy war mit den Jahren toleranter geworden. «Du kannst nicht davon ausgehen, dass auf einem Deck automatisch die besten Männer des Orts versammelt sind», sagte Tommy.

Ambrose war irritiert. Er hatte immer gedacht, die Fischerei ziehe die besten Männer an.

«Ich weiß, was dein Problem ist», sagte Tommy. «Du willst der Heimat wieder näher sein, auf vertrauterem Grund. Und ehrlich gesagt, geht es mir genauso. Dann machen wir das doch, fahren wir zurück nach Donegal.»

Und das taten sie, allerdings fuhren sie nicht nach Aran Island, sondern in Tommys Stadt, unsere Stadt, nach Killybegs. Ambrose fand sich schnell ein, ihm gefiel unser ihm vertrautes Tempo, und selbst der Schnitt unserer Gesichter erinnerte ihn an zu Hause. Hier konnte er den nächsten Schritt tun. Er war erst eine Woche in der Stadt, da ging er schon zur Werft. Unsere Bootswerft bot das volle Programm: An einem Ende wanderten Stahlbleche und Baumstämme hinein, und ein paar Monate später kam am anderen Ende ein fertiges Boot heraus, durch das große Flügeltor direkt in die Bucht. Ambrose hatte keinen Termin, er trat einfach zu dem ersten Mann, den er sah, und fragte: «Kann ich mich für ein Boot vormerken lassen?» Das war ungewöhnlich, schadete aber nicht. Das Sea Fisheries Board bewilligte ihm wenig später einen Teilzahlungsvertrag für ein Siebzehn-Meter-Boot, das 30 000 Pfund kosten würde. Das waren große Zahlen für einen jungen Mann. Üblich waren zu dieser Zeit eher Fünfzehn-Meter-Boote, aber Tommy überredete Ambrose dazu, größer zu denken und die Sorte Fischkutter zu bestellen, in den auch er investierte. Zwei Meter klingt nach nicht viel, aber Tiefgang und Breite nahmen entsprechend zu, und man hatte ein robusteres Fahrzeug, das von einem Motor mit mehr als 100 PS angetrieben wurde. «Englische Boote fahren tagelang, um in unsere Gewässer zu kommen», sagte Tommy. «Unsere Flotte dagegen bleibt nach wie vor in Küstennähe. Wir müssen weiter rausfahren, über den Horizont hinaus, da liegt das Geld.»

Ambrose und Tommy sparten für die modernste technische Ausstattung, und solange sie auf die Fertigstellung ihrer eigenen Kutter warteten, arbeiteten sie auf Booten, auf denen sie lernen konnten, diese Geräte zu benutzen. Wir wurden geschäftstüchtiger, investierten in neue Ausstattung, dank der Glück und Instinkt bei der Fischerei weniger wichtig wurden. Einige Bootseigentümer reisten nach Schweden und kehrten mit neuen Netzen und Techniken zurück. Einmal wurde ein echter Schwede zu uns geholt und in Marie Cotters Bed & Breakfast einquartiert, damit er eine Woche lang die Landungsbrücke auf und ab gehen und allen erklären konnte, was sie falsch machten. Ambrose störte sich nicht daran, denn der Schwede tat das auf eine muntere Art, die ihm gefiel. Durch den Einsatz neuer Echolote kamen die Boote jetzt oft mit mehr als 200 Korb Hering zurück. Die schweren Schleppnetze einzuholen wurde auf den kleineren Kuttern zu einem Problem, denn wenn die Netze so voll waren, konnten die Fische am Bootsrumpf zerquetscht werden, und durch die ungleich verteilte Last geriet das Boot leicht ins Schlingern. Bei stürmischer See konnte es heikel werden. Einmal stampfte ein Fünfzehn-Meter-Boot, auf dem Ambrose unterwegs war, so heftig, dass er regelrecht in die Luft gehoben wurde und in hohem Bogen über Bord zu gehen drohte. Als Fischer sah man zweimal die Woche dem Tod ins Auge, aber Ambrose sagte immer, so knapp sei es nie wieder gewesen. Im nächsten Moment spürte er, wie Tommy ihn am Kragen packte, und dann durchfuhr ein Stoß seine Beine, als er wieder aufs Deck gepflanzt wurde. «Kein guter Tag zum Schwimmen», sagte Tommy.

Ein Unterschied zwischen Ambrose und uns war der, dass er ans Schicksal glaubte, wir hingegen nicht zum Aberglauben neigten. Ihm schien, dass an diesem Tag alles zusammengewirkt hatte, um zu verhindern, dass er über Bord ging, und er fühlte sich zutiefst vom Glück begünstigt. Später am Abend, wieder an Land, war er zwar erschöpft, aber immer noch elektrisiert. Tommy und der Rest der Besatzung waren nach Hause gegangen, um sich schlafen zu legen, doch Ambrose schmierte sich eine Portion Brylcreem in die Haare und machte sich auf zum Tanzsaal. Der nächste Teil seines Lebens sollte beginnen.

Christine Lyons hatte an diesem Abend mühsam versucht, ihr Haar allein aufzustecken, hatte gestöhnt und sich mit Haarnadeln in den Hals gepiekst, während sie auf der Bettkante vor der geöffneten Schranktür saß, an deren Innenseite sich ein ovaler Spiegel befand. Sie konnte sich das Haar nicht ohne Hilfe richten, aber Phyllis kam einfach nicht aus ihrem Zimmer herüber. «Ach – bitte, ja?», sagte Christine.

Die Wand zwischen den beiden Zimmern war dünn, und sie hatten schon als Kinder durch sie hindurch miteinander geredet und sich auf diese Weise Gesellschaft geleistet, wenn ihr Vater eine von ihnen, meist Christine, in ihr Zimmer geschickt hatte. Sie hatten diese Gewohnheit beibehalten und plauderten abends und morgens leise durch die Wand. «Kannst du das nicht mal eine Weile lassen?», sagte Phyllis jetzt, zugleich bittend und tadelnd. «Es ist doch erst zwei Tage her.»

«Nein, ich muss raus», sagte Christine. «Also, kommst du und hilfst mir?»

Christine hörte, wie Phyllis ihr Zimmer verließ, doch zu ihr herein kam sie nicht. Vielleicht, dachte Christine, war ihre Schwester zum Vater gegangen, um ihm Bericht zu erstatten. Eunan Lyons war Mitte sechzig und ein strenger Mann. Er war Hummerfischer und arbeitete hart, zu Hause aber erwartete er, dass alles für ihn getan wurde, und so war es auch – er hatte noch nie ein Hemd zusammengelegt, eine Tasse gespült oder irgendeine Art von Mahlzeit zubereitet. Christine begann, wieder mit ihren Haaren zu kämpfen – mit aufgestecktem Haar würde sie sich besser für eine Auseinandersetzung mit ihm gewappnet fühlen, niemand kam gegen sie an, wenn ihr Haar aufgesteckt war. Aber Phyllis war nicht zum Vater gegangen, sie war einen Moment lang im Flur stehen geblieben, um ihrer Schwester Angst einzujagen, und jetzt trat sie ein, schien allerdings verärgert. Etwas lieblos nahm sie das Haar ihrer Schwester in beide Hände und hob es an, wand ein Haarband um das Ende und wickelte es auf. «In der Stadt werden sie sich freuen, dich zu sehen», sagte sie. «Da haben sie was, worüber sie tratschen können.»

Die Lyons wohnten gut anderthalb Kilometer außerhalb der Stadt und sagten öfter solche Dinge, als würde ihnen der viertelstündige Fußweg zum Hafenparkplatz eine erhabene Perspektive verschaffen. Es lag nicht nur an den anderthalb Kilometern, ihr Vater hatte ihnen auch die Vorstellung eingeimpft, dass sie anders seien. Viele von uns lebten in wechselseitiger Abhängigkeit mit Nachbarn, Verwandten und der angeheirateten Familie, aber das war nicht Eunan Lyons' Stil, er war davon überzeugt, dass nur die nächsten Angehörigen zählten. Er verkaufte seine Hummer in der Stadt, heiratete eine Frau aus der Stadt, seine Töchter besuchten eine Schule in der Stadt, aber er war fest entschlossen, nicht zur Stadt zu gehören. Diese Widerständigkeit und Selbstgenügsamkeit lagen ihm im Blut, dank einer generationenlangen Familiengeschichte der Schinderei, Schwermut und mangelnden Gelegenheiten. Sein Großvater hatte behauptet, er erinnere sich noch an die große Hungersnot, und manchmal glaubte Eunan, sich selbst daran zu erinnern.

Als ihr Haar aufgetürmt war, sprühte Christine Haarspray in die Luft, das sich auf ihre Frisur niedersenkte und sie in eine Art Helm verwandelte. «Wie sehe ich aus?», fragte sie.

«Eher nach Tante Brigit als nach Brigitte Bardot», sagte Phyllis.

Die Lyons lebten an einer alten Moorstraße, die kurz hinter einem scharfen Knick, den wir die fiese Kurve nannten, von der westlichen Hauptstraße abzweigte. Als Kind war Christine auf dieser Straße Tag für Tag zur Schule gelaufen, sodass sie bald jedes Schlagloch kannte, und danach Tausende weitere Male zu ihrer jeweiligen Arbeitsstelle, in der Fischfabrik oder im Ship Inn oder neuerdings in Conways Schuhgeschäft. Bei Conway gefiel es ihr am besten, die wohltuende Ordnung des Warenlagers, die angenehme Steifheit neuen, behandelten Leders. Außerdem traf man im Schuhgeschäft eine bessere Kategorie Mann. Wenn sie auf dem Boden kniete, um bei der Anprobe eines Schuhs zu helfen, stellte Christine gern den bestrumpften Fuß des betreffenden Mannes auf ihr Bein, kurz überm Knie, ganz beiläufig, als wäre es einfach nur praktischer so. Das machte sie ein paarmal, bis sie sich schließlich damit abfand, dass die Männer aus unserer Stadt einfach nichts begriffen.

In der Foresters' Hall roch es nach Haarspray, Tee und den Fischschuppen unter unseren Fingernägeln. Die Showband war mitten im ersten Set. Der Saal war nur halb voll, trotzdem waren vier Rausschmeißer im Dienst, denn wenn Bootsbesatzungen hier aufkreuzten, kam es oft zu Schlägereien. Manche Töchter durften deshalb nicht tanzen gehen, aber Eunan stellte solche Regeln nicht mehr auf – Phyllis hatte seine ablehnende Haltung längst verinnerlicht, Christine wiederum verdiente ihr eigenes Geld und ließ sich nichts verbieten. Trotzdem waren wir erstaunt, Christine an diesem Abend zu sehen. Kaum durch die Tür, legte sie ihren langen dunklen Mantel ab, und plötzlich war da der türkisfarbene Glanz ihres Kleides, unübersehbar, fast schockierend. Christine ging auf die Frauenseite, begrüßte die Anwesenden mit einem entschlossenen Lächeln. Am Teespender kaufte sie sich einen Tee, dann stellte sie sich allein hin und sah der Band zu. Sie war ganz ruhig. Gegenüber unterhielten sich die Männer in kleinen Grüppchen, die Köpfe zusammengesteckt, alle in mehr oder weniger dem gleichen Anzug. Sie sahen aus wie Bankräuber, wenn sie verstohlen zu den Frauen hinüberschauten. Bei diesen Veranstaltungen gab es keinen Alkohol, aber einige der Männer kippten ein paar Bier, bevor sie kamen. An diesem Abend ignorierte Christine die Männer vollkommen, nicht einen Blick warf sie hinüber. Sie hatte den einen Arm abgewinkelt, die Teetasse samt Unterteller in ihren langen Fingern, wie ein Starlet vielleicht eine Zigarette halten würde. Livemusik zog immer auch ein paar Ältere und das eine oder andere Ehepaar an, und die mischten sich auf beiden Seiten unter die Anwesenden. Vielleicht war das der Grund, warum Ambrose beim Eintreten die Lage falsch deutete und geradewegs zur Frauenseite marschierte. Außerdem lockte Christines schimmerndes Kleid ihn an. Ambrose trug seinen dicken Wollpullover, aber man hätte ihm nicht sagen können, dass er darin lächerlich aussah, denn solche Dinge waren ihm vollkommen gleichgültig. Später erinnerten sie sich beide, dass die Showband gerade «Strangers in the Night» spielte, als er Christine ansprach, dabei war es tatsächlich «Crystal Chandeliers» gewesen. Ambrose forderte sie nicht zum Tanz auf, denn Tanzen war nicht sein Ding.

«Hallo», sagte er. Mit einem so breiten Grinsen, dass man ihn für einfältig hätte halten können. «Schöner Abend heute.»

«Und wer sind Sie?», fragte Christine. Sie wusste sehr wohl, wer er war, ließ es sich aber nicht anmerken.

«Ambrose Bonnar», sagte er. «Sehr angenehm.»

Sie gaben sich die Hand.

«Ich habe ein eigenes Boot», sagte Ambrose. Von ein paar modernen Ausschmückungen abgesehen, entsprach seine Art, um eine Frau zu werben, im Wesentlichen der, die in der Steinzeit üblich gewesen sein musste.

Christine unterdrückte ein Lächeln. «Schön für Sie», sagte sie.

«Jedenfalls habe ich eins, wenn es mal gebaut ist», sagte er. «Es gibt eine Warteliste, aber in einem Jahr oder so habe ich es.»

Dadurch, dass er Christine so offensichtlich beeindrucken wollte, hatte Ambrose ihr die Rolle der nur schwer Beeindruckbaren zugewiesen und ihr damit das Heft in die Hand gegeben. Sie beschloss, es sich nicht mehr nehmen zu lassen. Ambrose schaute umher und schien nicht zu wissen, was er mit seinen Armen anfangen sollte, aber er war vergnügt und immer noch etwas aufgedreht, weil er so ein Glück gehabt hatte. Er fragte: «Wollen Sie ein Kitkat?»

«Nein, aber danke», sagte Christine. Ihr Gesichtsausdruck war neutral, doch sie wandte den Blick nicht von ihm ab. Ambroses Haut war von einer kräftigen Röte, als hätte er keine Sekunde seines Lebens unter einem Dach verbracht, aber davon abgesehen, sah er nicht schlecht aus. Christine wusste, dass viele Frauen jetzt gern an ihrer Stelle wären, denn nach übereinstimmender Meinung war Ambrose eine gute Partie. Es hatte eine Weile gedauert, das zu erkennen, weil er so eine raubeinige Art hatte und weil er in den Wohnwagen hinter Big Jimmys Cottage gezogen war, den normalerweise Säufer oder Gammler mieteten. Ja, er müsste etwas gezähmt werden, aber er arbeitete hart, kam mit allen zurecht und würde bald der jüngste Bootseigentümer der Stadt sein. Zudem besaß Ambrose die vielseitigen Fähigkeiten eines Inselbewohners: Er konnte nicht nur fischen, sondern auch einen Motor zerlegen, mauern, einen sauberen Streifen Torf stechen, einen Lastwagen fahren und ein Huhn entbeinen. Einige seiner Fertigkeiten würden bald vielleicht nicht mehr so gefragt sein, aber die große Bandbreite zeugte von Selbstvertrauen und einem wachen Verstand. Auch dass er ein Außenseiter war, machte nichts, es barg Verheißung. Frisch und unbelastet hier aufgetaucht, wirkte Ambrose wie ein Mann mit überdurchschnittlichen Aussichten, es zu etwas zu bringen. Eine Frau brauchte schließlich ein bisschen Hoffnung.

«Können Sie sich vorstellen, dass ich heute draußen in der Bay mehr als fünf Pfund verdient habe?», fragte Ambrose.

Christine beschloss, ihn mit der Wahrheit auf die Probe zu stellen. «Können Sie sich vorstellen, dass meine

Mammy gerade erst gestorben ist, vor zwei Tagen haben wir sie begraben, und ich trotzdem auf einer Tanzveranstaltung bin?»

Ambrose zögerte nur minimal, wenn überhaupt. «Das brauche ich mir nicht vorzustellen, ich sehe es ja», sagte er.

«Dafür wird man mir die Hölle heißmachen», sagte Christine.

Ambrose bedachte das kurz. «Dann sollten wir dafür sorgen, dass es sich wenigstens lohnt.»

In diesem Moment wurde die Doppeltür von ein paar Kerlen in Uniform aufgestoßen. Die Musiker kamen aus dem Konzept und brauchten ein paar Takte, um sich wieder zu fangen. Eine Korvette hatte im Hafen angelegt, um ihre Vorräte aufzustocken, und es sah aus, als würde die halbe Besatzung einen Zug durch die Gemeinde machen. Grinsend überquerten sie in V-Formation die Tanzfläche und inspizierten die Männer, die Frauen, den Tee und die Kekse. Sie waren sehr von sich eingenommen mit ihren weißen Mützen, und ihr anmaßendes Auftreten war für die Männer aus dem Ort ein Affront. Man konnte richtig sehen, wie sich Erregung unter ihnen ausbreitete, von einem zum anderen übersprang wie eine elektrische Ladung.

«Das gibt eine Schlägerei», sagte Christine. Sie drückte Ambrose ihre Teetasse in die Hand. «Holen Sie uns doch noch einen Tee, und dann suchen wir uns einen Platz mit gutem Blick.»

Nach der Tanzveranstaltung brachte Ambrose Christine nach Hause, nicht bis zur Tür, aber immerhin bis zur fiesen Kurve. Dort blieben sie stehen und knutschten unter dem Sternenhimmel, was das Zeug hielt.

Eines Nachmittags einen Monat später traf Ambrose zum ersten Mal Christines Vater. Sie hatte ihn gewarnt, Eunan urteile vorschnell und sei streitlustig, es werde sicher schwierig werden, doch Ambrose kam voller Zuversicht, immerhin war der Vater Hummerfänger, und Ambrose war sich sicher, dass sie jede Menge Gesprächsstoff haben würden. Das Vorderzimmer war bei den Lyons Wohn- und Esszimmer in einem. Diverse Vasen und Figürchen, von Christines Mutter gesammelt, waren über das Zimmer verteilt, viele auf dem Kaminsims, wobei der Kamin selbst seit ihrem Tod nicht mehr benutzt worden war, eine gerahmte Bildstickerei verdeckte ihn jetzt. Eunan saß am Tisch und stand für den Besucher nicht auf. Er war angespannt.

«Schönes Haus», sagte Ambrose, setzte sich ihm gegenüber und klopfte mit der flachen Hand leicht auf die Tischplatte. Er sah sich lächelnd um, dann wandte er sich Eunan zu. «Gearbeitet heute?»

Eunan beäugte Ambrose misstrauisch. «Ja», sagte er. «Muss sich ja schließlich nützlich machen.»

«Da haben Sie verdammt recht!», sagte Ambrose begeistert, das war doch mal genau auf den Punkt gebracht. Er schaute zu Christine hinüber, die auf dem Schemel neben dem Sessel ihres Vaters saß. «Hat er nicht verdammt recht?», sagte er.

Christine nickte ermutigend. Ambrose schlug sich gut.

Eunan verengte die Augen noch etwas. Tatsächlich brauchte Eunan eine Brille, aber es würde weitere zwei

Jahre dauern, bis er das zugab. Für ihn war Ambrose lediglich ein redseliges Schemen am anderen Ende des Tischs.

«Und, waren große Hummer dabei?», fragte Ambrose unbeirrt.

Eunan hielt sich gern bedeckt, was seine Arbeit betraf. Es gab eine lange Pause, dann sagte: «Groß genug.»

Phyllis kam herein und brachte Tee, von dem sie zuerst ihrem Vater einschenkte. Ambrose schaute auf die Tasse hinunter, die auf einem Unterteller stand und unglaublich zart und zierlich war. Es war eine Kleinigkeit, doch die Tasse warf Ambrose aus der Bahn, er fühlte sich plötzlich fehl am Platz. Hilfe suchend schaute er zu Christine hinüber, aber die begriff nicht. Den Blick weiter auf sie gerichtet, hörte Ambrose sich sagen: «Das Größte, was ich je gefangen habe, war ein Mondfisch.»

Er hatte ganz leise gesprochen. «Ein was?», fragte Eunan.

Ambrose wandte sich zu ihm. «Ein Mondfisch», sagte er. «Haben Sie schon mal einen gesehen?»

Eunan gab nichts preis, bewegte nur kaum wahrnehmbar den Kopf, und Ambrose fuhr fort: «Der Bursche war größer als der Hinterreifen von einem Traktor», sagte er. «Er war uns ins Netz gegangen. Dem ist Wasser aus dem Maul gespritzt, und er hat wild herumgezappelt. Wir sind alle hingerannt, um ihn aus dem Netz zu befreien. Riesenhaft war der, gigantisch.» Ambroses Stimme wurde wieder leiser, als ihn die Erinnerung überkam. Er hatte gewusst, dass ständig solch mächtige Fische unter ihnen herumschwammen, aber er hatte nie zuvor einem ins Auge geblickt, und an jenem Tag empfand er eine tiefe Ehrfurcht, die bleibende Spuren hinterließ. «Gigantisch», wiederholte er am Tisch der Lyons noch mehrmals, fast flüsternd.

Eunan unterbrach ihn laut: «Ihr hättet das Tier doch einfach zerteilen können. Klingt, als wären da einige Leute von satt geworden.»

Ambrose schwieg kurz. «Nein, das haben wir nicht gemacht», sagte er bedächtig, «wir wollten den nicht an Bord haben, er war so breit wie das ganze Deck.»

Christine fand die Mondfisch-Geschichte großartig. «Das ist echt beeindruckend», sagte sie, den Blick auf Ambrose gerichtet.

Es war letztlich egal, was Ambrose an diesem Nachmittag sagte, Eunan hätte in jedem Fall eine Abneigung gegen ihn entwickelt. Eunan war gegen alles, was keinen eindeutigen Sinn und Zweck hatte und nicht vollkommen berechenbar war, und diesen Anforderungen konnte ein menschliches Wesen im Allgemeinen eher nicht genügen. Er war gegen Überraschungen und hatte Phyllis viele Jahre lang nicht erlaubt, ein Telefon anzuschaffen, denn man wusste ja nie, wer einen womöglich anrufen würde. Er spottete über alles Läppische: Tischsets, Dessert, Ausschlafen, schwache Nerven. «Bleib mir damit fort!», rief er angesichts von Sahnetorte oder Leuten mit Heuschnupfen. Für ihn waren harsche Worte nichts Schlechtes, sie waren das Sandpapier, mit dem man einen Menschen zurechtschliff, damit er hart und widerstandsfähig wurde. «Ich hab mir so manches harsche Wort anhören müssen, und es hat mir nicht geschadet», sagte er oft, und keiner wagte es zu widersprechen.

Eunan konnte es nicht ausstehen, wenn Leute sich produzierten, und missbilligte es, als Ambrose ein Jahr später seinen Fischkutter entgegennahm und ihn *Christine Dawn* nannte. «Ambroses Boot sollte genau so heißen: *Ambroses Boot*», sagte er. «Und so werden wir es unter diesem Dach auch nennen.»

Ebenso wenig gefiel es ihm, dass Christine Ambroses Namen annahm, als sie heirateten, sie schien den Namen Lyons regelrecht loswerden zu wollen. Trotzdem schenkte Eunan den beiden einen Bauplatz. Der Hektar Land auf der einen Seite der Moorstraße, an der sein Haus stand, gehörte ihm, und er schenkte ihnen den vorderen Teil, der näher an der Hauptstraße war. «Das tut's für euch», sagte er.

Ambrose war nicht gerade begeistert darüber, ganze dreihundert Meter von seinem Schwiegervater entfernt zu bauen, aber ein kostenloser Bauplatz war ein kostenloser Bauplatz, und der alte Mann würde ja nicht mehr ewig leben. Auf dem Grundstück war nichts als windzerzaustes Heidekaut, aber es lag erhöht, mit einem hinreißenden weiten Blick auf die Bucht und den Horizont. Sie nahmen eine Hypothek auf und bauten einen Drei-Zimmer-Bungalow im damals modernen High-Donegal-Stil: übergroße Fenster, Zementputz, der mit einer Schicht Farbe oder Kieselrauputz darüber besser ausgesehen hätte, aber völlig ausreichen würde, bis wieder Geld da war, und an der Wand neben der Eingangstür ein ungleichmäßiges Stück Fassadenverkleidung, das an ein Mosaik erinnerte. Letzteres hatte keinerlei praktischen Nutzen, es diente nur dazu, ein paar Jahre modern und dann jahrzehntelang furchtbar auszusehen. Das Haus stand im offenen Heideland, zwanzig Schritt von der Moorstraße entfernt, ohne Garten oder irgendetwas, das die Grundstücksgrenzen markiert hätte. Die Einfahrt wurde von dem JCB-Bagger geschaffen – als er von der Moorstraße abbog, um die Baugrube auszuheben, ließ Ambrose den Baggerführer ein paarmal vor- und zurückfahren, bis die Erde schön fest zusammengepresst war.

Ambrose verdiente mit der *Christine Dawn* einen bescheidenen, aber steten Lebensunterhalt. Es war ein wendiges Boot, das kaum Wasser zog und bei jedem Wetter zu gebrauchen war. Ambrose fuhr gerne aus, doch er gehörte nicht zu den Männern, die froh waren, von ihrer Frau wegzukommen, und nach einer Fangfahrt ging er nur selten in den Pub, sondern lieber nach Hause. Nun, da Christine und er ein Dach über dem Kopf und ihr Auskommen hatten, rechneten wir mit einem Kind, aber ein paar Jahre verstrichen, ohne dass sich etwas tat. Falls es Probleme gab, wurden sie wohl gelöst, denn im dritten oder vierten Ehejahr wurde ein properer Junge angelandet und auf den Namen Declan getauft. Christine und Ambrose waren hin und weg von ihrem Jungen, und jetzt gab es zumindest einen lebendigen Menschen, den Eunan vorbehaltlos akzeptierte. Dank der Mutterschaft kam Christine mit Frauen aus der Stadt in Kontakt, was vorher nie so recht der Fall gewesen war. Fragte man diese Frauen nach ihren Männern auf See, verfielen sie in stoisches Schweigen, aber über ihre Kinder plauderten sie gern. Wir konnten zusehen, wie Christine mehr und mehr zu einer eigenständigen Person wurde. Jetzt fragten wir sie nach Declan, wenn wir ihr begegneten, nicht nach Eunan. Phyllis blieb ihrem Vater hörig, aber in der Moorstraße herrschte durchaus Zufriedenheit: zwei Schwestern in zwei Häusern, ein Kind, ein Vater, eine Mutter und ein Großvater. Das war die Lage, als das neue Baby auftauchte, der Junge aus dem Meer.

2.

Ambrose fand, dass ein schlafendes Baby ein Haus mit einer ganz besonderen Stille erfüllte: warm und greifbar, man konnte sich richtig hineinlehnen. In ihrem Schlafzimmer hatte er ein Tuch über die Lampe gehängt, um das Licht zu dämpfen. Declan hatten sie in das andere Zimmer gebracht, damit das Bettchen frei wurde, und in die legte Ambrose jetzt das gewickelte Baby hinein. «Na du», flüsterte Ambrose, dann langte er zum Nachttisch hinüber und schaltete das Radio ein, auf die niedrigste Lautstärke gedreht, sodass der Seewetterbericht gedämpft erklang, die gleichförmige Aufzählung wie ein Schlaflied.

Christine brauchte eine Weile, um Declan in dem fremden Bett zur Ruhe zu bringen. Danach stellte sie sich in die Schlafzimmertür und betrachtete Ambrose, der wiederum das Baby betrachtete. Sie beschloss, den Moment nicht zu stören, und ging leise in die Küche, wo sie nach einer Tüte mit Lebensmitteln für die Lyons griff. Etwa zweimal die Woche rief Phyllis bei Christine an und bat sie, «mal kurz in die Stadt zu springen», um Vorräte für sie zu besorgen. Christine wusste, dass Phyllis sie mit diesen Bitten an ihre Ursprungsfamilie erinnern wollte, daran erinnern, dass sie noch andere Verpflichtungen hatte, aber sie beklagte sich nicht, es war ein bescheidener Beitrag.

Ihr Haar war von feinem Nieselregen benetzt, als sie den Bungalow der Lyons erreichte. Er war aus Beton, in den 1950ern erbaut und schien mit seinem ungestrichenen Splittputz, dem Dach aus dicken, moosbewachsen Asbestwellplatten und den mehrfach unterteilten Stahlfenstern der Inbegriff von Wuchtigkeit und Schwere. Kein Atlantiksturm konnte diesem Haus etwas anhaben: Die Fensterscheiben waren zu klein, die Dachplatten zu schwer. Christine öffnete die Haustür, während sie zugleich anklopfte, und stellte die Tüte mit den Lebensmitteln auf den Teppich. Phyllis erschien in der Tür des Vorzimmers und sagte: «Komm rein.»

Christine zögerte, ihr war es lieber, die Sachen einfach nur abzugeben, aber Phyllis war schon ins Zimmer verschwunden. Seit sie ihr eigenes Leben führte, stellte Christine fest, dass sie jedes Mal, wenn sie das Haus ihres Vaters betrat, schrumpfte. Es war ein körperliches Schrumpfen, ein Gewicht auf ihren Schultern, aber auch ein seelisches, ein Gefühl der Hemmung, eine Einengung ihrer Persönlichkeit. Ihr war klar geworden, dass sie, ohne es zu wissen, all die Jahre derart geschrumpft gelebt haben musste, in der gesamten Zeit, die sie unter diesen schweren Dachplatten verbracht hatte.

Das Wohnzimmer der Lyons wurde von einer einzelnen, aber extrem hellen Glühbirne erleuchtet, die von der Mitte der Decke herunterhing. Ein dicker Lampenschirm lenkte das Licht direkt nach unten, was dem Zimmer etwas von einem Verhörraum gab. Christine blieb an der Tür stehen, wollte nicht in den Lichtkegel treten. Normalerweise saß ihr Vater am Esstisch und wurde von

Phyllis bedient, oder er saß in seinem Sessel und schaute fern, deshalb war es irritierend, ihn heute an der hinteren Wand stehen zu sehen. «Ihr habt einen Gast», sagte er.

«Nur heute Nacht», sagte Christine.

«Almosen hat es bei uns nie gegeben, weder in die eine noch in die andere Richtung», sagte Eunan.

«Es ist nur für eine Nacht», sagte Christine.

Auf der Fernsehtruhe stand ein gerahmtes Babyfoto von Declan. Aber das hieß nicht, dass Eunan die Babys anderer Leute um sich haben wollte. Sein Stolz auf seinen Enkel war vorwiegend generativer Natur, es war gut, sich in die Zukunft fortgeführt zu sehen.

«Ambrose hat eine Menge Brüder und Schwestern», sagte Phyllis. «Wer so aufwächst, will selbst auch eine große Familie.»

«Ach, du immer mit deinen Theorien», sagte Christine.

«Wart's nur ab», sagte Phyllis, «er wird Andeutungen machen, dass ihr das Kind doch behalten könntet, und wenn er seinen Willen nicht kriegt, wird er Trübsal blasen. Du solltest das Kind gleich morgen früh zur Gemeindeschwester zurückbringen.»

Das war Phyllis' beschränkte Welt, dachte Christine, der Mann des Hauses will etwas, und die Frau springt herum, um seine Wünsche zu erfüllen, oder muss Wege finden, sie ohne direkte Konfrontation abzuwehren. Phyllis kam gar nicht auf die Idee, dass Christine etwas tun könnte, weil sie eigene Wünsche hatte. «Ich gehe dann besser mal», sagte sie.

«Hast du den Schinken für Daddys Sandwiches mitgebracht?», fragte Phyllis.

«Du hast nichts von Schinken gesagt», erwiderte Christine.

Phyllis schaute mit gesenktem Blick weg, wieder im Stich gelassen.

«Ich geh morgen früh noch mal los und besorg welchen», sagte Christine.

Sie lief nach Hause, die verschränkten Arme an den Körper gepresst, und tippte mit dem Zeigefinger gegen ihre Jacke, sie wollte eine Zigarette. Das wogende Meer war in der Nacht nicht sichtbar, aber es lud die Luft auf, ein leises weißes Rauschen von Westen. Zu Hause fand sie Ambrose auf dem Zweiersofa ausgestreckt, er lächelte sie mit stiller Zufriedenheit an, bester Stimmung, seit das Baby da war. Er hatte sich immer einen naiven Glauben an das Gute in der Welt bewahrt, eine Eigenschaft, die Christine manchmal aufbrachte, die sie aber durchaus auch bewunderte. Sie nahm ihm die Zigarette aus den Fingern, nahm einen tiefen Zug und schaute zu ihm hinunter. «Geht's dir gut?», fragte sie.

Am folgenden Nachmittag klingelte das Telefon, und Ambrose ging ran, es war die Gemeindeschwester. Er hörte zu, dann legte er die Hand auf die Sprechmuschel und sagte zu Christine: «Die McGinleys können das Baby doch nicht nehmen, deshalb fragt sie, ob wir ihn noch eine Nacht hierbehalten können?»

Ohne zu zögern sagte Christine: «Ja, natürlich.»

Dass die McGinleys es sich anders überlegt hatten, war ein Anzeichen dafür, dass der Zauber, den das Baby auf uns ausübte, langsam nachließ. Wir neigten ohnehin zu nüchternem Realismus und wären früher oder später von selbst an diesen Punkt gelangt, aber dank Phyllis ging es schneller. Sie hatte hier und da in der Stadt auf ein paar harte Fakten hingewiesen. Am Morgen war sie zum Postamt gegangen und hatte ein Grüppchen von uns im Gespräch über das Baby angetroffen. Wir führten diese Unterhaltungen meist in feierlichem Ton, und einige von uns waren kurz zuvor zum Steinstrand gepilgert, um sich das Fass anzuschauen. Sally Keeney hielt sich die Hand an die Kehle, eine Haltung, die Ehrfurcht ausdrückte. «Es ist so schön, wie es da liegt», sagte sie.

Phyllis mischte sich ein. «Stimmt es, dass das Fass mit Alufolie ausgekleidet ist? Wie für die Weihnachtspute!»

Sally gefiel das gar nicht, aber die anderen schauten sich gegenseitig an, um sich zu vergewissern, dass es in Ordnung war zu lachen, und dann lachten sie alle. Bis dahin hatten wir immer davon gesprochen, dass das Fass mit einem Silberlaken ausgelegt sei, wobei wir natürlich wussten, dass es Alufolie war, aber so hatten wir das nie gesagt. Jetzt war es ausgesprochen, und die Fasswiege hatte etwas von ihrem Zauber verloren.

Als Nächstes, diesmal beim Metzger, stellte Phyllis den Standort des Fasses infrage: zehn Meter von der Flutlinie entfernt, direkt am Weg. Natürlich hätte Mossy das Fass dorthin ziehen können, aber warum so weit? Die Anwesenden räumten ein, dass das eine gute Frage war. Außerdem lag das Fass auf einem Steinhaufen. Es gab keinen Grund, warum Mossy diesen Haufen hätte aufschichten müssen, er musste das Baby einfach nur aus dem Fass nehmen und in die Stadt tragen.

Diese Gespräche setzten sich unter uns fort, und bald

nahm eine andere Version des Geschehens Gestalt an, eine wahrscheinlichere Version. Irgendjemand, vermutlich die Mutter, hatte das Baby geschützt zurücklassen wollen, ohne selbst gesehen zu werden. Der Steinstrand war eine gute Wahl, denn er war etwas abgelegen, zugleich aber war Verlass darauf, dass morgens Schulkinder und Arbeiter dort vorbeikommen und in das Fass hineinschauen würden, da es ja direkt am Weg lag. Langsam wurde uns klar, dass das Fass nicht angespült worden war und dass der Junge nicht aus dem Meer kam, sondern einfach nur ein weiteres ausgesetztes Kind war, und Mossy war eben zufällig als Erster dort vorbeigegangen. Mossys Familie versuchte, die Wahrheit aus ihm herauszubekommen, aber er sagte kein Wort mehr. «Ist Mossy vielleicht selbst der Vater?», spekulierte Manus McManus zusammen mit den anderen Gästen am Tresen des Ship Inn. Einen Augenblick lang dachten alle über diese Frage nach, dann gab es großes Gelächter.

Die Gespräche drehten sich bald um ein Mädchen, das in einem der Reihenhäuser hinter der Feuerwehr gewohnt hatte. Diese Häuser hatten kaputte Scheiben, die Farbe blätterte ab, und in den Gärten wucherte meterhoch das Unkraut. Einige der nicht arbeitenden Männer lebten dort, neben Aussteigern, die ein, zwei Wochen blieben und jeden Schlafplatz genommen hätten. Das Mädchen hatte im Laufe der vergangenen Monate immer mal wieder in den Reihenhäusern gewohnt und in einer der Fischfabriken gejobbt, aber keiner erinnerte sich mehr so recht, wie es hieß. Colette? Catherine? Einer meinte, Christabel, was unwahrscheinlich klang, allerdings trieben sich in den Reihenhäusern eigenartige Gestalten herum. Wir wussten, dass sie nicht mehr in der Stadt war, und die Mädchen, die mit ihr am Fließband gearbeitet hatten, waren sich sicher, dass sie schwanger gewesen war.

Zuerst hatten wir das Baby mit dem Atlantik und frischer Luft in Verbindung gebracht, doch nun haftete ihm der Ruch von Zerrüttung an, von feuchten Mauern und Herumtreibern mit Geheimnissen. Die Gemeindeschwester erklärte, er sei doch nicht so ein Herzchen, er habe auf ihre Tracht gebrochen und sie böse angeguckt. Sie rief bei den Bonnars an und bat Ambrose, das Baby noch für eine dritte Nacht zu nehmen. Wieder legte er die Hand auf die Sprechmuschel und schaute zu Christine hinüber. Sie sah seinen offenen Gesichtsausdruck und seinen hoffnungsvollen Blick und nickte stumm.

An diesem Abend legte Ambrose das schlafende Baby wieder in die Wiege. Dann legte er sich aufs Bett und lauschte dem Atem des Kindes und dem Wind auf dem Schieferdach. Ambrose wusste, dass er in die Küche gehen sollte, aber er spürte, dass die Stunde der Wahrheit nahte, und versuchte instinktiv, ihr aus dem Weg zu gehen, er war der Typ Mann, der die Dinge lieber laufen ließ, als sie zu einem bestimmen Zeitpunkt zu klären. Als er Christine kommen hörte, machte er die Augen zu und drückte den Kopf ins Kissen. Sie kam herein, warf einen Blick auf das Baby und setzte sich dann aufs Bett. Christine kümmerte sich nicht um den vorgetäuschten Schlaf ihres Mannes: «Sag mir, was du denkst.»

Das klingt einfach, aber für Ambrose war es das nicht.

Nicht dass es ihm an Worten gemangelt hätte, er kannte jede Menge Wörter, auf Englisch wie auf Irisch, was ihm fehlte, war die Fähigkeit, sich selbst von außen zu betrachten, einen Schritt zurückzutreten und sich dadurch besser zu verstehen. Er war damit nicht allein, wir alle hatten Rechnungen zu bezahlen und keine Zeit, herumzusitzen und über uns selbst nachzudenken, als wären wir faszinierende Rätsel. Ambrose stammte von einer langen Reihe von Männern und Frauen ab, die auch so gewesen waren, ohne die Fertigkeit oder ein nennenswertes Interesse daran, ihr eigenes Verhalten zu analysieren.

Christine sagte: «Du weißt, dass er keines von unseren verlorenen Kindern ist?»

Ambroses Gesicht wurde ganz knittrig. Vielleicht aus Kummer, vielleicht aus Heiterkeit. «Ach, komm», sagte er. «Ich bin doch nicht bescheuert.»

«Und du weißt auch, dass seine echte Mammy ihn vielleicht irgendwann wiederhaben will?», fragte Christine.

«Ja, das weiß ich», sagte Ambrose und öffnete die Augen.

«Sie kann jeden Tag hier auftauchen», sagte Christine.

«Aber wer kümmert sich bis dahin um ihn?», fragte er, und dann etwas vorsichtiger: «Wer kümmert sich um ihn, wenn sie nicht wiederkommt?»

Christine antwortete nicht. Sie hatte innerhalb der ersten vierzehn Tage gelernt, mit Ambroses rhetorischen Fragen umzugehen, sah ihn einfach an, bis er sich selbst eine Antwort gab. Normalerweise dauerte das fünf Sekunden, aber heute brauchte er fünfundzwanzig. Christine wartete ab, während sein Gesichtsausdruck sich mehrfach wandelte. Schließlich sagte er: «Ich dachte, wir könnten das vielleicht tun.»

Nur wenige Tage später reichten die Bonnars ihren Adoptionsantrag ein, schickten ihn zusammen mit einem Empfehlungsschreiben vom Pfarrer und einem vom Garda Sergeant per Post nach Dublin. Dann warteten sie. Christine war egal, was ihr Vater dachte, aber ihr war bang wegen Phyllis' Reaktion, deshalb erzählte sie keinem der beiden von dem Antrag, der Gedanke an Phyllis' vorwurfsvolle Miene hielt sie davon ab. Sie sagte sich, dass der Antrag ja durchaus scheitern konnte, es gab also keinen Grund, sich groß darüber auszulassen. Die meisten von uns hätten Christines Strategie gutgeheißen, wir wussten, dass es das Beste war, über Dinge erst zu sprechen, wenn sie feststanden, aber Ambrose war ein hemmungsloser Optimist und kaum zu bremsen, wenn er begeistert war. Er konnte es sich nicht verkneifen, in der Stadt von dem Antrag zu erzählen, und eines Abends marschierte Phyllis die Moorstraße hinunter und durch die Hintertür ins Haus der Bonnars. Christine hatte gerade den Linoleumboden gewischt, ein künstlicher Zitronenduft hing in der Luft, und der Boden glänzte feucht, aber Phyllis trampelte einfach darüber, und da wusste Christine, dass sie von dem Antrag erfahren hatte.

«Stimmt das?», wollte Phyllis wissen.

«Ja», gab Christine zu.

«Ein Kind, das nichts mit uns zu tun hat!», sagte Phyllis. «Ein Baby, das sonst woher kommen kann!»

Christine presste die Hände zusammen, es tat ihr

leid, dass sie ihre Schwester verletzt hatte, aber sie sagte nichts.

«Das erzählst du Daddy mal schön selbst», sagte Phyllis. «Ich nehme dir das nicht ab!»

Christine zog eine Grimasse. Phyllis' Vorstellung von der Hölle bestand darin, ihrem Vater etwas erzählen zu müssen, das ihm nicht gefallen würde. Christine beschloss in diesem Moment, es ihm zu erzählen, und zwar stolz und entschieden, es war Zeit, dass ihm mal jemand die Stirn bot. Ihre Haltung straffte sich kaum merklich, die meisten Leute hätten es nicht wahrgenommen, doch Phyllis sah es.

«Hast du denn gar keinen Respekt vor ihm?», fragte sie schockiert.

Christines Blick war fest.

«Und was ist mit mir?», fragte Phyllis.

Jetzt wurde Christine weicher. «Ach, Phyl. Natürlich will ich, dass du glücklich bist.»

«Aber du hast Geheimnisse vor mir?» sagte Phyllis mit schwacher Stimme, so verlassen fühlte sie sich. Phyllis wusste, dass das Baby Christines ganze Aufmerksamkeit in Anspruch nehmen würde, ihre Schwester würde wieder in die Mutterschaft abtauchen, so wie es auch bei Declan der Fall gewesen war, aber Declan war Familie, wohingegen Christine für dieses andere Kind ein unnatürliches Engagement zeigte.

«Wir wissen ja noch nicht mal, ob es überhaupt genehmigt wird», sagte Christine.

«Oh, das wird es ganz bestimmt», sagte Phyllis, und dann wurde sie wieder scharf. Sie fand leicht zu ihrem

Ärger zurück, wenn sie sich sagte, dass sie für ihren Vater kämpfte, nicht für sich. «Du wirst so lange betteln, bis ihr ihn behalten dürft. Dir ist doch jeder Vorwand recht, um von Daddy wegzubleiben. Lieber kümmerst du dich um ein fremdes Kind, als dass du hilfst, deinen eigenen Vater zu versorgen.»

«Nein, nein», sagte Christine, aber sie fühlte sich schlecht, ertappt.

Phyllis drehte sich um und ging, die Hintertür ließ sie offen stehen. Wäre Christine ihr in diesem Moment nachgelaufen, hätte sich die Entfremdung zwischen ihnen vermeiden lassen. Doch sie ließ ihre Schwester gehen.

Es waren plötzliche Zweifel an ihren eigenen Beweggründen, die Christine wie angewurzelt stehen bleiben ließen. Sie fühlte Übelkeit in sich aufsteigen, man brauchte gute Gründe, um ein Kind zu adoptieren. Eine Notwendigkeit kam ihr in den Sinn, die würde sie überprüfen.

Christine konnte Declan in seinem Zimmer spielen hören, aber aus dem Zimmer, das sie und ihr Mann mit dem Baby teilten, drang kein Laut. Sie ging hinein, lief aus lauter Beklommenheit auf Zehenspitzen. Der Kleine lag in der Wiege und schlief. Er roch nach angewärmtem Toffee und Talkumpuder. Christine sah ihn an und stellte zu ihrer Erleichterung fest, dass sie nicht erst in ihrem Innern nachspüren musste, da war sofort ein starkes Gefühl. Sie beugte sich zu ihm hinunter und schaute in sein Gesicht, es war seltsam, das zu tun, ohne instinktiv nach einer Verbindung zu sich selbst, nach Ähnlichkeiten mit ihr oder ihrem Mann Ausschau zu halten. Dadurch wirkte dieses

Kind wie ein völlig eigenständiges, einzigartiges Wesen, es würde Hilfe benötigen, um dazuzugehören. Mit größter Selbstverständlichkeit hob sie es hoch. Liebe entstand aus gemeinsamen Erfahrungen, und Christine war sich sicher, dass sie und dieses Kind eine Menge gemeinsame Erfahrungen machen würden. Sie legte das Kind an ihre Schulter und spürte Verbundenheit. «Das wird schon», sagte sie.

Die Adoptionsbehörde brauchte nur zehn Minuten, um über den Antrag der Bonnars zu entscheiden. Normalerweise interessierte man sich dort immer sehr für die Konfession des betreffenden Babys, aber auf die gab es in diesem Fall keinerlei Hinweis. Ambroses gefährliche Tätigkeit wurde erwähnt, aber man entschied, dass sie nicht gefährlich genug war, um einer Adoption im Wege zu stehen. Das war's, die Papiere wurden gestempelt. Auf der Behörde betrachtete man eine Adoption nicht als etwas, das sich über einen längeren Zeitraum erstreckte, das man im Auge behielt, es ging nur darum, einzugreifen und Ordnung zu schaffen. Damals war noch alles einfacher. Das Baby blieb also bei den Bonnars, seine neuen Eltern waren bald völlig vernarrt in den Kleinen, und in der Stadt kehrte eine gewisse Zufriedenheit ein. Die meisten von uns fragten nicht nach Einzelheiten, wir respektierten die Privatsphäre der Bonnars, so wie wir das umgekehrt auch erwarten würden, sollten wir jemals ein Kind aufnehmen, das man in einem Fass gefunden hatte. Wenn irgendein neugieriger Mensch oder ein Unruhestifter fragte, wie das Kind zu einem Bonnar geworden war, sagten wir einfach, es sei «arrangiert» worden, und wechselten das Thema. Diese Formulierung schien uns eine ausreichende Antwort auf viele Rätsel: Es wurde arrangiert. Ein Kind musste aufgezogen werden, Christine und Ambrose waren dazu bereit, und wir beobachteten, verstanden und akzeptierten das mit einem Nicken und sogar einer gewissen Bewunderung. Einige sagten natürlich Ärger voraus und behaupteten, die beiden seien von einer romantischen Anwandlung erfasst worden und würden bald bereuen, dass sie das Kind aufgenommen hätten. Wir ließen sie reden.

Die Bonnars nannten ihren neuen Sohn Brendan. Sie veranstalteten keine Adoptionsfeier, aber eines Abends stand Tommy O'Gara vor der Tür. «Komm rein!», sagte Ambrose erfreut, und Christine fing sofort an, am Küchentisch einen Platz für ihn freizuräumen; ihre Freude über seinen Besuch war umso größer, als er unangekündigt kam. Wir machten das oft so, kreuzten einfach auf, denn die Leute sollten nicht das Gefühl haben, sie müssten uns ein Essen vorsetzen. Es wäre als unhöflich empfunden worden, jemandem anzukündigen, dass man kommen würde. Tommy brachte einen Teddy für das Kind mit, genau den gleichen, den er auch mitgebracht hatte, als Declan auf die Welt gekommen war. In seiner Garage hatte er eine ganze Kiste von diesen Teddys stehen, die er zum Sonderpreis erstanden hatte, denn Babys bekamen die Leute immer. Nicht dass Tommy knickerig gewesen wäre, er war einfach vernünftig.

Ambrose holte Declan aus dem Bett, damit Tommy ihn in Augenschein nehmen konnte. Declan stand in seinem

Paisley-Pyjama da, zu müde, um sich zu beschweren, den Blick wegen der Helligkeit gesenkt. «Na, du bist aber ein zäher Bursche!», rief Tommy, der wusste, was sich gehörte. Christine brachte Declan wieder ins Bett und riskierte es, Brendan aufzuwecken, als sie ihn aus seinem Bettchen hob. «Gib ihn mir mal», sagte Tommy, deutete mit den Armen eine Wiegebewegung an und beugte sich vor, damit Christine ihm das Baby geben konnte. «Ja, glaubt man's?», sagte er, während er sich aufrichtete. «Perfekt – wie ein blauer Himmel.»

Brendan schlief in Tommys Armen, während sie am Küchentisch saßen. Tommy wollte keinen Drink, nahm aber eine Tasse Tee und eine Scheibe gebuttertes Rosinenbrot. Weder Ambrose noch Christine sprachen die Herkunftsgeschichte des Kindes an, und Tommy hatte damit kein Problem, er plauderte, als wäre er aus keinem anderen Grund als sonst gekommen. Dafür liebte Ambrose ihn – wir waren ein diskreter Menschenschlag, aber Tommy war ein besonders guter Diplomat. Hätte es eine Meisterschaft im Umschiffen von Themen gegeben, dann hätte Tommy den Pokal gewonnen und ihn sogleich hinten in seinen Kleiderschrank gestellt und nie mehr davon gesprochen. Er lächelte zu dem Baby hinunter und machte ihm große Komplimente, Tommy hatte weder Frau noch Kind, konnte aber gut mit Kindern umgehen. Über viele Jahre staffierte er sich im Dezember mit falschem Bart und rotem Anzug aus und spielte in der Grundschule den Weihnachtsmann. Tommy lieferte immer eine tolle Vorstellung, auch wenn die Kinder ihn an seinen Zähnen wahrscheinlich erkannten, krumm und gelb waren sie und schienen zum Kopf eines viel älteren Mannes zu gehören.

«Ich möchte dir einen Vorschlag machen», sagte Tommy zu Ambrose, langsam und etwas verlegen, weil er Geschäftliches ansprach, sie sollten nicht denken, dass er deshalb gekommen war. Er hätte sich keine Sorgen machen müssen, die Bonnars waren vernünftige Menschen und wussten, dass Leben und Arbeit nicht zu trennen waren. Ambrose lächelte, lockte ihn aus der Reserve. «Wenn du magst», fuhr Tommy bedächtig fort, «könnten wir uns zu einem Gespann zusammentun.» Er deutete mit einer Hand eine Linie zwischen ihnen beiden an.

«Na, Tommy, und ich dachte schon, du fragst nie!», sagte Ambrose und brach in schallendes Gelächter aus. Tommy lächelte, bis Ambrose sich wieder beruhigt hatte. So war es oft bei ihnen, Ambrose amüsierte sich köstlich über irgendetwas, und Tommy betrachtete ihn derweil mit einer gewissen Zuneigung und wartete geduldig, bis er den Faden wieder aufgreifen konnte. «Es ist erst mal eine ziemliche Investition», sagte Tommy und unterstrich seine Worte mit einer Kopfbewegung. «Ein neues Netz und neues Zubehör.»

«Mehr Fische in kürzerer Zeit», sagte Ambrose, der über die Ausrüstung hinaus und an das Ergebnis dachte.

Im Gespann zu fischen würde bedeuten, dass sie ein einzelnes Netz zwischen ihren beiden Booten schleppten, parallel zueinander fuhren und abwechselnd den Fang einholten und ihre Kisten füllten. Es war effizienter und schien ein sinnvoller Schritt, denn Irland war gerade der Europäischen Wirtschaftsgemeinschaft beigetreten, und auf dem Meer wurde es voller. Wenn unsere Flotte jetzt ausfuhr, war draußen auf der Bay über Funk knisterndes Französisch oder Niederländisch zu hören. Die meisten Bootsbesitzer waren dagegen gewesen, Europa beizutreten und die irischen Gewässer für andere zu öffnen. Eine Gruppe von ihnen mietete einen Minibus und fuhr nach Dublin, um vor dem Regierungsgebäude zu demonstrieren. An der Tatsache, dass die Demonstranten alle in einen Minibus passten, erkannte man, was das Problem war, noch dazu standen ihnen Tausende und Abertausende von Bauern gegenüber, die unbedingt in die EWG wollten. Also herrschte jetzt starke Konkurrenz durch ausländische Trawler, und sich zusammenzutun war ein cleverer, wenn nicht sogar notwendiger Schritt für Ambrose und Tommy.

Beim Gedanken an das geplante Gespann lehnte sich Christine erfreut auf ihrem Stuhl zurück. Das war ein Fortschritt, vielleicht würden sie jetzt sogar endlich etwas Geld zurücklegen können. Christine hatte etwas gebraucht, worauf sie sich freuen konnte. Phyllis machte einen Bogen um ihr Haus und rief auch nicht mehr an. Die Entfremdung ließ Christine keine Ruhe, trieb sie manchmal zum Nägelkauen. Sie hatte solchen Groll bei Phyllis schon öfter erlebt, ihre Schwester hatte in der Vergangenheit gegen verschiedene Leute eine Abneigung entwickelt und sie mit Schweigen bestraft, eine Technik, die sie von Eunan übernommen hatte. Heute Abend hob Tommys Vorschlag Christines Stimmung: Sollte Phyllis doch so sein, wenn sie wollte, verbittert und vorwurfsvoll. Christine beschloss, nach vorne zu schauen.

«Also, darauf trinken wir jetzt aber doch einen?», sagte Ambrose, bereit, die Abmachung zu besiegeln.

«Meine einzige Frage ist, was passiert, wenn wir unterschiedlicher Meinung sind, zum Beispiel welchen Fanggrund wir ansteuern sollen oder wo wir verkaufen wollen», sagte Tommy. «Das wird sicher öfter mal vorkommen.»

«Meistens sind wir uns doch einig», antwortete Ambrose munter. «Es ist schon oft passiert, dass ich irgendwo gefischt habe und dich dann hinter mir habe andampfen sehen. Man könnte geradezu behaupten, du wärst mir gefolgt.»

Tommy lächelte, blieb aber beim Thema. Viele Kutter, die im Gespann fischten, unterstanden einem einzelnen Besitzer, aber weder Ambrose noch Tommy wollten Chef des anderen sein. «Wir könnten die Zuständigkeitsbereiche aufteilen», sagte Tommy. «Manche Dinge bestimmst du, und andere bestimme ich.»

«Wir erkennen doch beide einen guten Plan, wenn wir ihn hören, egal von wem er kommt», sagte Ambrose. «Lass uns von einem Tag auf den anderen entscheiden.»

Tommy war bekannt dafür, sich Notizen zu machen, viele Händler hatten mit einem gewissen Unbehagen zugesehen, wie er ihre Zusagen schriftlich festhielt, aber letztlich respektierten wir seine Vorgehensweise. Tommy wollte alles klar und geordnet haben, frei von Unwägbarkeiten, und wir kamen zu dem Schluss, dass er klug war. Normalerweise fiel es ihm nicht schwer, Listen aufzusetzen, und auch zu den Bonnars hatte er an diesem

Abend Stift und Block mitgebracht, aber irgendwie erschien es ihm jetzt ungehörig, sich Notizen zu machen. Es lag nicht an dem freundlichen Empfang, dem sie ihm bereitet hatten, sondern an Brendan, der immer noch in seinem Arm schlief. Sich in seiner Anwesenheit Notizen zu machen wäre ihm trivial, ja fast beschämend vorgekommen, jedenfalls lächerlich angesichts der Tatsache, dass Ambrose und Christine sich dauerhaft auf die große Unbekannte dieses Kindes eingelassen hatten. Tommys Aufzeichnungen waren ein Versuch, Ordnung zu bewahren, doch Brendan Bonnar schien der Idee der Ordnung zu spotten, oder vielmehr deutete er auf eine höhere Ordnung hin, die sich nicht fassen ließ, aber von weitaus größerer Bedeutung war. Tommy war nicht der Einzige, der so empfand. Zwar war die Verzückung, in die uns das Baby versetzt hatte, abgeklungen, aber für die meisten von uns hatte die Art und Weise, wie Brendan bei uns Zuflucht gefunden hatte, immer noch etwas zutiefst Beruhigendes und Tröstliches. Wir redeten nicht mehr oft über ihn, aber wir dachten noch an ihn. Wir dachten mehr an Brendan, als wir zugegeben hätten.

Der Notizblock blieb in Tommys Tasche. «Ich will nur nicht, dass wir aneinandergeraten», sagte er ergeben.

«Ihr könntet ja abwechselnd entscheiden, wenn ihr unterschiedlicher Ansicht seid», schlug Christine vor.

«Genau!», sagte Ambrose. «Wir probieren das einfach mal für ein paar Ausfahrten.»

Es war ein gewaltiger finanzieller Aufwand, um etwas nur einfach mal zu probieren, aber Tommy ließ sich mitreißen. Sie würden es auf Vertrauensbasis machen. Er neigte zustimmend den Kopf und sagte: «Also, dann lass uns darauf trinken.»

In der Stadt wurde viel über das geplante Gespann geredet, wir sahen eine gefällige Balance und merkten das gerne an, so wie wir auch einen Straßenabschnitt mit gutem Belag kommentierten oder Eheleute, die beide gleich gut aussahen. Uns gefielen die identischen Netzwinden, die auf dem Achterdeck der *Christine Dawn* und der *Warrior* montiert wurden, die Symmetrie sprach uns an. Wir wussten, dass die Art und Weise, wie Ambrose und Tommy ihre Schiffe führten, weniger Symmetrie aufwies, aber wir hofften, dass sie zurechtkommen würden. Tommys Diplomatie erstreckte sich auch auf seine Mannschaft, er sprach von seinen «Mitarbeitern», was uns erst belustigt hatte, dann aber überzeugte, und er erhob nie die Stimme. Ambrose hingegen ging kumpelhaft mit seiner Mannschaft um, fing unter Druck aber gern mal an zu fluchen und zu schreien. Beide Männer hatten eine feste dreiköpfige Besatzung auf ihrem Schiff, und das warf ein gutes Licht auf sie. Die Frühaufsteher unter uns konnten mit ansehen, wie die beiden Besatzungen an einem kalten Morgen Eis luden, bevor sie das erste Mal zusammen ausfahren würden. Christine fuhr Ambrose zur Landungsbrücke, die beiden schlafenden Jungs hinten im Wagen, Brendan in seinen Kindersitz geschmiegt, Declan unter einer Decke ausgestreckt. Ambrose war bester Laune, lief von einem zum anderen, schüttelte allen die Hand und schnauzte nicht einmal Stevie Shine an, obwohl der eindeutig verkatert war. Das neue Gespann und die Anwesenheit seiner beiden Söhne hatten Ambroses

Stolz entfacht. Am liebsten hätte er das Baby hochgehalten und allen gezeigt, aber Christine ließ nicht zu, dass der Kleine gestört wurde, deshalb holte Ambrose seine Männer herüber, damit sie ihn durch das Autofenster bewundern konnten. Tim O'Boyce musste erst überredet werden. Er hatte für Kinder wenig übrig, selbst für seine eigenen. Tim hatte kein Haar mehr auf dem Kopf, dafür aber einen dicken grauen Schnauzbart, der ihm über die Lippen hing, als wollte er seiner Frau und auch allen anderen sagen: *Ich bin an Küssen nicht interessiert, versuch es gar nicht erst.* Eine selbst gedrehte Zigarette ragte aus seinem Schnauzbart hervor, während er das Baby gerade mal so lange betrachtete, dass es nicht unhöflich wirkte. «Ein Kind», sagte er.

Ambrose gab Christine einen Kuss auf die Wange und verabschiedete sich. «Mach's gut», sagte er.

Die Fischkutter fuhren los, dampften zur Öffnung der Bucht, wo Heringe überwinterten – natürlich wurden unsere Boote nicht mit Dampfmaschinen angetrieben, aber wir nannten es so. Die *Dawn* war größtenteils schwarz und ihr Holz klar lackiert, während die *Warrior* blau und weiß war und ein Schutzdeck hatte. Da Tommy bei seinen Eltern lebte, hatte er niedrige Fixkosten und konnte sich solche Extras leisten. Die Kutter fuhren so nah beieinander, dass man von der *Dawn* aus die einzelnen Männer auf Tommys Boot identifizieren konnte, obwohl sie alle das gleiche orangefarbene Ölzeug trugen, Latzhose und passende Jacke. «Schaut euch das mal an», sagte Stevie Shine von der Backbordreling aus. «Tommy hat seinen Jungs eine einheitliche Montur verpasst.»

«Stimmt», sagte Ambrose lachend, während er sich auf einem Arm aus dem Fenster des Ruderhauses lehnte und zugleich, den anderen Arm zum Steuerrad ausgestreckt, die *Dawn* mit den Fingerspitzen auf Kurs hielt. «Er hält sich wohl für ihre Mammy.»

Stevie Shine war der Jüngste an Bord und hatte erst ein Jahr zuvor bei Ambrose als Fischer angefangen. Er pfiff immer noch erstaunt, wenn er eine riesige Qualle im Wasser treiben sah, und in der ersten Stunde der Ausfahrt übergab er sich immer noch dreimal über die Reling. Trotzdem war er derjenige, der das Frühstück zubereiten musste, fürs Kochen war immer der Neueste zuständig.

«Versuch's mal mit Porridge», sagte Joseph McBride weise. «Bei Übelkeit ist Porridge am besten.»

Alles, was Joseph McBride sagte, sagte er weise. Er hatte einen gepflegten Bart, trug eine Brille und gehörte zur seltenen Spezies der Pfeifenraucher. Das alles verlieh ihm ein *Flair*, nicht von Autorität, eher von etwas Philosophischem. Er hatte viel von der Welt gesehen, da er auf Frachtschiffen gearbeitet hatte, ehe er wieder zum Fischen zurückgekehrt war. Er hatte am meisten Erfahrung und bekam den größten Anteil.

Tim O'Boyce beschwerte sich immer über das Frühstück, egal was man ihm vorsetzte, schaufelte es dann aber trotzdem hinter seinen Schnauzbart. Er hatte einen imposanten Körperbau, war jedoch oft mürrisch, und nicht jeder Kapitän tolerierte ihn. An seiner linken Hand fehlten zwei Finger.

In seiner Jugend hatte Ambrose fischreiche Stellen gefunden, indem er mit einer Lampe ins Wasser geleuchtet hatte, sodass die Fische hochgesprungen waren, Heringe waren an ihren weißen Bäuchen leicht zu erkennen. Aber jetzt benutzten alle Echolote, um vielversprechende Stellen zu finden, und an diesem Morgen gab es noch einen zusätzlichen Hinweis, ein paar Boote am Horizont nämlich, die nah beieinander schleppten, offenkundig auf einer ergiebigen Fangposition. Über ihren Hecks flatterten Möwen, deren Geschrei von der *Dawn* aus gerade noch so zu hören war. Bisher war alles ganz zivil, nur etwas Geplänkel ging ab zu über den Äther. Jeder der Männer auf der *Dawn* spürte den Temperaturabfall, als sie den offenen Atlantik erreichten. Stevie stampfte mit den Füßen auf, trotz drei Paar Socken. Die Dünungswellen, die ihnen entgegenrollten, wurden breiter und massiver, jeder Berg Wasser fühlte sich an, als wäre er eigens aus fünfzig Meilen Entfernung gekommen, um die *Dawn* und die *Warrior* hochzuheben und wieder herunterfallen zu lassen. Am Steuer pfiff Ambrose ein Lied, und während er die Beine in den Boden stemmte, hatte er das Gefühl, an ihnen entlang steige eine Freude in ihm auf, die seinen ganzen Körper wärmte. Die meisten Leute lebten unsichtbar, gingen in den Städten, der dichten Bevölkerung unter, doch Ambrose konnte sich auf See mithilfe seiner Koordinaten auf dem gesamten Erdball wiederfinden, winzig klein, doch eindeutig vorhanden, real. Die Vorstellung seiner selbst auf der sich drehenden Erde erfüllte ihn mit tiefer Zufriedenheit. Er hatte das Gefühl, immer weiterfahren zu können, bis er den Ozean überquert hatte.

Tommy gab sich nicht mit dem Funkgerät ab, sondern öffnete das Fenster, beugte sich hinaus und winkte die

Dawn näher heran. Bald hoben und senkten sie sich synchron, und Ambrose konnte Tommys gelbe Zähne und ein Leuchten in seinen Augen sehen. Joseph McBride erschien in der Kombüse, die sich hinter dem Ruderhaus befand, eine Stufe weiter unten. Er war dabei, die Wurfleine zu entrollen und erbot sich wortlos, sie hinüberzuwerfen, aber beim ersten Mal wollte Ambrose das selbst tun. «Übernimm du das Steuer», sagte er.

Die Wurfleine war orange, an ihrem Ende war eine harte Plastikboje befestigt. Mithilfe der Leine würde die Besatzung der *Warrior* das Netz herüberziehen. Ambrose ging ans Heck, die Leine in der Hand, und ließ ihr beschwertes Ende hin und her pendeln, um ein Gefühl dafür zu bekommen. Es war keine Schande, wenn die Boje erst nach mehreren Versuchen so nah bei dem anderen Boot im Wasser landete, dass sie von dessen Deck aus mit dem Bootshaken hochgeholt werden konnte, aber Ambrose beschlich ein abergläubisches Gefühl. Der erste Wurf war so etwas wie ein feierlicher Eröffnungsakt, deshalb sollte er erfolgreich sein, es wäre ein gutes Omen. Ambroses Glaube an das Schicksal hatte sich mit den Jahren nur verfestigt. Warum auch nicht? Er hatte so viel Glück gehabt: Er hatte Christine kennengelernt, und jetzt begann er mit Tommy eine andere Art von Partnerschaft. Er hatte einen prächtigen Jungen, und dann war aus dem Nichts ein zweiter Sohn aufgetaucht, der dem ersten ein Bruder war. Ambrose fühlte sich beschenkt.

Er stand fest mit beiden Beinen da, die Knie angespannt, bewegte sich mit der Dünung. Stevie hinter ihm schaute aufmerksam zu, und selbst Tim konnte seine

Neugier nicht verbergen und kam aus dem Laderaum. Fünfundzwanzig Meter von ihnen entfernt sahen sie die erwartungsvolle Besatzung der *Warrior*, bereit zu jubeln oder zu spotten. Tommy stand mit dem Bootshaken an einer Öffnung des Schutzdecks, um die Leine aus dem Wasser zu angeln, falls Ambrose sie nah genug ans Boot warf. Ambrose schwang die Boje durch die Luft, in weiter und schneller werdenden Umdrehungen, die ein feines Schwirren erzeugten. Dabei hob er den Arm nach und nach an, bis die Boje schließlich in der Waagerechten über seinem Kopf kreiste. Ambrose sah aus wie ein Cowboy mit seinem Lasso, als er die Leine nun durch seine Hand gleiten ließ, sodass die Kreise noch größer wurden und die Geschwindigkeit weiter zunahm. Er spürte eine plötzliche Unregelmäßigkeit in der Bewegung und entschied sich, die Leine loszulassen, bevor er die Kontrolle darüber verlor. Die Boje flog in hohem Bogen davon und zog die sich rasch abwickelnde Leine hinter sich her.

Ambrose verfolgte die Wurfbahn, und sein Vergnügen wuchs, als die Boje niederging. Die Besatzung der *Warrior* stob auseinander, und die Boje landete direkt auf dem Achterdeck, hüpfte zwar wieder hoch, blieb aber an Bord und verkeilte sich in der Reling. Die Männer auf der *Warrior* brachen in Jubel aus und liefen hin, um sie zu sichern. Bald würden sie schleppen.

«So macht man das, Jungs!», rief Ambrose und wandte sich zu seiner Besatzung um.

Stevie lag auf dem Rücken, sichtlich geschockt, ein dünnes Blutrinnsal im Haar. Tim kniete neben ihm und schaute böse zu Ambrose hoch. Die rotierende Boje war bei ihrer letzten Umdrehung gegen Stevies Kopf geknallt. Ambrose schaute einen Augenblick hinunter, dann sagte er: «Das wird schon wieder.» Er kniete sich ebenfalls hin und zog Stevie in eine sitzende Position, manchmal musste man sich über ein Problem durch schiere Willenskraft hinwegsetzen. Stevie war benommen, aber er würde sich schon berappeln. «Eine ordentliche Portion Dettol und ein Verband, dann bist du wiederhergestellt», sagte Ambrose.

Ambrose beschloss, doch nicht an Omen zu glauben.

3.

Wir brachten Weihnachten hinter uns, und das neue Jahr schritt voran. Wenn wir uns auf der Straße oder beim Einkaufen begegneten, unterhielten wir uns über dies und das, dass die Mehlschwalben wieder da waren oder ob es wohl regnen würde. Auch über die neuen Häuser unterhielten wir uns, wogen das Für und Wider ihrer Lage und Ausrichtung ab und spekulierten über die Baukosten. Obwohl der Zinssatz hoch war, tauchten immer neue Bauten auf, immer größere Häuser. «Eine Villa nach der anderen!», sagte Big Jimmy zu jedem, der ihn im Auto mit in die Stadt nahm. Für ihn war jedes Haus mit zwei Stockwerken eine Villa, aber einige der neuen Häuser auf den Hügeln mit Blick aufs Wasser konnte man tatsächlich so bezeichnen: schöne große Gebäude mit planer Zufahrt und schwerem Tor, wir staunten über die Zahl der Dachgauben und die riesigen Glasflächen. Die Häuser gehörten den Besitzern unserer größten Boote und Fischfabriken. Wir legten den Kopf auf die Seite und sagten: «Soundsos Haus macht was her» oder «Soundso ist offensichtlich erfolgreich.» Die Häuser ließen sich nicht ignorieren, aber nach unseren ersten Kommentaren gingen uns die Worte aus. Wir hatten keine Bezeichnung für diese neue Gruppe wohlhabender Menschen unter uns, Begriffe wie «Mittelschicht» oder Ähnliches hatten wir nie benutzt. Doch angesichts solcher Häuser war es kaum möglich, so zu tun, als gäbe es bei uns keine soziale Hierarchie, und mit der Zeit entwickelten wir bestimmte Redewendungen, die unsere Version eines Klassensystems darstellten, Redewendungen, die jede Familie einer Kategorie zuordneten. Es begann damit, dass man entweder *Geld hatte* oder *Geldsorgen hatte*. Die meisten von uns fielen in die Kategorie *Geldsorgen* und zwar in eine von zwei Unterkategorien: Manche Familien hatten *die üblichen Geldsorgen*, andere dagegen *furchtbare Geldsorgen*. Letzteres waren Familien, die von Armut und anderen Übeln geplagt waren, einige lebten in einer hinter dem Schlachthaus gelegenen Gegend, die wir die High Lanes nannten, in Häusern mit Flachdach, die eher Hütten waren. «Die Soundsos haben furchtbare Geldsorgen», sagten wir mit einem Schaudern. Für die Leute, die *Geld hatten*, entwickelten wir ebenfalls Unterkategorien. *Gutes Geld verdienen* bedeutete, dass die Familie ein hohes Einkommen hatte, aber auch einen Hauptverdiener, der hart arbeitete. Diese Familien konnten in einem der neuen Häuser wohnen und Urlaub im Ausland machen. «Die verdienen gutes Geld», sagten wir mit einem Anflug von Bewunderung. Andere hatten einen florierenden Betrieb übernommen oder besaßen Vermögen und konnten sich zurücklehnen, sie *hatten ihr Geld sicher*. «Die haben ihr Geld sicher», sagten wir mit einem Anflug von Verachtung.

Die Gespannfischerei mit *Christine Dawn* und *Warrior* lief gut, und wenn es so weiterging, würden Ambrose und Tommy bald in die Kategorie *gutes Geld verdienen* aufrücken. Selbst an Tagen, an denen sich andere keine Chancen ausrechneten und zu Hause blieben, fuhren Ambrose und Tommy aus, und mochte es ein Sonn- oder Feiertag sein. Sie hatten keine Auseinandersetzungen, wobei Ambrose sich oft über Tommys nüchterne, geschäftsmäßige Art amüsierte. Tommy kontrollierte zum Beispiel, ob Ambrose seine Zahlungen für das Boot pünktlich leistete, er sagte, es sei wichtig, dass sie sich beide einen Ruf als vertrauenswürdige Geschäftsleute erarbeiteten. Tommy bezeichnete das Fischen als Geschäftsunternehmen. «Und Unternehmen müssen expandieren», sagte er eines Nachmittags, als sie von einer Fangfahrt kamen und durch die Bay dampften, seine Stimme drang durch das Knistern und Rauschen des Funkgeräts auf der *Dawn*. Die Männer beider Besatzungen lagen in ihren Kojen unter Deck, und Ambrose und Tommy unterhielten sich leise über Funk, wie ein altes Ehepaar, das von einem Ausflug zurückkommt und die schlafenden Kinder auf der Rückbank nicht stören will. Sie machten lange Pausen zwischen ihren Äußerungen, ohne sich mit «over» oder «stand-by» abzugeben, sie redeten einfach, wenn ihnen danach war.

Am Steuer der *Dawn* lächelte Ambrose jetzt über Tommys Kommentar. Er konnte sich vorstellen, wie Tommy an seinem Steuer zu den riesigen neuen Häusern mit Blick auf die Bay hochschaute. Zu seiner Überraschung hatte Ambrose festgestellt, dass Tommy bei jedem Haus wusste, wer darin wohnte und was es gekostet hatte. Ambrose waren die Häuser egal, er hatte in dieser Richtung keinen Ehrgeiz, der Reichtum anderer Leute scherte ihn nicht, genauso wenig, wie ihn die Millionäre in den amerikanischen Fernsehserien beeindruckten. «Unsere Aussichten sind doch bestens», sagte Ambrose. «Wir sind erfolgreich, haben ein stetiges Einkommen.» Heute brachten sie so viele Fische mit, dass nicht nur ihre Laderäume gefüllt waren, sondern beide auch noch einen Berg Fische auf Deck liegen hatten. Gut, dass ruhige See war, sonst wäre der Überschuss zurück ins Wasser gerutscht.

Das Radio knisterte, und Tommys Stimme war wieder da. «Stetig bedeutet in unserem Wirtschaftssystem rückläufig», sagte er.

Doch Ambrose wollte lediglich mehr, als sein Vater erwirtschaftet hatte, und dieses Ziel hatte er bereits erreicht. Auch die Kinder beeinflussten seine Wertvorstellungen, besonders Brendan. Den Jungen aufzunehmen hatte ihn verändert, es gab ihm ein Gefühl von Vollendung und Erfüllung, wie man es normalerweise nur bei einem zufriedenen Rentner erlebte. Einen Jungen vor dem Waisenhaus zu bewahren veränderte die Welt nur unwesentlich, aber Ambrose war zufrieden, wenn das die größte Veränderung sein sollte, die er jemals bewirkte.

Nachdem sie ihren Fang angelandet hatten, ging Ambrose direkt nach Hause, vom Geruch nach Fisch und Diesel umgeben. Er trat ins Wohnzimmer und hoffte wie jedes Mal, dass Christine und ihre Schwester sich versöhnt hätten und Phyllis wieder auf ihrem Hocker thronte. Er wurde wieder enttäuscht. Überall lagen Kleider herum, und die Abdrücke von Declans schmutzigen Stiefeln sahen aus, als befänden sie sich schon seit Tagen auf dem Linoleum. Phyllis hätte das nicht zugelassen, sie hätte dafür gesorgt, dass Christine aus Scham aufgeräumt und geputzt hätte. Die Schälchen vom Abendessen standen noch auf dem Tisch, mit Brei verkrustet. Die Jungs waren wohl schon im Bett, und Christine lag ausgestreckt auf dem Zweiersofa und schlief, sie sah aus, als wäre sie vor Erschöpfung zusammengebrochen. Ambrose kauerte sich neben sie und sagte: «Soll ich mal mit deiner Schwester reden? So kann das doch nicht weitergehen.»

«Es ist ihre Schuld, nicht meine», sagte Christine und schloss die Augen wieder.

Es war nicht so, dass Phyllis und Christine überhaupt nicht mehr miteinander gesprochen hätten, sie wechselten durchaus mal ein paar dürre Worte, wenn sie bei Hegarty's in der Schlange standen, aber wir vermuteten, dass jede der beiden damit vor allem demonstrieren wollte – uns, einander –, dass sie diejenige war, der am meisten Unrecht getan wurde. Eines Nachmittags versuchte Christine in der Reinigung auf eine geradezu aggressive Art, Phyllis dazu zu bringen, Brendan zu halten. «Er ist doch nur ein harmloses Kind», sagte sie.

Phyllis wandte den Blick ab, sagte: «Ich muss einiges für Daddy besorgen» und eilte hinaus.

Niemand mischte sich ein, das ist nicht unsere Art, aber wir waren uns alle einig, dass es furchtbar traurig war, Christine und Phyllis so zu sehen. Wir hatten das schon bei anderen Familien erlebt: Der Groll wird zu einem Teil der Persönlichkeit, verschmilzt mit ihr und lässt sich nicht mehr herauslösen. Es mag unwahrscheinlich klingen, dass sich zwei Schwestern, die in derselben

Straße lebten, fast ein Jahr lang so verhalten können, aber man denke nur an die Brüder Cassidy aus Abbernadoorny. Die sprachen schon seit zehn Jahren nicht mehr miteinander, und sie wohnten sogar im selben Haus.

Da sie wenig anderes zu tun hatte, verbrachte Phyllis also mehr Zeit mit ihrem Vater und nahm sich seiner Bedürfnisse an. Die Erklärung, Phyllis habe seit jeher so unter Eunans Fuchtel gestanden, dass sie sich gar kein anderes Leben vorstellen könne, griff zu kurz, tatsächlich liebte sie ihre Märtyrerrolle und wollte gar nicht, dass Eunan eigenständig für sich sorgte, weil sie dann keine Aufgabe mehr gehabt hätte. Ihr Vater würde immer dafür sorgen, dass es ihr an Aufgaben nicht mangelte. Bewusst oder unbewusst hatte er sich seine Unfähigkeiten erhalten, sodass er immer jemanden brauchen würde, der sich um ihn kümmerte. Er hatte sich geweigert, Auto fahren zu lernen, also musste Phyllis ihn herumkutschieren, und einmal die Woche bestand er darauf, ins Ship Inn gebracht zu werden, wo er sich an den Tresen stellte und einen Gin Tonic trank, ohne Zitrone allerdings, denn Zitrusfrüchten traute er nicht. Phyllis drückte sich neben ihm herum und trank auch einen Gin Tonic, aber ohne Genuss. «Wie geht's Ihnen, Mr. Lyons?», fragten wir und rutschten ein Stück zur Seite, um ihm am Tresen Platz zu machen. «Noch geht's ganz gut», sagte er.

Diese Antwort änderte sich ganz plötzlich, als Eunan eines Sommerabends antwortete: «Lang geht's nicht mehr, Gott sei Dank.» Wir kamen später zu dem Schluss, dass er das gesagt hatte, weil er nach und nach mit dem Hummerfischen aufhörte. Man sah Eunan nur noch selten in der Bay, und da er nie etwas so Triviales wie ein Hobby gehabt hatte, wusste er jetzt nicht, was er mit sich anfangen sollte. Als er später seine *Yawl* verkaufte, wurde das Leben für ihn zu einem besonders heftigen Ärgernis. «Mir reicht's», sagte er, «ein für allemal», als würde er am liebsten auf der Stelle tot umfallen.

Eunan fing an, auch zu Hause solche Erklärungen abzugeben, selbst beim Essen. Er arbeitete vielleicht nicht mehr, aber er aß immer noch, als hocke er auf dem Jachtheck und schaufele Essen aus einem Eimer in seinen Mund, um genug Kraft für den nächsten Hummerfangkorb zu haben. Für Eunan gab es keine Mahlzeit, die er nicht in weniger als drei Minuten vertilgen konnte, was er so schnell und lautstark tat, dass man hätte meinen können, auf seinem Stuhl säße eine Ziege. Er hatte eine Vorliebe für Butter, die er sich dick aufs Brot strich, doch ansonsten war Essen für ihn bloß Nahrung. Phyllis aß nur selten mit ihm, sie brachte ihm das Essen und zog sich dann in die Küche zurück, denn ihm beim Kauen zuzuhören war regelrecht abstoßend. Eines Tages hörte sie ihn beim Mittagessen rufen: «Ich hab genug!» und ging hinein, um den Tisch abzudecken. Er hatte noch Fisch und Kartoffelbrei auf dem Teller, und sie verstand, dass er meinte, er habe genug vom Leben, so wie er das auch im Ship Inn gesagt hatte, zu sich selbst, aber laut ausgesprochen. «Mir reicht's, ein für allemal», sagte er und schob sich dann die nächste Ladung Essen in den Mund. Eunans neue Vorliebe für den Tod hatte keine Auswirkung auf seinen Appetit.

«Das geht nicht mehr lange gut bei den Lyons», sagten

wir, wenn wir uns vorstellten, wie Eunan Tag für Tag von morgens bis abends durchs Haus stakste, sich über den Tod ausließ und eine weitere Tasse Tee verlangte.

Christine hätte es nicht zugegeben, nicht einmal vor sich selbst, aber der Zwist mit ihrer Schwester hatte für sie etwas Befreiendes. Sie vermisste weder die muffige Atmosphäre im Haus der Lyons noch die Aufgaben, die Phyllis ihr willkürlich zugewiesen hatte. Sie stürzte sich in ihr neues Leben. Es gibt ein Bild, das einem vielleicht aus Filmen bekannt ist: Die Frau eines Fischers wartet am Ufer, mit verschränkten Armen steht sie zwischen Strandbinsen auf einer Anhöhe und blickt aufs Meer hinaus, während der Wind vom Atlantik ihr Haar zerzaust. Eine hübsche Vorstellung vielleicht, aber zu Christine passte sie nicht, für so etwas hatte sie zu viel um die Ohren. «Die Kinder halten mich rund um die Uhr auf Trab», sagte sie, wenn wir sie auf der Hauptstraße trafen, aber sie lächelte dabei. Ihre Interessen begannen sich auf die weite Welt auszudehnen. In der Schule hatte Christine Fremdsprachen keine Beachtung geschenkt, aber jetzt lieh sie sich von einer anderen Mammy Linguaphone-Kassetten aus und fing an, ein paar Brocken Italienisch zu lernen. Die Gespannfischerei war profitabel, und sie wollte gern mal nach Florenz. Außerdem kaufte sie sich jetzt täglich eine Zeitung und begann, sich eine politische Meinung zu bilden. Diese Dinge waren wichtig, es war die Welt, in die sie ihre Kinder eines Tages entlassen würde, und selbst wenn sie in Donegal blieben, würde die Welt irgendwann auf sie einstürmen.

Christine hatte ihre Jungs immer bei sich, Brendan saß im Kinderwagen, Declan trottete nebenher. Sie waren adrett gekleidet, machten ihr alle Ehre. Bei uns wurde normalerweise nur nach der Geburt ein großes Bohei um ein Kind gemacht, danach vergaßen wir es, bis wir ihm bei der Erstkommunion ein Pfund in die Hand drückten, doch für Brendan blieben wir auf der Straße stehen. Selbst Männer zeigten Interesse. Als Erstes machten wir immer eine allgemeine Bemerkung zu Christines Barmherzigkeit. «Du bist so ein guter Mensch», sagten wir, oder etwas in dem Sinne. Declan beachteten wir zugegebenermaßen kaum, obwohl er danebenstand. Wir beugten uns über den Kinderwagen, tätschelten Brendans Händchen und sagten etwas Ermunterndes, doch sein Blick blieb ausdruckslos. Brendan hatte etwas Stilles, eine unbewegte, ernste Miene, die sich kaum je veränderte. Er war keiner, der sich aus der Ruhe bringen ließ. Seine Selbstgenügsamkeit war ungewöhnlich für einen Einjährigen, und als Zweijähriger war er noch genauso. Man konnte seinen Gesichtsausdruck nachdenklich finden oder einfach nur leer, da gingen die Meinungen auseinander.

Eines Tages hatten Christine und die Jungs im Melly's vor dem Regen Schutz gesucht. Das Lokal mit Blick auf den Kai war eine Art Cafeteria für die Gabelstaplerfahrer und Bootsbesatzungen. Ein paar Plakate, die verschiedene Fischarten zeigten, waren die einzige Dekoration. Christine stellte Declan einen Teller Pommes hin, riss mit den Zähnen zwei Tütchen Ketchup auf und verteilte diesen über den ganzen Teller, so, wie Declan es mochte. Kaum hatte sie ihre Finger zurückgezogen, stürzte er sich gierig auf die Pommes, ganz Hände und Zähne, Besteck interessierte ihn nicht. Christine wandte sich in die andere Richtung, hob Brendan aus dem Kinderwagen und setzte ihn in den Kinderstuhl. Sie stellte ihm ebenfalls einen Teller Pommes hin, öffnete ein Tütchen braune Würzsoße und drückte ein paar Tropfen davon seitlich auf den Teller. Brendan nahm eine Fritte, hob sie in die Höhe wie der Pfarrer den Abendmahlskelch, dippte sie in die Würzsoße und knabberte dann genüsslich daran. Brendan hatte sein zweite Fritte gerade mal zur Hälfte verzehrt, da war Declan mit seiner Portion bereits fertig, hatte Krümel über den halben Tisch verteilt und fing an, von Brendans Teller zu stibitzen. Christine ließ es ihm durchgehen, niemand zweifelte daran, dass sie ihre Jungen heftig liebte, aber das hieß nicht, dass sie bei jeder Kleinigkeit eingriff, sie ließ die beiden machen. Sie lehnte sich in die andere Richtung und las im *Irish Independent*.

Brendan schaute auf Declans grapschende Finger, dann in dessen rotes Gesicht, während er sich vollstopfte, starrte ihn mit großen Augen an. Und jetzt verriet Brendan doch etwas von sich selbst. Auf seinem normalerweise so ausdruckslosen Gesicht zeichneten sich plötzlich starke Gefühle ab, das Innenleben des Jungen trat zutage: Brendan betrachtete seinen großen Bruder mit tiefer Ehrfurcht und Bewunderung.

Das Jahr schritt voran. Ein Kaventsmann traf die *St. Bridget* und riss den größten Teil der Ausrüstung mit, doch die Männer blieben Gott sei Dank verschont. Der örtliche Verein zur Unterstützung geistig Behinderter organisierte eine Verlosung, und Sheila Gallagher gewann einen Geschenkkorb. Marie Cotter erlag ihrem Herzleiden, und sehr viele Leute kamen zu ihrer Beerdigung, was zeigte, wie sehr wir sie geschätzt hatten. Declan Bonnar kam in die Schule.

Zu Hause ignorierte Declan Brendan meistens, oder er schikanierte ihn, aß seinen Zwieback und klaute seine Spielzeugautos, trotzdem vermisste Brendan seinen Bruder, als der mit der Schule begann, vermisste den prägenden Faktor seiner Gegenwart. Traurig stand er auf Zehenspitzen am Vorderfenster und sah Declan nach, wenn dieser mit seiner Schultasche verschwand. Bald jedoch erkannte Brendan, was für ihn dabei heraussprang: Er hatte seine Mammy jetzt den ganzen Tag für sich allein.

Als Erstes erledigte sie immer die Hausarbeit. An manchen Morgen redete sie nicht viel, aber wenn sie guter Stimmung war, plauderte sie mit ihm oder trällerte ein Lied. Brendan hörte kaum auf ihre Worte, wohl aber auf den Klang ihrer Stimme, und wenn sie in ein anderes Zimmer ging, stand er auf und folgte ihr. Gegen zehn Uhr verkündete sie: «Jetzt trinken wir einen Tee.» Der Tee war für sie, er bekam ein Kimberley-Plätzchen. Er drehte den oberen Teil des Doppelkekses ab und aß ihn, einen runden braunen Keks, der am Gaumen klebte, trocken, aber gut, dann biss er in die Marshmallowfüllung und hörte das Knirschen der großen Zuckerkörner in seinem Kopf. Das gefiel ihm. Danach gingen sie normalerweise in die Stadt, doch eines Tages, als das Wetter allmählich besser wurde, sagte Christine: «Heute gehen wir mal zum Moor, ja? Da war ich schon ewig nicht mehr.»

Brendan wusste nicht, was und wo das war, aber seine Augen strahlten auf. Er ging überallhin, wo seine Mammy hinwollte. Das Moor erstreckte sich über rund anderthalb Hektar auf ihrem Hügel, und um dorthin zu gelangen mussten sie am Bungalow der Lyons vorbeigehen. Sie liefen auf der anderen Straßenseite, hielten sich an die Fichtenschonung. Das Land auf dieser Seite der Straße gehörte dem Donegal County Council und war kürzlich mit Hunderten von Fichten bepflanzt worden. Sie waren noch keine anderthalb Meter hoch, ein armseliger Wald, den die Krähen bislang ignorierten. Als sie daran vorbeigingen, versuchte Brendan, zu den Bäumen zu schauen und nicht zum Haus der Lyons. Das Kind entwickelte gerade ein vages Bewusstsein für die Umrisse seines Lebens, für dessen Grenzen, roch sie im Wind, hörte sie in den knappen Äußerungen, die über seinen Kopf hinweg ausgetauscht wurden, vor allem aber spürte Brendan, dass etwas fehlte in seiner Familie. Er war noch keine drei Jahre alt, doch er fühlte, dass von diesem Haus etwas Schwieriges, Intolerantes ausging. Es gelang ihm, den Blick fast durchweg abgewandt zu halten, doch im letzten Moment warf er wie aus einem inneren Zwang doch noch einen kurzen Blick auf das Haus, und ihn durchlief ein Gefühl, das er nicht hätte in Worte fassen können: eine plötzliche Angst, zu tief für seinen Wortschatz.

Seine Mammy hingegen schaute entschlossen geradeaus, bis sie am Haus der Lyons vorbei waren, sie geriet nicht ins Wanken.

Nach einer Weile ging die Straße in schwarze Erde über. Das Moor bestand aus Heide und Torfbänken, das nächste Haus war mindestens anderthalb Kilometer entfernt, und man hatte freien Blick auf die Bucht. Das Meer schien von hier aus endlos und der Horizont so fern, dass er nur an den kältesten, klarsten Tagen nicht im Dunst verschwand. Eunan hatte seit zehn Jahren keinen Torf mehr gestochen, die Kanten am Stich rundeten sich langsam ab. Der schokoladenbraune Torf war von einem grünen Geflecht aus Bleichmoos überwachsen, und wenn Brendan draufdrückte, tanzten winzige Insekten um seine Hand. Die Weite und Abgeschiedenheit machten ihn munter und gesprächig, er rannte herum, durch die frische Luft belebt. Christine lief ihm nach, und er flitzte davon, klein und leicht, wie er war, unter anhaltendem perlenden Gelächter. Christine zeigte ihm verschiedene Pflanzen und sagte, wie sie hießen, die echten Namen oder selbst erfundene. Brendan pflückte eine winzige Moorblume, hielt sie sich direkt vor die Augen und ließ sie dann fallen, ein kleiner Schreck, denn an Stelle der winzigen Pflanze war da plötzlich das weite Meer. Er sagte: «Hier ist es, als hätte uns die Welt vergessen.»

Das schien Christine ein trauriger Gedanke, doch als sie zu ihm hinübersah, strahlte er.

Zufällig schaute Phyllis aus dem Vorderfenster, als Christine und Brendan auf ihrem Heimweg das Haus passierten. Sie hatte Eunan gerade sein Mittagessen hingestellt, und er machte sich über den gebratenen Wittling her. Phyllis trat einen Schritt hinter der Gardine zurück und sah zu, wie die beiden vorbeigingen. Sie war selbst lange nicht mehr im Moor gewesen, erinnerte sich aber gut daran, dass Christine und sie als Kinder oft mit ihrer

Mammy dort gewesen waren. Phyllis spürte eine Schwäche in ihren Beinen, so als flösse nicht genug Blut hindurch, aber die Kraft kam wieder, als sie entschied, dass Christine absichtlich hier vorbeigegangen war, damit Phyllis sie sah, sie mit diesem Kind sah. Das war zynisch, ja, aber ganz unrecht hatte Phyllis nicht, Christine war dieser Gedanke durchaus gekommen, und er hatte ihr Genugtuung bereitet. Dadurch, dass sie sich auf der anderen Straßenseite hielten, waren sie weiter vom Haus entfernt, aber zugleich waren sie und Brendan länger sichtbar.

Phyllis spürte, wie Ärger über das Kind in ihr aufstieg, aber dann schämte sie sich. Die ganze Episode stimmte sie verdrießlich, und sie tat etwas Ungewöhnliches und setzte sich zu ihrem Vater, während er aß. Er nahm das zur Kenntnis, sagte aber nichts. Sie sah zu, wie er Milch über die Kartoffeln goss, diese mit der Gabel zerdrückte und sie dann in seinen schlaffen Mund schaufelte. Phyllis fragte: «Was glaubst du, wie wir leben würden, wenn Mammy noch bei uns wäre?»

Eunan hob den Kopf und blickte zum Kaminsims, er schien über die Frage seiner Tochter nachzusinnen, während seine Kiefer weiterarbeiteten. Schließlich sagte er: «Wahrscheinlich genauso.» Er beugte den Kopf über den Teller und lud seine Gabel wieder voll.

«Ich glaube, ich wäre anders, wenn ich sie noch etwas länger gehabt hätte», sagte Phyllis in einem nachdenklichen Ton, der im Gegenzug ebenfalls eine gewisse Nachdenklichkeit verlangte. Der Tod ihrer Mutter hatte eine Leere in ihrem Innern hinterlassen, nichts Ungewöhnliches, doch Phyllis' spezielles Problem bestand darin, dass sie kaum je darüber sprach, sondern diese Leere durch stetes Gedenken zu einer Bastion in ihrem Innern verfestigt hatte, die sie entschlossen verteidigte. Da war sie nun, die Leere, ein wohl auf ewig bestehender Echoraum. «Ich hätte von ihr lernen können», sagte Phyllis.

Eunan grunzte. «Sie hat den Haushalt gut geführt.»

«Das meine ich nicht», sagte Phyllis. «Sie konnte gut mit Menschen umgehen, sie hätte mir ein paar Ratschläge geben können.»

Eunan sah sie an. «Was du an Ratschlägen brauchst, kriegst du von mir», sagte er.

Phyllis war eine Weile still und schaute ihn an, dann stand sie auf und ging wieder in die Küche.

Bald gingen Christine und Brendan regelmäßig zum Moor. Leichter Nieselregen hielt sie nicht ab, und eines Tages waren sie wieder einmal in ihren orangefarbenen Regenmänteln unterwegs. Als sie sich dem Haus der Lyons näherten, ging die Tür auf, Phyllis erschien und schaute zu ihnen herüber. Sie sagte Hallo, Christine sagte auch Hallo, umfasste Brendans Hand fester und ging weiter. Phyllis betrachtete sie, wie sie an den dunklen Bäumen entlanggingen, die Kapuzen übergezogen, die kräftigsten Farbflecken weit und breit. Mit ein paar verstohlenen Blicken unter ihrer Kapuze hervor versuchte Christine, die Miene ihrer Schwester zu deuten. Sie erkannte nichts, aber sicher bedeutete es doch etwas, dass Phyllis in der offenen Tür stand, war es eine Art Kontaktaufnahme? Vielleicht. Christine blieb stehen und sah Phyllis direkt an, Brendan weiterhin an der Hand, und allein durch den schlichten Akt des Stehenbleibens löste sich etwas in

Christines Innerem, öffnete sich. Phyllis sagte: «Kommt doch einen Moment rein.»

Christine war froh, als sie eintrat, überraschend froh. Brendan war klein für sein Alter, und die beiden Türstufen bei den Lyons waren sehr hoch, deshalb hob sie ihn hoch und behielt ihn auch auf dem Arm, während sie ihrer Schwester folgte. Phyllis führte sie nicht in die Küche, sondern ins Wohnzimmer, und dort stand Eunan, der offensichtlich darauf wartete, mit ihr zu sprechen. Christines frohes Gefühl schwand, und sie kam sich töricht vor, ausgetrickst. Sie hätte wissen müssen, dass in diesem Haus nichts Gutes geschehen konnte.

«Ambrose ist fischen, hm?» sagte Eunan.

«So ist es», sagte Christine. Brendan zappelte in ihren Armen, aber sie setzte ihn nicht ab.

«Verdient gut, hm?», legte Eunan nach.

«Ja, das tut er», sagte Christine trotzig. Die Lyons hatten nicht geglaubt, dass Ambrose erfolgreich sein würde, aber das war er, und manchmal füllten Tommy und er mit ihrem Fang die Auktionshalle ganz allein. Sie beruhigte Brendan, indem sie den Oberkörper aus der Hüfte etwas hin und her drehte. Er legte den Kopf auf ihre Schulter und schaute unverwandt zum Fenster, in seinen großen Augen spiegelte sich der graue Himmel. Christine bekam keinen Tee angeboten, stattdessen setzte sich Phyllis auf einen der Esstischstühle und sagte: «Gestern habe ich Tommy O'Gara auf der Landungsbrücke gesehen, er hat sich diese ausländischen Boote sehr genau angeschaut.»

Wir hatten sie alle gesehen, zwei norwegische Fischkutter, die ihren Fang verkauften. Es waren die ersten der neuen Generation: 27 Meter lang und mit zweitausend Fischkisten. «Den Männern hier geht's doch am besten, wenn sie Boote angucken können», sagte Christine. «Und ihre Kommentare zu den Kränen und Winden und was weiß ich was abgeben können.»

«Ich kann mir Tommy gut als Kapitän von so einem großen Boot vorstellen», sagte Phyllis.

«Ach ja?», sagte Christine.

Phyllis schaute weg. Sie hätte niemals zugegeben, dass ihr ein Mann gefiel, aber manchmal rutschte ihr etwas heraus, und wir dachten uns unser Teil. Es wäre schön gewesen, wenn Phyllis einen Ehemann gehabt hätte, mit dem sie die Abende hätte verbringen können, aber mittlerweile war das nur noch schwer vorstellbar, sie hatte ihr Leben mit größter Sorgfalt auf ihren Vater ausgerichtet.

«Für mich sind das alles einfach nur Boote», sagte Phyllis wegwerfend, ihr war klar, dass sie sich verplappert hatte. «Die interessieren mich nicht. Ich mag ja nicht mal das Meer.»

«Das ist aber traurig, dass du das Meer nicht magst, immerhin hast du es ständig vor der Nase», sagte Christine mit einem Nicken zum Fenster hin.

«Ich habe zu viel zu tun, um aus dem Fenster zu schauen», sagte Phyllis. «Außerdem werden die Bäume in der Schonung größer. Von mir aus können sie in den Himmel wachsen.»

Die Bonnars wohnten am Anfang der Moorstraße, ein gutes Stück von der Fichtenschonung des County Council entfernt, doch das Haus der Lyons lag ihr direkt gegenüber. Man hätte erwarten können, dass Phyllis und

Eunan sich über den absehbaren Verlust ihres Seeblicks beschweren würden, aber in solchen Dingen waren sie pragmatisch. Eunan brauchte die Bucht nicht mehr, von ihm aus hätte das Wasser auch abgelassen werden können, und schöne Landschaft bedeutete ihm nichts. Ein Fenster war einfach nur eine billige Lichtquelle sowie eine Möglichkeit, schon mal zu sehen, wer an die Tür klopfte, damit man keinen Schreck bekam, wenn man öffnete.

«Keine von euch konnte je beim Thema bleiben», sagte Eunan.

Phyllis legte schuldbewusst die Hände aneinander, während Christine fragte: «Was ist denn das Thema?»

«Ihr Auto ist zusammengebrochen», sagte Eunan.

Es war nicht zusammengebrochen, sondern brauchte neue Reifen, neue Bremsbeläge und hinten einen neuen Stoßdämpfer. Eunan zog es vor, nicht zu wissen, wie ein Auto funktionierte.

«Wir brauchen zweihundert Pfund, um das Auto in Betrieb zu halten», sagte Phyllis zu Christine, «und wir finden, dass das nicht zu viel verlangt ist, wenn man bedenkt, wie wenig du sonst für uns tust.»

Das war es also. Christine drückte Brendan so fest an sich, dass er wimmerte. «Das war alles, was ihr wolltet?», fragte sie.

Phyllis nickte bestimmt.

«Ich schreibe euch einen Scheck und werfe ihn euch ein», sagte Christine, die sich bereits zum Gehen wandte.

Christines Enttäuschung verwandelte sich in Bitterkeit, als sie mit Brendan die Straße entlangging, aber Ambrose und sie gehörten inzwischen wohl zu denen, die *gutes Geld verdienten*, und gutes Geld zu verdienen hatte seine Vorteile. Sie freute sich darauf, den beiden einen Scheck auszuschreiben, einen dicken Scheck, mit ihrem Namen darauf: *Bonnar*.

4.

Das Jahr schritt voran. Die Gewerbeschule führte die erste Abschlussprüfung durch, und die Ergebnisse waren gut. Die *Ros Finn* lief auf eine Klippe, und zwei der Männer mussten wegen Unterkühlung behandelt werden. Johnny the Matchbox gewann eine ordentliche Summe Geld im Lotto, und das war zum Heulen, denn er würde das Geld garantiert verschleudern.

Eines Morgens sah Christine durchs Wohnzimmerfenster, wie Tommy O'Gara vor dem Haus vorfuhr, also ging sie zur Tür und machte ihm auf. Die Luft war von dichtem, lautlosem Regen erfüllt, und Tommy stand in Hemd und Jackett unter einem Golfschirm, wollte aber nicht hereinkommen. «Ich will dich nicht aufhalten», sagte er. «Ambrose ist ausgefahren, oder?» Die beiläufige Art, wie er das fragte, legte nahe, dass er sich nur bestätigen ließ, was er bereits wusste.

«Ja, aber nicht zum Fischen», sagte Christine. «Er ist nach Aran gefahren.»

«Nach Aran?», wiederholte Tommy, denn dafür konnte er sich keinen Grund vorstellen.

«Er hat einen Anruf bekommen», sagte Christine. «Ein großer Sturm hat das Dach von dem alten Haus seines Großvaters heruntergerissen. Ambrose will den Herd retten. Er würde es nicht ertragen, wenn der verrostet.»

«Was das an Treibstoff kostet!», sagte Tommy. «Warum hat er sich nicht einen Transporter ausgeliehen und ist mit der Fähre übergesetzt?»

«Joseph ist mitgefahren», sagte Christine zur Verteidigung ihres Mannes. Wenn Joseph McBride beteiligt war, konnte es keine ganz dumme Aktion sein.

«Na toll», sagte Tommy hörbar verärgert. «Der will doch nur seinen Kutter vorführen, ein bisschen vor seiner Familie und den alten Kumpels angeben und sich mit der Rettung von diesem Herd in Szene setzen. Da haben die Inselbewohner was zu tratschen.»

Christine fand das grausam, und sie war bestürzt, Tommy so zu erleben.

«Ambrose hat seinen Großvater sehr geliebt», sagte sie, «und er meint, der Herd wäre ein gutes Erbstück für unsere Jungs. Er hat mir gesagt, ihr würdet die nächsten paar Tage nicht ausfahren.»

«Das stimmt», sagte Tommy. «Aber ich habe für heute Vormittag einen Termin beim Fisheries Board ausgemacht. Ich wollte eigentlich, dass Ambrose mitkommt, aber dafür wird er wohl nicht rechtzeitig zurück sein, oder?»

«Er kommt erst morgen wieder», sagte sie. «Wie dumm, dass er das nicht gewusst hat.»

Tommy sagte Christine nicht, dass Ambrose sehr wohl von dem Termin wusste. Der Plan war gewesen, gemeinsam zum Fisheries Board zu gehen und über die Finanzierung einer Geschäftserweiterung zu sprechen. Er hatte Ambrose geraten, sich zu rasieren und ein Hemd anzuziehen.

In diesem Moment erschien Brendan neben Christines Beinen, streckte eine Hand hoch, um nach ihrem Rock zu greifen, und fing an, sich langsam auf einem Fuß hin und her zu drehen, wobei er zu dem Besucher hochschaute. Tommy sah ihn an und bereute plötzlich, dass er so geredet hatte. Brendan konnte diese Wirkung auf uns haben. Die meisten von uns erklärten das damit, dass wir uns an seinen schweren Start erinnerten, so schutzlos und verlassen, das halte uns unsere eigene Verwundbarkeit vor Augen und erweiterte unseren Blick. Schon allein Brendans Anblick konnte bewirken, dass man seine Prioritäten neu ordnete. Ein paar Leute gingen noch weiter und behaupteten, Brendan habe eine «Aura», die andere Menschen zwinge, ihre ganze Lebensweise zu hinterfragen. Die meisten von uns verwarfen solche wilden Theorien, wir neigten nicht zum Aberglauben, aber sie beharrten darauf.

Tommy griff in die Tasche und gab dem Jungen fünfzig Pence, dann verabschiedete er sich und fuhr davon, nahm die fiese Kurve zu schnell. Auch später noch, als er vor dem Büro des Fisheries Board in seinem Wagen saß, hatte er ein schlechtes Gewissen wegen seines Verhaltens Christine gegenüber. Er entschuldigte sich nie dafür, war aber bei den nächsten paar Begegnungen besonders herzlich – das war unsere Art auszudrücken, dass uns etwas leidtat, was wir gesagt oder getan hatten: Wir verhielten uns komisch, wenn wir der betreffenden Person das nächste Mal begegneten. Es überraschte Tommy nicht, dass Ambrose vor dem Termin beim Fisheries Board ausgebüxt war, es war nicht sein Terrain. Für die

Finanzen war bei den Bonnars Christine zuständig, Ambrose hielt es eher mit munteren Unterhaltungen und großen Gesten als mit Verträgen und Detailabsprachen. Einen Jungen aufzunehmen, den man in einem Fass gefunden hatte, war seine größte Geste gewesen, aber ein Familienerbstück mit seinem Fischkutter abzuholen war nicht weit davon entfernt. Wahrscheinlich war es eins dieser Dinger aus dünnem Stahl und mit wackeligen Beinen. Fünfzig Seemeilen, um einen alten Herd zu retten! Irrsinn. Tommy stieg aus, nahm seine Aktenordner und ging hinein, auf die Minute pünktlich.

Auch Christine war nach der Unterhaltung niedergeschlagen, aber nicht wegen Tommys Tons, sondern wegen der Erkenntnis, dass Ambrose etwas falsch gemacht hatte. Sie ließ Brendans Ei zu lange kochen. Er beschwerte sich nicht, beobachtete sie aber still, während sie, den Rücken zu ihm, auf dem Abtropfbrett mit den Fingern trommelte. Es klopfte erneut an der Tür, und Christine spürte, wie sich ihr ganzer Körper anspannte. Das war Phyllis' Klopfen, und sie würde Geld wollen. Die Autoreparatur war nur der Anfang gewesen, Phyllis klopfte jetzt fast jede Woche und verlangte zwanzig oder vierzig Pfund. Christine öffnete die Tür, und Phyllis stand in ihrem langen Mantel da. Sie erschien nur noch an der Vordertür, was eine deutliche, kalte Aussage war, und kam nie herein. Phyllis verhielt sich wie eine Schuldeneintreiberin, aber Christine war durch Tommys Besuch so verunsichert, dass sie Phyllis davon erzählte und auch sagte, dass Ambrose gerade eine Besprechung verpasste.

«Was hat er denn so Wichtiges zu tun?», fragte Phyllis.

Christine zögerte, ehe sie antwortete: «Er ist ausgefahren.»

«Na, dann verdient er immerhin Geld», sagte Phyllis.

«Ja», sagte Christine matt, in die Falle getappt.

«Wo wir von Geld reden», sagte Phyllis.

Das Jahr schritt voran, und in unseren Unterhaltungen ging es um die schwarze Woche auf Donegals Straßen, mehr als ein Dutzend Autounfälle. Bei den Breslins krachte eine heranschießende Möwe durch die Scheibe des Vorderfensters. Jackie Meehan fiel vom Mast und erlitt eine Gehirnerschütterung. Brendan Bonnar kam in die Schule.

Jeden Morgen stapften Brendan und Declan zur Hauptstraße und dann weiter in die Stadt. Es verstand sich von selbst, dass sie nicht zur Schule gebracht oder gar gefahren wurden, nicht mal an die Tür wurden sie begleitet, wir erzogen unsere Kinder dazu, allein zurechtzukommen. Die Straße hatte keinen Bürgersteig, deshalb hielten sie sich in der fiesen Kurve auf deren weiterer Seite, und wenn ihnen ein Pkw oder ein Transporter entgegensauste, sprangen sie über den Graben und klammerten sich an dem Holzzaun fest, und der Fahrer erhaschte im Regen einen Blick auf ihre gleichgültigen Gesichter. Es war nicht gerade ein ländlicher Schulweg, die Gegend wurde intensiv wirtschaftlich genutzt: An der Straße zwischen dem Haus der Bonnars und der Stadt lagen die Fichtenschonung, eine Fabrik und eine Elektronikwerkstatt, aber auch ein Feld mit einem Esel und einem hundert Jahre alten Cottage, das sich für ein Werbeplakat von Bord Fáilte, dem irischen Tourismusverband, geeignet hätte, wären da nicht das Wellblechdach und der draußen verrottende HiAce-Transporter gewesen. An der Stadtgrenze ließ Declan Brendan hinter sich, er ging voraus und schloss sich den gleichaltrigen Jungen an, die mit großen Schritten den Hafenparkplatz überquerten, den Gang nachahmten, mit dem ihre Väter den Kai entlang oder durch die Fabrikhalle liefen. Ihr Ziel war es, ihre Väter so lange zu imitieren, bis es keine Imitation mehr war. Zehn Minuten später tauchte dann Brendan auf, der sich jetzt einsam und abgelehnt fühlte, man erkannte ihn schon von Weitem an seinem schwarzen Schopf und der Art und Weise, wie er trödelte und immer mal wieder stehen blieb, um die toten Fische zu betrachten, die von einem der Laster gefallen waren und in der Gosse lagen. Der Schulranzen war ihm halb heruntergerutscht und hing in seinen Armbeugen statt auf den Schultern. In der Schule fand Brendan am Lesen, Schreiben und Rechnen keinen Gefallen, schien es aber unterhaltsam zu finden, mit der bunten Knetmasse zu arbeiten, die in der Schule jeden Tag ausgeteilt wurde. «Ein argloser Junge», sagte seine Lehrerin im Lehrerzimmer.

Auf jedem Schulhof bilden sich in den Pausen Grüppchen, Gleich und Gleich finden zusammen. Bei Jungen wie Declan geschah das ohne Umschweife: Sie erspähten einander quer über den Schulhof, erkannten etwas Grundlegendes im Verhalten des anderen, und innerhalb von Sekunden kletterten sie zusammen auf den nächsten Baum. Dann gab es die vorsichtigen Kinder, die andere Vorsichtige erspürten, und zu solch einem Kind wuchs Brendan heran. Auch diese Kinder fanden zusammen, aber langsamer und am Rand des Schulhofs oder an der Außentreppe; Brendan gewann das Vertrauen anderer Kinder, indem er seine Lemon-Curd-Sandwiches verschenkte. Waren die Vorsichtigen zu zweit, lehnten sie eher nebeneinander an der Spielplatzmauer, als dass sie einander gegenüberstanden, stocherten in dem Moos herum, das in den Ritzen zwischen den Backsteinen wuchs, und unterhielten sich über gute Verstecke. Wenn fünf oder sechs von ihnen die Köpfe zusammensteckten, wirkten sie verschwörerisch, und es kam vor, dass ein rabiaterer Junge angerannt kam und sie auseinanderscheuchte, dabei waren sie immer nur mit irgendwelchen unschuldigen Beobachtungen befasst, bestaunten einen dicken Schorf oder strichen über einen besonders glatten Stein, den sie gefunden hatten.

Declan hätte einer von denen sein können, die ihren Spaß daran hatten, die Vorsichtigen zu schikanieren, aber er war es nicht, weil er nicht in Brendans Nähe sein wollte. Er konnte nicht, wollte nicht von der Vorstellung lassen, dass Brendan ein Eindringling in der Familie war. Als Brendan zu ihm ins Zimmer umquartiert wurde, malte Declan einen Strich auf den Teppich zwischen ihren Betten und den zog er immer noch regelmäßig nach. In der Schule bezeichnete Declan Brendan nicht als seinen Bruder und wies alle zurecht, die es taten. «Wie sollen wir ihn denn sonst nennen?», frage Pat Ward eines Tages unter dem Regendach im Schulhof. Er war keiner von den Kohlenhändler-Wards, sondern gehörte zu den Strawoaghter Wards, denen mit den sommersprossigen Gesichtern.

«Gar nicht», sagte Declan. Er war ein ruppiger Junge, wurde schnell laut und war es nicht gewohnt, dass ein Sechsjähriger ihm widersprach.

«Aber wenn wir es müssen, wie sollen wir diesen Jungen, der bei euch im Haus wohnt, dann nennen? *Der Junge, der bei euch im Haus wohnt?*»

Declan stieß Pat zu Boden und schaute auf ihn hinunter. Declans Miene mochte Wut oder Schrecken ausdrücken, jedenfalls war sein Gesicht feuerrot. Pat fing an zu weinen, und Declan rannte davon. Bald würden sie wieder Freunde sein, aber Pat würde tunlichst darauf achten, Brendan nie wieder zu erwähnen.

Wahrscheinlich hatte auch die Auseinandersetzung dazu beigetragen, aber Declan stellte bald fest, dass wenn er nicht von Brendan sprach, die Mädchen und Jungen in seiner Klasse es auch nicht taten. Vermeidung, lernte er, war eine gute Methode, mit Problemen umzugehen. Seine Lehrerin, Miss Roper, kannte seine Familiengeschichte nicht, denn sie war erst vor Kurzem aus einem Ort in Cavan hierhergezogen – daher auch ihr fremd klingender Name –, und sie fragte Declan einmal vor der ganzen Klasse, ob er einen Bruder oder eine Schwester habe, worauf er zu antworten wagte: «Nein, Miss.»

Pat Ward drehte sich lächelnd zu ihm um. «Der war gut!», flüsterte er.

Declan kam damit durch, bis es eines Tages im Januar heftig schneite. Die größeren Straßen waren nicht passierbar, und einige Kinder konnten nicht zur Schule kommen. Man darf sich sicher sein, dass die Bonnar-Jungen anwesend waren, es hätte sich schon ein Gletscher über die Stadt schieben müssen, damit Christine Zugeständnisse machte, aber Brendans Lehrerin war nicht da, deshalb wurden die Kinder aus seiner Klasse auf die anderen Klassen verteilt, zu ihren Geschwistern. Und so stand Brendan nun in der Tür zu Declans Klassenzimmer.

«Zu wem gehörst du denn?», fragte Miss Roper. Alle Kinder außer Declan drehten sich nach Brendan um und starrten ihn an, er sah sehr klein und schüchtern aus, wie er da stand. Er hob die Hand und deutete auf Declans Hinterkopf. Miss Roper konnte nicht erkennen, auf wen er zeigte, außerdem war sie nicht bereit, eine stumme Geste als Antwort zu akzeptieren, sie war noch neu in Donegal. «Laut aussprechen, bitte», sagte sie.

Brendan sprach es aus, und zwar auf eine Weise, die alle überraschte. Niemand hätte erwartet, dass eine so schmächtige Gestalt eine so bestimmte Äußerung hervorbringen konnte. «Ich bin Declans Bruder», sagte er.

Declans Gesicht verfinsterte sich, und er sackte zusammen, die Arme schlaff an seinen Seiten. In diesem Moment erwachte in Declan ein Gefühl der Demütigung, das fortan ein Eigenleben führen sollte. Er schaute sich um, ob jemand seinen Zustand bemerkt hatte. Pat Ward sah ihn mit anzüglichem Grinsen an, seine Sommersprossen waren in diesem Moment ganz besonders provozierend.

Am Nachmittag, wieder zu Hause, spielte Brendan draußen im Schnee, während Christine drinnen am Spülbecken stand und Kartoffeln aus dem Dreiviertelzentnersack schälte, den sie jeden Monat geliefert bekamen. Auch Ambrose war in der Küche, er saß auf einem Stuhl neben der Arbeitsplatte, beugte sich zu dem Radio, das dort stand, und hörte die Nachrichten. Sich vors Radio zu kauern war eine Eigenart, die Ambrose von seinem Vater übernommen hatte und die noch aus den Zeiten stammte, als Männer auf einsamen Landspitzen Radiosendungen als lebenserhaltend betrachteten. Sie waren gern so nah wie möglich an der Quelle, als wollten sie davon trinken. Declan kam in die Küche und fragte seine Eltern: «Warum habt ihr Brendan aufgenommen?»

Christine erschrak über seinen aggressiven Ton, er klang wie ein verbitterter alter Mann, aber Ambrose fiel das nicht auf. Er warf nur einen kurzen Blick auf seinen Sohn und sagte dann den Satz, den er schon oft benutzt hatte, um diesem Thema auszuweichen: «Kommt das von deiner Tante?»

«Nein», sagte Declan. «Ich will es wissen.»

Ambrose verstummte, er würde einen neuen Satz brauchen.

«Der Junge kann selbst denken», sagte Christine zu Ambrose. Sie ließ eine Kartoffel ins kalte Wasser fallen, legte das Messer aufs Abtropfbrett und drehte sich zu Declan um. «Brendan war allein und hat jemanden gebraucht, der sich um ihn kümmert», sagte sie. «Dein Dad und ich hatten durch dich gelernt, wie man sich um einen Jungen kümmert. Und wir haben uns gedacht, dass unsere Liebe auch für zwei reicht. Und genau so ist es auch.»

Das stimmte alles, und Ambrose war beeindruckt, wie gut Christine es auf den Punkt gebracht hatte, allerdings heute nur mit mäßigem Erfolg. Declan setzte seine Befragung fort. «Warum habt ihr seinen Geburtstag auf den selben Tag gelegt wie meinen?»

«Ich hab dir doch gesagt, dass er sich darüber irgendwann ärgern würde», sagte Christine zu Ambrose und wandte sich wieder ihren Kartoffeln zu, das musste Ambrose allein lösen. Er sah ein, dass das mit dem Geburtstag eine schlechte Idee gewesen war, nächstes Jahr würden sie die Geburtstage trennen, aber der Schaden war entstanden. So war das also, wenn man eine Familie hatte: Man meinte es gut, und trotzdem verletzte man die anderen, erzeugte Reaktionen und Enttäuschungen, die nicht vorhersehbar waren. Er schaute zum Radio – diese Beziehung war ihm lieber, das Radio forderte keine Erklärungen. Er sagte langsam: «Als Brendan aufgetaucht ist, hattest du eine Woche vorher Geburtstag gehabt, und die Gemeindeschwester hat uns damals gesagt, dass er ein paar Tage alt ist, deshalb haben wir uns gedacht, dass wir die beiden Geburtstage einfach zusammenlegen, es war ... praktisch, weißt du?»

Declan begann sich zu winden, ein körperlicher Ausdruck seiner Unzufriedenheit. Er ballte die kleinen Fäuste.

Doch Ambrose musste bei diesem Anblick lächeln. «Ihr seid noch kleine Kerle», sagte er, «da reicht doch ein Kuchen für euch beide. Stimmt's, Christine?»

Sie würde sich da nicht hineinziehen lassen. Eine Kartoffel fiel ins Wasser, und sie griff sofort nach der nächsten.

«Ich will ein eigenes Zimmer», sagte Declan.

«Sobald wir unseren Anbau haben», sagte Ambrose.

«Ich will es aber jetzt!»

Ambrose war so baff, dass er lachte. Ein Kind, das Forderungen stellte, sowas hatte er noch nie erlebt. Es war, als hätte man eine mittelgroße Stadt versehentlich in die NATO aufgenommen und sie legte nun gegen alles ihr Veto ein und behinderte die Beratungen. «Ich habe jahrelang ein Bett mit meinem Bruder geteilt», sagte er, «mit drei Brüdern sogar, wir haben alle nebeneinander gelegen.»

Declans Augen funkelten, und er bleckte verärgert seine Milchzähne. Hätte man ihn in diesem Moment an den Knöcheln hochgehoben, wäre er stocksteif geblieben. Mit einem scharfen Zischen drehte er sich um und stürmte hinaus.

Er ging in das gemeinsame Zimmer, das von kaltem Winterlicht erfüllt war. Zwei Einzelbetten standen an den gegenüberliegenden Wänden, und dazwischen waren Spielsachen über den braunen Teppich verteilt. Declan blieb eine Weile stehen und betrachtete sie, dann griff er nach Brendans Plüschoktopus. Er presste ihn an seine Brust und kroch unter das Bett, und als er dort auf dem Rücken lag und die staubige Luft einatmete, fühlte er sich aufgehoben, wie ein Tier in seinem Bau. Declan riss ein Bein nach dem anderen aus, mit dumpfem Ploppen sprangen die Nähte auf.

Danach lag er inmitten der Innereien des Plüschtiers unter dem Bett und fühlte sich sündig gemein. Er zupfte an der Füllung, die an seinem Pullover haftete, sammelte die abgerissenen Einzelteile zusammen und stopfte sie sich in die Taschen. Dann robbte er unter dem Bett hervor und stahl sich aus dem Haus. Auf der moorigen Anhöhe hinter dem Haus kauerte sich Declan zwischen die Binsen, schob den Schnee zur Seite und fing an, im Moorboden zu scharren. Als er schließlich eine Mulde gekratzt hatte, waren seine Finger rot vor Kälte, und unter den Nägeln war schwarzer Dreck. Er legte die Überreste des Plüschtiers in die Mulde, bedeckte sie mit Erde und schlich zurück ins Haus. Wahrscheinlich vermisste Brendan den Oktopus, aber allzu sehr dürfte ihn das nicht beschäftigt haben. Jede Kindheit ist voller Verluste.

Christine entdeckte das zerstörte Kuscheltier ein paar Wochen später und erriet, was geschehen war. Am Abend sprach sie mit Ambrose darüber. Er saß wieder am Radio, und sie hatte ihre neue Tee-und-Zigaretten-Position eingenommen, ihr Sessel stand jetzt am Herd. Der Herd strahlte Wärme und den Geruch nach Torf aus, und ab und zu entwich ein bisschen Rauch. Sie sagte, Declans Unversöhnlichkeit sei beunruhigend, wo er doch noch so klein sei. «Das ist Eifersucht», sagte sie.

«Auf was soll er denn eifersüchtig sein?», sagte Ambrose schnoddrig.

«Er will von dir beachtet werden», sagte Christine. «Du musst die beiden gleich behandeln.»

«Tu ich doch!», sagte Ambrose.

Christine sah ihn streng an, doch es gab nicht viel zu sagen. Ambrose liebte seine Söhne gleichermaßen, daran bestand kein Zweifel, aber Brendan hatte ihn auf eine besondere Weise für sich eingenommen. Vielleicht einfach deshalb, weil Declan auf dem üblichen Weg gekommen war, Brendans Erscheinen hingegen magisch und schicksalhaft wirkte, der Junge schien ein besonderes Licht auszustrahlen. Christine hatte es auf dem Gesicht ihres Mannes gesehen, und Declan womöglich auch.

Ambrose wandte sich wieder dem Radio zu. «Mach dir keine Gedanken um die Jungs», sagte er. «Das passt schon.»

Zu dieser Wendung ist eine Erklärung erforderlich. Man könnte meinen, sie drücke Zufriedenheit oder Zuversicht aus, doch so verwendeten wir sie nicht. «Das passt schon» sagten wir, wenn etwas eigentlich nicht passte und es keinen Grund zur Zuversicht gab, zugleich aber klar war, dass man nichts dagegen tun konnte und es daher sinnlos war, groß zu klagen. Ambrose benutzte die Wendung oft auf See. «Das passt schon», sagte er, wenn die Netzwinde ächzte. «Das passt schon», sagte er, wenn sich jemand aus der Besatzung besorgt über den zehn Jahre alten Motor äußerte. Zu Hause genauso. «Das passt schon», sagte er, wenn er einen Schimmelfleck von einer Scheibe Weißbrot kratzte, bevor er sie in den Toaster steckte. «Hat schon gepasst», sagte er, wenn Christine ihn nach seiner Kindheit fragte. Und als Ambrose eines Abends erfuhr, dass Tommy in ein größeres Boot investierte und die *Warrior* zum Verkauf anbot, sagte er es wieder. Er ging nach Hause, ließ sich auf einen Küchenstuhl sinken, schaute ins Leere und sagte: «Das passt schon.»

An dem Tag, an dem Tommy mit seinem neuen Fischkutter zurückerwartet wurde, konnte Ambrose nicht still sitzen bleiben, alle paar Minuten sprang er von seinem Sessel im Wohnzimmer auf und trat ans Fenster, um auf das graue unruhige Wasser in der Bucht hinauszublicken. Und dann sah er den Kutter herandampfen, glänzend weiß und eisvogelblau, neunundzwanzig Meter lang. Ambrose war gebannt. Von seinem Fenster aus war das Boot nicht größer als ein Daumen am ausgestreckten Arm, trotzdem wirkte sein lautloses Näherkommen seltsam angesichts des starken Wellengangs, alle halbe Minute hob sich der Bug und krachte dann unhörbar herunter. Die *Warrior II* war in den Niederlanden gebaut, mit einem stark ausgestellten Bug und einem schön geschwungenen stählernen Rumpf, dessen Form durch das nach vorn geneigte Deckshaus noch betont wurde. Es war ein Kauf zur rechten Zeit, die irischen Verhandler hatten gerade erreicht, dass die Europäische Gemeinschaft unsere Fangquoten verdoppelte, was für kleine Boote wie die *Dawn* nicht viel bedeutete, doch die *Warrior II* konnte diese Fangquoten locker ausschöpfen, in einem Umkreis von zweihundert Seemeilen würden die Fische keine ruhige Minute mehr haben. Ambrose freute sich spontan für Tommy, aber zugleich spürte er einen Stachel in seinem Innern. Sie würden nicht mehr im Gespann fischen. Tommy konnte mit der *Warrior II* viel weiter hinausfahren, bis über die Schelfkante, wenn er wollte. Ambrose erschrak, als ihm noch eine weitere Möglichkeit in den Sinn kam, Tommy konnte nach Rockall fahren. Rockall war eine Felsinsel aus reinem Granit mitten im Nordatlantik, höher als die meisten Leuchttürme und unbewohnt, von Seevögeln einmal abgesehen. Ambrose war nie näher als hundertfünfzig Kilometer an sie herangekommen, und obwohl Rockall im Seewetterbericht Tag für Tag erwähnt wurde, war es in seiner Vorstellung ein mythischer Ort, zu schön, um wahr zu sein. Aber jetzt war er plötzlich real, für seinen Freund Tommy problemlos erreichbar. Die umliegenden Gewässer waren fischreich, aber nicht das machte für Ambrose den Reiz von Rockall aus. Verlässlichkeit, Einzigartigkeit und schiere Kraft, das waren Eigenschaften, die ihn ansprachen, und Rockall verkörperte sie perfekt.

«Gleich ist er da», sagte Ambrose zu Christine.

Sie drehte sich um und sah, dass Ambrose seine Mütze aufsetzte, was signalisierte, dass er vorhatte, auf der Landungsbrücke zu stehen, wenn die *Warrior II* anlegte. Viele von uns würden dort sein, neue Boote interessierten uns sehr. «Ach – bist du dir sicher, dass du das willst?», fragte Christine.

«Warum denn nicht?», fragte Ambrose herausfordernd.

Christine schwieg kurz, dann sagte sie: «Na, dann fahr.»

Ambrose stieg ins Auto. Er hatte eigentlich keine feinen Antennen für Dinge, die nur indirekt ausgedrückt wurden, aber Christines Zögern beschäftigte ihn, während er in die Stadt und zum Kai fuhr. Der Bereich vor den beiden Landungsbrücken war eine mit Zement befestigte Steinschüttung, und er bremste ab, ehe er darüberfuhr. Ein ausgebreitetes Netz harrte der Reparatur, zwei große hölzerne Spulen standen auf ihren Enden, damit sie nicht wegrollten. Seemöwen stolzierten umher und kämpften um herumliegende Fische. Weiter vorn war ein Dutzend Autos geparkt, und es hatte sich schon eine kleine Menschenansammlung gebildet, obwohl die *Warrior II* noch über eine Meile entfernt war. Ambrose verlangsamte das Tempo abermals, gerade so, dass er den Motor nicht abwürgte, und stellte sich vor, in der Menge zu stehen, während das Boot anlegte, alle würden aufgekratzt sein und ihre Bewunderung kundtun. Wenn dann einer von der Besatzung die Wurfleine herüberwürfe, würden mehr Männer als nötig loslaufen, um sie aufzuheben. Tommy würde von der Brücke herüberschauen und Ambrose entdecken, der zu ihm hochsah. Tommy würde die Hand heben, und Ambrose würde ebenfalls –

Ambrose wendete das Auto abrupt und verließ den Kai, ganz zittrig vom Adrenalin, als wäre er knapp einem Zusammenstoß entronnen. Die positive Grundstimmung seiner Fantasie hatte ihm einen Schlag versetzt, denn er wusste, dass sie falsch war. Er fuhr nicht zurück nach Hause, sondern noch ein Stück weiter, machte dann eine Kehrtwendung und parkte an der Ufermauer. Er würde von hier aus zusehen und so später sagen können, dass er die Einfahrt miterlebt hatte. Es herrschte Flut, und die *Warrior II* ragte hoch über den Leuten empor, als Tommy rückwärts an die Landungsbrücke heranfuhr. Manche Leute halten den Bug eines Fischkutters für den interessantesten Teil, die Touristen fotografierten unsere Boote meistens von vorn, aber wir wussten es besser. Der Bug sieht immer gleich aus, die wahre Herrlichkeit des Boots zeigt sich am Heck, wo sich die Fanggeräte und die Technik befinden, hier erfuhr man etwas über die Leistung, den Stil, das Wesen des Boots. Ambrose kannte die technischen Details, er wusste, dass wir den weit auslegenden

Kran mit dem mächtigen Powerblock kommentierten, mit diesem Boot konnte Tommy auch Ringwadenfischerei betreiben, wenn ihm der Sinn danach stand, aber uns beeindruckte vor allem die schiere Masse an Metall. Die *Warrior II* war einer der ersten irischen Fischkutter, die komplett aus Stahl gebaut waren. Niemand jubelte oder klatschte, das hätte uns nicht entsprochen, aber es herrschte größte Hochachtung. «Tommy hat es zu was gebracht», sagten wir.

Als Ambrose genug gesehen hatte, ließ er den Motor an und macht eine weitere Kehrtwende, um aus der Stadt hinauszukommen, ohne am Kai vorbeifahren zu müssen. Erst jetzt sah er, dass hinter ihm drei weitere Autos entlang der Ufermauer geparkt hatten, in jedem saß ein Mann, der wie er Kapitän eines kleinen Boots war und von hier aus die *Warrior II* betrachtete. Keiner der Männer nahm die anderen zur Kenntnis, während Ambrose vorbeifuhr.

Ambrose hätte die nächste Fangfahrt am liebsten abgeblasen, und es wäre leicht zu vertreten gewesen, denn die Preise waren nicht besonders gut, und der Treibstoff war teuer, weil es im Nahen Osten Zoff gab, doch er hätte jedes Besatzungsmitglied einzeln anrufen müssen, und das schreckte ihn ab, also stand er morgens um drei in seinem Ölzeug auf der Landungsbrücke. Die *Warrior II* roch intensiv nach Farbe, und das Licht ihrer Halogenstrahler wurde von dem verzinkten Stahl des Decks reflektiert und blendete Ambrose in den Augen. Die *Christine Dawn* war in einer Reihe vertäut, sodass Ambrose drei Decks überqueren musste, ehe er an Bord gehen konnte. Joseph McBride sah gerade nach den Fischkisten, Stevie Shine drückte Milchkartons ins Eis, um zwei Dosen Tennent's darunter zu verstecken. Tim O'Boyce füllte Motoröl nach und schimpfte dabei über irgendetwas, er nahm es sehr schwer, dass sie nicht mehr im Gespann fischten.

Ambrose hatte das Gefühl, dass er ein paar Worte sagen sollte, aber ihm war nicht danach, also sagte er nur «Alles klar?» und wartete nicht auf eine Antwort. Sie konnten sofort auslaufen, denn die *Christine Dawn* war das äußerste Boot, aber Ambrose fühlte sich irgendwie heimlichtuerisch. Er versuchte, dem Gefühl entgegenzuwirken, indem er das Tempo beschleunigte. Dank ihrer Kielform war die *Dawn* wendig, und bei erhöhter Geschwindigkeit hob sich der Bug. Normalerweise hob sich dann auch Ambroses Laune, aber heute reichte es nicht. Als sie den Schutz des Hafens verließen, schlug ihnen kräftiger Wind entgegen, der durch sämtliche Ritzen pfiff und alles freiblies, und Ambrose steigerte die Geschwindigkeit noch etwas, es dauerte vier Stunden bis zu den Stags of Broadhaven. Da wollte er hin, er sehnte sich danach, in der Gewalt des Meers zu sein.

Der Vollmond schien durch die Wolken, und im Licht des Deckscheinwerfers war die Gischt auf den Wellenkämmen deutlich zu sehen. Jeder der Männer an Bord hatte sich ein Eckchen gesucht, wo er für sich sein und etwas Ruhe finden konnte. Ambrose am Steuer, Joseph mit seiner Pfeife am Heck. Stevie war in der Kombüse und hatte das Funkgerät ausgeschaltet, es herrschte also Stille – das Dröhnen des Motors nahmen die Männer gar nicht mehr wahr. Tim war in seiner Koje und studierte eine Boulevardzeitung, oder vielleicht hatte er auch eins der erotischen Taschenbücher von dem Regalbrett über seiner Koje genommen, das er «Fischers Freund» nannte. Die Umschläge dieser Bücher waren alle von hübschen Damen geziert, und sie trugen Titel wie *Die französische Geliebte* oder *Nacht in Versailles.* Frankreich hatte damals noch eine erotische Aura. Stevie brachte Ambrose einen Becher Tee und verzichtete zu dessen Erleichterung darauf, irgendwelche banalen Anmerkungen zu den Umständen zu machen. Ambrose wusste, dass Stevie ein paar Dosen Lager an Bord geschmuggelt hatte, beschloss aber, diesmal nichts zu sagen. Ihm war nicht nach reden.

Im Morgengrauen setzten sie das Netz aus und schleppten in nordwestlicher Richtung. Das Echolot zeigte nichts an, aber Ambrose hatte die DECCA-Position noch im Kopf, denn er war hier schon fündig geworden. Regen begann aufs Deck und gegen die Fenster von Ruderhaus und Kombüse zu prasseln. Die Besatzung saß am fest montierten Tisch in der Kombüse, und Ambrose stand in der Tür zum Ruderhaus, einen Fuß auf jeder Seite der Schwelle, und stemmte sich gegen die Dünung. Alle waren gedämpfter Stimmung, während sie in Weißbrotscheiben gewickelte Würstchen mit einem ordentlichen Schuss Ketchup aßen.

«Ich überlege, ob ich nach England gehe», sagte Stevie. Er sagte nicht, wohin genau, wir sprachen immer nur sehr allgemein von England, ohne klare Vorstellung von seiner Länge und Breite.

«Da gibt es jede Menge Arbeit», sagte Tim.

Joseph nickte weise, soll heißen, er nickte einmal, die Pfeife in der Hand.

«England», sagte Ambrose abfällig. «Da werden jeden Abend Leute niedergestochen und ermordet.»

Sie verfielen wieder in Schweigen, während der Seegang stärker wurde. Ambrose hätte es nicht zugegeben, aber statistisch betrachtet war man an jedem beliebigen Ort in England sicherer als an Deck eines Fischkutters. Seine Brüder und Schwestern wohnten inzwischen alle dort, und keiner von ihnen war je niedergestochen oder ermordet worden. In Ambroses Jugend waren viele Männer, darunter auch sein Vater, für die Hälfte des Jahres zum Arbeiten nach England gegangen und im Frühling wiedergekommen, um das Land zu bestellen, aber inzwischen kehrten die Arbeitsmigranten nicht mehr nach Donegal zurück. Sie wanderten dauerhaft aus, auch Frauen. Und sie schienen dort drüben zu verschwinden, Ambroses Geschwister bezeichneten Donegal zwar immer noch als ihre Heimat, aber tatsächlich kamen sie fast nie zu Besuch. Ambroses Brüder sagten oft, er solle doch auch kommen, sie würden ihm Arbeit besorgen, aber für ihn war das eine kalte, traurige Vorstellung. Er konnte nicht in irgendeine Stadt fern des Meers ziehen, in der Menge aufgehen, einfach nur ein weiterer Ire in England sein. Für uns war der physische Ortswechsel weniger bedeutsam als der gewaltige innere Wandel, der ihm vorausgehen musste: der Mensch, der man werden musste, um die Sorte Mensch zu sein, die nach England ging. Meist geschah es in Form einer jähen, grundlegenden Wesensveränderung, so wie wenn man aufhörte zu trinken oder zu Gott fand. «Soundso habe ich schon lange nicht mehr gesehen», sagten wir. «Oh, der ist nach England gegangen», bekamen wir zur Antwort. Es war, als erlebten diese Leute eine Transfiguration. Birmingham, Manchester, Swindon, das war egal, wir fragten nicht nach.

Drei Stunden später holten sie das Netz ein. Möwen schrien aufgeregt und stießen im Sturzflug herab, aber das ruhige Schnurren der Netzwinde verriet Ambrose, dass die Ausbeute gering war. Als sie ihren Fang an Deck hatten, sahen sie, dass sie damit kaum die Treibstoffkosten würden abdecken können. Hering, aber nur in geringen Mengen, ein paar Makrelen, Dornhaie, deren Magen durch die Druckveränderung herausgestülpt war, und dann noch etwas, das sie seit einigen Jahren immer öfter vorfanden: zerdrückte Plastikflaschen. Es gab nichts Schlimmeres als den Anblick von Plastikflaschen auf einem dürftigen Fang. Ambrose und seine Männer standen im peitschenden Regen, ab und zu von Rauch aus dem Schornstein eingehüllt, der zwar stank, aber ihre Gesichter wärmte. Ambrose hätte sich gern ins Ruderhaus zurückgezogen und in Ruhe überlegt, aber dazu hatte er keine Gelegenheit. «Probieren wir's noch mal?», fragte Stevie.

Ambrose sah sich um. Die Stags, fünf hoch aufragende Felspyramiden, keine zwei Meilen von der Küste entfernt, waren schwach im Regendunst auszumachen, außerdem einige andere Fischkutter. Island hatte vor Kurzem seine Schutzzone auf 200 Seemeilen erweitert, was bedeutete, dass mehr Boote nach Irland kamen, und diejenigen, die Ambrose jetzt sah, waren allesamt nicht irisch. Weit draußen fischte ein französischer Kutter, vermutlich mit einem feinmaschigen Netz. Die nahmen alles mit, was ihnen ins Netz ging, denn es gab nichts, was ihre Zwischenhändler nicht verkaufen konnten, die Franzosen aßen alles, was Augen hatte. Und drei Meilen entfernt lag ein riesiges russisches Fabrikschiff, von lauter kleineren Booten umgeben. Diese schleppten parallel zueinander und luden ihren Fang abwechselnd auf dem Mutterschiff ab, bis sie den Meeresboden komplett leer gefegt haben würden. Sowohl die Russen als auch die Franzosen waren offenkundig auf ergiebigen Fangpositionen, aber Ambrose konnte die *Dawn* unmöglich auch dorthin steuern, man würde ihr die Kurrleinen kappen.

«Wir halten nach Süden», sagte Ambrose. «Näher an die Stags ran.»

«Aber nicht zu nah», sagte Joseph, die Pfeife im Mund.

Joseph übernahm das Steuer, damit Ambrose sich um das Fanggeschirr kümmern konnte. Er wollte an Deck sein, Kopf und Hände beschäftigen, aber es gelang ihm nicht, ganz in der Arbeit aufzugehen, denn Tim hatte schlechte Laune und schimpfte über alles: den Regen, die Rollen, die Frau. «Eigentlich sparen wir für einen Anbau», sagte er. «Meine Frau reißt mir den Kopf ab, wenn ich nichts dafür zur Seite lege. Dabei will ich gar kein weiteres Zimmer, ich setz mich gern ins Auto, wenn wir Krach haben.»

Während sie wieder schleppten, sortierten sie den ersten Fang, ließen die Kisten in den Laderaum hinab und deckten den Fisch mit Eis ab. Das dauerte nicht lang, und bald saßen sie erneut in der Kombüse. Ambrose stellte sich wieder in die Tür. Stevie kochte Tee und setzte sich an den Tisch zu Tim, der gerade eine Zigarette drehte. Er hatte gelernt, das mehr oder weniger einhändig zu tun, wegen seiner fehlenden Finger.

«Du hast uns nie erzählt, wie du deine Finger eigentlich verloren hast», sagte Ambrose. Er hatte seit zehn Minuten nichts mehr gesagt, und jetzt hatte seine Stimme einen scharfen Unterton, der sogar Joseph am Steuer auffiel.

«Das weißt du doch genau», sagte Tim, das Zigarettenpapier kurz vor den Lippen.

«Unter eine Leine geraten, ja», sagte Ambrose. «Aber die Einzelheiten nicht. Normalerweise schilderst du deine Leiden doch gern in allen Einzelheiten.»

Tim senkte den Blick und konzentrierte sich auf seine Zigarette. Ein Teller schlitterte über den Tisch, aber er stellte ihn nicht auf die Gummimatte, sondern ließ ihn einfach hin und her rutschen. Ambrose schwieg eine Weile, und sie schienen den kritischen Moment überwunden zu haben, da fügte er hinzu: «Mit ein paar Fingern weniger kriegt man 'ne Menge hin, ein Problem hat man erst, wenn der Daumen fehlt. Wahrscheinlich bist du dankbar, dass du deinen Daumen noch hast?»

Stevie kicherte nervös. «Ah, Käpt'n», sagte er. «Dankbar ist wohl das falsche Wort, wenn man mehrere Finger verliert.»

Tim sagte immer noch nichts. Er riss ein Streichholz an, um seine Zigarette anzuzünden, die Flamme war sein Kommentar.

Stevie legte die Hand auf den rutschenden Teller und sagte: «Zeit, das Netz zu hieven, oder?»

Es war wieder ein schlechter Fang, der Tag war ein Misserfolg. Ambrose ging ins Ruderhaus und beschloss, ab jetzt dort zu bleiben. In seinem Magen rumorte es, als würde ein Fisch darin zappeln, ein Gefühl, für das er kein Wort hatte, jemand anders hätte es vielleicht als Stress erkannt. Von den Bedürfnissen seiner eigenen Familie einmal abgesehen, war er dafür verantwortlich, dass seine Besatzung ihr Auskommen fand. Er wäre erleichtert gewesen, Tim durch jemand anderen zu ersetzen, und gleichgültig, was Stevie betraf, aber er hatte Angst, Joseph an ein anderes Boot zu verlieren. Er schob die Plexiglasscheibe herunter und sprach mit der Besatzung auf Deck. «Wir fischen noch mal bei den Stags, aber nicht gleich», sagte er. «Ich hab da drüben eine große Schar Möwen auf dem Wasser sitzen sehen.»

«Aha, wir folgen den Vögeln?» Aus Josephs Mund klang das wie eine philosophische Fragestellung.

Ambrose wiegte den Kopf, eine Geste, mit der er einräumte, dass der Plan Vor- und Nachteile hatte. «So haben es die Alten gemacht», sagte er.

«Meine Scheiße», sagte Tim gut hörbar.

Mittlerweile fiel ein dichter Nieselregen, der die Stags verbarg, obwohl sie ganz in der Nähe waren und sich etwas von ihrer Wuchtigkeit im Meer bemerkbar machte. Kreisende Möwen tauchten aus dem Dunst auf, und eine hatte tatsächlich einen Fisch im Schnabel.

«Wir sollten uns eine andere Stelle suchen!», rief Stevie den anderen zu. «Die Möwe hat den halben Schwarm mitgenommen.»

Niemand lachte. Ambrose steuerte hart backbord,

und die *Dawn*, nicht durch einen großen Fang beschwert, tanzte regelrecht in die Wende. Ambrose hätte lieber ordentlich Wasser unter dem Kiel gehabt, die Strömungen waren durch die Nähe zu den Stags hier unberechenbar, doch als er das Echolot einschaltete, war das Display voller Anzeigen. «Da unten wimmelt es von Fischen!» rief er.

Sie setzten das Netz aus, Ambrose gab Gas und hielt aufs offene Meer zu. Stevie johlte, weil das Netz mit beeindruckender Geschwindigkeit gefiert wurde, während Joseph in den Regen grinste, die Pfeife zwischen die Zähne geklemmt. Ambrose kannte das Fanggeschirr genau und spürte, wie sich das Netz entfaltete und zu füllen begann, so wie ein Autofahrer den vollen Kofferraum spürt. Sie hatten eine Stunde geschleppt, als das Boot mit einem jähen Ruck stehen blieb. Die Männer fielen alle vornüber, Ambrose schlug sich am Steuer einen Zahn aus, und Tims Lieblingsbecher ging zu Bruch. Es war, als wären sie mit einem anderen Boot zusammengestoßen. «Wir hängen fest», brüllte Tim. «Du verdammter Idiot, du hast es verbockt!»

Die Lippen aufeinandergepresst und Blut schluckend hastete Ambrose ans Heck und schaute aufs Wasser. Die stählernen Kurrleinen waren so straff gespannt wie Gitarrensaiten. Die *Dawn* kam nicht vom Fleck, was sich bei den hohen Seen anfühlte, wie rückwärts zu fahren. Er spitzte die Lippen, spuckte Blut und sagte: «Ihr entspannt euch jetzt mal, und ich steuer uns frei. Stevie, komm mit und such meinen Zahn.»

Auch Ambrose war nicht ganz frei von Eitelkeit, und

bevor er irgendetwas anderes tat, nahm er seinen Zahn, schob ihn ins Zahnfleisch und biss auf ein Distanzgummi, in der Hoffnung, er würde sich wieder einwurzeln. Vom Ruderhaus aus setzte er die Netzwinde in Gang. Sie jaulte, war aber nicht stark genug, um das Netz freizubekommen, stattdessen wurde das Heck unter die Wasserlinie gedrückt, und eine See ergoss sich aufs Deck. Ambrose gab Gas und drehte die *Dawn* um 30 Grad in die eine, dann in die andere Richtung, versuchte, das Netz so aus der Verhakung zu lösen. Er spürte, welchem Druck und welcher Spannung die Planken des Schiffsrumpfs in diesem Tauziehen mit dem Meeresboden ausgesetzt waren. Die Männer hatten die Schotten dicht gemacht und saßen angespannt in der Kombüse. «Du musst das Netz drangeben», rief Tim. «Schneid es los.»

Ambrose spuckte das Distanzgummi aus. «Setz Wasser auf», rief er zurück.

Er wollte das Netz nicht verlieren, nicht wegen des Fangs, sondern weil so ein Netz teuer war, dreitausend Pfund Minimum. Er stellte sich die Felsen unter ihnen vor, wie sie bösartig und voll diebischer Freude das Netz festhielten – Ambrose fühlte sich gern mal als Opfer. Er musste pinkeln und hätte Joseph das Steuer übergeben können, aber erst wollte er das Netz freikriegen, danach würde er nach Herzenslust schiffen. Er steuerte die *Dawn* fast quer zur Dünung, die Kurrleinen zogen sie weiter hinunter, das Deck war überspült. Das Ende einer der Schanzkleidplanken sprang ab. Ambrose hörte Tim fluchen, und plötzlich stand Joseph neben ihm. «Du solltest das Boot nicht aufs Spiel setzen», riet er. «Das andere Netz ist in gutem Zustand, in einer Stunde könnten wir wieder schleppen.»

«Netze kosten Geld», sagte Ambrose.

«Ich schneid es los», brüllte Tim aus der Kombüse.

«Den Teufel tust du!»

Frustration wallte in Ambrose auf wie Hitze, ihm war, als würde der Urin in seiner Blase kochen. Er hörte ein lautes Rasseln hinter sich in der Kombüse und wusste, dass das die losen Schrauben waren, die gegeneinanderstießen, als Tim den Werkzeugkasten unter der Bank hervorzog. «Sag Tim, dass er die Finger von der Metallsäge lassen soll, die kommt nicht zum Einsatz.»

«Es ist sinnvoll, vorbereitet zu sein», sagte Joseph. «Vielleicht müssen wir schnell handeln.»

Das «wir» versetzte Ambrose einen Stich. Die Hitze drang in seine Fingerspitzen, als er einen neuen Schritt unternahm, er kurbelte am Steuer und wendete die *Dawn*. Die Spannung wich aus Kurrleinen und Planken, das Boot gab erleichtert den Kampf auf. Fast leer, ritt die *Dawn* geschlagene drei Sekunden auf einer Welle, ehe die Schiffsschraube wieder Wasser fasste. Ambrose gab kräftig Gas. «Ah, jetzt», sagte Joseph.

Ambrose wollte ein Stück mit voller Geschwindigkeit fahren und das Netz losreißen. Das Fanggeschirr verdrehte sich, und der Fisch würde zermanscht werden, aber das Netz würde sich retten lassen. Joseph trat zurück und stützte sich im Türrahmen ab. Stevie verschränkte die Beine um eines der Tischbeine und tippte sich auf Stirn und Bauch, jung genug, um noch zu wissen, wie man sich bekreuzigt. Tim, neben ihm, war gleichgültig, er rauchte eine Selbstgedrehte und weigerte sich aus schierer Streitlust, sich abzustützen.

Ein Moment, noch ein Moment, dann kam der Ruck. Stevie wurde auf der Bank gegen Tim geschleudert, doch Tim rührte sich nicht. Ambrose schaltete die Hydraulik ein und ließ die Winde auf Hochtouren laufen. Der Bug der *Dawn* hob sich, der Meeresboden zog an den Stahlseilen. Die Windentrommel lief heiß, das Schmieröl dünner als Wasser. Dann ein Krachen, eine Erschütterung und das Geräusch splitternden Holzes, die *Dawn* erbebte über die ganze Länge. Die Winde stoppte, und der Bug sackte herunter. Stevie sprang auf, um zu schauen, was passiert war, und seine Schultern sackten herunter. Ambrose brachte es nicht über sich hinzusehen, hörte aber gut zu, als Stevie beschrieb, was passiert war: Die Winde war weiterhin fest mit dem Deck verschraubt, aber die Planken in diesem Bereich, sechs oder sieben, waren herausgebrochen und hatten sich gehoben, die Schrauben herausgerissen. «Ich schätze mal, wir fahren heim», sagte Stevie.

Es war ein harter Schlag, die Reparaturkosten und die verlorenen Tage auf See, außerdem mussten sie das Netz jetzt wirklich losschneiden and auf dem Meeresboden liegen lassen. «Die größte Katastrophe von einer Fangfahrt, auf der ich jemals war», sagte Tim und griff nach der Metallsäge.

Ambrose schloss die Augen und legte die Stirn auf das Steuer.

5.

Wir waren nicht die Sorte Menschen, die andere wegen eines Fehlers verurteilten, auch nicht wegen mehrerer. Wenn ein Fehler zur Kenntnis genommen werden musste, wenn er so groß und unübersehbar war wie ein Loch im Boden, kommentierten wir ihn, versuchten dabei aber, nicht anklagend zu sein. «Da ist ein Fehler passiert», sagten wir. Wir waren verständnisvoll, als ein Kranführer beim Zurückstoßen gegen einen der Torpfosten der Keeneys krachte und der Zieradler zu Bruch ging. «Bei den Keeneys ist die Straße extrem schmal», sagten wir. Jack Boyle stand vor Gericht und wurde zu einer Geldstrafe von drei Pfund verurteilt, weil er mit defekter Handbremse gefahren war. «Die Autos sind einfach nicht mehr so gut wie früher», sagten wir. Das war unsere Haltung, unser Prinzip, schließlich mussten wir weiter miteinander leben, miteinander und mit uns selbst, dem Geld aber waren solche Dinge egal. Geld war nachtragend. Wir hörten alle von dem Unfall auf der *Dawn*, und niemand wollte Ambrose Vorwürfe machen, aber wir alle wussten, dass die Bonnars jetzt aufpassen mussten. Sie hatten eine dicke Hypothek abzutragen, und der Zinssatz war hoch und wurde höher. Die Raten waren gnadenlos.

Im Laufe der folgenden Monate stellte Christine fest, dass die Geldbeträge, über die sie wachte, schrumpften, zwanzig Pfund waren zu einer beträchtlichen Summe geworden, dann zehn. Eines Tages wurde ihr bewusst, dass sie unentwegt ans Geld dachte, es dominierte jetzt ihr Leben. Ihre Geldsorgen erzwangen schließlich ein Treffen zwischen ihr und Phyllis. Christine hinterließ ihrer Schwester eine Nachricht mit der Bitte um ein Treffen in Melly's Café, das wohl, so dachte sie sich, als neutraler Boden gelten konnte. Phyllis saß bereits vor einer Kanne Tee, als Christine eintraf. Es war ruhig an diesem Morgen, nur ein paar Gabelstaplerfahrer und Fischverkäufer, die Bohnen und Pommes aßen. Christine setzte sich Phyllis gegenüber, aber keine von beiden war willens, den Tee einzuschenken, also blieb er zwischen ihnen stehen, die Teebeutel noch in der Edelstahlkanne, und zog endlos.

«Wie geht's ihm?», fragte Christine.

«Wie immer», sagte Phyllis.

Die Tür schwang weit auf, als jemand hinausging, und es dauerte ewig, bis sie wieder zugegangen war. Sie hörten das Geschrei der Möwen, vorbeifahrende Laster, das Gepolter, wenn die Fischkisten aufeinandergestapelt und ins Auktionshaus geschleift wurden.

«Ich kann euch kein Geld mehr geben», sagte Christine.

Das hatte Phyllis vorausgesehen. «Und wie soll ich dann zurechtkommen?», fragte sie sofort. «Seine Rente ist ein Witz.»

«Du könntest ein paar Stunden in einer der Fabriken arbeiten», sagte Christine.

«Und wie soll er allein klarkommen?», fragte Phyllis.

«So hilflos ist er ja nun auch wieder nicht», sagte Christine. «Wenn du ihn lang genug mit dem Wasserkocher allein lässt, kocht er sich einen Tee. Ich habe ihn sogar mal einen Toast machen sehen, auch wenn er das später abgestritten hat. Wäre es denn nicht auch für dich gut, ein bisschen unabhängiger zu sein?»

Phyllis schaute im Café umher, als suchte sie Hilfe, als wollte sie sich absentieren, als machte ihr ein alter Lüstling im Bus gerade einen unsittlichen Antrag.

«Wenn du nicht arbeiten willst, könntest du dich ja arbeitslos melden», sagte Christine.

Phyllis blähte die Nasenlöcher. «Kann ich nicht!», sagte sie. «Ich habe Arbeit. Kennst du irgendjemanden, der mehr zu tun hat als ich? Stempeln gehen!»

Phyllis' Entsetzen könnte einen zu der Annahme verleiten, dass sie noch nie erwogen hatte, Arbeitslosenunterstützung zu beantragen, doch das hatte sie durchaus. Das Arbeitsamt lag in der Straße hinter dem Waschsalon, und man hatte Phyllis dort hineingehen sehen. Sie war im Auto sitzen geblieben, bis die Luft rein war, dann war sie hineingeschlüpft und hatte die Tür leise hinter sich geschlossen. Drinnen blieb sie ganz nah an der Tür stehen, ihre Handtasche umklammernd. Es war ein langer Raum ohne Stühle. Die Wände hatten die gleiche Farbe wie die von Krankenhaustoiletten und waren vollkommen kahl, keine Plakate mit hilfreichen Ratschlägen oder Informationen zu Leistungsansprüchen. Es waren die Siebziger, damals gab es keine Ansprüche, nur Zuwendungen. Das Licht stammte hauptsächlich von den Neonröhren, denn die Fensterscheiben ließen kaum Licht durch, verwitterte Acrylglasscheiben, so milchig wie der Deckel einer Brotdose. Entlang der einen Wand stand eine hölzerne Theke, und gegenüber befand sich ein einzelner Schalter, hinter dem Phyllis jetzt ein Ringbuch zuschnappen hörte. Dann erschien der obere Teil eines Frauenkopfes, und Phyllis hielt den Atem an, doch die Aufmerksamkeit der Frau war nach unten gerichtet, sie datierte Dokumente. Falls Mrs Nolan wusste, dass Phyllis da war, ließ sie es sich nicht anmerken. Auch wenn jemand direkt am Schalter stand, widmete sie sich ihm, ohne Augenkontakt aufzunehmen. Das wurde nicht als unhöflich, sondern als schicklich und korrekt betrachtet, wir wussten es alle zu würdigen. Mrs Nolan verzichtete auch tunlichst darauf, ein Radio laufen zu lassen oder an Weihnachten Lametta aufzuhängen, ein Arbeitsamt sollte ein Ort der Besinnung sein. Wir beugten uns in die Schalteröffnung und wisperten Mrs Nolans gesenktem Kopf unser Anliegen zu, gestanden unsere Unzulänglichkeiten, unsere Versäumnisse, unsere Bedürfnisse.

So weit kam Phyllis jedoch gar nicht, schon wenige Sekunden, nachdem sie eingetreten war, drehte sie sich um und floh.

«Das ist ja eine schöne Geschichte», sagte Phyllis jetzt im Melly's, und Christine wappnete sich, denn auf diesen Satz folgte immer schreckliche Bitterkeit. «Er kann es nicht lassen, mich wie eine Dienstmagd zu behandeln, aber er weiß es nicht besser», sagte Phyllis. «Du dagegen ... du musstest ja einen Jungen aufnehmen, der am Steinstrand ausgesetzt wurde, und gleichzeitig ignorierst du dein eigenes Fleisch und Blut. Tja, ich darf dich daran erinnern, dass Eunan unser Vater ist und dass er noch lebt, und zwar nicht weit von euch.»

Christine griff nach der Teekanne und schenkte vorsichtig, schuldbewusst, ein.

«Ha!», sagte Phyllis laut und triumphierend. Das Mädchen hinter der Theke schaute zu ihnen herüber. Phyllis senkte die Stimme und sagte: «Wenn ich mich allein um ihn kümmern muss, dann tue ich das auf meine Weise.»

«Also gut», sagte Christine. «Dann ist das so.»

Der Tee war schwarz wie Öl und dampfte nicht mehr, keine von beiden trank ihn.

Und so war es Christine, die sich einen Job suchte, nicht in einer Fischfabrik, sondern im Hotel, wo sie ein paar Nachmittage in der Woche putzte. Das Geld floss in der Moorstraße also weiterhin, aber die Unterhaltung hatte bei Phyllis einen Nerv getroffen und ihre Frustration noch verstärkt, und jetzt wollte sie mehr. Geld war hilfreich, aber die Bonnars sollten sich auch anderweitig nützlich machen. Dieser Überzeugung folgte sie dann im nächsten Sommer anlässlich der alljährlichen Bootssegnung, einer Feierlichkeit, die immer in der Nebensaison stattfand, wenn der größte Teil der Flotte im Hafen lag. Wir nahmen zu Hunderten daran teil. Als kleine Mädchen waren Phyllis und Christine jedes Jahr mit ihren Eltern hingegangen, im Sonntagskleid, bunte Bänder ins Haar geflochten. Sie gingen zu Fuß in die Stadt, Eunan mit ausgreifendem Schritt voraus. In späteren Jahren fand Christine die Veranstaltung peinlich und weigerte sich hinzugehen, aber Phyllis begleitete ihre Eltern weiter, da sie zu der Überzeugung gekommen war, in der Pflichterfüllung liege Würde. Heute war sie sich da nicht mehr so sicher.

Beim Frühstück verkündete ihr Vater, dass er zur Segnung wolle, und während er seine Jacke anzog, ging Phyllis zum Auto und schob den Beifahrersitz ganz nach hinten, damit er genug Platz für seine langen Beine hatte. Sie bemerkte, dass Eunan sich an der Tür halb umdrehte und die beiden Stufen seitlich hinunterging. Bald würde er einen Gehstock brauchen. Das wird wieder ein Drama, dachte Phyllis, wenn dieses Thema dran ist. Eunan stellte sich neben das Auto und schob sich dann auf den Sitz. Er schnallte sich nicht an, von Sicherheitsgurten hielt er nichts. Phyllis fasste den Zündschlüssel mit Daumen und Zeigefinger, hielt aber einen Augenblick inne, ehe sie ihn umdrehte. Das war der Moment, in dem Phyllis beschloss, dass sie nicht fahren würde, sie würde ihren Vater nicht zur Bootssegnung begleiten. Sie ließ den Wagen an, fuhr aber nur die zwanzig Sekunden bis zum Bungalow ihrer Schwester und hielt dort wieder. Eunan sagte nichts, sah sie jedoch fragend an.

«Bin gleich wieder da», sagte sie.

Er protestierte nicht, schaute wieder nach vorn und wartete.

Phyllis klopfte an die Haustür, und Christine machte auf. Sie hatte ein nasses Handtuch in der Hand, die Luft im Haus war feucht wie im Dschungel und roch nach Persil. «Daddy will zur Bootssegnung», sagte Phyllis und hielt ihr die Autoschlüssel hin. «Diesmal bist du dran.»

Christine ignorierte die Schlüssel und drehte sich zur Heizung hinter der Tür, um das Handtuch darüberzuhängen. Es war wichtig, das Handtuch straff zu ziehen und darauf zu achten, dass sich der hintere Teil nicht zwischen Heizung und Wand verknäuelte. Wenn sie das zuließ, würde es länger brauchen, um zu trocknen, und die Feuchtigkeit würde in den Putz eindringen. Sie widmete sich ihrer Aufgabe mit großer Sorgfalt.

Phyllis rasselte mit den Schlüsseln.

Christine drehte sich zu ihr um und sah sie eine Weile an, dann streckte sie die offene Hand aus. Phyllis ließ die Schlüssel hineinfallen und machte sich ohne ein weiteres Wort auf den Heimweg.

«Na dann», sagte Christine. Sie drehte sich um, und da stand Brendan, der alles beobachtet hatte. Die Jungen waren inzwischen sieben und neun. Sie sagte Brendan, dass sie zur Bootssegnung fahren würden, er solle sich das Gesicht waschen, dann trat sie hinaus und hielt nach Declan Ausschau. Damals verbrachten Kinder ihre Zeit hauptsächlich draußen statt drinnen, was zweifellos gesünder war. Sie fand Declan in einer Fischkiste sitzend, wo er mit einem Stein 15 Zentimeter lange Nägel in einen Hohlblockstein hämmerte. Sie rief ihn herein und sagte, er solle seine gute Jacke anziehen. Ambrose schaute fern. Er hatte keinerlei Bedürfnis mitanzusehen, wie sein Fischkutter gesegnet wurde, aber als Christine ihm seine Mütze reichte, stand er auf und zog sie über.

Vor dem Haus trat Brendan zu Declan und fasste ihn am Arm. «Wir fahren zur Bootssegnung», sagte er begeistert, er freute sich darauf, den Tag mit seinem Bruder zu verbringen. Er war gern mit Declan unterwegs, obwohl der meistens mürrisch und abweisend war. So auch diesmal, er schnaubte nur, als wäre das alles ein großes Ärgernis, und schob die Hände in die Taschen.

Ambrose stieg hinten ins Auto, und Brendan rutschte neben ihn, sodass jede Menge Platz für Declan blieb, aber Declan war nicht bereit, eine Sitzordnung zu akzeptieren, bei der Brendan zwischen ihm und seinem Vater saß. Er ging ums Auto herum zur anderen Tür. «Ach komm», sagte Ambrose, rückte aber in die Mitte, und Declan setzte sich neben ihn. So war der Junge nun mal, die Eltern waren es gewohnt. Christine setzte sich ans Steuer und ließ den Motor an. Eunan sagte nichts zu dem neuen Arrangement, ihm war die eine Tochter so recht wie die andere, das war ihm egal.

Wir waren in großer Zahl am Kai, schlenderten umher und warteten auf den Bischof. Allseits ertönten Begrüßungen und Geplauder, und das Schreien unserer Babys vermischte sich mit dem Kreischen der Möwen, die auf dem Dach des Auktionshauses standen. Wir sahen die *Dawn* zwischen den anderen 17-Meter-Kuttern liegen, die parallel zur Landungsbrücke in Reihen vertäut waren und neben den massigen blauen, weißen, grünen und roten Stahlkuttern, die mittlerweile auf der anderen Seite der Landungsbrücke festgemacht waren, fast schon pittoresk wirkten. Mit den bunten Wimpelketten sah das Durcheinander aus Masten und Antennen gut aus. Unsere Kinder saßen nebeneinander an den Relings der Fischkutter und ließen die Beine baumeln, ihre Gesichter klebrig bunt von dem Eis, das sie geschleckt hatten. Kaum hatte Christine geparkt, war Eunan auch schon ausgestiegen und ging mit seinem ausgreifenden Schritt voraus, teilte die Menge, auf der Suche nach einem Platz auf der Landungsbrücke, von dem aus man einen guten Blick hatte. Die Bonnars schlenderten hinterher. Zu ihrer Überraschung war Christine tatsächlich froh, hier zu sein, sie machte das so selten, mit der ganzen Familie durch die Stadt gehen, und Stolz wallte in ihr auf. Selbst mit ihrem Vater war sie einverstanden, wie er da würdevoll vor ihnen herging und sich einen Weg durch die Menge bahnte. Er konnte ein richtiger Mistkerl sein, aber er hatte ein hartes Leben gehabt. Sie betrachtete die jungen Mädchen, die zu zweit oder dritt unterwegs waren und sich hinter vorgehaltener Hand flüsternd über ihre drängenden Angelegenheiten austauschten. Als Christine in diesem Alter war, hätte sie es nicht für möglich gehalten, dass sie als Erwachsene immer noch hier leben würde, sie hatte vorgehabt, mindestens tausend Kilometer zwischen sich und die Stadt zu bringen. Aber hier war sie nun und genoss es sogar: das Gemeinschaftsgefühl, die Vertrautheit des Rituals. Sie und Ambrose blieben hier und da stehen, um mit anderen Paaren ein paar Worte zu wechseln, sich gegenseitig Komplimente zu der robusten Gesundheit oder dem schnellen Wachstum ihrer Kinder zu machen. Die Bonnar-Jungs standen still da, während wir sie betrachteten, sie prüfend musterten wie Vieh auf dem Markt. Einige von uns gingen so weit, sie an den Schultern zu packen und probeweise ein wenig zu schütteln. Ambrose und Tommy waren immer noch gute Kumpel, aber es schadete nicht, dass die *Warrior II* gerade zur Verlängerung in der Werft war, denn ihr Anblick konnte Ambrose in schlechte Stimmung versetzen. Stattdessen plauderte er jetzt fröhlich und nahm allen die Befangenheit. Ambrose war einer, der gern Hände schüttelte, dafür war er bekannt, aber bei einer solchen Menschenansammlung sparte er sich seinen Händedruck für die Männer auf, mit denen er mal eine ernsthafte Auseinandersetzung gehabt hatte. Christine schaute verstohlen zu ihm hoch, während er redete, und ihr wurde wieder einmal bewusst, dass sie im Großen und Ganzen mit ihm zufrieden war. Sein Haar wurde grau, und er war nicht mehr ganz so leichtfüßig, aber Ambrose sagte immer noch mehrmals pro Woche etwas Überraschendes, arbeitete hart und machte einen großen Bogen um Spielautomaten. Auch trank er nicht übermäßig, was allseits gewürdigt wurde, besonders von denen, die übermäßig tranken. Außerdem besaß Ambrose immer noch die Neutralität des Außenseiters und war klug genug, sie zu schätzen und aufrechtzuerhalten. Er tratschte nie, und selbst wenn er mit Christine allein war, legte er das Verhalten anderer Leute immer auf die optimistischste Weise aus, suchte nicht nach verborgenen Beweggründen. Sie war sich nicht sicher, ob aus Prinzip oder ob er einfach nicht darauf kam, aber so oder so war es grundsätzlich etwas Gutes. Und dann waren da ihre Jungs, die sie mit noch größerem Stolz erfüllten, gut, dass sie ihnen gesagt hatte, sie sollten ihre besten Hemden anziehen. Sie gingen neben ihr die Landungsbrücke entlang, rechts und links von Ambrose. Declan wurde zusehends breiter, er hatte eine kräftige Gesichtsfarbe wie sein Vater und dunkle Augenbrauen, die, wenn er wütend war, seine finstere Miene noch unterstrichen. Von seiner besten Seite zeigte er sich, wenn er und Christine miteinander allein waren, da unterhielt er sie manchmal mit witzigen Bemerkungen und übernahm gerne kleine Hausarbeiten, kehrte um den Herd herum oder belud die Waschmaschine. Brendan war ein Tagträumer, der war für so was nicht zu gebrauchen. Obwohl Brendan schwarzes Haar hatte, waren seine Augenbrauen hell und kaum wahrnehmbar, was seinem Gesicht etwas Offenes, Unschuldiges gab. Er war noch jung genug, um die Hand seines Vaters zu nehmen, was er just in diesem Moment auch tat. Declan bemerkte es sofort, und Christine sah, wie er das Gesicht verkniff. Bis vor Kurzem hätte er Ambroses andere Hand genommen, um sich nicht übergangen zu fühlen, womöglich wäre es ihm sogar gelungen, Ambrose von Brendan wegzuziehen, aber vielleicht fand er sich inzwischen zu alt fürs Händehalten. Stattdessen beschleunigte er seinen Schritt, um neben seinem Großvater weiterzugehen. Christine war schon aufgefallen, dass Declan eine engere Bindung zu Eunan aufbaute.

Eunan machte eine Stelle aus, von der aus sie die beste Sicht auf Ambroses Boot haben würden, und hielt darauf zu, er erwartete, dass die Menge ihn bereitwillig durchließ, und das taten wir natürlich auch. Die Bonnars versammelten sich um ihn, Ambrose dirigierte die Jungs vorn an die Kante und sagte, sie sollten aufpassen, dass sie nicht ins Wasser fielen. Wegen der Flotte konnten wir den Bischof nicht sehen, aber wir hörten das Geräusch eines tuckernden Außenbordmotors und senkten sogleich die Stimmen, und die Raucher traten ihre Zigaretten aus. «Da ist er», sagte eine der McCafferty -Töchter, und hinter einem Bootsrumpf erschien der Bischof. Er stand am

Bug eines Klinkerboots, sein Gewand blähte sich im Wind und fiel wieder in sich zusammen, und die Stola wurde über seine eine Schulter geweht. Die Mitra hatte er gar nicht erst aufgesetzt, das wäre sinnlos gewesen. Das Klinkerboot gehörte Ed Curran von den Currans aus Altcor, deren Sohn Medizin studierte, nicht zu verwechseln mit denen aus Bugnago, deren Sohn im Gefängnis saß. Ed kauerte hinten im Boot neben dem Außenbordmotor, und sein weißes Haar, das er normalerweise über seine Glatze gekämmt trug, flatterte ihm in voller Länge um den Kopf. Joe McGee von der Fishermen's Association war ebenfalls an Bord, im Anzug und mit schimmernder Pomade im Haar. Der Außenbordmotor lief leer, während sie an der Flotte vorbeifuhren und der Bischof mit einem glänzenden Weihwasserwedel einen Bug nach dem anderen besprengte. Wir konnten seine Beschwörungen nicht hören, sahen aber, wie er die Lippen bewegte. Der Wind frischte auf und kräuselte das Wasser, und obwohl das Boot nur leicht schwankte, entschied der Bischof, dass er sein Amt nicht mehr im Stehen versehen konnte, und setzte sich auf die vordere Bank, von wo er mit der Segnung fortfuhr. Das nahm dem Auftritt etwas von seiner Theatralik, und in der Menge wurde gemurrt, einige waren fünfzig Kilometer gefahren, nur um jetzt einen Bischof zu sehen, der auf seinem Hintern hockte. Auch Eunan war unter den Mosernden.

«Ach, Daddy, er ist über siebzig», sagte Christine.

«Ich bin auch über siebzig, aber ich würde niemals so ein Aufhebens um mich machen», sagte Eunan.

Als der Bischof zur *Dawn* gelangte, legte Ambrose seinen Söhnen jeweils eine Hand auf die Schulter, jetzt doch froh, dass er gekommen war. Es war ein Moment, der es verdiente, gewürdigt zu werden.

«Das war ja ein schwächliches Gesprenkel», sagte Eunan.

Das Boot des Bischofs fuhr weiter, und wir gingen mit, versuchten, ihn im Blick zu behalten. Ambrose und Christine bewegten sich mit der Menge, doch Eunans Achtung vor dem Bischof war gesunken, und aus Ärger ging er langsamer. Declan blieb mit seinem Großvater zurück, was dazu führte, dass Brendan, der auf die Aufmerksamkeit seines Bruders hoffte, ebenfalls zurückblieb. «Wenn ich vier Pence hätte, könnte ich mir ein Mars kaufen», sagte er zu Declan.

«Hau ab», sagte Declan.

Als der Bischof den Schutz der größeren Boote erreichte, konnten wir seine Worte verstehen, und die Lage hatte sich so weit stabilisiert, dass er sich wieder erhob. Wir waren zufrieden und alles war verziehen, nur von Eunan nicht, der die folgenden Bootssegnungen boykottieren würde, bis ein neuer Bischof im Amt war. Als der letzte Fischkutter gesegnet war, verschwand das Boot des Bischofs Richtung Slipanlage, und wir zündeten uns Zigaretten an und zerstreuten uns. Christine und Ambrose fanden Eunan und Declan am Anfang der Landungsbrücke. «Wo ist Brendan?», fragte Christine.

«Ist er nicht bei euch?», fragte Eunan.

Christine schlug die Hand vor den Mund. Declan sprang auf einen Poller und ließ den Blick über die Landungsbrücke schweifen, von einem plötzlichen Verantwortungsgefühl erfasst, das weit stärker war, als er es erwartet hätte. Ambrose schnellte herum, sah Brendan aber nirgends, also rannte er an die Kante vor und schaute ins Wasser. Man würde nicht denken, dass ein Junge unbemerkt von einer bevölkerten Landungsbrücke fallen kann, aber Ambrose wusste es besser. Er hatte mal als einer von vier Decksleuten an Deck der *Ard Ronan* aus Castletownbere gestanden, bis zu den Knien im Fisch, den sie sortierten, ausnahmen, in Kisten warfen. Sie arbeiteten konzentriert, mit gesenktem Kopf. Der Seegang war normal, ein leichter Regen fiel, und es mochte eine geschlagene Minute gedauert haben, bis sie bemerkten, dass einer von ihnen fehlte – ganz sicher nicht mehr als eine Minute, wie sie einander später versicherten. Ambrose starrte in die Richtung, wo gerade noch ihr Kamerad gestanden hatte, und brauchte mehrere Sekunden, um zu begreifen, was die durch nichts unterbrochene Linie des Horizonts bedeutete. War er gestolpert, ohnmächtig geworden, im Blut ausgerutscht? Sie würden es nie erfahren, doch eine Woche später wurde sein Leichnam angespült, und Ambrose begriff etwas in seinem tiefsten Innern: Das Meer kann einen vollkommen lautlos holen – wir lebten und arbeiteten am Rande eines unbändigen Appetits, ein falscher Schritt und man war weg, ehe man auch nur einen Schrei ausstoßen konnte, und zurück blieb nichts als der letzte Atemzug.

Ambrose rannte rufend die Landungsbrücke entlang, andere erfassten die Situation und gaben sie weiter. «Brendan Bonnar ist ins Wasser gefallen!» Im Notfall konnten auch unsere schwersten Fischer springen wie die Rehe, und jetzt sprangen sie zu den Leitern. Unsere Geschwindigkeit, unsere Sorge wären bei jedem Kind gleich gewesen, aber jetzt war da außerdem ein ganz eigenes Gefühl, das uns einte und antrieb. Es ging hier um Brendan Bonnar, den Jungen, der, da hätte keiner widersprochen, auf eine zumindest rätselhafte Weise in unserer Mitte erschienen war. Den wir mit besonderem Interesse im Auge behielten. Wir redeten nicht groß darüber, aber er war der Junge, dessentwegen wir, jedenfalls für eine Weile, ein hilfloses Staunen empfunden hatten, das wir niemals vergessen sollten.

Ambrose glitt eine Leiter hinunter, bis seine Füße im Wasser waren, und spähte ins Halbdunkel unter der Landungsbrücke. Sie ruhte auf einem Konstrukt aus Betonträgern, horizontal, vertikal und diagonal, gegen die das schwarze, von einer Ölschicht bedeckte Wasser schwappte. Von Brendan keine Spur. Da momentan der größte Teil der Flotte hier festgemacht war, würde man bei einem Sturz mit großer Wahrscheinlichkeit auf einem Deck landen, aber ein kleiner Junge konnte auch zwischen Landungsbrücke und Bootsrumpf hindurchrutschen. Ambrose sah andere Männer auf die Decks hinuntersteigen und das Wasser absuchen, er hörte Rufe und das Tuckern des Außenbordmotors, als Ed Curran zurückkam. Ambrose war keiner, der betete, aber seine Gedanken schossen zu Gott, und er sprach leise, aber sehr entschieden zu ihm: «Wenn du mir Brendan genommen hast, dann bring ich deinen Bischof um», sagte er. «Ich ramm ihm ein Messer in den Hals.»

Von oben kam eine Stimme. Mick Cannon stand an der

Leiter. «Alles okay, Ambrose», sagte er. Er deutete nicht auf die Landungsbrücke, sondern über Ambroses Kopf hinweg. «Ich sehe ihn, er ist in Sicherheit.»

Die Angst hatte weniger als dreißig Sekunden gedauert, doch Ambrose war dermaßen angespannt, dass sein Körper jetzt regelrecht in sich zusammenfiel, schlaff und nutzlos wurde. Es gelang ihm zunächst nicht, die Leiter wieder hochzuklettern, seine Arme, über eine Leitersprosse gehakt, vermochten ihn gerade so festzuhalten. Hinter einem Fischkutter sah er jetzt das Klinkerboot hervorkommen, mit Ed, Jo, dem Bischof und, am Bug, Brendan. Sein Gesicht war ausdruckslos, und er war weder nass noch verletzt. Ed rief Ambrose zu: «Er war eine Leiter runtergeklettert und hat den Arm nach uns ausgestreckt, da haben wir ihn ins Boot geholt, damit er nicht ins Wasser fällt.»

«Bringt ihn zur Slipanlage», sagte Ambrose.

In maßloser Erschöpfung hing Ambrose noch eine Weile an der Leiter, dann stieg er hoch und blieb auf der Landungsbrücke stehen, aus seinen guten Schuhen rann schmutziges Wasser. Wir standen um ihn herum und warteten, hielten angemessenen Abstand und behelligten ihn nicht mit Worten. Mick Cannon hatte Tränen in den Augen, aber er war immer ein weicher Mensch gewesen. Als Ambrose losging, gingen wir alle los, eine schweigende Prozession zur Slipanlage, wo Brendan abgesetzt worden war. Fünf oder sechs Frauen umringten ihn und schimpften, und Christine stand vorgebeugt vor Brendan, sodass ihr Gesicht direkt vor seinem war, hatte ihn an den Oberarmen gepackt und brüllte ihn an.

Mit diesem Tag fing etwas an. Brendan begann, lange Streifzüge zu unternehmen, war oft stundenlang fort. Es sprach nichts dagegen, dass die Kinder herumstromerten, einen Spielplatz gab es bei uns nicht, und zu Hause kamen sie uns nur ins Gehege, es war also gut, dass sie selbst für ihre Unterhaltung sorgten. Declan trieb sich oft mit den beiden Sharkey-Jungs in der Stadt herum, meist ganz harmlos. Brendan pflegte einen völlig anderen Stil, er war immer allein unterwegs, und sein Radius war viel größer: einsame Landstraßen, abgeschiedenes Moorland, entlegene Küstenabschnitte. Wir nannten Brendans Wanderungen «Expeditionen», irgendwie schien das zu passen. Seine Eltern versuchten, ihn in der Nähe zu halten, aber sie mussten Geld verdienen, und Brendan fand immer wieder Gelegenheiten, auf Expedition zu gehen. Unterwegs ließ Brendan sich genauso ablenken wie jedes andere Kind, blieb stehen, um einen Baumstumpf oder ein totes Schaf zu betrachten, aber die schieren Entfernungen, die er zurücklegte, zeigten, dass hier ein starker Wille am Werk war. Wir alle kannten sein Gesicht und blieben stehen, wenn wir ihm zu fern von zu Hause begegneten. Er war dann verlegen, schaute herum, hielt die Hände hinter dem Rücken verschränkt. Fragte man ihn, wo er hinwollte, sagte er: «Nur hier die Straße entlang», oder «da rüber», was er mit einem kurzen Senken des Kopfs unterstrich. Er hatte so eine Art, zur Seite zu schauen und mit einem Seufzen zu sprechen, die einem das Gefühl vermittelte, man halte ihn von wichtigen Dingen ab, die er aber nicht erläutern würde, weil man zu blöd war, um sie zu verstehen. «Der Junge macht Christine furchtbar zu schaffen», sagte Phyllis im Laden oder im Wartezimmer der Gesundheitsstation, wobei sie unterschlug, dass auch sie selbst Christine ganz schön zu schaffen machte. Tatsächlich hatte Christine neue Fältchen um die Augen und wirkte nicht mehr so unbeschwert. Höchstwahrscheinlich rührte ihre Anspannung von ihren Geldsorgen, aber einige Leute, nicht nur Phyllis, beharrten darauf, Brendan die Schuld zu geben. «Es war mutig, den Jungen aufzunehmen», sagten sie, «ohne zu wissen, aus welchem Stall er kommt, ohne zu wissen, was die Zeit in diesem Fass womöglich mit ihm angerichtet hat. Kein Wunder, dass er nicht zu bändigen ist.»

Die Kinderlosen stimmten solchen Äußerungen ohne Zögern zu, Eltern dagegen nahmen womöglich einen großen Schluck von ihrem Bier oder Tee oder was immer sie vor sich stehen hatten und sagten nichts. Das waren die Eltern von schwierigen Kindern, solchen, die vielleicht älter, schon erwachsen und aus dem Haus waren, aber immer noch Probleme machten, Geduld und Geld kosteten. Vielleicht kamen sie nicht mit anderen Menschen zurecht oder tranken zu gern oder waren auf irgendeine andere Art, die gegen sie arbeitete, nicht im Gleichgewicht. Diese Eltern wussten, dass man nie wissen kann, wie sich ein Kind entwickelt, ob leiblich oder nicht. Sie hatten gelernt, dass im Grunde jedes Kind aus dem Meer kommt, mit ausgestreckten Armen an die Knöchel seiner Eltern gespült wird, bereit, sich von ihnen formen zu lassen, aber auch schon mit gewissen Anlagen ausgestattet, die tief in ihm verwurzelt und letztlich unergründlich sind.

Eines warmen Sonntags im folgenden Frühjahr erkundeten Declan und die beiden Sharkey-Jungs die Höfe der Fischfabriken. Mit den riesigen Schiebetüren an beiden Enden erinnerten die Fabriken an Flugzeughallen. Es roch nach Schmieröl und Fisch. Nicht nach fauligem Fisch, Fäulnis ist der Geruch des Verfalls, dieser Geruch hier hatte sich über die Jahre abgelagert und war stabil: kräftig und salzig, in der Sonne schärfer werdend. Fuhr man mit dem Finger über eine beliebige Oberfläche, löste sich eine Schicht getrockneter Fischschuppen, die wie Konfetti zerstoben. Die Fabriken waren übers Wochenende geschlossen, und die Jungen konnten ungestört auf hohe Kistenstapel klettern, einander in Fässern herumrollen oder Sachen kaputt machen. Declan bestimmte, was sie taten, er war der Boss. Diese Rolle verdankte sich seiner Gabe, Verachtung auszustrahlen, eine Fähigkeit, die er im Zusammenleben mit Brendan immer weiter verfeinerte. Er wusste, sich bedeckt zu halten, zu ignorieren, was ein anderer Junge tat, selbst wenn er es insgeheim interessant fand und auch gern getan hätte.

Sie näherten sich einem Stapel blauer Plastikfässer, die an der Wand von Gallaghers Fischfabrik liegend aufeinandergetürmt waren. Ein Keil hielt sie fest, und wenn man den herauszog, würde es eine schöne Lawine geben. Declan war im Begriff, den Keil zu lösen, da hörten sie, dass sich in dem Dickicht hinter dem Maschendrahtzaun etwas regte. Eine Gestalt erschien – Brendan, mal wieder auf Expedition. Die Fabrikhöfe interessierten ihn nicht sonderlich, ihm waren die verwilderten, zugewachsenen Grundstücke dahinter lieber, wo Kreuzkraut, Brombeeren und junger Bergahorn wucherten. Dazwischen lag der Schrott der Fischindustrie: kaputte Fließbänder und in Haufen zusammengeworfene alte Netze, die zu einer festen Masse verbacken waren. Jetzt hielt Brendan eine alte Eisenkette hoch, die zu einem starren U verrostet war. Er hielt sie in die Höhe. «Schaut mal, was ich gefunden habe», sagte er.

Wären die Sharkeys allein unterwegs gewesen, hätten sie Brendan einen Spasti genannt, aber Declan war ja sein Bruder oder so was in der Art, deshalb schauten sie zu ihm hinüber. Declan war bereits am Gehen. «Na los», rief er ihnen zu, ohne sich nach ihnen umzudrehen.

Brendan verkroch sich wieder im Gestrüpp.

Die Begegnung verstörte Declan: Ziellos herumstreifen war etwas, was Brendan tat, und jetzt war Declan bewusst geworden, dass auch er es getan hatte. Er beschloss, damit aufzuhören, er würde nie wieder herumstreifen. Diese Entscheidung, obwohl von ihm selbst getroffen, brachte ihn aus der Fassung, und er machte sich auf die Suche nach seinem Vater. Er lief zur Landungsbrücke, ohne weitere Fabrikhöfe zu betreten, obwohl er wusste, dass die Sharkeys, die hinter ihm hertrotteten, das gern getan hätten. Die *Dawn* war festgemacht, und Ambrose schmierte gerade die Blöcke und Rollen am Kran für die bevorstehende Fangfahrt. Declan kletterte die Leiter hinunter und betrat das Deck. Dorthin folgten ihm die Sharkeys nicht, sie blieben in dem unbestimmten Gefühl, dass die Familie Vorrang hatte und das Boot das verkörperte, oben stehen, und da Declan sie ignorierte, zogen sie bald ab, sie fühlten sich schlecht behandelt, allerdings nicht so sehr, dass sie ihm nicht wieder hinterherlaufen würden.

Selbst Ambrose ließ sich durch Declans beherrschte Art manchmal irritieren, und jetzt war ihm der Zustand des Decks plötzlich peinlich. «Höchste Zeit, dass ich die Gute mal neu streichen lasse», sagte er jovial. Wäre Brendan dabei gewesen, hätte Declan angefangen, um Ambroses Aufmerksamkeit zu buhlen, und wäre gesprächig geworden, doch allein sah er dafür keine Notwendigkeit. «Das ist ein gutes Gerät», sagte Ambrose und klopfte auf einen der Hebel. «Ich kann ihn gern anwerfen, wenn du ihn mal ausprobieren willst?»

Declan schüttelte den Kopf, Decksausrüstung hatte für ihn keinen Reiz, ihm schien hier alles von Mangel und Unbehagen geprägt. Fast jeden Tag redeten seine Eltern darüber, wie viel Geld sie dem Laden oder dem Electricity Supply Board noch schuldeten. Mit seinen zehn Jahren wusste Declan inzwischen, dass die Fischerei kein sicheres Auskommen bot. Er trat in die Kombüse, und sein Vater folgte ihm und wischte sich dabei die Hände an der Hose ab. Ambrose grinste und zog die Augenbrauen hoch, seine Miene war fast unterwürfig. «Stevie-Boy hat unsere Vorräte noch nicht besorgt, deshalb kann ich dir keine Kekse anbieten», sagte er. «Aber hier –» Er öffnete die Packung Zucker, die auf dem Tisch stand, nahm den Löffel, der immer darin steckte, gehäuft heraus und reichte ihn seinem Sohn.

«Das mach ich nicht mehr», sagte Declan.

Angeblich entwickelten sich die Jungen ja stetig, aber Ambrose nahm die Veränderungen immer nur sprunghaft wahr, und jetzt fiel ihm plötzlich die erwachsene Bestimmtheit auf, mit der Declan vor ihm stand, die Daumen in die Taschen seiner Jeans eingehakt. «Oh», sagte Ambrose, schaute auf den Zuckerlöffel und führte ihn dann selbst zum Mund, und bevor er ihn wieder herauszog, schloss er die Lippen, damit auch nicht ein Körnchen Zucker verloren ging. «Gute Energie», sagte er.

Man merkte es ihm nicht an, aber Declan liebte die Kombüse. Alles war klar und nüchtern und funktional, erforderte aber zugleich Pflege und intime Kenntnis. Jedes Detail faszinierte ihn, der zweiflammige Kocher und der verbeulte, aber robuste Grill, die handgeschriebene Liste von Frequenzen, die am Funkgerät klebte, die Gasflasche unter der Arbeitsplatte, die mit einem alten Reifenschlauch fixiert war, und das hölzerne Wandregal, in dem Becher mit dem Henkel nach vorne standen. Hier herrschte Häuslichkeit, aber es war eine männliche Häuslichkeit, ohne Sperenzchen oder übertriebene Hygiene. Kein Ort für Mammys. Eine Gemeinsamkeit mit der Küche zu Hause war die große weiße Flasche Fairy Liquid neben dem Spülbecken, allerdings war die Flasche auf der *Dawn* von schwarzen Fingerabdrücken übersät. Da Declan es zu Hause bei seinem Vater auch schon gesehen hatte, wusste er, dass sich die Männer von der Besatzung eine ordentliche Portion von dem Spülmittel in die gewölbte Hand spritzten und sich dann damit wuschen, sogar das Gesicht. Es war Fairy Liquid für Männer.

Ambrose setzte sich an den Tisch und nahm eine halb gerauchte Zigarette aus dem Aschenbecher. Er drehte jetzt selbst, um Geld zu sparen. «Hast du eine Ahnung, wo dein Bruder ist?»

«Er ist nicht mein Bruder», sagte Declan.

Ambrose lachte und schüttelte das Streichholz aus. «Irgendwann werdet ihr noch richtig gute Freunde, du wirst schon sehen.»

Declan sah sich wieder in der Kombüse um, und Ambrose verspürte etwas, das ihm so fremd war, dass er es kaum hätte benennen können: Scham. Er hasste den verbeulten Grill, und die Gasflasche war zweifellos ein Risiko.

«Nach Rockall schaffen wir's mit der *Dawn* nicht», räumte Ambrose mit wehmütigem Ton ein, «aber wir kommen schon weit genug.»

«Was ist Rockall?», wollte Declan wissen.

«Ein legendärer Ort», sagte Ambrose und spürte, wie ihn eine romantische Stimmung überkam, die jegliche Scham im Nu verblassen ließ. Er wusste, dass er seinen Sohn mit Seegeschichten in Bann schlagen konnte, hatte es schon oft getan. Solche Erzählungen richteten keinen Schaden an, vielleicht erweiterten sie ja sogar Declans Horizont. «Rockall ist eine kleine Insel, ein einzelner Fels», sagte Ambrose. «Da streckt der Meeresboden einen Fingerknöchel in die Höhe. Es liegt auf halber Strecke zwischen hier und Island, der abgelegenste Ort der Welt.» Ganz in diese Vorstellung versunken, blickte Ambrose nach Nordwesten, obwohl dort von seiner Bank aus nichts zu sehen war als ein paar Schlieren an der Sperrholzwand.

«Gut zum Fischen?», fragte Declan.

«Ja, aber Rockall ist mehr», sagte Ambrose mit einer ausholenden Geste. «Alle Mühen und Sorgen fallen dort von einem ab.»

Bei diesem Gedanken schaute auch Declan nach Nordwesten. «Warst du da schon mal?», fragte er.

«Oh nein, nein», sagte Ambrose und schüttelte lächelnd den Kopf. Declan war kein Junge, der gefallen wollte, aber er wollte seinen Vater beeindruckend finden.

Um seinem Sohn und vielleicht auch sich selbst entgegenzukommen, hob Ambrose verheißungsvoll den Zeigefinger. «Aber wer weiß», sagte er.

Bald darauf ging Declan nach Hause, und Ambrose fühlte sich nach seinem Besuch höchst motiviert. Er ging auf der *Dawn* herum und verteilte großzügig Schmierfett auf allen beweglichen Teilen, dann bereitete er den Laderaum vor, denn er wollte losdampfen, sobald die Besatzung an Bord war. Joseph kam als Erster, und kaum hatte er das Deck betreten, sagte Ambrose zu ihm: «Ich habe etwas beschlossen. Ich will ein größeres Boot. Sobald wir zurück sind, gehe ich direkt zur Bank und leite alles in die Wege.»

Joseph zog an seiner Pfeife, nahm sie aus dem Mund und sagte: «Da braucht man einen Termin.»

Und so stand Ambrose ein paar Tage nach ihrer Rückkehr im Bad und verbrachte eine halbe Ewigkeit damit, seine Fingernägel zu schrubben. Er hatte Christine nichts von dem Termin gesagt, er wollte sie überraschen oder, falls er keinen Kredit bekam, es ihr zu einer selbst gewählten Zeit oder auch gar nicht sagen. Ein ordentlicher Fußmarsch half, die Gedanken zu sortieren, deshalb lief Ambrose zur Bank. Als er dort ankam, fuhr gerade der Geldtransporter ab, eskortiert von drei Militärjeeps und einem Panzerwagen. Ambrose sah das gern, es war ein gutes Omen: Der Filialleiter wusste, dass er heute einen Haufen zusätzliches Bargeld benötigen würde. Ambrose ging mit großen Schritten die Treppe hinauf und wäre schnurstracks ins Zimmer des Filialleiters marschiert, wenn ihn nicht eine Bankangestellte aufgehalten und darauf hingewiesen hätte, dass schon andere warteten. Sie standen an einer Theke und waren dabei, Zahlenreihen zu addieren, und im Gegensatz zu Ambrose hatten sie beklommene Mienen. Tank McHugh regte sich beim Rechnen über die kurze Kugelschreiberkette auf. Ambrose musste nichts auf den letzten Drücker vorbereiten, er hatte einen Ordner mit Briefen vom BIM und einen Geschäftsplan dabei, den er mit Tommys Hilfe aufgesetzt hatte.

Wilbur Kane empfing Ambrose an der Tür und bat ihn herein. Er trug die passende Brille für seine Rolle, wirkte selbst allerdings etwas jung dafür. Sein Vorgänger war Ambrose lieber gewesen, ein fröhlicher, rotwangiger Mann, der nebenher Viehhändler gewesen war und gern erzählt hatte, dass er nicht Schreibmaschine schreiben konnte. Er war vor einem Jahr gestorben, Herzinfarkt. Wilburs Schreibtisch war aufgeräumt. Ambrose starrte auf das Gerät, das aussah wie eine Schreibmaschine mit Echolotmonitor, und auf das glänzende Spielzeug mit fünf Kugeln in Murmelgröße, die innerhalb eines quaderförmigen Rahmens in einer Reihe aufgehängt waren. Kugelstoßpendel waren damals der Inbegriff des Büroschicks, das ideale Geschenk für einen Onkel, der Bankfilialleiter war und keine erkennbaren Leidenschaften hatte. So war dieses Pendel auf Wilburs Schreibtisch gelandet. Zu Hause hatte er noch zwei Exemplare. «Wir setzen uns lieber hier hin», sagte Wilbur und dirigierte Ambrose zum Kaffeetisch und zwei weniger förmlichen Sitzgelegenheiten, wobei Wilbur auch im Sessel förmlich wirkte, ob er wollte oder nicht. «Ihren Söhnen geht es gut, hoffe ich?», fragte er.

«Sie sind gesund», sagte Ambrose und rechnete mit einer Erwiderung, die darauf anspielte, was für ein guter Mensch er war, besonders nun, da der Junge schwierig wurde. Normalerweise konnte Ambrose auf solche Gaben gut verzichten, aber heute fehlte ihm das Ritual doch, denn Wilbur befolgte es nicht. «Freut mich», sagte er ohne großes Interesse.

«Ich habe gehört, dass Sie Kredite für neue Boote vergeben», sagte Ambrose.

«Das sind sehr hohe Kredite», sagte Wilbur, hielt inne und sah Ambrose mit bedeutungsvollem Blick an, als erwartete er, dass dieser daraufhin sagen werde, ja dann, wenn das hohe Kredite sind, will ich natürlich keinen. Sein Optimismus bekam einen weiteren Knacks.

«Tommy O'Gara berät mich», sagte Ambrose. «Der hält mich schon auf der richtigen Spur.»

«Mr O'Gara weiß, was er tut», sagte Wilbur.

Ambrose wollte diesen Mann zum Lachen bringen, wenn ihm das gelang, würde er sich wieder zuversichtlicher fühlen. «Alles, was Tommy weiß, hat er von mir gelernt», sagte er lächelnd.

Wilbur lächelte ebenfalls, aber nicht so, wie Ambrose es sich erhofft hatte. «Sicher nicht *alles*?», sagte er.

«Nein, alles nicht», räumte Ambrose ein.

«In dieser Stadt gibt es ein Problem», sagte Wilbur, «die Leute sind nicht ehrlich zueinander. Das hat gute Gründe, wir leben und arbeiten zusammen, also liegt uns sehr daran, dass alles friedlich bleibt, wir wollen uns nicht einmischen, keinen Streit auslösen. Aber das hat zur Folge, dass einem niemand sagt, was man falsch macht, selbst wenn es offensichtlich ist. Mr Bonnar, ich will nicht Ihre Zeit verschwenden oder Sie in die Irre führen, indem ich um den heißen Brei herumrede, ich sage es Ihnen ganz offen: Sie werden von keiner Bank ein Darlehen bekommen, weil Sie mit den Rückzahlungen im Verzug sind. So sind derzeit die Kriterien bei der Kreditvergabe.»

«Im Verzug?», wiederholte Ambrose und sank tiefer in seinen Sessel. «Aber ich habe immer –»

«Nicht für das Boot, sondern für das Haus», sagte Wilbur.

Ambrose dachte drei Sekunden nach. «Ah», sagte er.

Wenig später stand Ambrose wieder draußen, aber er war so klug, nicht gleich nach Hause zu gehen. Wir sahen, wie er auf die Landungsbrücke zuhielt, und wenn er einen von uns entdeckte, hob er den Arm zu einem steifen Gruß, der zugleich vermittelte, dass ihm nicht nach reden zumute war. Eine Touristenfamilie trieb sich gerade auf der Landungsbrücke herum und war vor der *Christine Dawn* stehen geblieben, um sie zu fotografieren. Ambrose wollte nicht mit Fragen behelligt werden, deshalb wartete er, bis sie gegangen war, ehe er aufs Deck hinunterstieg. Er erhitzte Wasser in einem Topf und benutzte es, um die Küche zu putzen, dann schüttete er weiteres Wasser auf das Achterdeck und schrubbte dieses ebenfalls, wobei die Seifenlauge durch die Wasserpforten ablief. Die Leute auf der Landungsbrücke hörten ihn ein paarmal fluchen. Er machte keine Tee- oder Zigarettenpause, sondern spritzte das Achterdeck gleich ab, und dann widmete er sich Fang- und Vordeck, seine Arme, sein ganzer Körper wie eine Maschine. Als das alles getan war, entschied er, dass er es riskieren konnte, nach Hause zu gehen.

Ambrose trat ins Wohnzimmer, wo sein Kommen von Christine und den Jungen zwar bemerkt, aber nicht beachtet wurde, denn sie schauten hoch konzentriert *Der unglaubliche Hulk*. Ein Dummkopf reizte Banner gerade, haute ihm sogar eine herunter. «Ich könnte sehr böse werden, wenn Sie mich wütend machen», sagte Banner, aber der Trottel ließ nicht locker. Christine saß auf dem Zweiersofa, das sie mit ihrem Aschenbecher teilte. Brendan saß an seinem üblichen Fernsehplatz auf dem Teppich neben ihren Beinen, die hölzerne Sofalehne im Rücken. Declan saß auf dem Sessel, die Knie an die Brust gezogen, von einer Aufregung gepackt, die nicht viel von echter Angst trennte. Es war ein kurioser Aspekt von Declans Persönlichkeit, wie stark das Fernsehen auf ihn wirkte. Jetzt begann sich Banner in Hulk zu verwandeln: Er wurde grün, brüllte und barst aus seinen Kleidern. «Das schöne Hemd – was für eine Verschwendung», sagte Christine.

Ambrose verschränkte die Arme, und diese Bewegung am Rand ihres Gesichtsfelds erinnerte die anderen daran, dass er da war. «Wo warst du denn?», fragte Christine, den Blick noch auf den Bildschirm gerichtet.

Der Hulk hob den Mann hoch und warf ihn durch eine Wand.

«Ich habe auf dem Boot gearbeitet», sagte Ambrose.

Eine halbe Minute lang sagte niemand etwas. Der Dummkopf wurde in Zeitlupe noch ein bisschen herumgeschmissen.

«Ich habe mit Wilbur Kane gesprochen», sagte Ambrose.

«Dem habe ich früher Schuhe verkauft», sagte Christine.

«Er hat gesagt, wir sind mit den Raten für das Haus im Verzug.»

«Da sind wir nicht die Einzigen», sagte sie und schaute ihn an. «Hat er sich beschwert? Ignorier ihn. Keine Bank kündigt wegen ein paar Tausend eine Hypothek. Sonst würde halb Donegal auf der Straße sitzen. Wir zahlen das schon noch.»

Ambrose schwieg. Der Mann ächzte unter Stücken einer Rigipsplatte. Der Hulk hörte Polizeisirenen näher kommen und sprang in Richtung der Berge davon.

«Ich habe das Geld gebraucht, um Phyl und Daddy auszuhelfen», sagte Christine.

«So was habe ich mir schon gedacht», sagte Ambrose. Er nahm den Aschenbecher vom Sofa und setzte sich neben sie, als gerade die Werbung begann.

«Ist das schlimm?», fragte Christine.

«Nein», sagte Ambrose. «Was gibt's zum Abendessen?»

6.

Das Jahr schritt voran. Die Kirmes kam und ging, unsere Kinder mussten wieder zur Schule, wir brachten Weihnachten hinter uns. Es gab Frost, die Wäsche hing steif an der Leine, und wegen Eisglätte mussten wir vorsichtig fahren. Der Milchmann stellte die Flaschen vor unserer Haustür ab, und wenn wir sie hereinholen wollten, hatten kleine Vögel schon Löcher in die Foliendeckel gepickt, um an den Rahm zu gelangen. Bei Noreen Cole kam es zum Wasserrohrbruch, und ihre Teppiche wurden ruiniert. Kathleen Cunningham musste mehrmals zu Untersuchungen ins Krankenhaus. Die Zinssätze stiegen erneut, und wir redeten alle darüber. «Das ist nur noch absurd», sagten wir, wobei es für diejenigen, die nichts sagten, vermutlich am schlimmsten war. Bei Daniel McGuinnes aus Drimbarty nahmen Schuldeneintreiber das gesamte Mobiliar mit, was wir erst drei Monate später erfuhren.

Die Achtziger ließen sich nicht gut an. Das Geld sammelte sich bei immer weniger Leuten, während andere ständig Geldsorgen hatten. Unsere Entschlossenheit, ein eigenes Haus zu bauen, war ungebrochen, aber viele Projekte fielen den wirtschaftlichen Verhältnissen zum Opfer, und an den Straßen standen unfertige Gebäude herum. Manchmal ging mitten im Bau das Geld aus, und dann waren da vier Mauern aus Hohlblocksteinen mit Fenster- und Türöffnungen, eine Art neu gebaute Ruine, die jahrelang so stehen blieb und keinerlei Zweck erfüllte, außer die Baugenehmigung aufrechtzuerhalten. Selbst wenn wir den Hausbau abgeschlossen hatten, konnten wir uns nicht beruhigt zurücklehnen, denn die nächsten fünfundzwanzig Jahre würden wir darum kämpfen müssen, dass das Haus nicht an die Bank zurückfiel. Ein Baugrundstück zu finden, ein Haus zu bauen, darin zu leben und zu sterben, das war alles, was wir wollten.

Kein Wunder, dass sich das auch auf unsere Kinder übertrug, man sah es an dem Arbeitseinsatz, mit dem sie ihre Verstecke bauten. Material gab es in der Stadt genug: Paletten, Fässer, Kisten. Wenn man aus der Ferne verfolgte, wie eine Gruppe von Kindern ein Versteck baute, mochte man den Eindruck gewinnen, es würde ihnen Spaß machen. Aber nein, sie spürten die Verantwortung, ein Zuhause zu errichten und zu erhalten, Anliegen, die sie unbewusst von ihren Eltern übernommen hatten.

Eines Tages hatte auch der inzwischen elfjährige Declan den Drang, ein solches Projekt anzugehen, und er brachte die beiden Sharkeys ohne Weiteres dazu, mit ihm über den Zaun der Netzfabrik zu klettern und ein paar Seile zu stehlen. Er konnte sie sogar dazu bewegen, eine Palette hochzuhieven und fast einen Kilometer weit zu schleppen. Sie brachten das Material zu der Fichtenschonung nah dem Haus der Bonnars. Es war ein guter Platz, mit Blick über die Straße und zugleich verborgen durch die mittlerweile hinlänglich großen Fichten. Auf Declans

Betreiben hoben sie etwas Erde aus, damit ihre Hütte einen ebenen Boden haben würde, und dann machten sie sich auf die Suche nach weiterem Material. Als die Sharkeys die vierte Palette bis zum Wald tragen sollten, ebbte ihre Begeisterung schließlich doch ab. Jetzt erklärten sie, der Platz sei zu versteckt, wozu der ganze Aufwand, wenn die anderen Jungs sie nicht sehen würden? Das Beste an einer eigenen Hütte sei ja nun zweifellos, sie gegen Eindringlinge zu verteidigen. «Was sollen wir denn damit machen, wenn sie fertig ist?», fragten sie.

«Wir können einfach drin sitzen», sagte Declan.

Die Sharkeys sahen einander an. «Ich besorge uns einen Gasherd und Schüsseln und so was», sagte Declan. «Dann können wir richtige Festessen veranstalten.»

Die Sharkeys lachten und machten sich auf den Heimweg, und Declan blieb zurück. Die Zurückweisung kümmerte ihn nicht groß – Declan hatte nie viel Vertrauen in andere Menschen gesetzt. Mit beträchtlicher Ausdauer schaffte Declan die letzte Palette allein zum Wald, indem er sie auf die schmale Seite stellte und dann wieder und wieder um ihre eigene Achse drehte, ein eckiges Rad, die ganze Strecke bis zur Fichtenschonung. Dort band er die Paletten zu vier Wänden zusammen und nagelte eine Plastikplane darüber, die vorne herunterhing. Declan schlüpfte hinein und saß dann einfach da. Saß lange da und empfand ein behagliches Aufgehobensein. Auch die Geräuschkulisse war beruhigend, eine Stille, die tatsächlich ein anhaltendes leises Rauschen war, als säße er in einer Muschel. Es gab ihm ein Gefühl von Sicherheit, und er ging erst, als er Hunger bekam.

Declan verließ das Wäldchen und betrat das Haus der Lyons. Inzwischen hatte es sich eingespielt, dass die Jungen ihr Abendessen von Phyllis bekamen, wenn Christine im Hotel arbeitete. Es war gut, in der Moorstraße wieder ein bisschen gegenseitige Unterstützung zu erleben, auch wenn sie durch Geldsorgen erzwungen wurde. Brendan trudelte ebenfalls ein, er kam von einer langen Expedition, die Küste entlang bis zum Schiffsfriedhof und dann hinten um die Stadt herum wieder zurück. Phyllis schickte die beiden den Tisch decken: in der Mitte eine Packung geschnittenes weißes Toastbrot, daneben eine Zwei-Liter-Quetschflasche Ketchup und ein Salzstreuer. Pfeffer gab es nur an Weihnachten. Die Jungen begrüßten Eunan, der in seinem Sessel saß und Fernsehen schaute. Als Brendan in die Küche ging, um die Butter zu holen, winkte Eunan Declan zu sich und steckte ihm ein Pfefferminzbonbon zu. Fox's Glacier Mints galten als Süßigkeit nicht viel, aber Declan freute sich über alles, was die enge Verbindung zwischen dem alten Mann und seinem wahren Enkel bestätigte.

Eunan setzte sich ans Kopfende des Tischs, Phyllis brachte Platten mit Kartoffeln und Wittling herein, und alle begannen zu essen. Normalerweise zeigte Phyllis unwillkürlich größeres Interesse an Declan, aber heute war es anders, ihre erste Frage galt Brendan: «Und, wo warst du heute Nachmittag?»

«Nirgendwo Bestimmtes», sagte Brendan und schaute nach unten, womöglich auf der Hut wegen der ungewohnten Beachtung. Er schob sich eine Portion Fisch in den Mund.

«Auf einer deiner Expeditionen?», fragte Phyllis.

Brendan sagte nur: «Mmmh, ist das lecker», als genösse er sein Essen so sehr, dass er ihre Frage gar nicht bemerkt hatte.

«Du wurdest in den High Lanes gesehen», bohrte Phyllis nach.

«Ich war nur spazieren», sagte er, die Augenbrauen hochgezogen und den Blick gesenkt, eine Miene, die ausdrückte, dass das weder von Interesse noch von Belang war.

«Spazieren!», wiederholte Eunan spöttisch, was sowohl der Tätigkeit an sich als auch dem vornehmen Wort galt.

«Man hat dich aus Biddy Donoghues Haus kommen sehen», sagte Phyllis. Sie löste den Blick nicht von Brendan, sprach jetzt aber ihren Vater an: «Du warst in deiner Jugend ein paarmal mit ihr tanzen, Daddy, oder?»

«Baaah», machte Eunan, und der noch nicht ganz heruntergeschluckte Fisch verlieh dem Laut ein besonderes Timbre. «Die ist halb verrückt.»

«Was hast du denn mit der für ein Geschäft?», wollte Phyllis von Brendan wissen.

«Das ist kein Geschäft», sagte Brendan.

Phyllis legte den Kopf auf die Seite. «Was denn dann?»

Tja, was. Brendan hatte Biddy in den letzten Wochen mehrmals besucht, hauptsächlich deshalb, weil er bei ihr willkommen war, aber ihm gefiel auch, dass in ihrem Haus die Zeit stehen geblieben zu sein schien, hier hatte sich seit Ewigkeiten nichts mehr verändert. Ihr Haus zu betreten war wie aus der Welt hinauszuschlüpfen, und er hatte es nie eilig, in die Welt zurückzukehren. «Wir unterhalten uns, und sie macht mir einen Tee», sagte er.

«Tee trinken mit einem Kind!», sagte Eunan und lachte keuchend. Sein Gesicht war vom hastigen Essen ganz rot.

«Ich trinke gerne Tee», protestierte Brendan sanft.

«Kriegst du auch Kuchen von ihr?», fragte Declan, und Brendan schüttelte den Kopf. Biddy war nicht die Sorte Mensch, die Kuchen aß, eine Scheibe Weißbrot mit etwas Zucker vielleicht.

«Ihr sind ein paar traurige Sachen passiert», sagte Brendan.

«Die sollte sie für sich behalten, so wie wir das alle tun», sagte Phyllis.

«Ihre Kinder sind in Kanada und kommen nie zu Besuch», sagte Brendan.

Eunans Keuchen wurde von einem Grunzen unterbrochen. «Die eigenen Kinder behält man in seiner Nähe, kann ich nur sagen», sagte er. «Wozu hat man sie denn sonst?»

Phyllis sah ihn an, dann legte sie ihr Besteck weg und schob ihren Teller von sich. Eunan widmete sich wieder seinen Kartoffeln. Die Jungen sagten nichts mehr und konzentrierten sich auf ihr Essen. Als Phyllis schließlich wieder zu ihrem Vater hinüberschaute, hatte er aufgehört zu essen und beide Hände in den Schoß gelegt. «Fertig?», fragte sie.

«Ja», sagte er.

Auf seinem Teller lag noch Fisch, deshalb sah sie ihn unsicher weiter an. Eunan war strikt dagegen, Essen zu verschwenden, das wussten seine Töchter nur zu gut. Sein Gesichtsausdruck war seltsam, als erinnerte er sich an etwas Demütigendes. Was ihm beides nicht entsprach, weder das Erinnern noch eine Demütigung. Die Jungen mampften weiter, ohne etwas zu bemerken.

«Willst du dich nicht in deinen Sessel setzen und die Nachrichten schauen?», fragte Phyllis.

«Nein, ich sitze gut», sagte er.

Ganz langsam, als könnte es sich um eine Falle handeln, nahm Phyllis seinen Teller und trug ihn zusammen mit ihrem in die Küche. Declan hob den Kopf, sah Eunans Gesicht und hörte auf zu essen, sein Kiefer sank herunter. «Ist alles in Ordnung?», fragte er.

«Ja», sagte Eunan, aber er sah eindeutig mitgenommen aus.

Fünf Minuten verstrichen, Phyllis begann in der Küche mit dem Abwasch, während die Jungen fertig aßen und ihre Teller mit ein paar Scheiben Brot sauber wischten. Eunan blieb die ganze Zeit am Kopfende des Tischs sitzen, ohne etwas zu sagen, mal umklammerte er die Tischkante, mal lagen seine Hände offen in seinem Schoß. «Brauchst du irgendwas?», fragte Declan ihn, ein Mal und dann noch ein zweites Mal.

Eunans Lippen formten ein lautloses «Nein».

Phyllis kam wieder herein und musterte Eunan, die Hände in die Hüften gestemmt. Er hatte einen Grauen Star, aber in den milchigen Linsen veränderte sich jetzt etwas. Sie beugte sich näher zu ihm, und als ihr Schatten über ihn fiel, zog sich die eine Pupille zusammen, und die andere erweiterte sich. Phyllis sprang vor und erwischte ihn gerade noch, als er vom Stuhl fiel. Er hatte einen Schlaganfall erlitten.

Phyllis folgte dem Krankenwagen zum Allgemeinkrankenhaus in Letterkenny. Eunan war bewusstlos, als er dort ankam, er wurde an den Tropf gehängt und an ein EKG-Gerät angeschlossen, und später wurde auch noch eine Magensonde gelegt. Phyllis wachte die ganze Nacht bei ihm. Sie begriff, dass ihr Vater gespürt hatte, was mit ihm geschah, aber nichts gesagt hatte, weil er kein Aufhebens machen wollte. Christine und Ambrose trafen am Morgen ein, Declan hatte unbedingt mitkommen wollen, doch es war ein Schultag. Ambrose war gewaschen und umgezogen, aber unrasiert und übernächtigt nach dreitägiger Fangfahrt. Christine war so verstört vom Anblick ihres daniederliegenden Vaters, dass sie erst einmal an der hinteren Wand des Krankensaals stehen blieb, ehe sie zu ihm trat. Sie hatten Karten von den Jungen dabei, selbst gemacht aus gefaltetem Briefpapier. Declan hatte «Gute Besserung» auf die Vorderseite geschrieben und einen Hummer gezeichnet, in den ein Beil gehauen war. Brendans Karte war vorne nicht beschriftet, und die Zeichnung war schwer zu deuten, sich kringelnde Linien und Kreise, alles mit schwarzem Kugelschreiber gemalt. Man hätte einen Blumenstrauß darin erkennen können oder einen Obstbaum, oder auch die kreisenden Planeten eines fernen Sonnensystems. «Was ist denn das?», wollte Phyllis wissen.

«Brendans Karte», erwiderte Christine.

«Sieht aus wie etwas, was man auf ein Grab stellen würde.»

«Er ist sensibel», sagte Christine.

«So kann man es auch nennen», sagte Phyllis. «Die lege ich hier jedenfalls nicht so hin, dass Daddy sie sieht, wenn er aufwacht, sonst fällt er sofort wieder ins Koma.» Sie klappte die Karte auf. Drinnen stand in Brendans winziger Handschrift: «Hoffentlich wird alles wieder besser.»

«Geht ihr zwei mal was essen», sagte Ambrose, «ich behalte ihn im Auge.»

Phyllis gehörte zu den Menschen, die auf Schwierigkeiten mit Entsagung reagieren, sie hatte seit fünfzehn Stunden nichts mehr gegessen und schob es immer noch auf.

«Keine Sorge», sagte Ambrose lächelnd. «Ich ziehe keine Schläuche.»

Phyllis erlaubte ihrer Schwester, sie wegzuführen.

Eunans Bett stand am Ende des Krankensaals, durchs Fenster sah man den Parkplatz und ferne blaue Berge. Ambrose betrachtete sie eine Weile, machte das Fenster einen Spaltbreit auf und streckte die Hand hinaus, um die feuchte Luft zu spüren. Eunan lag bewusstlos neben ihm, und Ambrose setzte sich hin und nutzte die Gelegenheit, um ihn eingehend zu studieren: die schuppige Kopfhaut, die blauen Venen, die dünnen, trockenen Atemzüge, wie man sie erwarten würde, wenn man das Ohr an eine Eidechse legte. An seiner Brust hielt nichts, die Krankenschwestern hatten meterweise Pflasterband verklebt, weil die EKG-Elektroden immer wieder abfielen. Ambrose hatte Eunan noch nie so lange betrachtet, nie so nah bei ihm gesessen. Er beugte sich vor und flüsterte: «Wie wär's, du lässt endlich los? Gib die Mädels frei.»

Ambrose lehnte sich wieder zurück, hatte aber das Gefühl, noch nicht alles gesagt zu haben, also beugte er sich erneut zu Eunan vor und fügte hinzu: «Du elender, böser Mann.»

Unten in der Cafeteria waren alle Tische besetzt, aber es war trotzdem ruhig, denn die Anwesenden unterhielten sich nur flüsternd. Phyllis starrte auf die Tischplatte, auf Zuckerdose und Streuer, die aus dem gleichen Edelstahl gefertigt waren wie die Nierenschalen und Zangen, die in anderen Bereichen des Krankenhauses in Gebrauch waren. Sie war erschöpft und sehnte sich danach, umsorgt zu werden. Christine schenkte ihr Tee ein, gab Milch und eine halbe Portion Zucker hinein. Phyllis klang weinerlich, als sie sagte: «Du bist die einzige Person auf der ganzen Welt, die weiß, wie ich meinen Tee trinke.»

Christine legte ihre Hand auf die ihrer Schwester, und Phyllis ließ es zu. So saßen sie eine Weile, ohne zu sprechen. «Mach dir keine Sorgen wegen Daddy», sagte Christine schließlich. «Der ist innerhalb von einer Woche wieder zu Hause.»

Phyllis zog die Nase hoch. «Wahrscheinlich wäre es eine gute Gelegenheit, mal den Tiefkühlschrank abzutauen.»

«Ja, du solltest dich beschäftigen», sagte Christine.

«Und ich könnte sein Zimmer mal ordentlich durchlüften», überlegte Phyllis.

«Na siehst du», sagte Christine.

Vor Phyllis taten sich plötzlich ungeahnte Möglichkeiten auf. «Eigentlich müsste es dringend neu gestrichen werden», sagte sie.

«Das ist doch ein Wort», sagte Christine.

Eunan blieb bewusstlos, und Phyllis saß jeden Tag bei ihm. Man riet ihr, ihm Musik vorzuspielen oder aus Büchern vorzulesen, aber Eunan mochte keine Musik und war gegen Bücher, also versuchte Phyllis, ihm aus Lokalzeitungen vorzulesen. Bei einem Artikel im *Donegal Democrat*, in dem über die Schlaglöcher in den Straßen geklagt wurde, flatterten tatsächlich kurz seine Augenlider, aber es war keine bleibende Veränderung. Am achten Tag verlangsamte sich seine Herzfrequenz bedrohlich, also wurde er auf die Intensivstation verlegt. Phyllis hörte eine Krankenschwester sagen, dass er es wohl nicht mehr lange machen werde.

Zu Hause war an den Tagen, an denen Christine arbeitete, Ambrose für das Abendessen zuständig, und das war Pech für die Jungs, denn er mochte gebratene Leber und war davon überzeugt, dass alle sie mögen sollten, außerdem gab es dazu gekochte Kartoffeln, die er vorher nie schälte, egal wie grau die Schale war. Das war sein gesamtes Repertoire, mehr oder weniger. Eines Abends, als Eunan seit zwei Wochen im Krankenhaus lag, kam Ambrose mit einer Plastiktüte voller Krebsscheren nach Hause, hielt sie überschwänglich in die Höhe und sagte zu Declan, er solle einen großen Topf Wasser aufsetzen. Diese Scheren hier waren groß, sie lagen schwer wie Snooker-Kugeln in der Hand. «Mick Cannon hat sich über die Preise in der Auktionshalle so geärgert, dass er seinen Fang lieber verschenkt hat», sagte Ambrose.

Als Christine nach Hause kam, stand Ambrose am Herd, die beiden Jungen rechts und links von ihm, und alle schauten in den blubbernden Topf. Brendan, der klein für seine neun Jahre war, stand auf einem Schemel. «Heute speisen wir wie die Könige», sagte Ambrose zu Christine.

«Geh Phyl holen», sagte Christine zu Declan. «Da hat sie vielleicht auch Lust drauf.»

Jeden Abend allein im Haus zu sein war für Phyllis zunächst schmerzlich gewesen, dann einfach nur eigenartig, inzwischen aber hatte sie die Ruhe zu schätzen gelernt. Der Fernseher blieb aus, der Bildschirm hinter den Türen der Fernsehtruhe verborgen. Die Renovierung von Eunans Zimmer hatte etwas in ihr ausgelöst, und sie bestellte J. J. Brown immer wieder ein. Sie ließ auch den Flur renovieren und dann ihr eigenes Zimmer in einem zarten Blau streichen, das sie in *Homes & Gardens* gesehen hatte. Sie konnte zehn Minuten damit verbringen, einfach nur von einem Zimmer zum anderen zu gehen und sich daran zu erfreuen, wie frisch und neu alles war. Für das Wohnzimmer hatte sie ein warmes Gelb gewählt und passende Vorhänge mit Blumenmuster aufgehängt, eine altmodische Zusammenstellung, die zu dem Fünfziger-Jahre-Bungalow gut passte. Phyllis hatte ein Auge für Farbe und Ausgewogenheit, was nicht viele wussten, wobei einige von uns die eleganten Blumengestecke, die sie für das Grab der Mutter gefertigt hatte, durchaus zur Kenntnis genommen hatten. Als Declan kam, stand sie gerade im Flur und erfreute sich an dem neuen Anblick.

Sie ging mit ihm zum Haus der Bonnars. Dort rann Kondenswasser an den Fenstern hinab, und sie wies Declan darauf hin, um die Intensität des Moments, als sie durch die Hintertür trat, etwas herunterzuspielen. In der

Küche roch es nach Felstümpeln an einem heißen Tag, und alle waren auf den Beinen. Phyllis spürte die freudige Aufregung, die in der Luft lag, und obwohl sie wusste, dass es bei den Bonnars nicht jeden Abend so zuging, hatte sie das Gefühl, auf eine Party zu kommen, die jahrelang ohne sie stattgefunden hatte. Christine legte ihr für einen Augenblick die Hand auf den Oberarm, und Ambrose sagte: «Komm rein! Willkommen!»

Die Krabbenscheren hatten noch fünf Minuten gezogen, und jetzt leerte Ambrose den ganzen Topf ins Spülbecken, ein Geklapper und Gerassel wie von Münzen, das Becken war bis zum Rand gefüllt. Aus den Enden der Scheren war Flüssigkeit ausgetreten und im heißen Wasser zu fettigen länglich-weißen Gebilden geronnen. Als das Wasser abgelaufen war, rührte Ambrose mit dem nackten Arm in den Krebsscheren herum, um auch das letzte Wasser herauszuschütteln.

Phyllis's Hocker stand an seinem üblichen Platz, und sie ging darauf zu, doch Ambrose sah es und sagte: «Komm, setz dich zu uns an den Tisch.»

Sie tat wie geheißen.

Ambrose wandte sich den Jungen zu. «Declan, hol noch einen Stuhl, ja? Und Brendan, du holst den Hammer.»

Die Jungen arbeiteten nicht oft im Team, aber dies war eine der seltenen Gelegenheiten.

Mit beiden Händen schöpfte Ambrose die Krebsscheren wieder in den trockenen Topf, ohne sich darum zu kümmern, wie heiß die Panzerschalen noch waren. Declan schaute in den Topf. «Es wäre schön, wenn wir jetzt noch ein bisschen gehackte Petersilie hätten», sagte er.

Alle starrten ihn an.

«Fürs Auge», erklärte er. Declan hatte angefangen, Kochsendungen anzuschauen. «Und wie werden die serviert?»

«Serviert!» Ambrose lachte.

Ambrose trug den Topf durchs Zimmer und kippte die Krebsscheren direkt auf den Tisch, der Haufen war gut zwanzig Zentimeter hoch. Die Familie setzte sich darum herum, jeder nahm sich eine Krebsschere, schlug mit dem Hammer, den sie einander weiterreichten, auf die Panzerschale und entfernte dann die Bruchstücke. Teller gab es nicht, und nur Phyllis benutzte eine Gabel, die anderen pulten das zarte weiße Fleisch mit den Fingern heraus. Wenn geredet wurde, dann nur über das Essen: anerkennende Kommentare, wie schön mürbe das Fleisch sei, wie buttrig seine Konsistenz vorne an den Spitzen. Die Tischplatte erbebte unter jedem Hammerschlag. Die Jungen konnten bald saubere Schläge setzen, bei denen keine Schalenstücke im Fleisch hängen blieben. Bei allen ging es mit der Zeit schneller, und auch Phyllis legte jetzt die Gabel weg und widmete sich dem Festmahl mit den Händen. Die leeren Panzerschalen warfen sie wieder in den Topf, der auf dem Boden stand und wie eine Glocke nachklang, wenn die Schalen dagegenschlugen.

Ambrose war bester Laune. Wenn er für immer Kapitän eines 17-Meter-Kutters bleiben sollte, dachte er sich, dann war das eben so. Viele hatten weniger Glück. Er hatte ein Zuhause, eine gut aussehende Frau, zwei gesunde Söhne, und zudem holte Gott oder wer auch immer endlich seinen Schwiegervater zu sich. Ambrose war der

Mann, der er war, und Christine war die Frau, die sie war, und er war mit ihnen beiden zufrieden, insofern konnte er auch ohne größere Probleme mit dem Leben zufrieden sein, das ihrer beider Wesen entsprach. Sie waren ganz offensichtlich nicht die Sorte Leute, die es zu einem norwegischen 30-Meter-Kutter und einem Sechs-Zimmer-Haus mit Garage bringen würden. Ihm fielen die Touristen ein, die am Tag der Kreditablehnung vor der *Christine Dawn* gestanden hatten. «Schönes Boot», hatten sie gesagt, und sie hatten recht, die *Dawn* war das letzte Boot unserer Flotte, das komplett aus Holz gebaut war. Ambrose hatte einen Sinn für Tradition. Insgeheim fand er, dass er mehr Gemüt besaß als die meisten anderen Fischer: Ein schöner roter Sonnenuntergang über der Bay, eine überkommende See, die weiß aufs Deck krachte, ein blauer Hai, der im Steert zappelte, solche Dinge lösten Gefühle in ihm aus, die den meisten Fischern, so vermutete er, fremd waren. Viele redeten vom Meer, als wäre es eine Fabrikhalle, Männer wie Tommy. Sollte der doch gemütlich über seine Kontrollpulte fischen, wenn es ihn glücklich machte – Ambrose lebte für die direkte Auseinandersetzung mit dem Meer. Er war ein Jäger, ein Versorger, so wie die allerersten Menschen, die an dieser Küste gefischt hatten, mit Speeren oder was auch immer sie damals benutzten. Ambrose fühlte eine Seelenverwandtschaft mit Mick Cannon, der lieber ein paar Freunde mit Essen versorgte als im Auktionshaus Schlange zu stehen, um ein paar lumpige Pfund von einem Händler zu bekommen. Vielleicht hatte Mick keinen ausgeprägten Geschäftssinn, aber er besaß Würde und ein Gefühl für Anstand, und das war in Ambroses Augen mehr wert, es war das Beste, was ein Mann besitzen konnte.

Declan hatte aufgehört zu essen und sah den anderen zu. «Wenn Grandad doch nur hier wäre», sagte er.

Christine tätschelte seine Hand. «Es sieht so aus, als würde er uns bald verlassen», sagte sie so teilnahmsvoll, wie das mit einem Mund voll Krebsfleisch möglich war.

Weiter auf sein Essen konzentriert, sagte Ambrose: «Er ist sehr krank, aber vergiss nicht, er hatte ein langes Leben.»

«Daddy konnte Krebsfleisch eh nicht ausstehen», sagte Phyllis.

Das alles regte Declan nur noch mehr auf. Seine Stimme ging in die Höhe, wurde fast panisch. «Ich will, dass Grandad hier ist», sagte er. «Er ist immer nett zu mir.»

Christine schluckte herunter. «Ach, ich weiß. Er fehlt dir, das ist nicht einfach.»

«Er fehlt uns doch allen», sagte Ambrose und bewegte den Arm wie ein Dartspieler, um die nächste leere Panzerschale in den Topf zu befördern.

«Wir müssen irgendwie ohne ihn auskommen», sagte Phyllis, während der Topf nachklang.

Declan rückte mit dem Stuhl vom Tisch weg, die Beine kratzten laut vibrierend über das Linoleum. «Grandad sollte aber hier sein!», rief er. «Auf dem fünften Stuhl sollte eigentlich er sitzen!»

Selbst mitten in einem Festmahl war Phyllis hellhörig für Beleidigungen. «Statt mir, meinst du?»

«Nein, statt ihm!» Declan sprang auf und deutete auf

Brendan. «Dieser Kerl sollte hier überhaupt nicht wohnen.»

Ambrose schnellte hoch, aber Christine hielt ihn mit einer Hand zurück. Die plötzliche Bewegung hatte Declan nicht erschreckt, er starrte seinen Vater unverhohlen böse an. «So redest du nicht über deinen Bruder», sagte Ambrose.

Ohne den Blick abzuwenden sagte Declan ruhig: «Leck mich am Arsch.»

Das gab Ärger. Ambrose lief hin und her und schrie Declan an, Christine fügte von ihrem Stuhl aus verärgerte Kommentare hinzu, und Brendan zog sich in das gemeinsame Zimmer zurück.

Phyllis machte sich auf den Heimweg. Das war alles ein bisschen viel für einen Abend gewesen. Sie war froh, ihre Tür hinter sich schließen zu können, die Stille im Haus war eine Erleichterung. Im Flur blieb Phyllis kurz stehen, um den Geruch nach frischer Farbe zu genießen.

Eine Woche verstrich. An einem Abend gab es heftige Gewitter, und der Strom fiel für mehrere Stunden aus, glücklicherweise bewahrten wir alle ausreichend Kerzen unter dem Spülbecken auf. Unsere unter Fünfzehnjährigen gewannen die Donegal-Meisterschaft. Wir erkundigten uns nach Eunan Lyons, doch es gab nichts Neues.

Bis es dann eines Morgens doch etwas Neues gab: Phyllis saß mit einem Exemplar von *Woman's Way* in der Cafeteria, als eine Krankenschwester kam und ihr sagte, dass Eunan die Augen geöffnet habe. Voller Selbstvorwürfe, weil sie nicht dabei gewesen war, eilte Phyllis an sein Bett. Es war nicht klar, ob Eunan sie erkannte, aber er war mehr oder weniger bei Bewusstsein. Phyllis saß da und lächelte ihn schwach an. Sie spürte einen Druck auf ihren Beinen, dann auf Oberkörper und Armen, er breitete sich über den ganzen Körper aus, als legte sie sich in eine volle Badewanne. Binnen weniger Sekunden begriff sie, was das war: Vollständigkeit stellte sich wieder ein, bis in die Finger und Zehen. Es war niederschmetternd.

Schon nach wenigen Tagen setzte Eunan sich auf, und sein Appetit kam schlagartig zurück. Mit seinem ersten vollständigen Satz schimpfte er über das Geschnarche im Krankensaal. Ständig wollte er irgendetwas gebracht oder zurechtgerückt bekommen, und die Schwestern waren froh, wenn Phyllis kam und sie mal verschnaufen konnten. Eunan sah aus, als wäre er um zehn Jahre gealtert, seine Gesichtszüge waren erschlafft und sein Haar dünner geworden, aber er begann, tägliche Übungen zu machen, und blieb konsequent dabei. Er brauchte Hilfe, um aus dem Bett und wieder hineinzukommen, aber bald konnte er mit einer Vierfußgehhilfe herumlaufen. «Es ist ein Wunder», sagte die Krankengymnastin.

Eunan sollte nie wieder sehnsüchtig vom Tod sprechen, er war jetzt fest entschlossen, am Leben zu bleiben. «Ich kann noch Jahre leben», sagte er. «Jahre!»

Eines Abends, als Phyllis das Krankenhaus verlassen wollte, bat ein Arzt sie, sich am Empfang kurz mit ihm zusammenzusetzen. Sie hockte sich vorn auf die Sesselkante, sofort beunruhigt. Er strahlte sie an, hatte freudige Nachrichten für sie. «Ich habe Ihren Vater zur Entlassung empfohlen», sagte er.

Phyllis zog ihre Handtasche an den Oberkörper, umklammerte sie fester. Sie hatte gewusst, dass das kommen würde, aber sie war nicht darauf vorbereitet, und jetzt überlegte sie, ob sie verhandeln oder sich beklagen oder vielleicht einfach erklären könnte, dass sie noch etwas Zeit brauchte, mehr Zeit brauchte. Der Arzt schien ein netter Mensch zu sein, er wirkte verständnisvoll. Er hatte gepflegte Hände, und seine Manschetten waren gestärkt, auf der einen war allerdings ein blauer Tintenfleck. Den hätte sie leicht für ihn herausbekommen. «Noch eine weitere Woche Krankengymnastik würde für meinen Vater Wunder wirken», sagte Phyllis.

«Morgen wird er entlassen», sagte der Arzt. «Sie sind diejenige, die sich dann um ihn kümmert, oder?»

«Morgen», sagte Phyllis.

Der Arzt fuhr fort: «Er hat Blase und Stuhlgang unter Kontrolle, aber Sie sollten Haltegriffe neben der Toilette installieren lassen und ihm vielleicht einen Nachtstuhl ins Zimmer stellen. Er hat eine ganz leichte Gesichtslähmung, minimal, aber behalten Sie ihn beim Essen im Auge. Wir wollen ja nicht, dass er erstickt! Wir geben Ihnen ein Merkblatt mit, in dem die Stütz- und Hebegriffe erläutert werden, die Sie anwenden müssen.»

Phyllis drückte ihre Handtasche, die von vielen, vielen Merkblättern bereits prallvoll war, noch fester an sich. Bei jedem Besuch steckte sie weitere Merkblätter ein, zum Ausgleich dafür, dass sie keines davon las. Innerlich schalt sie sich jetzt: Was machte sie eigentlich Abend für Abend? Hatte sie den Verstand verloren? Der Arzt sagte etwas, er sah besorgt aus, und sie versuchte, sich zu konzentrieren. «... Sie pflegen ihn doch, oder?»

«Ja, bin ich», sagte Phyllis rasch.

«Gut», sagte er. «Sie werden sicher zurechtkommen. Man sieht ja, wie gut Sie seine Bedürfnisse kennen, und die Schwestern haben alle Ihre Geduld gelobt. Denken Sie daran, die neuen Einschränkungen werden Ihren Vater irgendwann frustrieren, nicht nur die körperlichen, sondern auch die geistigen. Wir haben den Eindruck, dass sein Wortschatz als Folge des Schlaganfalls etwas geschrumpft ist. Ist Ihnen das auch schon aufgefallen?»

War es nicht. «Ein bisschen vielleicht», sagte sie.

«Vom Pflegepersonal höre ich, dass seine Kommunikation ziemlich reduziert ist. Es könnte so wirken, als würde er sie herumkommandieren.»

Phyllis sagte nichts.

Am folgenden Nachmittag regnete es heftig, und Phyllis saß am Esstisch, das Licht trotz des trüben Wetters nicht eingeschaltet, und wartete. Sie hatte den Kopf in die Hände gestützt, deshalb hörte sie den Krankenwagen, bevor sie ihn sah, der Regen prasselte so laut auf das Autodach, als wäre es Kies. Der Fahrer parkte den Wagen, dann stieg er aus, öffnete die Hecktür, senkte die Treppe herab und half Eunan herunter. Die Krankenschwester, die hinten bei ihm gesessen hatte, sah verärgert aus und weigerte sich, ebenfalls auszusteigen. Mit einem Schirm in der Hand trat Phyllis hinaus, damit die Übergabe erfolgen konnte. Eunan bekam eine Dreifußgehhilfe mit Gummipuffern, hatte aber trotzdem Probleme mit den groben Steinen der Moorstraße. Phyllis fasste ihn am Arm, und als er das spürte, sah Eunan sie an. «Da bist du ja», sagte er zufrieden.

Die beiden Türstufen waren eine Herausforderung. Phyllis sah zu, wie Eunan langsam einen Fuß auf die erste Stufe setzte, und stützte ihn, als er seinen restlichen Körper hinterherhievte. Er gelangte ohne Zwischenfall durch die Tür und schob sich mit kleinen, tastenden Schritten durch den Flur, wobei er ab und zu stehen blieb, um sich zu vergewissern, dass der Weg vor ihm frei war, eher sich wieder in Bewegung setzte. Sie sah, dass er die Veränderungen im Wohnzimmer wahrnahm, doch er sagte nichts dazu, irgendeine Farbe mussten Wände haben, und Gelb war so gut wie jede andere Farbe. Phyllis blieb in der Tür stehen. Schließlich hatte Eunan seinen Sessel erreicht und drehte sich zu ihr um, sein Gesicht vor der hellen Wand aschfahl. «Tee», sagte er.

Ohne zu bemerken, dass Phyllis nicht reagierte, widmete sich Eunan nun dem Sessel. Er beugte die Knie und versuchte, sich seitlich hinunterzulassen, hielt inne, richtete sich wieder auf. Er versuchte es andersherum, wieder vergebens. Der Schlaganfall hatte die Ausdrucksfähigkeit seines Gesichts gemindert, doch jetzt zeichnete sich eine dämmernde Erkenntnis darauf ab. Als Nächstes stützte er sich mit seinem ganzen Gewicht auf die Gehhilfe, er wollte sich aus dem Stehen direkt in den Sessel fallen lassen, tat es dann aber doch nicht, es war zu riskant. Da stand er nun und sah Phyllis an. Und Phyllis sah ihn an.

7.

Das Jahr schritt voran und brachte Tage mit dichtem Nieselregen, in massigen Bänken schob er sich vom Atlantik über die Stadt und setzte sich fest. «Als würde man in einer Wolke leben», sagten wir. Susan McGee bekam eine künstliche Hüfte. Ein unkartierter Felsen beendete das Arbeitsleben der *Ard Barra.* Tank McHugh wurde erwischt, als er in einem Laden in Donegal Town ein Steak stahl. Draußen in der Bucht wurde ein Killerwal gesichtet. Sally Keeneys Anbau erzeugte böses Blut, denn er bot freien Blick auf die Nachbarn, außerdem hatte sie gar keine Baugenehmigung. Eunan Lyons war aus dem Krankenhaus entlassen worden und wurde zu Hause von seiner Tochter Phyllis gepflegt.

Wir sahen Phyllis kaum mehr in der Stadt, höchstens mal im Hegarty's, wo sie die üblichen Einkäufe tätigte, sie hatte etwas Roboterhaftes, wenn sie an der Kasse bezahlte. «Arme Phyllis, die hat's nicht leicht», sagten wir, wenn sie gegangen war. Eunan konnte sich eigenständig anziehen, was eine Erleichterung war, und ins Bett hinein schaffte er es von selbst, groß und weich wie es war, aber aus dem Bett musste Phyllis ihm morgens helfen, und auch in den Sessel und wieder hoch gelangte er nur mit ihrer Hilfe, sie fasste ihn unter den Armen, die Hände auf seinen Schulterblättern, seine Haut so welk, dass sie unwillkürlich sein

Skelett vor Augen hatte. Innerhalb von einem Monat hatte sie mehr Körperkontakt mit ihrem Vater gehabt als in den gesamten fünfundvierzig Jahren zuvor.

Eines Abends beschloss Phyllis, etwas Neues auszuprobieren: Statt Eunan aus seinem Sessel zu heben und an den Esstisch zu geleiten, würde sie ihn dort sitzen lassen, er konnte von dem großen Tablett essen. Ihm würde das nicht gefallen, aber sie verdiente mal eine Pause. Es hatte eine ganz Weile gedauert, bis Phyllis bewusst geworden war, dass sich in ihr etwas verändert hatte: Sie fühlte sich von ihrem Vater nicht mehr so dominiert. Der Schlaganfall hatte ihm zugesetzt, seine Stimme war wackelig, die Strenge aus seinem Gesicht gewichen, sogar kleiner war er geworden. Phyllis hatte begriffen, dass sie vielleicht doch die eine oder andere Option hatte. Sie ging ins Wohnzimmer, und mit ein paar munteren Lauten, als wäre sie mit den Gedanken woanders, stellt sie das Tablett quer über die beiden Sessellehnen. Es berührte seinen Körper nicht, wie das Essbrett an einem Kinderstuhl. Eunan schaute darauf, erst verwirrt, dann beleidigt. «Nein», sagte er.

Phyllis ging in die Küche, so als hätte sie ihn nicht gehört, und holte sein Abendessen. Sie empfand einen Schauer von Sündhaftigkeit, wusste, dass das, was sie gerade tat, falsch war, wusste es schon allein deshalb, weil sie es nicht getan hätte, wenn noch jemand anders hier gewesen wäre. Als sie wiederkam, sah ihr Vater zufrieden aus, er hatte das Tablett auf dem Boden gestoßen. Phyllis stellte das Essen auf der Anrichte ab und legte das Tablett wieder quer über den Sessel. «So kannst du beim Essen

Fernsehen schauen», sagte sie mit gezwungener Fröhlichkeit, «das gefällt dir bestimmt.»

Während sie sich nach dem Teller mit seinem Essen umdrehte, warf er das Tablett wieder hinunter.

«Daddy, also wirklich!», schimpfte Phyllis, legte das Tablett abermals zurück und trommelte mit den Fingern darauf, wie um es so zu befestigen. Eunan knurrte und riss die Arme hoch, Phyllis machte einen Satz nach hinten, und das Tablett flog in die Luft. Es fegte eine Belleek-Porzellanfigur vom Kaminsims, eine Frau im Ballkleid, die geziert den Saum über ihrem Knöchel lupfte und sehr von sich angetan war. Sie schlug auf die Fliesen der Kamineinfassung und zerbrach in drei Teile. Eunan schaute auf die Bruchstücke hinunter und wimmerte leise, wahrscheinlich erinnerte er sich daran, wie sehr seine Frau ihren Nippes geliebt hatte. Phyllis schaute ebenfalls hinunter und hatte eine überraschende Erkenntnis: Sie würde das Figürchen nicht vermissen, war froh, dass es zerbrochen war, ein Staubfänger weniger. Es gab hier noch einige Sachen, die von ihr aus gern kaputtgehen durften. «Du bist wirklich eine Pest», sagte sie zu ihrem Vater.

Eunan verschränkte die Finger und schaute auf die Bescherung hinunter. Er schluckte, die Haut an seinem Hals zitterte.

Phyllis ließ sich auf einen Esstischstuhl sinken, lächelte verärgert und sagte: «Eine Pest bist du.»

Eunan blickte auf und beugte sich dann von ihr weg, ihr Gesichtsausdruck machte ihm Angst.

Ihre Stimme wurde schrill. «Aber du warst ja schon immer eine Pest, Daddy, stimmt's?»

Eunan zog die Schultern hoch, wie um sich zu schützen.

«Eine Pest», wiederholte sie noch einmal leise und lehnte sich auf ihrem Stuhl zurück.

Wir haben alle Böses in uns, deshalb ist es gut, dass wir zugleich ein Gewissen haben, das verhindert, dass wir ihm allzu viel Raum geben. Tatsächlich bekam Phyllis später, als Eunan im Bett war, ein sehr schlechtes Gewissen. Sie setzte ihre Lesebrille auf, stellte die Lampe mit der Hundert-Watt-Birne auf den Esstisch und legte die Bruchstücke nebeneinander. Es war ein ruhiger Abend, das Ticken des Reiseweckers war das einzige Geräusch. Sie berührte die Fragmente, der Kontrast zwischen der glatten Glasur und den rauen Bruchkanten irritierte ihre Fingerspitzen. Phyllis klebte die Figur wieder zusammen. Sie musste an ihre Kindheit denken, an den förmlichen Ton, in dem die Männer aus der Stadt mit ihrem Vater gesprochen hatten, eine Unterscheidung, auf die sie stolz gewesen war. Ja, manchmal hatte er tagelang düster vor sich hin gebrütet, aber er hatte immer dafür gesorgt, dass Essen auf dem Tisch stand und Heizöl im Tank war. Ja, oft hatte er fürchterlich geschimpft, aber er war nie handgreiflich geworden. Und ja, einmal hatte er die achtjährige Christine für einen halben Tag in ihrem Zimmer eingesperrt und die Türklinke mit einer Stuhllehne blockiert, aber er hatte Phyllis nicht davon abgehalten, in ihr eigenes Zimmer zu gehen, obwohl er genau wusste, dass sie sich durch die Wand unterhielten.

Phyllis reparierte das Figürchen, doch die winzigen Glasurteilchen, die abgesprungen waren, dünn wie Eierschalen, ließen sich nicht ersetzen. Man sah, dass es einmal kaputt gewesen war.

Und so entwickelte sich ein gewisser Rhythmus im Leben der Lyons. Phyllis verrichtete wochenlang zufrieden ihr Tagwerk, und alles schien gut. Wenn die Jungen zum Abendessen kamen, bemutterte Phyllis sie, redete nett mit Brendan und ließ Declan kleine Aufgaben in der Küche übernehmen, Karotten schneiden oder Tee für seinen Großvater kochen. Aber irgendwann wurde sie abgespannt und unzufrieden, von dem Bewusstsein niedergedrückt, dass es das war: Mehr würde ihr das Leben nicht bieten. Ein paar Tage bevor sie in diesen unguten Zustand geriet, gab es erste Warnzeichen, und Eunan lernte sie zu erkennen: etwas Abruptes in ihren Bewegungen, verzögerte Antworten, eine ausdruckslose Stimme. Eunan begann, Phyllis' Stimmungen aufmerksam im Blick zu behalten, die Schwankungen zu erspüren war eine Übung, die ihn geistig beweglich hielt. Der Arzt hatte gesagt, er solle täglich sein Gehirn trainieren, auch wenn er damit vermutlich nicht so etwas gemeint hatte.

Eunan war sein Leben lang gegen Besuch im Haus gewesen, aber jetzt sehnte er sich danach, freute sich sogar, wenn die Gemeindeschwester kam, allerdings konnte er nicht selbst an die Tür gehen.

Eines Nachmittags, als er in seinem Sessel saß, läutete es. Die Betätigung der Klingel löste eine ganze Folge von aufgezeichneten Gongtönen aus, Phyllis war bei der Auswahl sehr ambitioniert gewesen. Sie saß auf dem Esstischstuhl, der dem Fenster am nächsten stand, und las in *Home & Gardens*, und Eunan schaute freudig zu ihr hinüber. Die Anspruchshaltung ärgerte sie. «Ich erwarte niemanden», sagte sie. «Du?»

Er wandte sich ab und sagte nichts.

Phyllis kippelte mit ihrem Stuhl nach hinten und reckte sich, damit sie durch die Gardinen hinausschauen konnte. Bella Power stand vor der Tür. Phyllis hätte gern gewusst, was sie wollte, stellte aber fest, dass sie auf diese Information zugunsten einer anderen, reizvolleren Möglichkeit verzichten konnte. Sie schnappte comicartig nach Luft. «Es ist der Schnitter höchstpersönlich!», sagte sie. «Meine Güte, was für ein Anblick. Da steht er, mit Sense und allem Drum und Dran. Ob er wohl wegen dir kommt oder wegen mir?» Sie ließ die Vorderbeine ihres Stuhls wieder auf den Teppich sinken und betrachtete ihren Vater. «Soll ich ihn hereinlassen, damit wir es erfahren?»

Eunan fuhr zusammen, als die Gongs ein weiteres Mal ertönten, sie hallten im ganzen Haus wider.

«Ich glaube, lieber nicht», sagte Phyllis, als die Töne verklangen. «Wo wir zwei es doch gerade so schön miteinander haben.»

Sie griff wieder nach ihrer Zeitschrift und blieb sitzen.

Bella Power gab auf, stieg in ihr Auto und fuhr unerfüllter Dinge davon. Sie hatte gehofft, über Brendans Aktivitäten sprechen zu können. Brendan war erst zehn, und herumzustromern war eins, aber aus seinen Expeditionen waren Besuche geworden, und zwar nicht mehr nur bei Biddy Donoghue. Er war inzwischen regelmäßig bei Greg Dorrian, auch bei Mary Pat Kennedy, die ja nun völlig wirr war. Man hatte ihn Ignatius Deeneys Haus betreten sehen, was besorgniserregend war, denn Ignatius neigte zu Anfällen. Brendan schien sich zu den Sonderlingen hingezogen zu fühlen, zu den Alten und Vereinsamten, oder vielleicht fühlten eher sie sich zu ihm hingezogen. Einmal hatte Bella selbst gesehen, wie Johnny the Matchbox Brendan in sein Reihenhaus gebeten hatte, und sie war alarmiert gefolgt, war hineingestürmt, ohne zu klopfen, als gälte es, eine kriminelle Handlung zu verhindern. Aber drinnen sah sie dann nur, wie Johnny dem Jungen seine Sammlung vorführte, über vierhundert Streichholzschachteln hatte er auf dem Tisch ausgebreitet. Die beiden schauten Bella überrascht an.

Bella erwischte Phyllis ein paar Tage später vor der Milch- und Buttertheke im Hegarty's und erzählte ihr, dass über Brendan und diese Besuche geredet wurde. Sie behauptete, es sei sogar ein Tagesordnungspunkt beim letzten Treffen des Ortsverbandes der Irish Countrywomen's Association gewesen. «Was will er da bloß?», fragte Bella immer wieder. Phyllis nahm einen Liter Milch aus der Kühlung und kam davon, ohne auf ihre Fragen einzugehen.

Eines Abends erschien Brendan nicht zum Abendessen, also rief Phyllis im Hotel an und bestand darauf, dass Christine sofort kam. Als sie eintraf, saßen Eunan und Declan noch am Tisch und aßen, während Phyllis im Zimmer auf und ab ging. Brendans Essen wurde auf dem Teller kalt, und Phyllis hatte ihres auch nicht angerührt.

«Bei diesem Ärger krieg ich nichts herunter», sagte sie.

Christine stellte sich ans Fenster und schaute zu den

Fichten hinaus, und Phyllis stellte sich neben sie. «Ob Brendan wohl bei Biddy oder Ignatius Abendessen bekommt?», überlegte Christine laut.

Phyllis schüttelte den Kopf. «Die leben nur von Sodabrot und dem Complan, das sie von der Gemeindeschwester eingeflößt bekommen.»

«Hast du ihn nach der Schule auf der Straße gesehen?», fragte Christine Declan über die Schulter.

«Ich bin nicht sein Aufpasser», sagte Declan, worauf Christine sich umdrehte, um ihn zurechtzuweisen, doch was sie sah, hielt sie davon ab: Declan hatte sich zu seinem Großvater vorgebeugt, sodass sich ihre Köpfe fast berührten, und drückte mit der flachen Messerklinge auf dessen Fisch, damit die Gräten hervortraten. Eunan besaß nicht mehr die motorischen Fähigkeiten, um sie zu entfernen, also übernahm Declan das für ihn, pickte sie mit Daumen und Zeigefinger heraus und schnipste sie fort. Es war das Zärtlichste, was Christine ihn je hatte tun sehen.

Brendan kam nicht, dafür aber Ambrose. «Ihr könnt euch entspannen» sagte er, während er eintrat. «Er ist bei den Cunninghams, sie haben mich angerufen.»

«Welche Cunninghams?», wollte Phyllis wissen.

«Kathleen und ihre Truppe», sagte Ambrose.

Kathleen litt an einem Gehirntumor, wir hatten mit angesehen, wie sie immer mehr abnahm, wie ihr Haar ausdünnte und ihre Zähne dominanter wurden, größer erschienen, weil sich das Zahnfleisch zurückzog. Einmal hatte es eine Szene gegeben, als sie bei der Messe genau in dem Moment, als die Wandlung vorgenommen wurde, aufstand und die Kirche verließ, von ihrem Mann gestützt. Sie war nie wieder zum Gottesdienst gekommen, und mittlerweile war sie ans Bett gefesselt und ging nirgendwo mehr hin. «Offenbar ist Brendan immer mal wieder bei ihr», sagte Ambrose.

«Und davon hast du nichts gewusst?», fragte Phyllis scharf.

Ambrose stieß hörbar die Luft aus, diesen Tonfall hatte er nicht verdient. «Nicht so richtig, nein», sagte er.

«*Nicht so richtig*», sagte Phyllis unbefriedigt. «Und was hat sie davon?»

«Er tut ihr gut», sagte Ambrose. «Es gibt ein paar Leute in der Stadt, für die der Junge etwas Besonderes ist, wegen der Art und Weise, wie er hier aufgetaucht ist.»

«Von irgendeinem Nichtsnutz bei Wind und Wetter ausgesetzt?», schnaubte Phyllis.

Das ignorierte Ambrose. «Die Leute erzählen Brendan gern, was sie bedrückt», sagte er, «und wenn ich es recht verstehe, erteilt er ihnen so eine Art Segen.»

«Einen Segen!», wiederholte Phyllis.

«Anscheinend», sagte Ambrose.

Declan hatte zugehört. «Kriegt er Geld dafür?», fragte er.

Ambrose schüttelte den Kopf. «Er legt ihnen einfach die Hand auf die Schulter und sagt etwas Nettes. Völlig harmlos, würde ich sagen.»

Ambrose schaute zu Christine hinüber: Wenn sie sagte, dass es in Ordnung war, dann war es in Ordnung. Phyllis ließ von Ambrose ab und wandte sich ebenfalls Christine zu: «Wir müssen diesem Irrsinn einen Riegel vorschieben», sagte sie. «Brendan sollte zu Hause sein, nicht dauernd unterwegs. Und er ist nun ganz gewiss nicht qualifiziert, um irgendeinen Segen zu erteilen.»

«Ich muss jetzt erst mal was ganz anderes, nämlich wieder zur Arbeit», sagte Christine und ging hinaus.

Phyllis folgte ihr und hielt sie am Auto auf. «Ich mache mir vor allem um dich Sorgen», sagte sie. «Dieser Junge macht dir schwer zu schaffen, das ist einfach nicht in Ordnung.»

Christine stand in der offenen Autotür und musterte ihre Schwester. In ihrer Kindheit hatte Phyllis ihr gegenüber oft einen Beschützerinstinkt an den Tag gelegt, der jedoch meist fehlgeleitet, regelrecht erdrückend gewesen war. Jetzt benutzte sie vergleichbare Worte, doch Christine kam zu dem Schluss, dass es Phyllis diesmal um etwas anderes ging. Phyllis hatte Brendan nie dahaben wollen, sie konnte ihn einfach nicht akzeptieren, nicht voll und ganz, und erklärte ihn immer wieder zum Problem. Das war ein unfreundlicher Zug, und um weiter mit ihrer Schwester auszukommen, würde Christine sich einreden müssen, dass Phyllis nicht anders konnte. Sie wollte nicht noch einen Zwist, sie waren gerade erst dabei, den ersten beizulegen. Hier war Geduld gefragt. Christine hatte große Reserven an Geduld, die sie anzapfen konnte, denn letztlich, das wusste sie, war sie entkommen, Phyllis hingegen nicht. «Alle scheinen zu denken, Brendan wäre eine furchtbare Last», sagte Christine. «Aber ehrlich gesagt, ist er meine geringste Sorge.»

Sie fuhr davon, während ihre Schwester ihr nachsah.

Unser Hotel stand an der Hauptstraße, unweit des Kais. Christines Aufgaben dort waren die gleichen wie zu Hause, nur vervielfacht: dreißigmal so viel Bettwäsche, für die zehnmal so viel Waschmittel nötig war, ein dreimal so großer Wäschekorb, und außerdem war Christine doppelt so alt wie das älteste der Mädchen, mit denen sie zusammenarbeitete. Sie war am liebsten in der Waschküche, für die sie allein zuständig war, aber mitunter war es erforderlich, dass sie sich mit einer der Jugendlichen zusammentat. An diesem Abend musste sie ein neues Mädchen einweisen: Debbie Pringle, von den Pringles aus Largynagreana. Diese Pringle war langsam und phlegmatisch, aber Christine verkniff sich ein Urteil, Teenager waren einfach schwierig. An der Rezeption gab es drei große Spiegel, und Christine zeigte ihr, wie man diese mit Zeitungspapier putzte, damit keine Streifen zurückblieben. Inzwischen benutzten die Mädchen alle Zeitungspapier für die Spiegel, was Christine mit einem Hauch von Berufsstolz erfüllte, wobei es sie manchmal auch ärgerte oder sogar traurig machte, dass nach all den Jahren als Ehefrau und Mutter Putzen das war, was sie am besten konnte.

Debbie wirkte skeptisch, was das Reinigen mit Zeitungspapier betraf, obwohl sie sah, wie gut es funktionierte. Als Nächstes mischte Christine Essig, Salz und Natron zu einer Paste zusammen, mit der sie die Messingtafeln hinter der Empfangstheke polierte. Sie stieg auf einen Schemel, um die Paste aufzutragen und wieder abzuwischen. «Siehst du?», sagte sie und deutete auf das schimmernde Metall.

«Das ist Zauberei», sagte Debbie. Christine lachte, aber nur, bis sie sich umdrehte und Debbies verängstigte Miene sah.

Als Nächstes machten sie die Zimmer im ersten Stock. Das Zimmer mit eigenem Bad war gerade frei, und das Bad war ein guter Ort für eine Zigarette. Debbie rauchte nicht, also setzte sie sich auf den Badewannenrand und pulte an ihren Fingernägeln herum, während Christine auf dem Klodeckel stand, den Kopf aus dem Dachfenster streckte und eine Silk Cut Red rauchte. «Hast du irgendwelche Pläne?», fragte sie.

«Ich werd mal schauen, was die anderen Mädels machen», sagte Debbie.

«Ich meine nicht für heute Abend», sagte Christine, «sondern für die Zukunft, für dein Leben.»

Solche Fragen war Debbie offenkundig nicht gewohnt, sie dachte zehn lange Sekunden nach und sagte dann: «Ich werd mal schauen, was die anderen Mädels machen.»

Christine sagte nichts mehr. Sie stellte sich auf die Zehenspitzen und reckte den Hals, um die Szenerie draußen in sich aufzunehmen. Die Deckstrahler auf den festgemachten Kuttern warfen lange weiße Linien auf das schwarze Wasser. Die nassen Straßen glänzten im Licht der Straßenlaternen. Leute liefen mit hochgezogenen Schultern durch den Regen, und sie alle hatten höchstwahrscheinlich irgendwelche Probleme. Brendan und sie teilten viele Erfahrungen, genau wie sie es vorhergesagt hatte, trotzdem war der Junge ihr in gewisser Weise fern, und die Liebe hatte viele Sorgen mit sich gebracht. Declans Feindseligkeit war schwierig, aber sie hatte das Gefühl, ihn im Großen und Ganzen doch lenken zu können, und sie würde dafür sorgen, dass er letztlich seinen Platz fand, bei Brendan hingegen war alles offen. Sie wollte ihm auf keinen Fall den Eindruck vermitteln, dass das Leben daraus bestand, die Bettwäsche anderer Leute zu waschen oder mit der Fischerei gerade so über die Runden zu kommen, doch genau das war es, was Ambrose und sie ihm vorlebten. Christine wusste, dass viele andere Mütter ihrem Kind verbieten würden, durch die Straßen zu ziehen und den Schwachen und Gebrechlichen Segen zu spenden, aber wenn sie schon selbst nicht wusste, was das Beste für Brendan war, sollte sie ihn dann wirklich daran hindern, es eigenständig herauszufinden? Vielleicht tat er ja das Richtige. Und wenn nicht, war es jedenfalls sein eigenes Ding.

Als Christine nach Hause kam, lag Ambrose auf dem gemachten Bett und hielt noch ein Schläfchen vor der bevorstehenden Fangfahrt. Sie legte sich neben ihn, und er wachte brummend auf. Sie sprachen leise, wenn sie sich über die Jungen unterhielten, das Haus war klein. Sie legte das Kinn auf seine Schulter und sagte: «Wir lassen ihn machen. Brendan ist ein guter Junge, soll er selbst seinen Weg finden.»

«Einverstanden», sagte Ambrose.

Sie schliefen ein.

Phyllis aber konnte nicht schlafen. Ihre Schwester würde Brendan ganz offensichtlich keinen Einhalt gebieten, also beschloss sie, das selbst in die Hand zu nehmen.

Eines Tages, sagte sie sich, würde Christine ihr dankbar sein. Man sollte meinen, dass Phyllis schon genug am Hals hatte, aber viel am Hals zu haben führt bei manchen Leuten dazu, dass sie genau das alles ignorieren und sich stattdessen mit etwas anderem befassen. Außerdem war Phyllis zu dieser Zeit für jegliche Art von Aufregung besonders empfänglich, suchte sie vielleicht sogar. Segnungen, also wirklich! Sie beschloss, Declan für ihre Zwecke einzuspannen, sie wusste, dass es nicht viel brauchte, um seine Eifersucht anzustacheln. Sie würde ihm erzählen, dass alle über Brendan redeten, das würde ihm überhaupt nicht gefallen. Und sie würde andeuten, dass Ambrose sich über die Rolle, die Brendan in der Stadt spielte, zu freuen schien, das würde ihm noch weniger gefallen.

Schon bald bemerkten wir, dass Declan jeden Nachmittag mit Brendan zusammen von der Schule nach Hause ging. Das hatte er schon seit Jahren nicht mehr getan, und wir konnten sehen, wie glücklich es Brendan machte, er plapperte die ganze Hauptstraße entlang mit ihm und musste nach jedem vierten oder fünften Schritt einen kleinen Hüpfer nach vorn machen, um mit Declans langen Beinen mitzuhalten. Auch wir freuten uns, bis wir verstanden, dass Declan das nur tat, um zu verhindern, das Brendan davonspazierte und Leute besuchte. Der Plan ging auf: Brendan stellte seine Besuche sofort ein, als sich die Möglichkeit bot, stattdessen mit seinem Bruder nach Hause zu laufen.

Am Wochenende ersann Phyllis zusätzliche Aktivitäten, um Brendans «Kult», wie sie es nannte, ein Ende zu setzen. In unserer Stadt gab es ein kleines Kino, und samstags gab sie den Jungen genug Geld für Eintrittskarten und zwei Päckchen Opal Fruits. Nach dem Film holte sie die beiden ab und brachte sie direkt nach Hause. Brendan fand keinen Geschmack am Kino, zu plump, zu laut, aber er machte alles mit, was sein Bruder machte. Declan wiederum wurde von der Dramatik und den blanken Emotionen jedes Mal überwältigt. Er weinte am Ende von *E. T.*, obwohl es in der Stadt übereinstimmende Meinung war, dass dieses Wesen im Weltall besser aufgehoben war. Declans Reaktion auf *Superman III* war noch dramatischer. Als Superman sich in einen Bösen verwandelte, machte Declan in die Hose. Er sagte nichts, legte sich die Jacke auf den Schoß und blieb sitzen, bis die offenbar letzte Szene begann, dann eilte er hinaus. Brendan flitzte hinter ihm her und schirmte ihn mit seinem Körper ab, damit niemand etwas bemerkte. Sie kamen wohlbehalten zum Auto, aber Phyllis roch etwas und sah seine feuchte Hose. «In deinem Alter!», sagte sie und berichtete es später seiner Mammy.

«Es ist ein schwieriges Alter», sagte Christine.

Das Jahr schritt voran. Die Mehlschwalben zogen wieder fort. Wir stimmten zu achtzig Prozent gegen die Zulassung der Abtreibung in unserem Land. Die Anti-Spielautomaten-Lobby hielt eine Veranstaltung im Tanzsaal ab. Declan kam auf die Gewerbeschule. Verschlossen und schlecht gelaunt wurde er dreizehn. Brendan, stumm und undurchschaubar, wurde elf. Es schien, als wäre jedes Alter ein schwieriges Alter.

Auch wer in seinen Vierzigern war, konnte es schwer haben, und Phyllis klappte eines Nachmittags schließlich und endlich zusammen. Es war peinlich, aber zugleich eine Erleichterung.

Christine machte gerade den Abwasch, und Declan saß mit seinen Schulbüchern am Esstisch, als Phyllis hereinkam und sich auf ihren Hocker setzte. «Ich kann überhaupt nicht mehr richtig schlafen», sagte sie und ließ den Kopf hängen.

«Ach», sagte Christine. «Dr. Quinn schreibt dir bestimmt ein paar Tabletten auf.»

Phyllis sah sie an. «Es wäre mir eine riesige Hilfe, wenn du mal kämst und ihn zu Bett bringen würdest», sagte sie.

Christine wandte sich wieder dem Spülbecken zu.

«Bitte», sagte Phyllis, was ihr überhaupt nicht ähnlich sah.

Christine war froh, dass ihre Schwester in einem Moment gekommen war, als sie selbst gerade Geschirr abwusch, es konnte nichts schaden, wenn Phyllis sah, wie viel sie zu tun hatte. Sie legte ein paar Tassen zurück ins Spülwasser, um länger beschäftigt zu sein. Die Bitte ihrer Schwester klang erst einmal harmlos, aber Christine hatte das Gefühl, ihr Leben verteidigen zu müssen. Schon ein einziger Abend stellte eine Gefahr dar, die Pflege von Eunan Lyons glich einem Loch im Moor, in das sie hinuntergezogen werden würde, wenn sie ihm zu nahe kam. Sie sah es vor sich, wie sie auf immer und ewig in der teerigen Schwärze festhing, für niemanden mehr sichtbar. «Ich muss den Haushalt schmeißen, habe den Job im Hotel und muss die beiden hier ernähren und großziehen», sagte Christine mit einer Kopfbewegung in Declans Richtung.

Declan wirkte in diesem Moment sehr konzentriert, er malte gerade das AC/DC-Logo auf die Rückseite seines Physikbuchs.

Phyllis sagte nichts, aber es war kein vorwurfsvolles Schweigen, sie schien am Ende ihrer Kräfte. Ihr Kopf sank herunter, bis sie auf den Boden schaute.

«Bring ihn doch früher ins Bett», schlug Christine vor. «Leg ihn um neun schlafen, und dann komm und schau mit mir fern. In der BBC gibt es so eine Sendung namens *Crimewatch*, da soll das Publikum helfen, Kriminalfälle zu lösen. Es ist wie *Garda Patrol*, nur wird alles richtig nachgespielt, große Raubüberfälle und sogar Morde. Das gefällt dir bestimmt.»

Die Lyons konnten nur die beiden irischen Fernsehsender empfangen, was bedeutete, dass die Auswahl eingeschränkt war und man in den Pausen mit Werbespots bombardiert wurde, in denen Spieler der Gaelic Ahletic Association sich für bestimmte Viehfutterhersteller oder Mittel gegen Leberegelbefall starkmachten. Die große Antenne der Bonnars hingegen empfing auch die BBC, die überhaupt keine Werbung brachte und zudem, so meinten manche, ein besseres Programm bot. Phyllis hätte liebend gern *Crimewatch* geschaut, aber ihr Pflichtgefühl ließ das nicht zu, sie schüttelte ernst den Kopf. Eunans Leben war so schon eingeschränkt genug, ohne dass man ihm auch noch eine Stunde seines Tages nahm. Außerdem war das Problem gar nicht die Zeit, sondern die Notwendigkeit, ihm Abend für Abend in den Schlafanzug zu helfen: die schlaffen Hautfalten zwischen seinen Beinen, seine skelettartig vorragenden Beckenknochen, der graue Penis unter grauem Schamhaar. Die Gemeindeschwester hatte gesagt, es würde einfacher, wenn sie daran dächte, wie oft er sie als Baby gewickelt hätte, aber die Gemeindeschwester wusste ja nun sicher, die ganze Stadt musste es wissen, dass Eunan in seinem gesamten Leben kein Kind gewickelt hatte. Phyllis fing an zu zittern.

«Was ist denn?», fragte Christine und machte zwei Schritte auf sie zu. Phyllis öffnete und schloss die Hände, entblößte die Handflächen und verbarg sie wieder. «Manchmal bin ich gemein zu ihm», sagte sie schließlich.

«Ach, das bist du nicht», sagte Christine.

«Letzten Freitag habe ich ihn gezwungen, *The Late Late Show* anzuschauen, obwohl auf dem anderen Sender *Die Kanonen von Navarone* gelaufen ist», sagte sie.

«Mach dir keinen Kopf», sagte Christine. «Wahrscheinlich wusste er gar nicht, dass es lief.»

«Doch!», sagte Phyllis. «Ich habe es ihm extra gesagt.»

Jetzt war Christine doch überrascht.

Phyllis fuhr fort: «Ich schimpfe, wenn er etwas fallen lässt. Ich ignoriere ihn manchmal stundenlang. Ich kaufe nicht das Weißbrot, das er mag. Heute Morgen wollte er Marmelade, und ich habe behauptet, wir hätten keine. Dabei hatten wir Marmelade, natürlich hatten wir Marmelade.» Ihre Stimme brach, und sie schluchzte: «Wir haben immer Marmelade!»

Erschöpft von ihrem Geständnis, schaute Phyllis mit geröteten Augen zu Christine und erwartete ihr Urteil.

Christine sah sie fest an. Dann sagte sie: «Das verkraftet er.»

Schweigen hing zwischen den Schwestern. Christine

zog den Stöpsel und sah zu, wie das Spülwasser ablief, dann setzte sie Teewasser auf.

Phyllis hatte kaum wahrgenommen, dass Declan zuhörte. Obwohl er inzwischen auf der Gewerbeschule war, betrachtete sie ihn immer noch als Kind, daher war sie regelrecht geschockt, als er jetzt einen Vorschlag machte. «Ich kann mich ja abends um Grandad kümmern», sagte er. «Ihn umziehen und so, was er halt braucht.»

Christine schaute erfreut zu ihm hinüber, sie lehnte sich an die Arbeitsplatte und betrachtete ihn voller Stolz. Dann sah sie ihre Schwester an und sagte: «Na siehst du.»

Und so ging Declan nun an den meisten Abenden gegen neun zu den Lyons. Um neun begannen die Nachrichten im Fernsehen, und die verpasste sein Großvater nie. Declan zog sich vom Esstisch einen Stuhl heran, und sie schauten sie gemeinsam. Eunan konnte nur noch krächzen, doch wenn über Fälle von staatlichem Versagen berichtet wurde, über Butterberge, Milchseen und dergleichen mehr, ereiferte er sich wie eh und je. «Das würden sogar Frauen besser hinkriegen», schimpfte er, umklammerte die Sessellehnen und zog sich in zorniger Erregung nach vorn. Manchmal allerdings schien er die Einzelheiten nicht mehr zu erfassen, und Declan hatte den Verdacht, dass seine Tiraden durch bestimmte Stichwörter ausgelöst wurden, nicht durch die tatsächlichen Ereignisse. «Jetzt schau dir das an, diese Tiere», sagte Eunan eines Abends, als Declan hereinkam. «So eine Randale, nur wegen eines Footballspiels.»

Declan schaute auf den Bildschirm, auf dem marschierende Männer zu sehen waren. Sie hielten Maschinengewehre, es war ein Bericht über den Nahen Osten.

«Ich glaube nicht, dass es da um Football geht», sagte Declan.

«Hooligans», sagte Eunan. Er hatte seine Meinung, und damit war die Sache erledigt. Nicht einmal die folgenden Aufnahmen, die zeigten, wie ein Helikopter Raketen auf ein Gebäude abfeuerte, stimmten ihn um. Declan sah seinen Großvater an: Die Bilder erreichten seine Augen, aber nicht seinen Verstand.

Declan war gerne bei den Lyons. Zu Hause wanderte die Aufmerksamkeit seines Vaters immer wieder zu Brendan, jedenfalls kam es ihm so vor, Declans Verbindung zu seinem Großvater und diesem Haus jedoch war ganz allein seine. Declan saß nicht ununterbrochen bei Eunan. Manchmal ging er auch in die Küche, und an einem Abend rauchte er, in der Hintertür stehend, seine erste Zigarette. Er begann, die Kochbücher seiner Großmutter, die er nicht mehr kennengelernt hatte, zu studieren, ihre handgeschriebenen Notizen an den Seitenrändern waren noch gut lesbar. Sie hatte auch selbst Rezepte aufgeschrieben und die losen Blätter ins Buch geklebt, das Klebeband war inzwischen brüchig. Im Laufe der Jahre hatte sie einige Änderungen vorgenommen, Mengenangaben durchgestrichen und durch andere ersetzt, zusätzliche Schritte eingefügt. Declan fragte seine Mammy, ob er eins der Kochbücher mit nach Hause bringen könnte, aber Christine schüttelte den Kopf. Die Kochbücher ihrer Mutter stießen sie ab, sie weckten nur ungute Erinnerungen. Bei den Bonnars waren Kühlschrank und Tiefkühltruhe voll mit Fertiggerichten.

Eines Abends fand Declan einen Rest Kartoffelbrei im Kühlschrank der Lyons und hatte eine Idee. Er wusste, dass seine Tante die Küche als ihr Reich betrachtete, in dem sie keinerlei Einmischung duldete, deshalb nahm er nur ein kleines bisschen von dem Kartoffelbrei, so wenig, dass es nicht auffallen würde. Er verrührte ihn mit Sahne, Ei und Pfeffer und formte zwei Küchlein daraus. Die wälzte er in Mehl und briet sie dann in Butter. Nebeneinander vor dem Fernseher sitzend, aßen Declan und sein Großvater jeweils ein Kartoffelküchlein aus der Hand. Eunan brachte kein Kompliment zustande, aber er machte zustimmende Laute. Declan lächelte. «Zeit zum Schlafengehen», sagte er.

Jeden Abend gegen zehn hievte Declan seinen Großvater aus dem Sessel. Eunan hatte die Gehhilfe aus dem Krankenhaus verweigert und einen traditionellen Holzstock verlangt, mit einem knotigen Ende als Griff, und diesen Stock benutzte er jetzt, als er sich mit rasselndem Atem zur Toilette schleppte. Er verfügte nicht mehr über die nötige Feinmotorik, um sich die Zähne richtig zu putzen, und wollte nicht, dass Phyllis sie ihm putzte, aber Declan durfte es nach einigem Zureden tun. Danach begann der mühsame Marsch ins Schlafzimmer, wo Phyllis immer schon das Bett bereitet hatte, die fünf Decken umgeschlagen und den Pyjama bereitgelegt. Declan nahm Eunan die Brille ab und legte sie auf den Nachttisch, und Eunan ließ sich aufs Bett sinken. Die Arme heben konnte er mühelos, aber an Auf- und Zuknöpfen war nicht zu denken. Declan hatte keine Probleme mit dem Körper seines Großvaters, er hatte vor einer Weile angefangen, sich selbst prüfend im Spiegel zu betrachten, und war mit dem, was er sah, zufrieden. Der Kontrast zwischen seinem Körper und dem seines Großvaters führte ihm seine eigene Lebenskraft erst richtig vor Augen, umso mehr, als er ja aus nächster Nähe sah, dass sie eines Tages nachlassen würde.

Eunan schaute an die Decke, wenn Declan ihm Gute Nacht sagte und die Tür in der Annahme hinter sich schloss, sein Großvater mache gleich die Augen zu. Niemand wusste, und auch er selbst hatte es am nächsten Morgen vielleicht schon wieder vergessen, dass er manchmal noch eine geschlagene Stunde wach lag und dem Geräuschen des Hauses lauschte. Der Ostwind klang so, wie er Eunans ganzes Leben lang geklungen hatte, für den Regen an der Scheibe galt das Gleiche, und diese Geräusche transportierten ihn manchmal um Jahrzehnte zurück, nicht zu Erinnerungen, davon hatte er nicht viele, sondern zu Gefühlen, Erfahrungen, Zuständen, die in seinem Körper gespeichert waren. Wenn er die Decke unter seinem Kinn kratzen spürte, war er wieder ein Kind, Vergangenheit und Gegenwart verschränkten sich, wie seine Finger auf seiner Brust. Er sah die Gesichter seiner Eltern, konnte aber ihre Stimmen nicht hören. Jeden Abend wünschte er, er hätte Declan gebeten, die Tür einen Spaltbreit aufzulassen und das Licht im Flur nicht auszuschalten, aber am folgenden Abend dachte er wieder nicht daran.

Im Haus der Bonnars war derweil *Crimewatch UK* genau das, was Phyllis sich erträumt hatte. Es wurde live übertragen, und Leute riefen während der Sendung mit Informationen an, hinter den Moderatoren sah man Polizisten an Tischen sitzen und die Anrufe entgegennehmen. Christine und Phyllis verfolgten die filmischen Rekonstruktionen der Verbrechen und die Beschreibung der Brutalitäten mit unbewegter Miene, als wäre *Crimewatch* anzuschauen eine Tätigkeit, der sie nachgehen mussten, um ihren Lebensunterhalt zu verdienen. Brendan sah mit ihnen fern, aber Ambrose verließ das Zimmer. Wenn die Schwestern gemeinsam Fernsehen schauten, strahlten sie ein starkes Zusammengehörigkeitsgefühl aus, und Ambrose fand da keinen Platz für sich, vielleicht, weil die beiden in jene Zeit zurückversetzt schienen, als es ihn noch nicht in dieser Familie gegeben hatte. Nebeneinander auf dem Zweiersofa sitzend, waren sie wieder Mädchen, allerdings waren an Stelle der Lachanfälle, die sie früher geschüttelt hatten, jetzt höchste Konzentration und der Wunsch getreten, sich aus sicherer Entfernung das schlimmstmögliche menschliche Verhalten zu Gemüte zu führen. Wenn auf dem Bildschirm Phantombilder von finster dreinblickenden Straßenräubern erschienen, sagte Phyllis mit energiegeladener Furcht: «Der sieht ja wirklich fies aus.» Der einzige unbeschwerte Moment bei *Crimewatch UK* kam am Ende der Sendung, wenn der Moderator seinen den ganzen Abend lang in Aufregung versetzten Zuschauern versicherte, sie müssten sich nicht ängstigen. «Machen Sie sich keine Sorgen», sagte er, «im Großen und Ganzen werden nicht viele Menschen ermordet» (oder etwas in der Art).

Christine und Phyllis fanden es in Ordnung, dass er dem Publikum sagte, es solle sich nicht sorgen, für Kinder und alte Leute war das wahrscheinlich sinnvoll, aber sie selbst wollten nicht betüddelt werden. Sie wussten, wie es im Leben zuging: Die meisten von uns werden nicht ermordet, aber ein paar eben doch, und es ist sinnlos, die Augen davor zu verschließen. Das Einzige, was Phyllis an *Crimewatch UK* auszusetzen hatte, war, dass es zu sehr auf England fixiert war. «Man könnte doch erwarten, dass sie ab und zu mal einen irischen Mord zeigen», sagte sie.

«Wir bezahlen keine Fernsehgebühren, wir können uns also nicht beschweren», sagte Christine.

Zu dieser Zeit herrschte große Angst vor einem Dritten Weltkrieg, und auf BBC gab es eine Themenwoche zum Atomkrieg und wie entsetzlich er sein würde. Christine und Phyllis ließen sich keine Sekunde davon entgehen, jeden Abend saßen sie zusammen, um den Untergang unserer Zivilisation zu verfolgen, starr vor Spannung. In den Sendungen zeigten gespielte Filmszenen die Atomangriffe und den darauffolgenden Zerfall der Gesellschaft: wie die Menschen jammerten und schrien, kopflos herumliefen und in Sheffield um die letzte Dose Frühstücksfleisch kämpften. Ihren Tee schlürfend, durchlebten Phyllis und Christine fasziniert unsere Vernichtung.

«Besser, man wird direkt von der Bombe getroffen, als zu überleben und das alles durchzumachen», sagte Christine während einer solchen Filmszene, den Blick auf den Bildschirm geheftet, «aber kein Mensch wird auf die Idee kommen, hier eine Bombe abzuwerfen. Donegal lassen sie garantiert wieder links liegen.»

«Ja, wir kriegen den nuklearen Winter», sagte Phyllis bitter, «und dann heißt es wieder, dass wir uns damit abfinden sollen.»

Nach solchen Abenden kehrte Phyllis erfrischt nach Hause zurück. Die Pausen taten ihr gut, und mit der Zeit störte sie sich weniger an Brendans Aktivitäten, anders als Declan, dessen Gehässigkeit mit der Pubertät noch zunahm. An der Gewerbeschule endete der Unterricht später als an der Grundschule, deshalb konnte er Brendan nicht mehr nach Hause begleiten. Das war frustrierend, denn allein unterwegs, hatte Brendan seine Besuche und Segnungen wieder aufgenommen und sogar ein paar neue Fans hinzugewonnen. Freitags nahm er sich die meiste Zeit für diese Aktivitäten, also schlich sich Declan eines Freitags etwas früher aus der Schule, lief zur Grundschule und wartete am Tor. Trotz Declans jahrelanger Anfeindungen klammerte sich der arme Brendan immer noch an alles, was nach brüderlicher Zuwendung aussah. Declan konnte richtig vor sich sehen, wie dumm sein Bruder gucken würde, wenn er ihn am Tor entdeckte, froh, wieder mit ihm nach Hause laufen zu können.

Als die Schulglocke läutete, strömten die Kinder aus dem Gebäude in den Hof, Declan entdeckte Brendan und hob grüßend die Hand. An unserer Grundschule gab es keine Uniform, aber die Kinder bildeten trotzdem eine ziemlich homogene Masse aus braunen Pullovern und dunkelblauen Parkas. Die meisten Jungen hatten rote, mit dem Wappen von Liverpool oder von Manchester United bedruckte Rucksäcke, mit denen sie, kaum dass sie das

Schulgebäude verlassen hatten, nach einander zu schlagen begannen. Das taten sie auch jetzt, während sie aus dem Tor drängten, allerdings war Brendan nicht mehr unter ihnen zu sehen. Declan wartete. Staub wirbelte von der Straße auf, als der Müllwagen vorbeipolterte, dem ein paar Schulkinder hinterherrannten. Dann wirbelte der Staub abermals auf, als aus der anderen Richtung ein Gallagher-Lkw vorbeirumpelte, von denselben Schulkindern gefolgt. Schließlich musste sich Declan eingestehen, dass Brendan ihm entwischt war, wahrscheinlich über die hintere Mauer. Zu seiner Überraschung hatte er eine Empfindung von Leere, von Verlust. Er machte sich auf den Heimweg und überlegte, ob dieses Gefühl vielleicht Einsamkeit war, aber schon bald schüttelte er es ab und fing stattdessen an, sich zu ärgern. Auf der Hauptstraße blieb er stehen, überlegte einen Moment, dann drehte er um und ging die Butcher's Lane hinauf. Er versuchte es erst bei Biddy, dann bei Johnny, doch bei ihnen war Brendan nicht, also ging er als Nächstes zu den Cunninghams. Ihre Einfahrt stand voller Autos, denn die Kinder waren zwar inzwischen erwachsen und arbeiteten, wohnten aber entweder noch zu Hause oder waren dauernd zu Besuch. Declan schlängelte sich zwischen den Autos hindurch und traf vor dem Haus Kathleens Mann dabei an, wie er auf den Knien die Stufen putzte. Er war mit großem Einsatz bei der Sache und brummelte vor sich hin. Declan blieb stehen, stumm und unbeholfen, aber bevor er wieder gehen konnte, blickte Mr Cunningham auf, lächelte und erhob sich mit knacksenden Knien. «Du bist Brendans Bruder», sagte er.

Declan schwieg nachdrücklich. Dann fragte er: «Ist er hier?»

«Heute nicht», antwortete er, «aber sag ihm, dass er mal wieder vorbeikommen soll – Kathleen freut sich immer, ihn zu sehen, und seine Segnungen geben ihr Mut.»

Declan gab sich geschlagen, er hatte keine Idee, wo er sonst noch nach Brendan suchen könnte, und Mr Cunninghams Haltung brachte ihn durcheinander. Ihm blieb nur, sich auf den Heimweg zu machen.

Zu Hause sah Declan gleich hinter der Haustür Brendans Schultasche auf dem Boden liegen. «Brendan?», rief er.

Christine erschien in der Küchentür uns sah ihn eigenartig an. Declan rief nie nach Brendan, womöglich war das eben gerade das allererste Mal gewesen. «Ich glaube, er ist drüben bei Phyl», sagte sie.

Declan ging sofort wieder hinaus und die Straße entlang. Sprühregen setzte ein. Krähen hüpften am Straßengraben entlang und pickten nach Würmern. Declan hatte ein schlechtes Gefühl, und als er sah, dass Phyllis' Auto nicht dastand, fing er an zu rennen. Er wusste, dass die Tür offen war, ging aber instinktiv erst mal zum Fenster, er wollte sehen, was da drinnen los war. Das Fenster war ziemlich weit oben, aber Declan umfasste das Fensterbrett, schwang sich hoch und schaute, auf die Arme gestützt, ins Wohnzimmer. Eunan saß vorgebeugt in seinem Sessel, die Hände auf seinem Stock, die Augen geschlossen und den Kopf gesenkt, völlig untypisch für seinen Großvater, eine Haltung wie bei einem Bittgebet.

Brendan stand vor ihm, er sagte etwas und legte Eunan die Hand auf die Schulter.

Declan stürmte ins Haus und zum Wohnzimmer. Durch den Lärm vorgewarnt, war Brendan einen Schritt zurückgetreten, und Eunan war wieder in seinen Sessel gesunken, das Rückenpolster gab unter seinem Gewicht leicht nach. Declan blieb keuchend stehen und starrte erst Brendan, dann seinen Großvater an. «Wie lang geht das schon so?», wollte er wissen.

Eunan nahm eine Hand von seinem Stock und gestikulierte hastig, offensichtlich war er verlegen, aber eine weitere Bedeutung konnte Declan seinen Bewegungen nicht abgewinnen. Schließlich bedeutete Eunan Declan mit gekrümmtem Zeigefinger, näher zu kommen und ihm sein Ohr zuzuneigen. Declan tat wie gewünscht, in der Hoffnung auf eine Entschuldigung für diesen Verrat. «Sei gut zu deinem Bruder», sagte Eunan.

8.

Wenn Eunan sich von Brendan und seinen Segnungen hinreißen lassen konnte, dann wir anderen erst recht, und genau so kam es. Viele von uns wollten das auch einmal ausprobieren. Uns hinderte höchstens noch unsere Zurückhaltung, wir mochten kein Aufhebens, aber den meisten von uns bot sich nur auf der Straße die Gelegenheit zu einer Segnung, denn nur dort begegneten wir Brendan. Nachdem es akzeptabel geworden war, sich in der Öffentlichkeit segnen zu lassen, gewann das Ganze richtig an Fahrt. Wir traten zu Brendan, hielten ihm eine Schulter hin und flüsterten unsere Bitte. Jung und Alt taten es, und jeglicher Ort war recht, ob vor Melly's, unten an der Landungsbrücke oder auf der Straße zur fiesen Kurve. Brendan blieb dann stehen, legte uns seine Hand auf und sagte so etwas wie: «Ich hoffe, dass sich alles wieder fügt.» Es war eine Sache von Sekunden, ganz anders als die Gemessenheit und die sonoren Gebete, die man von den Mönchen in Rossnowlagh bekam. Was Brendan tat, war spirituell, aber nicht wirklich christlich. Dem Pfarrer gefiel es keineswegs, dass dieser Junge auf sein Terrain vordrang, doch er wusste, dass es dessen Anziehungskraft nur noch steigern würde, wenn er sich im Gottesdienst gegen ihn aussprach. Also schlug er Brendan stattdessen vor, Ministrant zu werden, ein Versuch, seine Wirkung für sich zu vereinnahmen, aber Brendan war immer noch ein scheuer Junge, der sich wand, wenn man versuchte, ihn in ein Gespräch zu verwickeln, womöglich segnete er die Leute, weil das einfacher war, als mit ihnen zu sprechen. Er würde sich niemals in der Kirche in Szene setzen, auch Brendan mochte kein Aufhebens. Sowohl seine Berührung als auch seine Worte waren kurz und unaufdringlich, und das entsprach unserer Wesensart: Er wusste, was wir brauchten und wie er es uns geben konnte. Wenn nach so einer Segnung irgendjemand Zweifel anmeldete, sagten wir: «Es kann ja nicht schaden, oder?» Aber das war eine Ausrede, mit der wir uns darum herumdrückten, etwas auszusprechen, wofür wir keine Worte hatten. Tatsächlich war es so, dass viele von uns etwas Tiefgehendes spürten, wenn Brendan uns segnete, unter seiner Berührung wurde uns unsere eigene Bedeutungslosigkeit bewusst, wir waren Fässer, die im Meer trieben, doch zugleich hatten wir das Gefühl, dass hier eine wohlwollende Kraft am Werk sein könnte, eine hilfreiche Strömung, und das war tröstlich. Also ließen wir uns von ihm segnen, und eine Woche später dann vielleicht wieder.

Man halte sich vor Augen, was im Gegensatz dazu ungefähr zur gleichen Zeit in anderen Teilen des Landes geschah. Es gab große Aufregung, als in der lieblicheren Region ganz im Süden jemand behauptete, gesehen zu haben, wie die Heilige Jungfrau im Marienschrein des Dorfes atmete, wie ihre Brust sich minutenlang hob und senkte. Die Kunde von der sich bewegenden Heiligenfigur verbreitete sich rasch. In ganz Irland gab es zahlreiche frei stehende Marienschreine, und bald behaupteten auch andere Leute, gesehen zu haben, wie die Heiligenfigur sich bewegte, wie sie die Hände hob oder sprach oder weinte. Ein County nach dem anderen reihte sich ein. Man brauchte kein Psychologiestudium, um zu verstehen, was hier vor sich ging: Arbeitsplätze waren rar, und die jungen Leute wanderten aus, kaum dass wir sie großgezogen hatten, dazu kamen die hohen Lebenshaltungskosten und die Angst vor einem Atomkrieg – es war wenig überraschend, dass sich ganz Irland nach Wundern sehnte. Vielleicht galt das auch für uns, aber anderswo machten die Leute ein Riesentrara, nahmen zu Hunderten an Andachten vor den Schreinen teil und beteten und wachten bis in die Nacht. Sie wurden dabei gefilmt, und die Aufnahmen wurden Abend für Abend in den Fernsehnachrichten gezeigt. Wir schauten sie voller Abscheu an. In Donegal gab es jede Menge Heiligenfiguren, aber sie bewegten sich nicht, und sie sagten auch nichts. «Unsere Figuren sind einfach nicht so leicht erregbar», sagten wir, aber natürlich waren es eigentlich wir, wir waren nicht so leicht erregbar wie die Leute, die nur hundert Kilometer entfernt wohnten, nicht so leicht erregbar wie die Leute jenseits der Bay.

Wir vertrauten auf Brendans Diskretion, und bald begannen ihm manche von ihren Sorgen zu erzählen, ein paar geflüsterte Sätze nur, wenn die Zeit dafür reichte und eine gewisse Privatsphäre gegeben war. Er hörte zu, sagte aber nichts, was wir zu schätzen wussten, er nahm einfach nur unsere Sorgen in sich auf und schenkte uns dann seinen Segen und ein paar freundliche Worte. Und schon gingen wir weiter, mit etwas leichterem Herzen.

Als Christine davon hörte, kam ihr der Gedanke, dass sich womöglich auch ihr Vater Brendan anvertraute. Sie fuhr in die Stadt, kaufte eine große Flasche 7-Up, und als Brendan aus der Schule kam, schenkte sie ihm ein großes Glas davon ein. Dann begann Christine mit einer umfassenden Befragung. «Ich will nicht wissen, wer genau was sagt», erläuterte sie, während sie sich zu ihm an den Tisch setzte. «Nur ganz allgemein, weißt du – worüber reden sie denn so?»

«Ganz normales Zeug.» Brendan klang gelangweilt.

Christine presste unter dem Tisch die Hände zusammen. «Was ist mit deinem Grandad?», fragte sie. «Gibt es irgendwas, was er bereut?»

«Er will bloß den Segen», sagte Brendan. «Er redet nie über irgendwas. Er hat es gern, wenn ich sage: ‹Mögest du noch hundert Jahre leben.›»

«Und das ist alles?»

«Dann sagte er ‹Danke›.»

Das war immerhin etwas Neues, aber Christine hatte sich mehr erhofft. «Spricht er je von Grandma?», fragte sie.

«Nein.»

«Von Phyllis?»

«Nein.»

«Und von mir?»

«Nein», sagte Brendan.

Danach hatte Christine ein paar Tage lang schlechte Laune.

Dank Big Jimmy bekam sie schließlich direkten Einblick in diesen Teil von Brendans Leben. Big Jimmy hielt sich mit Gelegenheitsarbeiten über Wasser, er war mittlerweile Mitte fünfzig, trug stets Mütze, schmuddeliges Hemd und Jackett sowie Hosenträger. Christine kannte ihn, weil er manchmal im Foyer des Hotels saß und die Touristen beobachtete. Sie und Brendan trafen ihn zufällig vor dem Metzger, er hatte eine Tüte Würste in der Hand. Er begrüßte Christine mit einem breiten Lächeln, dann nahm er Brendan wahr. Für ein paar Sekunden erstarrte seine Miene: das Kinn vorgereckt, der Mund offen, bereit zum Sprechen, das schlechte Auge schielend, das gute rund und munter. «Das ist doch der Junge aus dem Meer, oder?», sagte er dann.

«Manche Leute nennen mich so», sagte Brendan.

Big Jimmy war entzückt. «Bekomme ich einen Segen?», fragte er, beugte sich vor und nahm die Mütze ab. Er war kahl, aber –

«Was ist denn dieses schwarze Ding?», fragte Brendan. Auf dem Schädel saß ein unförmiges Gewächs, etwa so groß wie der Stöpsel eines Spülbeckens.

«Kümmer dich nicht darum, das ist nur ein Krebsgeschwür», sagte Big Jimmy. «Ich steh auf der Warteliste, bald wird es weggemacht.»

Von dem Melanom weggeneigt legte Brendan Jimmy drei Fingerspitzen auf die Schulter und sagte: «Möge es dir so gut wie möglich ergehen.»

Big Jimmy richtete sich auf und zog sich die Mütze wieder auf den Kopf. «Braver Junge», sagte er und zwinkerte ihm zu. Er griff in die Hosentasche, fand eine Pfundnote und strich sie glatt.

Brendan trat zurück und sagte: «Ich mache das nicht für Geld.»

Big Jimmy schaute zu Christine, doch die konnte nicht reagieren, denn sie war immer noch verblüfft vom Anblick ihres Sohnes in Aktion, von der Leichtigkeit, mit der er agierte. Er schien seiner eigenartigen kleinen Aufgabe weder freudig noch widerwillig nachzukommen, sie war für ihn nicht erfüllend, aber auch nicht belastend. Brendan wurde gebeten, zu Diensten zu sein, also war er es, und damit hatte es sich auch schon. Christine wusste nicht so recht, was sie davon halten sollte, aber peinlich war es ihr jedenfalls nicht, auch wenn es das ihrer Schwester zufolge sein sollte. Es war ein Moment des Begreifens, nicht der erste und nicht der letzte, aber stets überraschend, nicht nur für Christine, sondern für alle Eltern: die Erkenntnis, dass ihr Kind ein eigenständiges Wesen ist.

«Dann nimm die hier», sagte Jimmy und streckte ihm die Tüte mit den Würsten hin.

Ein paar Wochen später erhielt dann Ambrose einen entsprechenden Einblick.

Als Fischer hatte Ambrose mit allen möglichen Extremen zu tun, ob es um das Wetter, die langen Arbeitszeiten oder andere Menschen ging. Brendans Aktivitäten beunruhigten ihn nicht, und wenn er Fragen stellte, dann aus liebevoller Neugier und hauptsächlich zu seiner Unterhaltung. Ambrose bohrte nicht nach, er lächelte einfach nur und schüttelte den Kopf, verwundert, aber beeindruckt von der Nische, die sein Sohn für sich geschaffen hatte.

Eines Abends kam Ambrose von einer Fangfahrt zurück und ließ sich auf einen Küchenstuhl sinken, während die Jungen um ihn herumwuselten, so wie jedes Mal, wenn er vom Fischen kam. Ambrose fragte Brendan, wen er während seiner Abwesenheit gesegnet habe, und Brendan stellte sich vor ihn und nannte ein paar Namen, legte sie ihm zur Genehmigung vor wie ein Angestellter, der zu seinem Chef gerufen worden ist. Ambrose grinste und machte Bemerkungen wie: «Na, der kann's gebrauchen!» Declan fühlte sich ausgeschlossen und wandte sich wieder seiner vorherigen Beschäftigung in der Küche zu. Nach ein paar Minuten machte er den Ofen auf, und ein intensiver, fremder Geruch zog durch das Zimmer. Ambrose hatte angenommen, er mache überbackenen Käsetoast, aber das hier war etwas ganz anderes, weder er noch Brendan konnten den hefigen Geruch zuordnen. Declan legte seine Kreation auf eine Platte, ging damit zu Ambrose und bot sie ihm dar. Es war ein gebackener Teigboden, der mit etwas Rotem bestrichen war, Ketchup war es nicht, und darauf lagen etwa ein Dutzend dunkler, schimmernder Gebilde. «Was sind denn das für Dinger?», fragte Ambrose leicht alarmiert.

«Oliven», sagte Declan.

«Und wo hast du die her?» Ambrose legte den Kopf schief.

«Die kriegt man im Norden.»

«Was riecht denn da so?», fragte Brendan. Er beugte sich neugierig vor.

Declan zog ihm die Platte unter der Nase weg. «Knoblauch», sagte er. «Den muss man ganz fein hacken.»

In diesem Moment klopfte es an der Tür, und Ambrose erhob sich. «Na, das sieht jedenfalls ausgesprochen interessant aus», sagte er zu Declan. «Lass es dir schmecken!»

Ambrose verschwand in den Flur und ließ die Jungen nebeneinander zurück.

«Ich finde, das riecht gut», sagte Brendan und schaute zu seinem Bruder hoch. «Ich würde es essen.»

Declan ignorierte ihn.

Ambrose öffnete die Tür, und da stand Wilbur Kane, ein so verstörender Anblick, dass es Ambrose einen Moment lang buchstäblich die Sprache verschlug.

«Sie denken ja hoffentlich nicht, ich wäre hier, um eine Ratenzahlung einzutreiben?», sagte Wilbur mit gequältem Lächeln, ein Versuch, witzig zu sein, von dem er aber gleich wieder abließ, was für alle das Beste war. «Ich bin nicht geschäftlich hier, es geht um was ganz anderes.»

Ambrose trat zur Seite und gab Wilbur zu verstehen, dass er eintreten könne.

Wilbur rührte sich nicht vom Fleck. «Es tut mir wirklich leid», sagte er. «Ich bin wegen meiner Tante hier, sie will Brendan sehen.»

Ambrose stellte sich wieder in die offene Tür.

«Ich habe das nicht unterstützt», sagte Wibur, «ganz im Gegenteil. Sie ist geistig nicht mehr auf der Höhe und öfter verwirrt, aber sie will unbedingt den Jungen aus dem Meer kennenlernen. Und diese Woche ist sie besonders hartnäckig.»

Doris Kane lebte im Landesinnern, in einem prächtigen, aber verfallenden alten Haus oben am Hang eines

Berges, den wir *The Mount* nannten. Dichte Hecken aus Stechpalmen und Ginster säumten die Auffahrt, und hinter dem Haus standen ein Dutzend Apfelbäume, die dringend hätten beschnitten werden müssen. Die Fenster waren verzogen und die nur selten geöffneten Vorhänge grau. Als Wilbur zehn war, hatten seine Eltern sich aus dem Staub gemacht, um in London ans Theater zu gehen, und er war bei seiner Tante aufgewachsen. Inzwischen wohnte er nicht mehr bei ihr, sondern in einer Wohnung unweit der Bank, und wenn man ihr Haus sah, das in jeden Horrorfilm gepasst hätte, konnte man ihm das kaum verdenken.

Jetzt wurde sich Ambrose doch unsicher wegen der Segnungen, sie wurden plötzlich zu einer Verpflichtung, die nicht nur mit den Feinheiten des Gemeinschaftslebens verflochten war, sondern auch mit dem gröberen Faktor Geld. Er wusste, dass er nicht Nein sagen konnte. «Er ist ein guter Junge, ich werde ihn hinfahren», sagte Ambrose.

«Ich muss Sie da oben in Empfang nehmen und den Jungen ins Haus bringen», sagte Wilbur, «ein fremder Mann würde sie erschrecken.»

«Ist gut», sagte Ambrose und wandte sich ab, um Brendan zu holen.

«Nicht dass Sie erschreckend wären», fügte Wilbur rasch hinzu, «aber halt fremd.»

«Ja, das habe ich verstanden», sagte Ambrose.

Im Wohnzimmer stand Brendan schon in der Jacke bereit. Declan saß in sich zusammengesunken auf dem Zweiersofa, offenkundig beleidigt. Der Knoblauchgeruch kam jetzt aus dem Abfalleimer. «Gehen wir», sagte Ambrose zu Brendan.

Brendan setzte sich auf den Beifahrersitz, und Ambrose fuhr ihn durch die Stadt. «Sollen wir ihr Milch oder ein geschnittenes Brot mitbringen?», fragte Brendan.

«An so was fehlt's ihr nicht», sagte Ambrose. «Geh einfach zu ihr rein und mach das, was du immer machst.»

«Was mache ich denn?», fragte Brendan.

«Weißt du das nicht?» Ambrose lachte.

«Ich lasse die Leute reden», antwortete Brendan verwundert und achselzuckend, «und dann sage ich ganz normale Sachen: Machen Sie sich keine Sorgen, hoffen wir das Beste, das wird schon wieder.»

Ambrose wurde still, er spürte etwas in sich erbeben, als er Brendan zuhörte. «Ich kann mir vorstellen, dass das tatsächlich hilft», sagte er.

Sie fuhren in die Berge, folgten Wilburs Rücklichtern oder deren Widerschein auf den Hecken. Es war eine schmale, gewundene Straße, und durch die Hecken wurde das Scheinwerferlicht gebündelt, sodass die Landschaft ringsum stockfinster erschien, es war, als führen sie durch einen tiefen Tunnel, obwohl es tatsächlich bergauf ging.

«Erzählst du ihnen auch von dir?», fragte Ambrose.

Er sah, dass Brendan überrascht war, als wäre das ein völlig neuer Gedanke. «Nach mir fragen sie nicht», sagte Brendan.

«Darauf solltest du nicht warten», sagte Ambrose.

«Was könnte ich ihnen denn sagen?», fragte Brendan.

«Sag ihnen, dass du ein Bonnar bist», erwiderte Ambrose voller Leidenschaft. «Sag ihnen, dass du mein Sohn bist. Sag allen, du bist Ambrose Bonnars Sohn.»

Das Haus kam in Sicht, eines der Fenster im Erdgeschoss leuchtete in einem glühenden Orange, die anderen waren dunkel. Sie fuhren durchs Tor und dann zwischen den dichten Hecken hindurch bis vors Haus, wo Wilbur bereits parkte. Die beiden Männer stiegen aus und blieben nebeneinander in der Einfahrt stehen, deren Schotter zu einer festen Dreckschicht zusammengepresst und mit Moos bewachsen war. Auch Brendan stieg aus, spazierte aber davon, als wollte er nicht hineingehen. Wilbur schaute zu Ambrose, der mit einer Kopfbewegung abwiegelte, so war Brendan eben, er ließ sich leicht ablenken. Wie sich zeigte, wollte Brendan jedoch nur einen besseren Blick auf das Haus bekommen, ein Stück von ihnen entfernt blieb er stehen und betrachtete es eingehend.

«War er noch nie hier?», fragte Wilbur. «Jedes Jahr kommen irgendwelche Jungs hier hoch und plündern den Obstgarten.»

«So einer ist Brendan nicht», sagte Ambrose. «Wenn, dann Declan.»

«Er kann gern so viele Äpfel mitnehmen, wie er nur tragen kann», sagte Wilbur.

«Seit wann will Ihre Tante Brendan denn schon sehen?»

Wilbur zögerte, er war verlegen. «Seit etwa einem Jahr», sagte er.

Da hatte er sie aber ganz schön lang warten lassen. Ambrose drehte sich eine Zigarette, um nichts sagen zu müssen, und bot Wilbur nichts von seinem Tabak an.

Brendan kam zu den beiden Männern zurück und sagte: «Das Haus sieht verängstigt aus.»

Ambrose schaute an der aufragenden Fassade empor. Sie war von Efeu überzogen gewesen, doch Wilbur, um das Mauerwerk besorgt, hatte J. J. Brown kommen lassen, und der hatte die Stämme unten durchtrennt und Gift in die Stümpfe gespritzt, sodass die Mauern jetzt von abgestorbenen Überresten bedeckt waren, die aussahen wie weiße Raupen. Sie waren überall, außer in den Fensteröffnungen mit den dunklen Glasscheiben. Man musste einfach beeindruckt sein von Brendans Sicht auf die Welt, Ambrose hatte eine Anwandlung inniger Liebe.

Wilbur schaute ebenfalls zum Haus. «Da drinnen sind auch einige Ängste ausgestanden worden», gab er zu.

Ambrose wartete im Auto, während Wilbur Brendan hineinführte. Die Eingangshalle war geräumig und möbliert, Brendan hielt sie irrtümlich für ein Zimmer. Wilbur öffnete eine Tür, und Brendan zuckte zurück, denn ihnen schlug heiße Luft entgegen und ein feuriges Leuchten. Drei verschiedene Infrarotheizungen liefen auf Hochtouren, sie warfen ihr orangefarbenes Licht auf sämtliche Oberflächen und erzeugten eine intensive trockene Hitze. Wilbur und Brendan traten in die bleierne Luft, die von dem Geruch nach erhitztem Staub erfüllt war. Alle paar Sekunden ertönte aus Lautsprechern, die an einen Plattenspieler angeschlossen waren, ein knisterndes Schrappen von der fertig abgespielten LP, die sich weiterhin auf dem Plattenteller drehte. In einem Schrank mit Glastüren standen Hunderte weitere Schallplatten, die Wände waren tapeziert, es gab echte Gemälde, einen Kleiderständer hinter dem Sofa und statt eines Kohleneimers eine Messingschütte auf vier geschwungenen Füßen. Doris Kane saß auf ihrem großen Sofa, an mehrere Kopfkissen gelehnt, und starrte ihre Besucher an. Brendan hatte den Eindruck, dass sie schon seit Stunden genau so dasaß, zum anhaltenden Schrappen des Plattenspielers. Ihr Blick war wach und selbstbewusst, und sie trug eine zweckmäßige Strickjacke, aber die Trainingshose, die sie anhatte, ließ erahnen, dass mit ihr etwas nicht mehr ganz stimmte. Wenn Wilbur mit seiner Tante einen Ausflug machte, band er ihr immer ein Tuch um den Kopf, und jetzt zeigte sich, warum, ihr graues Haar war ihr büschelweise ausgefallen und hatte kahle Stellen hinterlassen. Wilbur stellte sich hinter Brendan und legte ihm die Hände auf die Schultern, was manche Leute als bedrängend empfunden hätten, aber Brendan war so etwas gewohnt.

«Hier ist er, Doris», sagte Wilbur. «Der Junge aus dem Meer.»

Sie lächelte, sie hatte noch all ihre Zähne, aber sie waren sehr braun. Sie streckte die Hand aus und sagte: «Hab keine Angst vor mir.»

Das Jahr schritt voran. In unseren Unterhaltungen erwähnten wir weder die Rückkehr der Mehlschwalben noch die Zinssätze, wir waren zu sehr damit beschäftigt, über Brendan zu reden. Wir waren zufrieden mit ihm, unserem Jungen aus dem Meer, und seine Segnungen. Er nahm sie weiterhin bereitwillig vor, und so blieb der Brauch auch bestehen, als Brendan an die Gewerbeschule kam und nun Uniform trug. Kaum jemand äußerte noch Bedenken wegen der Segnungen, selbst Bella Power gab sich geschlagen und ließ das Thema fallen.

Vielleicht der Letzte, der sich gegen Brendans Segnungen aussprach, war John Cotter, Besitzer des Ship Inn. Er war ein aufrechter, beherrschter, schulleiterhafter Mann um die siebzig. Seine Frau, möge sie in Frieden ruhen, hatte über dem Pub ein Bed & Breakfast betrieben, das er jedoch nicht weitergeführt hatte, stattdessen war er selbst dort eingezogen. Wahrscheinlich hörte John jeden Abend das Gemurmel unserer Stimmen und bemitleidete uns dann, weil wir Alkohol und Gesellschaft brauchten, während er allein dasaß, Fernsehdokumentationen anschaute und höfliche, aber entschiedene Briefe an Stadtverordnete schrieb. Zu sehen bekam man ihn nur morgens um neun, wenn er am Kai seinen Gesundheitsspaziergang machte. Eines Abends, als wir uns gerade über Brendan unterhielten, ließ sich John Cotter ausnahmsweise mal wieder hinter dem Tresen blicken, wahrscheinlich hatte ihn das Thema heruntergelockt. John mahnte, wir sollten besser auf Brendan achtgeben, schließlich sei er erst zwölf, der Junge werde sich nicht richtig entwickeln, wenn er so weitermache. «Er läuft Gefahr, ausgehöhlt zu werden», sagte John. «Und diese innerliche Leere kriegt er dann nicht mehr los, weil die Leute sie immer wieder nutzen werden, um ihre Ängste darin abzuladen, ohne Rücksicht auf den Empfänger. Das wird ihn zu einem einsamen Menschen machen.»

Manus McManus wagte zu widersprechen, er sagte, es sei doch in Ordnung, wenn ein Junge lerne, seiner Gemeinschaft zu dienen. «Es ist wichtig, eine Rolle für sich zu finden», sagte er, «und warum nicht schon früh damit anfangen?» Seine eigene Rolle sah Manus McManus zu dieser Zeit anscheinend vorrangig darin, die Bar des Ship Inn finanziell zu fördern. John hätte das leicht anmerken können, aber er war keiner, der Worte verschwendete. Er verließ uns mit einem knappen «Guten Abend».

Es war ohnehin egal, wer was dachte, denn Brendan wollte den Jungen aus dem Meer spielen. Er spürte zwar die Leere, die John Cotter befürchtet hatte, interpretierte sie jedoch falsch, er hielt sie für Leichtigkeit, von der er sich getragen glaubte, durch die er über den Dingen zu schweben meinte: Er konnte sich über das Gewöhnliche erheben. Als er ins Teenageralter kam, wurde Brendan distanziert. Die Segnungen wurden langwierig und zeremoniell. Wenn wir um eine baten, blieb er stehen und schwieg erst mal mindestens fünf Sekunden, bevor er antwortete, und dann sprach er mit einer kultivierten, getragenen Stimme, die unnatürlich klang. Bald redete Brendan nur noch so, ganz gleich, in welcher Situation. In der Schule wurde er wegen seiner gekünstelten Sprechweise verspottet. Christine machte Brendans neue Persönlichkeit ganz kirre, und sie sprach Ambrose darauf an. «Ach, das ist nur eine Phase», sagte er. «Das passt schon.»

Mossy Shovlin machte das Ganze noch schlimmer, als er Brendan eines Tages auf der Küstenstraße begegnete. In der Stadt war viel los, eine Menge Boote lagen im Hafen. Aus der Fischmehlfabrik stank es nach Eingeweiden, und alle paar Minuten fuhr ein Lastwagen vorbei. «Der Junge aus dem Meer!», sagte Mossy erfreut. Wenn die beiden sich begegneten, blitzte zwischen ihnen immer ein Funke Hochachtung auf, denn ihr Aufeinandertreffen vor vielen Jahren war für beide ein Schlüsselereignis gewesen. Mossy hatte sich auf ungeahnte Weise verändert, seine Haare waren jetzt ordentlich geschnitten und seine Schuhe stets geputzt. Mit der Entdeckung Brendans hatte Mossy angefangen, sich ernst zu nehmen. Er lebte jetzt in Letterkenny, arbeitete Vollzeit in einem Warenlager und wollte von allen Maurice genannt werden. Wir beharrten darauf, ihn weiterhin Mossy zu nennen, wenn wir ihn sahen, aber das kam nicht mehr oft vor.

«Es berührt mich, dass du mich mit dieser Bezeichnung ansprichst», sagte Brendan, «aber mir ist wohl bewusst, dass ich nicht wirklich auf dem Meer herangetrieben bin, jedenfalls nicht im wörtlichen Sinne.»

Mossy sagte nichts zu Brendans affektiertem Gebaren, vielleicht bemerkte er es nicht, oder vielleicht hatte er schlicht einen Sinn dafür, was es hieß, sich selbst neu zu erfinden. «Kümmer dich nicht darum, was dir diese Idioten hier erzählen», riet Mossy. «Die hatten einfach nicht die Geisteskraft zu akzeptieren, was ich ihnen erzählt habe, deshalb sind sie mit dieser Geschichte über ein Mädchen angekommen, einer simplen Geschichte, die sie nicht überfordert hat. Du kommst aus dem Meer, und ich weiß das, schließlich bin ich derjenige, der dich damals herausgehoben hat. Diesen Morgen werde ich nie vergessen.»

Das war's, jetzt wurde Brendan endgültig unerträglich: Wohin er auch ging, verströmte er die Überzeugung, nicht nur eine Gabe zu besitzen, sondern selbst eine Gabe zu sein. Brendan hatte sein Leben lang einen Bogen um den Steinstrand gemacht, doch jetzt sahen wir ihn dort abends Zwiesprache mit der Bucht und den Steinen halten. Er zog Schuhe und Socken aus, krempelte die Hosenbeine hoch und stellte sich ins Wasser, wovon wir abgeraten hätten, denn vom Schiffsfriedhof trieben Altöl und Chemikalien herüber. Er schien sich für eine Art heidnischen Druiden zu halten.

Kurz gesagt, Brendan machte ein Aufhebens um sich.

Wir hörten auf, ihn um Segnungen zu bitten, waren fast schon so weit, dass wir die Straße überquerten, nur um ihm nicht zu begegnen. Brendan bewahrte seine abgeklärte Miene, aber wir merkten, dass ihn unser Stimmungswandel beunruhigte. Er trieb sich in der Stadt herum, um uns die Gelegenheit zu geben, seine Dienste in Anspruch zu nehmen, was wir jedoch nicht taten. Hätte er seine ursprüngliche Art wieder angenommen, dann wäre der Brauch vielleicht erhalten geblieben, doch stattdessen segnete Brendan uns ungebeten. Wir standen bei Hegarty's in der Schlange, und er tätschelte uns im Vorbeigehen den Arm und murmelte etwas. Es war ein bisschen viel, wenn wir eigentlich nur Eier oder ein Glas Nescafé wollten.

Der Letzte aus der Stadt, der Brendan noch um eine Segnung bat, war Big Jimmy. Er saß auf der Bank vor dem Hotel, als Brendan des Weges kam, begrüßte ihn lauthals und winkte ihn zu sich. Brendan näherte sich ruhig und mit ausgestreckter Hand, froh, einem von den einfachen Leuten Seelenfrieden spenden zu können. Jimmy bot seine Schulter dar, senkte den Kopf und nahm respektvoll die Mütze ab. Brendan hielt inne – und hielt die Luft an. «Sie sind geheilt», sagte er dann.

Jimmy hielt den Kopf weiter gesenkt, blickte jedoch zu dem Jungen hoch, weil er sich fragte, warum er dessen Hand nicht spürte. Als er die Lage begriff, setzte er sich auf und schaute Brendan richtig an. «Das warst nicht du, Kleiner», sagte er. «Das haben sie mir im Krankenhaus rausgeschnitten. Unter Narkose, ich war über Nacht dort.» Mit leicht hauchiger Stimme fügte er hinzu: «Hübsche Schwestern.»

Brendans Hand sank herunter.

«Du bist ein guter Junge», sagte Big Jimmy, «aber du bist kein Heiliger. Meiner Meinung nach hast du den Heiligen was Entscheidendes voraus: Du bist vor Ort.» Er hielt ihm wieder die Schulter hin. «Na komm, dann mal her mit den Fingerchen.»

Nach dieser Begegnung beruhigte sich Brendan, wir mussten nicht mehr mit der Befürchtung einkaufen gehen, ihm im Hegarty's zu begegnen. Seine normale Stimme kehrte zurück, und seine Selbstgefälligkeit fiel von ihm ab. Manchmal tat uns Brendan leid, wenn er lustlos durch die Hauptstraße schlenderte und von niemandem mehr so recht beachtet wurde. Wahrscheinlich war es schmerzlich für ihn, aber auch eine lehrreiche Erfahrung.

Eines Tages fuhr Christine Brendan zum Zahnarzt. Sie waren früh dran, deshalb blieben sie noch ein bisschen im Auto sitzen und sahen zu, wie der Regen auf die Windschutzscheibe prasselte, während im Radio «Everybody wants to rule the world» lief. «Ich fände es furchtbar, die Welt regieren zu müssen», sagte Christine und schaltete das Radio aus. «Ich habe so schon genug zu tun.»

«Für etwas verantwortlich zu sein, was man nie haben wollte», sagte Brendan und schaute auf die rinnenden Regentropfen. «Festzustecken. In der Falle zu sitzen.»

Christine sah ihn neugierig an.

«Das ist eins der Probleme, von denen mir die Leute erzählt haben, falls es dich immer noch interessiert», sagte Brendan. «In einem Tortendiagramm hätte das ungefähr hundert Winkelgrade ausgemacht.» Er musste für die Schule gerade öfter solche Diagramme zeichnen.

«Verständlich, dass so was belastet», sagte Christine leise, sie wollte diesen seltenen Moment nicht zunichtemachen. Nebeneinander im Auto zu sitzen, ohne sich anzusehen, konnte den Männern, mit denen sie zusammenlebte – allen dreien – nachdenkliche, aufschlussreiche Äußerungen entlocken, das war ihr schon früher aufgefallen.

«Eine andere Kategorie war die Vergangenheit», sagte Brendan. «Was sie mal gesagt oder nicht gesagt, getan oder nicht getan haben und was sie immer noch beschäftigt. Die Vergangenheit kriegt auch hundert Winkelgrade.»

Christine machte nur «mhmm», sie wollte, dass er weiterredete.

«Aber den größten Anteil haben die Zukunftssorgen ausgemacht», sagte Brendan. «Hundertfünfzig Winkelgrade. Wie werde ich mal enden? Auch um ihre Kinder haben sie sich gesorgt, selbst wenn sie schon erwachsen waren. Finden sie ihren Weg? Werden sie je zufrieden sein? So was.»

Christine sah Brendan an, sagte aber nichts.

Brendan schwieg, offenbar war er fertig, also sagte Christine schließlich: «Da sind noch zehn Winkelgrade übrig.»

«Vermischtes», erwiderte er.

9.

Die Bonnars waren für Brendans Segnungen nie empfänglich gewesen. Sie wohnten mit ihm zusammen, wussten, dass er in der Nase bohrte und öfter mal vergaß, die Toilette zu spülen, deshalb hätten Ambrose und Christine dem Brauch nicht verfallen können, selbst wenn sie es gewollt hätten. Was schade war, denn sie hatten selbst eine ganze Reihe von Schwierigkeiten, die sich in ihren Augen allerdings alle unter einem Oberbegriff zusammenfassen ließen: Geldsorgen. Und denen war auch durch noch so freundliche Worte oder eine Hand auf der Schulter nicht beizukommen. Ihre Geldsorgen waren das, was Ambrose und Christine vor dem Einschlafen als Letztes beschäftigte und woran sie morgens nach dem Aufwachen als Erstes dachten. Sie beide konnten sich immerhin an ein Leben ohne die ständige Angst vor der Verschuldung erinnern, aber die Jungen waren mit dieser Last aufgewachsen und auf eine Weise davon geprägt worden, die sich nur schwer ermessen ließ. Christine bemerkte, dass Brendan angefangen hatte, Münzen aufzuheben, die er auf der Straße herumliegen sah, selbst Pennys. Und sie sah den zynischen und zugleich begehrlichen Ausdruck, der auf Declans Gesicht erschien, wenn Leute über ihren Urlaub oder übers Essengehen plauderten.

Dann bekam die *Dawn* Fäulnisprobleme, größere Teile des Rumpfs mussten ersetzt werden, und sie sah zusehends zusammengeflickt aus. Manche Bootseigentümer hätten an diesem Punkt schließlich aufgegeben. Aber Ambrose brauchte die Hoffnung, die sich in der *Dawn* verkörperte: Es konnte ja sein, dass es wieder eine ertragreiche Saison gab, dass die Preise stiegen und die Kosten sanken, und dann würden sie wieder gutes Geld verdienen. Wenn er die *Dawn* verkaufte, gab es diese Möglichkeiten nicht mehr, und er würde sein restliches Leben lang von jemand anderem abhängig sein. Fest entschlossen, die *Dawn* zu behalten, schlug Ambrose zu Hause einen rigorosen Sparkurs ein. Das Superser-Heizgerät durfte nur auf der niedrigsten Stufe laufen. «Ein bisschen kühle Luft hält uns wach», sagte er. Zum Frühstück gab es nur noch Porridge, Cornflakes und ähnliche Sperenzchen durften nicht mehr gekauft werden, nicht einmal die billigen Cornflakes von Homestead, die sofort schlabberig wurden, wenn man Milch darübergoss. «Porridge ist gesünder», sagte er. «Ich bin damit groß worden.» Er begann, Teebeutel zweimal zu benutzen. «Beim zweiten Mal ist der Geschmack milder, das mag ich lieber.» Wenn er in die Stadt fuhr, sparte er einen Teelöffel voll Benzin, indem er das Auto mit ausgeschaltetem Motor den Hang hinunterrollen ließ, und erzählte den anderen, wie schön ruhig es dann war. «In meiner Kindheit ist manchmal eine ganze Woche verstrichen, ohne dass wir einen Motor gehört haben, und wisst ihr, was? Wir waren zufriedener.» Er schraubte eine 10-Watt-Glühbirne in die Fassung im Flur. «Wozu brauchen wir denn hier helles Licht? Man geht ja nur durch oder steht da und telefoniert, und das rechtfertigt beides keine Stromverschwendung.»

Diese Schauspielerei schien Ambrose keinerlei Mühe zu kosten, er besaß eine bemerkenswerte Fähigkeit zur Realitätsverleugnung, und wir bewunderten ihn dafür, ja wir bewunderten das tatsächlich. Realitätsverleugnung ist eine unterschätzte Gabe. Heutzutage heißt es, das sei eine Schwäche, es heißt, wir sollten mit unseren Gefühlen in Kontakt treten, ehrlich zu uns sein. Aber man stelle sich nur mal Folgendes vor: Zwei Leute stehen bis zum Hals in Fässern mit dampfender Gülle und müssen den ganzen Tag dort verbringen. Wem geht es wohl besser damit? Ganz klar, dem besseren Realitätsverleugner.

Trotz des Stromverbrauchs brachte Ambrose es nicht über sich, auch das Fernsehen zu verbieten, dazu schaute er einfach zu gern Sport und alte Cowboyfilme an. Eines Abends saß er vor den Nachrichten, und da erschien doch tatsächlich Rockall auf dem Bildschirm. Es war ein Bericht über einen ehemaligen britischen Soldaten, der sich gerade auf dem abgelegenen Fels einrichtete. Er wollte vierzig Tage dort leben, um Großbritanniens Anspruch auf die Felsinsel zu bekräftigen, denn es ist international umstritten, wem Rockall gehört. Es war noch nicht lange her, dass die Briten im Falkland-Krieg gesiegt hatten, vielleicht hatte das zu einem gewissen Übereifer geführt, was die Eroberung kleiner Inseln betraf. Es gab wenige Inseln, die noch kleiner als Rockall waren, und als Unterschlupf musste dem Mann eine Art Kiste dienen, die an einem Felsvorsprung befestigt werden sollte. Die Filmaufnahmen zeigten, wie er sie zusammenschraubte. Er sagte, es gehe ihm gut und er freue sich auf die vierzig Tage.

Neid war ein Gefühl, das Ambrose nur äußerst selten empfand, deshalb war es eigenartig, dass er es jetzt verspürte. Neidisch zu sein und es im nächsten Moment zu leugnen, zu unterdrücken, war ein innerer Kampf, der Ambrose auf die Füße riss, doch er löste den Blick dabei nicht vom Bildschirm. Er hatte ein paar Schwarz-Weiß-Fotos von Rockall gesehen, aber jetzt sah er zum ersten Mal Filmaufnahmen, aus der Nähe und in Farbe aufgenommen, und er stand andächtig davor. Rockall sah aus wie ein beschädigter Kegel und war der harte Überrest eines Vulkans. Der Fels war etwa so groß wie unsere Kirche und fiel mehr oder weniger senkrecht ab. Vögel kreisten darüber, und trotz der gewaltigen Entfernung zur Küste war das Meer ruhig wie ein Teich. «Brendan!», rief Ambrose in den Flur. «Komm her und schau dir das an!»

Brendan kam, stellte sich neben ihn und guckte mit, mäßig interessiert. Der Bericht war gerade vorbei, als Declan ins Zimmer trat. Er nahm das seltsame Bild wahr, das sich ihm bot, sein Vater und Brendan vor dem Fernseher, aus irgendeinem Grunde stehend. Ambrose sagte ihm, was gerade gelaufen war.

«Ein Film über Rockall?», sagte Declan. «Warum hast du mich nicht geholt?»

«Ich bin einfach nicht darauf gekommen», gab Ambrose zu.

«Aber ihn hast du gerufen.» Declan wurde wütend.

«Die halbe Stadt nennt ihn den Jungen aus dem Meer, da hab ich wohl gedacht –»

Brendan schüttelte den Kopf, er merkte, dass hier etwas in die falsche Richtung lief. «Das hat nichts zu bedeuten», sagte er leise. Brendan war immer noch ein versöhnlicher Charakter.

Declan ignorierte ihn. «Warum hast du ihn gerufen, und nicht mich?», fragte er Ambrose noch einmal. «Ich bin derjenige, dem du von Rockall erzählt hast. Er hat das Ganze wahrscheinlich für einen Teil der Wettervorhersage gehalten und nicht mal bemerkt, dass das eine Felseninsel ist.»

«Das habe ich sehr wohl», widersprach Brendan sanft.

«Ich bin der derjenige, der Rockall sehen will!» schrie Declan seinen Vater an.

Ambrose ließ sich nicht gern wegen Nichtigkeiten anschreien, oder vielmehr sah er sich nicht gern genötigt zuzugeben, dass es keine Nichtigkeit war, er hatte einen Fehler begangen. Declan war inzwischen fast so groß wie er, was seinen kindischen Wutanfall noch schlimmer machte. Ambrose gab dem Fernsehen die Schuld daran, dass sie jetzt alle so aufgebracht waren, was musste es ihnen Rockall auch derart unter die Nase reiben. «Okay», entschied Ambrose, «ab jetzt gibt es kein Fernsehen mehr. Da läuft sowieso nur Schrott. Radio hören ist besser fürs Gehirn und verbraucht weniger Strom. In meiner Jugend gab es nur das Radio, das schult den Geist.»

Der Schalter des Fernsehers brach fast ab, so heftig drehte er ihn. Der Bildschirm wurde schwarz. Als Ambrose sich umwandte, war Declan bereits gegangen.

Der Direktor unseres Hotels schätzte Christines Arbeit, aber im Winter gab es einfach nicht so viel zu tun, und dann ging die Wellenanlage der *Dawn* kaputt und musste vollständig erneuert werden, was bedeutete, dass die *Dawn* eine halbe Saison lang ausfiel. Eine Mahnung folgte auf die andere, und irgendwann war das Maß voll: Christine sagte Ambroses Realitätsverweigerung den Kampf an und hielt mit deutlichen Worten und harten Zahlen dagegen. Christine war keine, die tränenreich flehte, sie war eine Lyons. «Es ist einfach nur eine schwierige Phase», sagte Ambrose und trat den Rückzug an, aber in einem Bungalow kann man sich nicht verstecken.

Eines Morgens, als die Jungen zur Schule aufgebrochen waren, sprach sie es schließlich aus: «Wir brauchen ein regelmäßiges Einkommen, und vor allem brauchen wir überhaupt eins. Du musst mit der Fischerei aufhören.»

Ambrose wusste nichts darauf zu sagen, aber in diesem Moment klingelte das Telefon, und er griff nach dem Hörer wie nach einem Rettungsring. Es war Phyllis, Eunan war gestürzt, und sie wollte, dass Christine ihr half, ihn wieder hochzuheben. «Ich komme natürlich mit», sagte Ambrose. Er legte auf und eilte zur Tür. Christine ging mit ihm die Straße entlang, sprach aber nicht mehr davon, dass er mit dem Fischen aufhören solle, es war Ambrose gelungen, zumindest vorübergehend die Stimmung zwischen ihnen zu drehen. Um seinen Vorteil zu wahren, fragte er: «Ist sie immer noch unfreundlich zu Eunan?»

«Nein», sagte Christine. «Declan entlastet sie, und sie wird jetzt mit ihm fertig, ohne sich zu überfordern.»

«Sie wird mit ihm fertig? Ist es so schlimm?»

«Ja, ist es», sagte sie trotzig.

Als Ambrose und Christine eintrafen, saß Eunan vor

seinem Sessel auf dem Boden, als wäre er einfach nur heruntergerutscht, und umfasste mit einer Hand den Rahmen der Bildstickerei, die den Kamin verdeckte. Falls ihm sein Sturz einen Schreck eingejagt hatte, so war dieser jetzt der Weigerung gewichen anzuerkennen, was geschehen war. Er schaute zur Decke hoch und wartete darauf, dass diese Prüfung vorüberging, so als beträfe sie ihn überhaupt nicht. Phyllis stand am Fenster und rang die Hände. «Er trinkt nicht genug», sagte sie, «und wenn er dehydriert ist, kann er nicht mehr klar denken und versucht, allein aufzustehen.»

Christine setzte sich an den Esstisch auf der anderen Seite des Zimmers, eher wie eine Gemeindeschwester als wie eine Tochter. «Du solltest das Wasser trinken, das Phyllis dir gibt», sagte sie zu ihrem Vater, in dem gleichen lauten, nachdrücklichen Ton, den auch Phyllis ihm gegenüber verwendete.

Eunans Oberlippe kräuselte sich, seine Miene war angewidert.

«Er ist sich zu schade für Leitungswasser», sagte Phyllis. «Er will, dass ich mit dem Kanister Wasser von Marty Byrnes Quelle für ihn hole, als hätte ich nicht schon genug zu tun.»

«Das ist ja wohl nicht dein Ernst!», sagte Ambrose. Sprachlos schaute Phyllis ihre Schwester an, wie um zu fragen: *Was ist denn in den gefahren*? Christine erwiderte den Blick, sagte aber nichts.

Ambrose fuhr fort: «Dieser Mann ist sein Leben lang Tag für Tag auf die Bay hinausgefahren, damit ihr alles habt, was ihr braucht, ihr steht in seiner Schuld. Hat er nicht immer dafür gesorgt, dass ihr ein Dach über dem Kopf und Schuhe an den Füßen habt?»

Er ging zu Eunan, schaute ihn prüfend an, ging in die Hocke und umfasste ihn mit einem Arm. Eunan legte das Kinn auf Ambroses Schulter, sein trockener Atem raschelte an dessen Ohr. Als Ambrose den alten Mann sicher im Griff hatte, hielt er sich mit der anderen Hand an der Sessellehne fest, stand auf und zog Eunan mit hoch. Ambrose war inzwischen Mitte vierzig, aber im Armdrücken konnte er immer noch problemlos gegen jeden Mann in der Pier Bar bestehen. Er setzte Eunan sanft in den Sessel. Eunan sagte nichts und zeigte kein Zeichen von Dankbarkeit, er saß aufrecht da, die Hände auf den Knien, und versuchte, den Eindruck zu erwecken, als bestünde kaum ein Unterschied zwischen seinem jetzigen Sitzplatz und dem, auf dem er sich gerade noch befunden hatte.

«Fahr zu Marty», sagte Ambrose sehr bestimmt zu Phyllis. «Wenn euer Vater Quellwasser will, sollte er welches bekommen. Und mach auch seinen Tee mit Quellwasser, wenn er das will. Es ist das Mindeste, was du tun kannst.»

Ambrose schaute von einer Schwester zur anderen, und als er ihre Abwehr sah, stieß er ein unwilliges Knurren aus. «Na dann», sagte er. Er ging zum Bungalow zurück, holte das 45-Liter-Plastikfass aus dem Verschlag, stieg ins Auto und fuhr davon, eine Spur zu schnell. Der Kies knirschte, als er vor Martys Haus auf die Bremse trat. Er hatte es eilig gehabt hierherzukommen, aber jetzt blieb er erst mal im Auto sitzen, das Gesicht glühend heiß und ein Stechen hinter den Augen. Er trommelte mit den

Händen auf das Lenkrad, bevor er seine Stirn dagegenlegte, und so verharrte er, bis sein Puls sich beruhigt hatte. Dann stieg Ambrose aus dem Auto und ging auf Martys Haustür zu, hielt dabei das Plastikfass in die Höhe und rief fröhlich: «Hallo!»

Eines Sonntags hob Christine im Flur einen dicken Umschlag von der Matte vor der Haustür auf. VON EINEM FREUND stand in krakeliger Schrift darauf, und er enthielt Geld, gar nicht wenig. Sie legte den Umschlag vor Ambrose auf den Tisch. «Hat gestern Abend jemand durch den Briefschlitz geworfen», sagte sie.

Ambrose war erstaunt, er sagte nichts und versuchte zu verstehen, was das bedeutete. Es waren über dreihundert Pfund. «Das war sicher irgendein Betrunkener», sagte er schließlich. «Und der bereut das garantiert bald und will alles wiederhaben.»

«Mag sein», sagte Christine, was bedeutete, dass sie anderer Ansicht war.

«Wenn niemand kommt, kannst du es zur Kirche bringen und in den Klingelbeutel stecken.»

«So, kann ich das?», sagte Christine. Schwierigen Situationen versuchte Ambrose oft dadurch beizukommen, dass er in Kapitänsmanier Anweisungen erteilte.

Ambrose vermutete, dass das Geld von Wilbur kam. Brendan besuchte immer noch gelegentlich dessen Tante und leistete ihr ein bisschen Gesellschaft. Allerdings hätte ein Bankmensch bestimmt eine runde Summe in Zehnern und Zwanzigern zusammengestellt, nicht diese wilde Mischung von Geldscheinen, außerdem hätte er wahrscheinlich eine bessere Handschrift. Ambrose überlegte, ob Wilbur das beides womöglich absichtlich so gemacht hatte, um den Verdacht von sich abzulenken, was Ambrose wiederum in seinem Verdacht bestärkte. Aber er beschloss, diese Gedanken für sich zu behalten und seiner Frau gegenüber nicht zu äußern.

Christine sah ihn an. «Ich glaube nicht, dass das Geld von Wilbur kommt», sagte sie.

«Wer sonst würde denn auf die Idee kommen, dass wir es brauchen können?», fragte er gereizt.

Die abgetragene Kleidung der Jungen hing über der Heizung, und durchs Fenster konnte Christine das Auto sehen, das von Rostflecken übersät und dessen einer Scheinwerfer mit Kabelbindern fixiert war. «Die Leute sind ja nicht dumm», sagte sie.

Als Ambrose hinausgegangen war, zählte Christine das Geld noch einmal, 378 Pfund, wild durcheinandergewürfelt in den Umschlag gestopft. Es waren Zwanziger dabei, aber vor allem Zehner, einige noch ganz neu, andere abgegriffen, nicht wenige Fünfer und schließlich dreiundzwanzig einzelne Pfundnoten. Es war klar, dass das Geld aus vielen verschiedenen Taschen kam. Vor ihrer Heirat hatte Christine eine Weile im Ship Inn gearbeitet, und sie konnte sich zusammenreimen, was passiert war. Im Ship Inn gab es zwei Bereiche, die Lounge und die Bar. Die Lounge war mit Teppich und weichen Sitzgelegenheiten ausgestattet, und manchmal brannte ein Feuer im Kamin, dort ging vielleicht ein Ehepaar hin oder eine deutsche Rucksackreisende mit einem Buch. Die Bar dagegen hatte bloß Hocker auf Linoleumboden zu bieten. Es gab keine Regel, die besagte, dass nur Männer in die Bar gehen durften, aber die Tatsache, dass es auf dieser Seite keine Damentoilette gab, sprach für sich, und man traf dort nur selten mal eine Frau an. An den meisten Abenden unterhielten sich die Männer leise in Zweier- oder Dreiergruppen, und ein, zwei einzelne saßen schweigend am Tresen und schauten in ihre Biergläser, aber hin und wieder sprach einer ein Thema an, das die Aufmerksamkeit der anderen weckte, und dann war bald die ganze Bar in eine Diskussion verwickelt, die Hocker wurden in die Mitte gerückt, bis die Männer einen regelrechten Gesprächskreis bildeten. Der Zustand der Straßen, die Zustände im Norden, Quoten, die schnellste Route nach Limerick – die Debatte konnte leidenschaftlich werden. Christine konnte sich gut vorstellen, wie sich ein lebhaftes Gespräch über Ambrose entsponnen hatte, darüber, dass er doch eigentlich Hilfe verdiene. Hatte er nicht Emmet Curran für zwei Wochen ein Netz geliehen, als der sein Fanggeschirr verloren hatte? Hatte er nicht Patsy John geholfen, seinen Torf nach Hause zu schaffen, obwohl der ein bösartiger Mistkerl war, den keiner leiden konnte? Und hatten nicht vor allem er und seine Frau ein ausgesetztes Kind aufgenommen und wie ihr eigenes aufgezogen, obwohl es etwas eigenartig war?

Das hätte die Sache besiegelt, Christine sah vor sich, wie einer der Männer vorschlug, aktiv zu werden, ahnte das Gefühl von beherrschter Dringlichkeit, in das sie sich hineinsteigerten, während sie darüber diskutierten, in welcher Form sie das tun könnten. Die Leute in der Stadt waren prinzipiell dagegen, sich irgendwo einzumischen oder einzugreifen, sicher waren Bedenken geäußert, dann aber kleingeredet worden. Eine Abstimmung war nicht nötig, Einigkeit lag in der Luft, das merkten diese Männer, denn was solche Dinge betraf, hatten sie ein feines Gespür. «Habt ihr vielleicht einen Umschlag?», hätten sie denjenigen gefragt, der an diesem Abend hinterm Tresen stand. Einer der Männer hätte gesagt, dass sie irgendetwas auf den Umschlag schreiben sollten, denn so ganz ohne alles würde er beunruhigend, vielleicht sogar bedrohlich wirken, und das hatte den anderen sofort eingeleuchtet. Der Umschlag wurde herumgereicht, jeder steckte etwas hinein, und einer machte auf dem Heimweg einen kleinen Abstecher zur Moorstraße und warf den Umschlag ein.

Christine sagte Ambrose, wie viel Geld es genau war.

«Wir legen es zur Seite und warten, ob jemand kommt und danach fragt», sagte er.

Christine stimmte zu, das sei das Beste.

Mit der Zeit würden sie feststellen, dass niemand das Geld zurückhaben wollte. Wahrscheinlich ließen Ambrose und Christine es ein, zwei Wochen liegen und entschieden dann, ob sie es spenden oder selbst ausgeben würden. Es war ihre Sache, was sie mit dem Geld machten. Wir hofften, dass sie es ausgeben würden.

Das Jahr schritt voran. Die Kirmes kam und ging. An Bord der *Siobhan* geriet Francis O'Donnells rechter Arm ins Fanggeschirr und musste amputiert werden. Ein spanisches Boot, das widerrechtlich in unseren Küstengewässern gefischt hatte, wurde von der Marine angehalten und in unseren Hafen eskortiert, wir gingen alle hin, um zu gucken, und waren uns einig, dass die Besatzung aussah wie ein Haufen übler Burschen. In einer Nacht wütete ein so schwerer Sturm, dass die Küstenstraße bei Muckros zerstört wurde: Das tosende Meer schleuderte schwarze Felsbrocken dagegen, bis tausend Tonnen Dammschüttung zu Gesteinsblöcken zertrümmert waren, die von den anbrandenden Wellen dann noch kreuz und quer übereinandergeworfen wurden. Viele von uns fuhren hin, um sich die Verheerung anzuschauen. Auch Ambrose und seine Söhne wurden gesehen, wie sie dastanden und still den Blick über die verwüstete Straße schweifen ließen. Philomena Burke bekam den Blinddarm herausgenommen.

Ambroses Realitätsverleugnung konnte gegen seine Frau und sogar gegen ein Geldgeschenk bestehen, aber schließlich kam sie doch an ihre Grenze: Joseph McBride verließ die *Christine Dawn* und heuerte auf einem neuen Supertrawler an, der 43 Meter langen *Girl Jacqueline.* Makrelen warfen nur in großen Mengen Gewinn ab, doch wenn man weit genug hinausfahren konnte, um zu den großen Schwärmen zu gelangen, und ausreichend große Schleppnetze und Laderäume hatte, dann tat sich eine Goldgrube auf. Niemand verübelte es Joseph, dass er einen nicht hochseetauglichen kleinen Fischkutter verließ, am allerwenigsten Ambrose. Joseph war länger geblieben, als man hätte erwarten können, Freundschaft bedeutet oft, jemanden bei seiner Realitätsverleugnung zu unterstützen, aber letztlich lockte ihn die Aussicht auf mehr Geld dann doch fort, womöglich spielten auch gewisse Sicherheitsbedenken bezüglich der *Dawn* eine

Rolle. Nach ihrer letzten gemeinsamen Fangfahrt saßen Ambrose und Joseph in der Pier Bar und unterhielten sich über ihre bewegten Zeiten und die gefährlichen Momente, in denen sie gerade noch mal so davongekommen waren. Joseph hätte ein Bier vollkommen gereicht, aber Ambrose holte immer wieder Nachschub. «Ich hab's nicht so eilig, zu meiner Frau nach Hause zu kommen», gab er zu.

Ambrose freute sich aufrichtig für Joseph. Er freute sich den ganzen Abend für ihn und freute sich immer noch, als er nach Hause kam und sich etwas unbequem aufs Zweiersofa schlafen legte. Er freute sich für Joseph, während er wegdämmerte, doch gegen fünf Uhr morgens wachte er auf, und da war es vorbei mit der Freude. Seine Bedrückung schien buchstäblich in seinen Muskeln zu sitzen, ein unangenehmes Kneifen, und er wusste, dass er nicht mehr würde einschlafen können. Er schaltete das Licht ein, doch es war zu hell, zu unbarmherzig, also schaltete er es wieder aus und machte sich mit routinierten Handgriffen im Dunkeln einen Becher Tee, nahm einen Teebeutel von dem Teller mit den bereits einmal verwendeten. Er merkte, dass er nicht ruhig sitzen bleiben konnte, also ging er zum Zimmer der Jungs, um einen Blick auf sie werfen, was ihn normalerweise in gute Stimmung versetzte. Declan brummte im Schlaf, als die Tür quietschte, und bewegte sich unter der Decke. Er war jetzt so groß wie Ambrose und hatte breite Schultern, im Grunde ein zweiter Mann im Haus. Das Zimmer roch nach seinen Sportschuhen. Declan war ein robuster Bursche, er würde zurechtkommen, doch als Ambrose zu Brendan hinüberschaute, ging ihm ein Stich durchs Herz.

Der Junge war klein für sein Alter und würde zu einem jener schmächtigen Männer werden, die unweigerlich an ein Kind erinnerten. Declan schlief wie immer mit dem Gesicht zur Wand, kehrte dem Zimmer, seinem Bruder den Rücken zu. Brendan hatte früher Declan zugewandt geschlafen, um ein Kissen geschmiegt, doch seit einiger Zeit drehte auch er sich der Wand zu. So lagen sie nun also, die Rücken gegeneinandergekehrt. Ambrose lehnte am Türrahmen und wartete darauf, dass der übliche unkomplizierte Stolz in ihm aufstieg, aber diesmal blieb er aus.

Er ging wieder in die Küche und saß im Dunkeln.

Danach war Ambrose lange schlechter Stimmung, Wochen, Monate. Zunächst war Christine taktvoll, fragte ihn, was los sei, und beobachtete den Kampf, der sich auf seinem Gesicht abzeichnete, während er nach Worten suchte, bis er schließlich aufgab und sagte, das passe schon alles. Ambrose verfügte über eine präzise Sprache, um die Bedeutung einer Wolke, den Charakter einer Welle, das Verhalten des Regens in Worte zu fassen, aber was seine emotionale Wetterlage betraf, beschränkten sich seine Beschreibungen auf «war schon besser», «könnte schlimmer sein» und «du weißt schon». Als Christine Ambrose kennengelernt hatte, war er ihr wie jemand erschienen, der gut mit Worten umgehen konnte, aber jetzt wusste sie, dass das nur Geplänkel gewesen war. Er hatte auf eine Weise von sich erzählt, die spontan und offen gewirkt hatte, aber tatsächlich hatte er nur Geschichten zum Besten gegeben, deren Ausgang er kannte.

Die Preise für weißfleischigen Fisch waren schlecht,

und es war schwierig, einen dauerhaften Nachfolger für Joseph zu finden, deshalb war Ambrose viel an Land. Er saß stundenlang am Fenster oder tigerte auf und ab und versuchte, irgendeine Lösung zu finden, was ihm aber, wie Christine wusste, nicht gelingen würde. Manchmal merkte sie, wie die Lyons in ihr rebellierte und darauf bestand, gehört zu werden. Sie wollte nicht wie ihr Vater klingen, aber das war schwierig, denn sie konnte durchaus so denken wie er, und seine Ansichten drängten hervor, auch wenn Christine sie anders zum Ausdruck brachte. Sie sagte zum Beispiel: «Ich wünschte, ich hätte Zeit herumzusitzen» oder «Du läufst noch Gräben ins Linoleum» oder etwas in der Art. Ambrose reagierte darauf für gewöhnlich nicht, und sie wurde dann noch schärfer. Schließlich zog er seine Stiefel an und marschierte los, war stundenlang in den Hügeln unterwegs. Er war nicht der Typ, der sich stritt und herumbrüllte, allerdings wurde er einmal dabei gesehen, wie er gegen einen Zaunpfosten trat.

Eines Nachmittags sah Ambrose in der Stadt etwas, das ihm einen weiteren Schlag versetzte. Die Bay lag ruhig da, steingrau wie der Himmel. Ein norwegischer Frachter ankerte etwa eine Meile entfernt und wartete auf das Ergebnis irgendeines Rechtsstreits. Ambrose ging die Hauptstraße entlang zu seinem geparkten Auto, da entdeckte er Brendan, der bei den nicht arbeitenden Männern auf der Mauer des Hafenparkplatzes saß. Brendan war jetzt fast vierzehn. Er beugte sich vor, die Ellbogen auf den Knien, den Blick nach unten gerichtet. Er erteilte keine Segnungen oder irgend so etwas, sondern saß einfach nur da, inmitten der anderen, und zwar in seiner Schuluniform, was das Ganze noch schlimmer machte. Viele Väter wären sofort hinübergegangen, hätten ihren Sohn am Kragen gepackt und nach Hause befördert. Dass Ambrose genau das nicht tat, zeigt, in welch schlechter Verfassung er damals war. Er eilte zu seinem Auto und ergriff die Flucht, aber wenigstens gelang es ihm, das Problem in Worte zu fassen, als er nach Hause kam, er ging sofort zu Christine in die Küche und erzählte ihr davon. «Er ist leicht beeinflussbar», sagte sie.

«Das wird sich schon wieder geben», sagte Ambrose. «Oder was meinst du?» Er hielt seine Beunruhigung im Zaum, aber er wollte ein bisschen umsorgt werden, wollte gesagt bekommen, dass alles wieder gut werden würde. Er wünschte sich, Christine würde ihm die Hand auf die Wange legen, so wie früher manchmal. Oder auch nur an seinen Ellbogen fassen.

Aber heute war Christine eine Lyons, ihre Arme waren verschränkt. «Du solltest mit ihm reden», sagte sie. «Er blickt zu dir auf, das tun sie beide. Das weißt du doch, oder?»

Tatsächlich wusste Ambrose das nicht so ganz. Als seine Söhne noch klein gewesen waren, hatte Ambrose verstanden, dass sie ihn brauchten, es war körperlich spürbar gewesen: Wenn er von einer Fangfahrt zurückkam, hatten sie nach seinen Händen gefasst und ihn hierhin und dorthin gezogen. Doch als sie älter wurden und ihre Gefühle nicht mehr so deutlich zeigten, hatte Ambrose nicht mehr gemerkt, wie wichtig er für sie war, er war noch nie gut darin gewesen zu erkennen, was andere Menschen bewegte. Die Jungen begegneten ihm nicht mit der Verachtung, die

Ambrose andere Teenager ihren Vätern entgegenbringen sah, aber dass sie ihn bewunderten, glaubte er auch nicht. Nun, da Christine ihn an seine väterliche Verantwortung erinnert hatte, wurde Ambrose ganz davon erfasst, und er war entschlossen, sich erzieherisch hervorzutun. Ein Interesse, das er mit seinem jüngeren Sohn teilte, war die Einschätzung und Vorhersage des Wetters, also setzte er sich ans Fenster und wartete, und als Brendan in der Moorstraße erschien, sprang Ambrose auf und empfing ihn an der Haustür. «Komm, lass uns mal schauen, was das Wetter mit uns vorhat!», rief Ambrose fröhlich.

Er ließ die Haustür offen stehen, und Christine nutzte die Gelegenheit und stellte sich in den Flur, um zuzuhören.

Ambrose und Brendan standen nebeneinander und schauten nach Westen. Die eisengrauen Wolken waren so plastisch und detailreich, dass man den Eindruck hatte, nur die Hand ausstrecken zu müssen, um sie zu berühren. Das Schiefergrau des Meers dagegen wirkte fern, als gehörte es zu einem anderen Planeten, es war schwer vorstellbar, dass man nur eine halbe Stunde gehen musste, um die Hand hineinstecken zu können.

«Und, wie war dein Tag?», fragte Ambrose Brendan. Er sagte nichts davon, dass er ihn auf der Mauer des Hafenparkplatzes gesehen hatte.

«Passt schon», sagte Brendan.

«Hast du auf dem Heimweg von der Schule irgendwo Halt gemacht?»

«Nein.»

Sie schauten wieder eine Weile nach Westen.

«Der Regen hat uns bald», sagte Ambrose.

«Kein Stunde mehr, würde ich sagen.»

Sie schwiegen eine Weile.

«Guter Junge», sagte Ambrose.

Sie wandten sich um und gingen zum Abendessen hinein.

Christine zog sich in die Küche zurück, in ihrem Innern rumorte es. Sie wusste, dass Ambrose der Ansicht sein würde, dass er das gut gemacht hatte, er würde sich sagen, dass solche Momente mit seinem Sohn wertvoll und verbindend waren. Ambrose gab weiter, was er kannte, er stellte Brendan in eine Tradition schweigsamer Männer, verschlossen bis hin zur Selbstunterdrückung, Generation um Generation von Horizontbeobachtern, die lieber in eine wortlose Unermesslichkeit blickten als auch nur eine Sekunde lang in ihr Inneres. Da war sie in eine Falle gegangen, dachte Christine, sich mit einem derart gehemmten Mann ein Leben aufgebaut zu haben. «Ihr könnt euch eure Pommes selbst machen», sagte sie, als Ambrose und Brendan in die Küche kamen. «Ich muss mich hinlegen.»

Christines Frustration schwelte in ihr. Eines Morgens lag Ambrose um neun noch im Bett. Er sagte, ihm fehle ein Mann, und in dieser Woche gebe es eh keinen Bedarf an Fisch aus Küstengewässern. Wozu dann ausfahren, sagte er, den Blick zur Zimmerdecke gerichtet. Ihn so daliegen zu sehen trieb Christine aus dem Haus. Bei den Lyons setzte sie sich an den Esstisch, während Phyllis Tee und Toast für sie beide machte. Christine war jetzt oft bei ihrer Schwester zu Besuch, hauptsächlich, um über Ambrose zu schimpfen, was er zweifellos wusste, doch es schien ihm nichts auszumachen. Christine wäre es lieber gewesen, wenn er sich beschwert hätte. Sie schaute aus dem Fenster und über die Moorstraße. Die Fichten, mittlerweile höher als das Haus, bildeten einen eindrucksvollen graugrünen Vorhang. Im Halbdunkel zwischen den Bäumen sah man einzelne umgestürzte Stämme, die durch ihre Neigung den Eindruck stabiler Vertikalen störten. Die Bäume verstärkten Christines Gefühl, eingesperrt zu sein, und ihr Ärger brach hervor. Als Phyllis sich an den Tisch setzte, platzte es aus Christine heraus: «Glaubst du, in Irland wird man sich jemals scheiden lassen dürfen?»

«Sich scheiden lassen!», sagte Phyllis entsetzt. Sie mochte es nicht, wenn in ihrem Haus so geredet wurde.

«Ja», sagte Christine. «Sich scheiden lassen. Meinst du, das wird je erlaubt?»

«Kann schon sein», sagte Phyllis, als sie sich von ihrem Schock erholt hatte, «aber in Donegal wird sich das nicht durchsetzen.»

Christine deutete mit einem Nicken auf ihren Vater und sagte: «Glaubst du nicht, Mammy hätte sich scheiden lassen, wenn es möglich gewesen wäre?»

Eunan hatte die ganze Zeit schnarchend in seinem Sessel gesessen, den Kopf im Nacken, den Mund offen. Sie konnten seinen harten grauen Gaumen sehen, der von leuchtend roten Äderchen durchzogen war. Seine Hände lagen übereinander auf dem Knauf seines Stocks, der senkrecht zwischen seinen Beinen stand, durch das Eigengewicht seiner Arme aufrecht gehalten, auch während er schlief.

«Ganz gewiss nicht», sagte Phyllis. «Mammy war schließlich nicht verrückt.»

Christine ließ es auf sich beruhen.

Als sie wieder nach Hause kam, war Ambrose fort. Das Auto stand da, aber seine Stiefel waren nicht an ihrem Platz, wahrscheinlich war er in den Hügeln unterwegs. Normalerweise zog er los, wenn sie sich stritten, aber sie hatten seit einer Woche keine Auseinandersetzung mehr gehabt, Christine war vorsichtig gewesen. Sie ging durch die Hintertür hinaus und den moorigen Hang hinauf, und ja, da waren frische Stiefelabdrücke im weichen Boden. Oben auf der Anhöhe stand sie mit verschränkten Armen zwischen Strandbinsen und blickte ins Landesinnere, und der Wind vom Atlantik zerzauste ihr Haar.

Ambrose war zu einem furchtbaren Schluss gekommen, und deshalb war er losgelaufen: Die *Christine Dawn* brachte Unglück. Die meisten von uns hätten über die Vorstellung, ein Boot könnte Glück oder Unglück bringen, gelacht, darüber gelacht, dass man wegen so etwas niedergeschlagen sein konnte, aber Ambrose war nun mal so. Er bereute, dass er diesem verfluchten Kahn Christines Namen gegeben hatte, vielleicht würde er sich bei ihr dafür entschuldigen. Ambrose lief eine gute Stunde, bis er auf der anderen Seite der Landzunge angelangt war, bei der mit Strandbinsen bewachsenen Dünenkette in der Nähe von Fintra. Wir hatten ihn dort schon ein paarmal gesehen, er war oberhalb des Strandes auf und ab gegangen, den wolkenschweren Himmel vor sich. Die Böen waren heftig, und vom Meer kamen Regenschauer, aber das Einzige, was ihm zusetzte, waren seine Gedanken. Er dachte daran, welche Fehler er begangen hatte, und wenn man nah genug gewesen wäre, hätte man gesehen, dass seine Lippen sich bewegten: Es reichte nicht zu denken: *Da ist ein Fehler passiert.* Ambrose versank in Selbstvorwürfen, während er über die Dünen lief, vergiftete Gedanken, die nach innen gerichtet waren. Ich habe so viele Fehler gemacht.

Nach einer Weile näherte sich auf dem sandigen Fahrweg ein Auto. Es war Tommy. Er verdiente gutes Geld, und man hätte meinen können, dass er mittlerweile einen schicken neuen Wagen fuhr, aber dazu war er zu vernünftig. Er parkte auf dem Randstreifen und stieg die Düne hinauf zu Ambrose, von den feuchten Strandbinsen bis zu den Knien durchnässt, als er oben angelangt war. Tommy schaute mit zusammengekniffenen Augen in den Wind, er wäre diesem Wetter lieber nicht ausgesetzt gewesen. Er hatte seine Schlüssel in der Hand, einen Bund von der Größe eines Tennisballs, den Mittelfinger durch den Ring gesteckt. Die Männer aus Donegal hatten beeindruckende Schlüsselbünde, wir neigten dazu, vieles in unserem Leben unter Verschluss zu halten. Tommy war grau geworden, sah aber jünger aus, er hatte geheiratet, und seine Frau hatte ihn dazu gebracht, sich die Zähne richten und bleichen zu lassen. Es war rasend teuer gewesen, aber er hatte sich gefügt, so ist das mit der Liebe. «Wie geht's?», fragte Tommy.

«Weißt du ja», sagte Ambrose.

Tommy hielt sich zurück. Ambrose war abweisend, geduckt, wirkte trotz des weiten, hohen Himmels in die Enge getrieben. Keiner der Männer hätte es zugegeben, aber es war natürlich kein Zufall, dass Tommy hier war. «Auf der *Warrior II* gibt es Arbeit für dich», sagte Tommy.

Er war vermutlich auf eine gereizte Reaktion vorbereitet, aber Ambroses Antwort war in erster Linie müde. «Da müsste ich ja wohl erst einen Lehrgang mitmachen», sagte er.

«Überhaupt nicht», sagte Tommy. «Nicht als normales Besatzungsmitglied.»

Normales Besatzungsmitglied. Tommy hatte mit Bedacht nicht Decksmann gesagt, und Ambrose wusste es.

«Bei dieser Bootsgeneration muss man sich an vieles gewöhnen», sagte Tommy. «Aber das hast du schnell gelernt – wenn ich es konnte, kannst du es allemal.» Er lächelte. «Beim Schachspielen warst du immer besser als ich.»

«Dafür warst du bei allem anderen besser», sagte Ambrose.

Tommy lachte, als dächte er, Ambrose hätte einen Witz gemacht. «Ich wünschte, du würdest kommen – wir zwei wieder zusammen, hm?», sagte er. «Ich könnte mir vorstellen, dass dir die *Warrior* gefällt. Die neueste Ausrüstung, und alles bestens organisiert.»

«Fehlt dir denn nicht manchmal das echte Fischen?»

Tommys Lächeln erlosch. «Die Welt will ernährt sein, Ambrose», sagte er.

Ambrose wandte den Blick ab.

«Kann ich dich nach Hause mitnehmen?», fragte Tommy.

«Nein danke, nicht nötig.»

Tommy schwieg kurz, dann sagte er. «Wie du willst.»

Ambrose wusste genau, was passiert war: Christine hatte Tommy angerufen und ihn dazu gebracht, in der Gegend herumzufahren, ihren Mann zu suchen und ihm Arbeit anzubieten, alles, damit er von der *Dawn* abließ. Ambrose machte sich auf den Heimweg über die Hügel, und dabei nahm sein Gang etwas Aggressives an, er reckte das Kinn vor und schwang die Arme immer heftiger, sodass man aus einem halben Kilometer Entfernung erkannt hätte, dass er wütend war. Schafe stoben vor ihm auseinander. Jetzt bedauerte Ambrose jedes Boot, das nach dieser Frau benannt war, wahrscheinlich war es Christine, die Unglück brachte, das schien bei ihr ja eindeutig in der Familie zu liegen. Er marschierte den Hang zum Haus hinunter, aber das Auto war fort, sodass er frustriert auf der Straße umhertigerte. Vielleicht hatte sich Christine auf die Suche nach ihm gemacht, oder vielleicht wollte sie demonstrieren, dass auch sie einfach verschwinden konnte. So oder so stand sie für einen Streit nicht zur Verfügung, deshalb beschloss Ambrose, etwas kaputt zu machen. Er ging hinein und lief direkt auf den Fernseher zu, stellte sich vor, wie der Bildschirm unter seiner Stiefelspitze implodieren würde, aber dann bremste er sich doch, der Fernseher hatte fünfzig Pfund gekostet. Er stolperte im Haus herum, auf der Suche nach etwas, das sich so richtig schön zerschmettern ließ, aber der Gedanke ans Geld hielt ihn immer wieder ab, alles war teuer: der Spiegel, der Kaffeetisch, der Wasserkocher, der Toaster, das alles kostete ein Vermögen. Schließlich fiel ihm die große Pyrex-Schüssel ein, und er nahm sie vom Schrank herunter. Sie hatte zwei Griffe und war hoch, cremefarben mit einem orangefarbenen Blumenmuster und dabei leicht durchscheinend. Christine würde begreifen, wie falsch sie sich verhalten hatte, wenn sie diese Schüssel in Scherben vorfand: Es war ein Hochzeitsgeschenk gewesen. Sie sagte oft, was für eine grandiose Schüssel das doch sei, obwohl sie weder am Kochen noch an Küchenzubehör interessiert war. Sie benutzte die Schüssel nur für Ofenpommes. Ofenpommes! Das war ihr Niveau, Ambrose wurde von neuer Empörung erfasst. Phyllis lieh sich die Schüssel gelegentlich aus, und auch sie verkündete mit seltener Zufriedenheit, das sei eine grandiose Schüssel. Selbst Declan hatte schon einen Kommentar dazu abgegeben, er meinte, sie eigne sich gut für Shepherd's Pie. Ambrose hob die Schüssel hoch über seinen Kopf, sie war erfreulich schwer und würde ihm genau das geben, was er brauchte, einen leidenschaftlichen Moment unumkehrbarer Gewalt. Er ließ die Schüssel nicht einfach fallen, er knallte sie auf den Boden. Das Pyrex schlug dröhnend auf. Das Linoleum in der Küche war alles andere als weich, es war ungefähr so nachgiebig wie Kiefernholz, aber die Schüssel zerbrach nicht, sie prallte vom Boden ab und blieb dann unversehrt liegen. Ambrose hielt inne, und dann legte sich der innere Tumult, der ihn erfüllt hatte, seit er von den Dünen losgelaufen war. Er betrachtete die Schüssel nachdenklich, ging in die Hocke, drehte sie in seinen Händen und sah sie sich zum ersten Mal richtig an. Ambrose verspürte eine Seelenverwandtschaft mit allem, was Merkmale einer zähen, klaglosen Dienstbereitschaft zeigte. Er musste es zugeben: Das war wirklich eine grandiose Schüssel.

10.

Alle Zeichen in Declans Leben wiesen darauf hin, dass man nur schwer an Geld kam, und mit fünfzehn hatte er diese Lektion verinnerlicht, sie war ihm in Fleisch und Blut übergegangen und würde sein restliches Leben prägen. Christine sagte, es sei wichtig, dass Declan weiter zur Schule ging und seinen Abschluss machte, damit er später eine gut bezahlte Arbeit fand. In unserer Gewerbeschule wurden die grundlegenden Fächer unterrichtet, aber den Jungen brachte man außerdem bei, mit Schweißgerät und Drehbank umzugehen, und die Mädchen lernten, wie man Buch führte und ein Hähnchen briet, denn die Idee war, dass man nach dem Schulabschluss direkt ins Berufsleben einstieg oder sich zumindest zu Hause nützlich machte. Declan war in sämtlichen Fächern ein schlechter Schüler, er betrachtete das Klassenzimmer nur als einen Ort, an dem man sich gegen seinesgleichen behauptete, und das geschah nicht durch gutes Benehmen und erledigte Hausaufgaben. Inzwischen begriff er zwar die Argumentation seiner Mammy, aber nichts, was an der Tafel stand, fiel ihm je leicht.

Um allein zu sein, ging Declan nach Einbruch der Dunkelheit manchmal hoch zum Moor, das hinter dem Haus der Lyons begann. Der hartnäckige Torfgeruch war abends stärker und hielt sich auch in dem vom Meer kommenden Wind. Wegen der ausgedehnten Fichtenschonung und der runden Hügelkuppen waren die Lichter der Stadt dort oben nicht zu sehen, und wenn keine Boote in der Bay lagen, war die Welt pechschwarz. Declan setzte sich auf eine Torfbank, auch wenn der Boden feucht war, das war ihm egal. Hier hatten Generationen seiner Familie ihren Brennstoff gestochen, schon zu Zeiten vor Beginn der Geschichtsschreibung. Seine Abstammungslinie schien in den Schichten des Torfs eingefangen, ja verkörpert zu sein, ein leises Echo der Jahrhunderte. Aber nicht die Vergangenheit zog Declan hierher, er kam, weil dies der einzige Ort war, wo er sich ungestört einen runterholen konnte. Die Badezimmertür zu Hause ließ sich zwar verriegeln, aber Christine betrachtete es als ihr Recht, ohne Vorwarnung durch jegliche Tür im Haus zu sprechen, man hatte einfach nirgends seine Ruhe. Das Moor mochte da als eigenartige Wahl erscheinen, immerhin war es nach allen Seiten offen, aber hier kam nie jemand vorbei, schon gar nicht nach Einbruch der Dunkelheit. Declan brachte sich ein bisschen Klopapier für seine Zwecke mit, oder er stellte sich in einen alten Torfstich, stützte sich mit einer Hand ab und masturbierte gegen die Torfschichten, wie es seine Vorfahren in dieser uralten Landschaft über die Jahrhunderte wahrscheinlich auch schon getan hatten.

Danach rauchte er eine Selbstgedrehte. Richtige Zigaretten mochte Declan eigentlich lieber, aber das Drehen hatte den Vorteil, dass er unbemerkt Tabak für vier oder fünf Zigaretten aus der Dose seines Vaters klauen konnte. Eines Abends war Declan mal wieder oben im Moor und rauchte eine Selbstgedrehte, als er einen Fischkutter in die Bucht einfahren sah. An der Anordnung der Deckstrahler erkannte er auch aus zwei Meilen Entfernung, dass es die *Dawn* war. Ihr Anblick, wie sie sich mühsam durch die Wellen kämpfte, traf ihn wie ein Schlag. Seine Aussichten mochten begrenzt sein, aber eines wusste er sicher: Fischer würde er nicht werden. Andere Jungen in seiner Klasse wollten nichts lieber als so bald wie möglich ausfahren, aber ihn hatte die Jagd auf Fisch nie gelockt. Dachte er dann noch an die Angst seiner Eltern, das Haus zu verlieren, war klar: Die Fischerei war ein Knochenjob, der sich nicht auszahlte, kaum besser als Sklaverei. Ein Tabakfaden an der Lippe störte Declan, und die gedrehte Zigarette schmeckte plötzlich nach alten Männern und Dreck. Er warf sie weg, dann stand er auf und kippte seinen gesamten Tabak weg, verstreute ihn im Wind. Von jetzt an, entschied er, gab es echte Zigaretten oder gar keine.

Am nächsten Morgen hatte der Himmel das Grau von altem Kartoffelwasser, und Declan war als Erster der Bonnars auf. Er ging zur Küchenschublade und nahm den Pfannenwender und ein paar Gummis heraus, fand hinter dem Bungalow einen schönen geraden Stock, der ihm bis zur Hüfte reichte, und machte sich auf den Weg. Den Pfannenwender hatte er sich in den Ärmel geschoben, damit man ihn nicht sah. Der Stock ließ sich nicht verbergen, aber das war in Ordnung, niemand würde einen Jungen mit einem Stock verdächtig finden. Declan wollte zu St. Catherine's Well, der heiligen Quelle, die sich außerhalb der Stadt auf einem Hügel befand. Das runde Quellbecken war mit flachen Steinen ausgelegt, es war einen Meter tief und hatte einen Durchmesser von anderthalb Metern. In manchen Regionen Irlands strotzten die heiligen Quellen von Opfergaben: Kerzen, Spielsachen, Fotos, Rosenkränze und dergleichen mehr, kleine Gegenstände von persönlicher Bedeutung, die Gläubige dort zurückließen; nachdem sich derlei Gaben über viele Jahre dort angesammelt hatten, umgab diese Quellen eine besonders gefühlsgeladene Atmosphäre. Schön, keine Frage, aber für uns war das nichts. Unsere heilige Quelle war schlicht, in Beton eingefasst und schmucklos. Allerdings warfen wir gelegentlich mal eine Münze ins Wasser, die dann schimmernd bei den anderen auf den pelzigen Steinen am Boden liegen blieb. Nachdem er sich vergewissert hatte, dass niemand in der Nähe war, kniete sich Declan neben die Quelleneinfassung, befestigte den Pfannenwender mit den Gummibändern an seinem Stock und senkte dieses Gerät ins Wasser. Er hob alle Fünfziger heraus, die neuen Zwanziger und ein paar Zehner, dann entschied er, dass es reichte, und machte sich aus dem Staub. Später hatte Declan ein schlechtes Gewissen, aber er kaufte sich trotzdem Zigaretten mit dem Geld, und im folgenden Monat kam er wieder. Diesmal entnahm er zielstrebig alles. Jede einzelne Münze.

Aber das war nicht die schlimmste aus einer ganzen Serie von Straftaten.

Eines Tages im darauffolgenden Sommer spazierte Brendan in seinem üblichen tagträumerischen Schritt den Mount hinauf, fuhr mit den Händen durch Farne am

Wegesrand und streifte ihre Blätter ab. Es war ein schöner Nachmittag, Vögel flitzten durch die Luft, und nur gelegentlich nieselte es ein bisschen. Er ging durch das Tor zu Doris Kanes Haus und war alarmiert, als sein Bruder hinter den Stechpalmen hervortrat. Declan trug seinen militärisch aussehenden Pullover, den mit den Schulterverstärkungen. «Gehst du zu ihr rein?», fragte er und zeigte die Einfahrt hinauf. «Zu der Tante von dem Bankmensch?»

Brendan sagte nichts.

«Ich geh mit», sagte Declan.

Declans Dominanz war in Brendans Leben eine so feste Größe, dass Brendan sofort in seine übliche Rolle verfiel. Diese Unterordnung war nicht angenehm, aber sie war vertraut und schien unvermeidlich. Sie näherten sich dem Haus, und obwohl Brendan vorausging, hatte Declan das Heft in der Hand. Die Tür war offen, aber Brendan klopfte trotzdem, und als sie eintraten, rief er: «Ich habe meinen Bruder mitgebracht!» Mrs Kane saß auf der Telefonbank in der Eingangshalle, sie trug Hausschuhe und einen roten Morgenmantel aus einem handtuchartigen Material. Sie telefonierte nicht und schien ohne konkreten Grund dort zu sitzen, einfach den Nachmittag verstreichen zu lassen, doch sie erkannte Brendan schnell und erhob sich, durchaus rüstig. «Wer ist dieser gut aussehende Bursche?», fragte sie.

«Declan», sagte Brendan.

Declan beunruhigte der Morgenmantel der alten Dame: Ihre Knöchel waren nackt, und er befürchtete, das könnte für den restlichen Körper unter dem Morgenmantel ebenfalls gelten. Von dem lockeren Knoten ihres Gürtels hing viel, sehr viel ab.

Brendan, an Mrs Kanes Eigenarten gewöhnt, war gelassen, er führte sie alle ins Wohnzimmer. Als Zugeständnis an den Sommer lief nur eine der Infrarotheizungen. Mrs Kane setzte sich mitten aufs Sofa, zwischen ihre vielen Kissen.

«Möchten Sie einen Tee?», fragte Brendan.

«Oh ja, bitte. Es gibt auch Kekse.»

Brendan ging in die Küche und ließ Declan stehen. Es gab zwei freie Sessel, aber Mrs Kane bat ihn nicht, Platz zu nehmen, mit derlei sozialen Feinheiten gab sie sich schon seit Jahren nicht mehr ab. Der Bademantel glitt oberhalb des Knies von ihrem Bein und offenbarte dünne Behaarung und blaue Venen. Declan stand immer noch unbeholfen herum, als Brendan wiederkam und auf einem Tablett den Tee brachte. Beim Anblick seines älteren Bruders, der unbehaglich herumschaute, regte sich Aufsässigkeit in Brendan. Er stellt das Tablett auf das niedrige Tischchen vor Mrs Kane und würdigte Declan keines Blickes. Die Bonnars gaben ihre Teebeutel immer direkt in den Becher, und das Einzige, was bei ihnen auch nur ansatzweise einem Tablett ähnelte, war das Backblech, auf dem sie den Käsetoast machten, aber Brendan hantierte ganz selbstverständlich mit dem Porzellangeschirr. Er ging zum Plattenspieler, hob den Deckel an und las vor, was auf dem runden Label stand, machte deutlich, dass er auch das schon oft getan hatte, ein Plattenspieler war keine Herausforderung für ihn. Die Namen des Dirigenten und des Pianisten ließ er weg, denn die waren lang und russisch, und er wollte sich nicht verhaspeln, er las vor: «Rachmaninow, Zweites Klavierkonzert.»

«Krachmannow?», machte Declan sich lustig. Brendan bedachte ihn mit einem vernichtenden Blick, und Declan verstummte.

«Ein großartiges Werk», sagte Mrs Kane.

Brendan senkte die Nadel auf die Schallplatte, und Musik erklang.

Declan setzte sich, er wählte den Sessel, der am nächsten bei der Tür stand. Von dort aus versperrten glücklicherweise Mrs Kanes Kissen den Blick auf ihre Beine, aber durch sein Platznehmen wurde sie wieder auf ihn aufmerksam. «Wer ist dieser gut aussehende Bursche?», fragte sie.

«Declan», sagte Declan.

Brendan schenkte Mrs Kane Tee ein, dann ging er hinaus und kam mit einer Dose USA-Plätzchen wieder herein, die Sorte, die es bei den Bonnars nur zu Weihnachten gab. Brendan öffnete die Blechdose und stellte sie neben das Tablett. In der oberen Lage gab es keine Schokoplätzchen mehr, also hob Declan sie an und nahm ein paar von unten. Sich aus der unteren Lage zu bedienen, wenn auf der oberen noch Plätzchen waren, verstieß eindeutig gegen die Regeln des Anstands. Hätte ein Gast das bei jemandem von uns zu Hause getan, hätten hinterher, nachdem er gegangen war, alle darüber geredet.

«Iss ihr nicht alle weg», sagte Brendan.

Mrs Kane machte das nichts aus. «So ein großer Bursche braucht viel zu essen», sagte sie und lächelte zu ihm hinüber. «Wie heißt du denn?»

«Declan», sagte Declan.

Sie saßen eine Weile einfach da. Die Schallplattenmusik stimmte Mrs Kane zufrieden, aber Declan wurde nervös. Machten Leute so etwas wirklich? Einfach dasitzen und zuhören? Tante Phyllis liebte Daniel O'Donnell, aber sie hörte sich seinen Gesang nur beim Kochen oder bei sonstigen Hausarbeiten an. «Daniel leistet mir einfach ein bisschen Gesellschaft», sagte sie immer. Sie würde nie auf die Idee kommen, einfach still dazusitzen und «My Donegal Shore» auf sich wirken zu lassen. Das Klimpern des Klaviers wurde lauter und wieder leiser, setzte aus und begann von Neuem, so öde wie unbegreiflich. «Gefällt dir das echt?», fragte Declan Brendan. Mrs Kanes Verfassung machte es möglich, sich zu unterhalten, als wäre sie gar nicht im Zimmer.

«Ich finde, es klingt wie das Meer», sagte Brendan.

Declan schaute den Plattenspieler vorwurfsvoll an, er hatte gerade festgestellt, dass die Musik etwas vor ihm verbarg.

«Du kannst gehen, wenn es dir hier nicht gefällt», sagte Brendan mit einem Kopfnicken Richtung Tür.

Declan sah ihn scharf an, er spürte Brendans neue Aufmüpfigkeit, und sie gefiel ihm gar nicht. «Ich kann machen, was ich will, das weiß ich», sagte er.

Er stand auf und begann, im Zimmer umherzugehen. Brendan folgte ihm mit dem Blick, aber Mrs Kane schien seine Bewegungen gar nicht zu bemerken, sie war ganz in die Musik versunken, ein friedliches Lächeln auf den Lippen. Declan betrachtete die gerahmten Aquarelle an der Wand, die Hände in gespielter Nonchalance hinter dem

Rücken verschränkt. Er trat in den freien Bereich hinter Mrs Kanes Sofa und blieb dort stumm und reglos stehen, wartete darauf, dass sie ihn endgültig vergessen hatte. Eine halbe Minute reichte vollkommen. Während dieser Zeit lauschte Declan der Musik, die tatsächlich zu wogen und zu branden schien.

Mrs Kanes Handtasche hing am Kleiderständer, und Declan hob sie auf einer Handfläche an. Brendan umkmmerte seine Sessellehnen, es sah aus, als würde er gleich aufspringen, doch stattdessen vollführte er eine Art gequälten Tanz auf dem Sitz. Declan nahm die Handtasche nicht vom Haken, sondern klappte sie mit der anderen Hand auf, griff hinein und öffnete den Verschluss der Geldbörse, die er darin fand, und dabei hielt er den Blick die ganze Zeit herausfordernd auf Brendan gerichtet. In der Geldbörse steckten drei Zwanzigpfundnoten, und Declan wusste, dass er nur eine nehmen sollte, damit der Diebstahl weniger offensichtlich sein würde, aber er zog sie alle drei heraus. «Nein», zischte Brendan. Ohne den Blick von Brendan zu lösen, schob sich Declan das Geld in die Tasche, brachte die Handtasche wieder in ihre vorherige Position. Die Musik kam scheppernd an ihr Ende, der letzte Akkord verklang im Knistern des Vinyls, und jemand hustete. Declan ließ sich in seinen Sessel sinken, und Mrs Kane bemerkte ihn wieder. «Wer ist dieser gut aussehende Bursche?», fragte sie.

Das Jahr schritt voran. Tank McHugh wurde für eine Weile in St. Conal's Hospital eingewiesen. «Es ist nur zu seinem Besten», sagten wir. Die Schule fing wieder an. Es gab starken Wind, und entlang der Straße stürzten Bäume um, Justine O'Donnell's Dach wurde weggerissen, und sie musste auf Tabletten gesetzt werden.

Brendan fühlte sich allein und niedergeschlagen, ein Zustand der Verunsicherung, an dem er nicht allein Declan die Schuld gab, sondern auch sich selbst. Brendan erzählte nie irgendjemandem, was Declan an jenem Tag bei Mrs Kane getan hatte, er fühlte sich zu sehr mitverantwortlich. Ihm war schon seit einer Weile nicht mehr ganz wohl damit gewesen, Doris Kane und ihresgleichen zu besuchen, und der Diebstahl schien zum Teil auch sein eigenes Vergehen zu sein. Tief in seinem Innern hatte er das Gefühl, dass seine Aktivitäten irgendwie suspekt waren, Ausdruck eigener Unzulänglichkeiten, gar nicht so anders als Declans Stehlen. Er besuchte Mrs Kane nie wieder. Um eine Segnung bat ihn inzwischen nicht mal mehr Big Jimmy, Brendan hatte jetzt ein pickeliges Kinn und fettige Haare, und ein Ritual, das wirkmächtig gewesen war, als es von einem kleinen Jungen vollzogen wurde, erschien bei einem Vierzehnjährigen seltsam. Die Zurückhaltung, die dem pfirsichhäutigen Kind etwas Außerweltliches gegeben hatte, ließ den Teenager undurchsichtig erscheinen. Brendan begriff das, er fand sich selbst undurchsichtig, vielleicht war er an der falschen Küste angespült worden. Er schaute sich Gleichaltrige an, wenn sie auf der Straße oder im Fish & Chips zusammensteckten, und fragte sich, warum er nicht so reden konnte wie sie. In seinen Augen unterhielten sie sich gar nicht richtig, sondern stellten nur Behauptungen auf, auch die Mädchen, sie reagierten kaum aufeinander, warfen sich nur gegenseitig Worte an den Kopf und gaben einander nichts – bis auf das entscheidende Gefühl dazuzugehören.

Das gestohlene Geld reichte Declan eine ganze Weile, denn zu kaufen gab es bei uns nicht viel, in unsere Stadt kam man nicht zum Einkaufen. Unsere Läden hielten das Wesentliche vor: Dosenobst, Rindfleisch zum Kochen, Nägel und dergleichen mehr. Einmal sah Declan eine Menschenansammlung vor dem Schaufenster von Gallaghers Lebensmittelladen und ging hinüber, um zu schauen, was dahintersteckte. Im Schaufenster prangte unsere allererste Ananas. Niemand wagte es, sie zu kaufen, aber sie bot Gesprächsstoff. Die meisten von uns waren gegen «Luxusgüter», wenn eine Frau irgendwelchen Schnickschnack für das Kaminsims wollte, fuhr sie nach Donegal Town, wo es einen Laden mit einem Schaukasten gab, in dem aus kleinen Kristallkugeln gefertigte Tiere ausgestellt waren, zwei Kugeln wurden zusammengeklebt und mit glitzernden Augen versehen, und schon hatte man eine Katze, einen Hund oder ein Schaf. Betrachtete man diese kleinen Skulpturen zu lange, konnte es passieren, dass man der Versuchung erlag und um 2,99 Pfund erleichtert nach Hause kam.

Schließlich fand Declan einen guten Verwendungszweck für ein paar Pfund: Cindy. Sie führte ein Geschäft, das Declan als Junge gar nicht wahrgenommen hatte, er hatte es schlicht übersehen. Hätte man ihn damals gefragt, was sich zwischen dem Spielsalon und der Drogerie befand, hätte er gesagt, nichts, die beiden lägen direkt nebeneinander. Aber nein, dazwischen befand sich Cindys

Friseursalon, und kurz nachdem das in Declans Bewusstsein gedrungen war, entschied er, dass ihm fortan nicht mehr seine Mammy das Haar schneiden würde, sondern Cindy.

In Cindys Salon hingen überall Poster, die Frauen mit Dauerwelle oder hochgesprayten Haaren zeigten, manche trugen große Brillen, und alle hatten ordentlich Rouge auf den Wangen. Auf einem Poster im Schaufenster stand in Buchstaben, die wie Blitze aussahen, «New Sensations», eine Vorstellung, die uns zugleich begeisterte und einschüchterte. Declan trat ein, blieb aber gleich hinter der Tür stehen, unsicher, wie es nun weiterging. Zwei Frauen saßen unter großen Helmen, während Cindy sich mit einer Bürste an einer dritten Frau zu schaffen machte. «Setz dich da drüben hin», sagte Cindy mit einem Kopfnicken in Richtung des Wartebereichs. Declan tat wie geheißen.

Cindy galt vielen als Prachtweib. Groß, langbeinig und eher üppig, sah sie aus, als könnte sie eine Tür mit der Schulter einstoßen, wenn es nötig sein sollte, oder auch einfach nur zum Spaß. Ihre Frisur war gewaltig, und von dort aus verjüngte sich ihr Körper bis zu ihren feinen Knöcheln, die aus flachen Schuhen mit Leopardenmuster ragten. Cindy wusste, was sie verkaufte – nicht nur Frisuren, sondern auch ein bisschen Glamour.

Declan wandte den Blick von ihr ab und schaute zu den Hochglanzmagazinen hinunter, die auf dem Tischchen im Wartebereich ausgelegt waren. Er blätterte eines durch und war überrascht, nicht nur Bilder von Frauen, sondern auch von Männern zu sehen: Dreitagebart, nackter Oberkörper und oft ein hübsches sauberes Baby auf dem Arm. Es waren «neue Männer», auch im Radio und im Fernsehen war jetzt von ihnen die Rede. Neue Männer standen mit ihrer weiblichen Seite in Verbindung, sie waren fürsorglich und sensibel. Sie hatten keine Angst davor, «verletzlich» zu sein, redeten auch mal über ihre Gefühle, weinten und dergleichen mehr. Im echten Leben hatten wir noch keinen neuen Mann gesehen, wahrscheinlich gab es die in England und vielleicht in bestimmten Teilen von Dublin. Sie waren nicht unser Ding, aber man darf sich sicher sein, dass wir einen neuen Mann, der zufällig in unsere Stadt geraten wäre, respektvoll behandelt hätten.

«Na, dann setz dich mal», sagte Cindy, neben dem Friseurstuhl stehend. Declan betrachtete sich im Spiegel, während Cindy einen Hebel löste und den Sitz ein paar Zentimeter absenkte, wobei ihre Kreolen hin und her schwangen. Man munkelte, sie habe sogar eine Tätowierung. Cindy stellte sich hinter ihn und sah ihn im Spiegel unverwandt an. «So», sagte sie. «Was soll's denn werden?»

«Ein Haarschnitt», sagte Declan.

Cindy machte sich ans Werk, sagte nur etwas, wenn Declan seinen Kopf hierhin oder dorthin drehen sollte, aber bald sprach sie auch das nicht mehr aus, sondern bewegte seinen Kopf einfach selbst, die Fingerspitzen auf seinen Schläfen, harte Kontaktpunkte, die seinen ganzen Körper elektrisierten. Um seinen Pony zu schneiden, stellte sich Cindy direkt hinter Declan und neigte seinen Kopf nach hinten, bis er das Gefühl hatte, der Kopf ruhe leicht auf ihren Brüsten. Eine seltsame Erschöpfung erfasste ihn. Tatsächlich lag sein Kopf nicht auf ihren Brüsten, das Gefühl, weich gebettet zu sein, rührte von deren Aura, die wiederum seine eigene Projektion waren, wobei Cindys Parfüm sein Teil dazu beitrug. Aber was es nun auch war, die drei Pfund war es allemal wert. Er spürte, wie er versank –

Die Tür zur Straße wurde aufgerissen, und Mick Cannon stand da. Er steckte nur den Kopf in den Salon, traute sich nicht, über die Schwelle zu treten. «Die Afrikaner haben deinen Bruder!», sagte er zu Declan.

Die ganze Wärme verflog, und Cindy trat zur Seite.

Ein nigerianischer Frachter lag seit einer Woche im Hafen, um Makrelen aufzukaufen. Das Schiff war in England gebaut und wahrscheinlich schon vierzig Jahre alt, aber in gutem Zustand, es war komplett sandfarben gestrichen wie ein Wüstenpanzer aus dem Zweiten Weltkrieg. Die Besatzung hatte mehrmals Landgang gehabt und sich bei uns unter die Leute gemischt. Die Männer trugen alle die gleichen blauen Wollpullover und schwarzen Stiefel, waren über einen Meter achtzig groß und sehr freundlich. Wir hatten unsere Freude an ihnen. Sie sprachen in förmlichem, gemessenem Englisch mit uns, sehr höflich, und dann wandten sie sich ab und unterhielten sich in ihrer eigenen Sprache. Sie liefen untergehakt herum, was in Nigeria offenbar üblich und somit akzeptabel war. Die Nigerianer waren fleißig, in ihren Arbeitspausen auf See bauten sie Modellschiffe, Galeonen mit Takelage und Stoffsegeln, die sie dann an Land brachten und zum Verkauf anboten, sie gingen damit in der Stadt herum. Die Modelle waren groß: Wenn die Männer den Rumpf in den Armen hielten, ragte ihnen der Ausguck über den Kopf. Viele von uns kauften so ein Schiff, und man konnte die Modelle noch Jahre später auf Anrichten in Killybegs stehen sehen.

An diesem Nachmittag war der Frachter schließlich vollständig beladen in See gestochen, doch er war nicht weiter als acht oder neun Schiffslängen gekommen, dann wurden die Maschinen gestoppt und der Anker ausgeworfen. Man nahm Funkkontakt mit dem Hafenmeister auf, der daraufhin einen Anruf tätigte, und eine Viertelstunde später erschien Ambrose am Kai, die Mütze schief auf dem Kopf, er ging mit eiligem Schritt, was nicht zu ihm passte. Er entdeckte Declan am Auktionshaus. Declan war befangen wegen seines neuen Haarschnitts, aber den bemerkte Ambrose gar nicht. «Wie ist Brendan auf diesem Schiff gelandet?», fragte Ambrose.

«Keine Ahnung, woher soll ich das wissen?», erwiderte Declan.

«Du fährst mit mir raus», sagte Ambrose.

Sie gingen die Landungsbrücke entlang, und Ambrose reckte den Hals, um zu den Klinkerbooten hinunterzuschauen. Con war wohl gerade erst fischen gewesen, Kescher und Stiel lagen im Bug, und der Außenbordmotor war abgelassen. «Den leihen wir uns mal aus», sagte Ambrose.

Der Außenbordmotor war in schlechtem Zustand, es erforderte dreizehn Züge und sieben Flüche, ihn anzuwerfen. Ambrose setzte sich an die Ruderpinne, und sie knatterten auf den massigen Frachter zu. Das Meer war ruhig, kein Wind regte sich. Eine Handvoll Jungs verfolgten ihre Fahrt von der Landungsbrücke aus, die Augen mit einer Hand abgeschirmt, nicht zum Schutz vor der Sonne, es war ein trüber Tag, sondern um den Blick besser fokussieren zu können. Die nicht arbeitenden Männer verließen die Mauer am Hafenparkplatz und liefen zum Ende der Landungsbrücke, um ebenfalls zuzusehen, was einen Eindruck davon vermittelt, wie faszinierend die Szene war. Für Declan war das furchtbar peinlich. «Ihr hättet ihn niemals aufnehmen sollen», sagte er.

«Bist du da wirklich immer noch nicht drüber weg?», fragte Ambrose, eher traurig als verärgert.

Als sie den Frachter erreicht hatten, ragte dessen Rumpf so gewaltig vor ihnen auf, dass er sie fast zu umschließen schien. Die Schweißnähte und Schrauben hatten unter Farbschicht um Farbschicht, Jahrzehnt um Jahrzehnt, ihre klare Kontur verloren. Durch die abgemilderten Details und den einheitlichen sandfarbenen Anstrich schien das Schiff nicht aus Stahl gebaut, sondern aus hellem Ton geformt zu sein, nur die dunklen Bullaugen wirkten diesem Eindruck entgegen.

Ambrose schaltete den Außenborder aus und ließ das Boot leicht an den Stahl stoßen. Declan griff nach einer Leiter am Rumpf des Frachters und hielt das Boot längsseits, während Ambrose es festmachte. Die Leiter bestand aus rechteckig vorstehenden Sprossen, die mit dem Stahl verschweißt waren, allerdings war jede zweite Sprosse schmaler, wie um den Aufstieg zum Deck zu einer größeren Herausforderung zu machen. Der Rumpf war so hoch wie ein dreistöckiges Haus, und Declan, der vorauskletterte, hatte die ganze Zeit schreckliche Angst, sagte aber nichts. Ambrose keuchte, als er sich schließlich über die Reling fallen ließ. «Nicht mehr so fit wie früher», sagte er mit verlegenem Lachen zu seinem Sohn.

Ambrose hielt inne, um sich auf Deck umzusehen. Irgendwie unterschied sich dieses Schiff von allen anderen, auf denen er bisher gewesen war, es strahlte ein Gefühl von Wärme aus, als wäre der Stahl dauerhaft vom Licht der Äquatorsonne erfüllt. Declan schaute in die andere Richtung, ihn interessierte die Stadt mehr, die von hier aus vollständig zu sehen war: die Kirche, die Gewerbeschule, die Straße, die zu ihrem Haus hinaufführte – fast alles, was Declan jemals getan oder erfahren hatte, war innerhalb dieser Szenerie geschehen.

Im Gang des Decksaufbaus hingen so viele Jacken, dass Declan und Ambrose sich seitlich daran vorbeischieben mussten. Die Messe war groß und hatte eine niedrige Decke, zur Küche hin war ein stählerner Rollladen geöffnet. Früher hatte es hier offenbar Sitznischen gegeben, die Umrisse der Beschläge waren an der Wandverkleidung noch sichtbar. Jetzt nutzte die Besatzung hölzerne Stühle und Hocker und frei stehende Tische. Letztere waren zu einem einzigen langen Tisch zusammengeschoben, um den etwa fünfzehn Männer herumsaßen. Sie blickten alle auf, als Ambrose und Declan eintraten, die vorderen schauten über ihre Schultern. Ambrose nahm seine Mütze ab und hielt sie in beiden Händen. Vor jedem Besatzungsmitglied stand eine Schüssel mit gelbem Reis und etwas, das aussah wie orangene faserige Kartoffeln. Einige hatten außerdem eine Glasflasche mit Fanta vor sich, in der ein weißer Strohhalm steckte. Nur wenige der Sitzgelegenheiten hatten Rückenlehnen, und auf einer davon saß Brendan, und zwar am Ende des Tischs, wie ein Ehrengast. Man hatte auch ihm eine Flasche Fanta hingestellt, und er hielt als Einziger ein Sandwich in der Hand. Wir waren konservative Esser, wahrscheinlich hatte Brendan den Reis mit Yams abgelehnt. Er biss von seinem Sandwich ab und kaute, schaute mit gleichgültigem Gesichtsausdruck über den langen Tisch, als hätten die Neuankömmlinge nichts mit ihm zu tun. Einer der Männer stand auf und sprach die Besucher an, er konnte nicht aufrecht stehen, weil die Decke zu niedrig war. «Willkommen», sagte er, es war wohl der Kapitän.

«Das ist mein Sohn, der da sitzt», sagte Ambrose.

«Unser blinder Passagier! Freut mich zu hören, dass jemand für ihn verantwortlich ist!», sagte der Kapitän lächelnd, es war nicht zu erkennen, ob in seinen Worten Kritik mitschwang. «Bitte setzen Sie sich doch.» Mit offener Hand machte er eine ausholende Geste Richtung Tisch. Es gab ein kurzes Hin und Her, dann hatten die Männer zwei nebeneinanderstehende Hocker frei gemacht. Ambrose wollte eigentlich nicht bleiben, aber eine Einladung in die Tischrunde konnte er kaum ablehnen, also setzte er sich und Declan ebenso. Vielleicht war ein Kasten Fanta hier etwas für besondere Anlässe, Überraschungsgäste zum Beispiel, denn auch ihnen wurden nun zwei Flaschen hingestellt, bereits geöffnet und mit einem Strohhalm darin. Kein Mann aus Donegal, der etwas auf sich hielt, hätte mit einem Strohhalm getrunken, deshalb bog Ambrose ihn zur Seite und nahm einen kräftigen

Schluck aus der Flasche. Declan tat es ihm gleich. Die Männer von der Besatzung tranken zufrieden durch ihre Strohhalme. Sie sahen die Einheimischen mit höflicher Erwartung an, und schließlich brachte Ambrose hervor: «Und, hat es Ihnen hier gefallen?»

Der Kapitän nickte bedächtig und sagte dann: «Wir schätzen Ihre Kultur.»

«Es tut mir leid, dass mein Sohn Ihnen solche Umstände gemacht hat», sagte Ambrose. Er wollte Brendan einen bösen Blick zuwerfen, aber es war nicht der richtige Moment, er würde ihm später die Hölle heißmachen.

Der Kapitän machte eine großmütige Geste.

«Er war kein guter blinder Passagier», sagte einer von der Besatzung lächelnd. «Wir haben ihn kurz nach der Abfahrt entdeckt.»

Declan beobachtete Brendan kalt. Brendan liebte es zu verschwinden, die Hälfte der Zeit wusste niemand, wo er war, wenn er es wirklich gewollt hätte, dann hätte er auf einem Schiff dieser Größe ohne Weiteres einen versteckten Winkel finden können. Declan kam zu dem Schluss, dass Brendan hatte gefunden werden wollen, um die Aufmerksamkeit der Stadt wieder auf sich zu lenken.

«Ich habe ihn als Erster gesehen», sagte ein anderer Mann und riss die Arme hoch. «Was bin ich erschrocken!» Er fing an zu lachen und schlug seinem Nachbarn auf die Schulter, um auch ihm ein paar herzhafte Lacher zu entlocken. Die Nigerianer wollten endlich nach Hause, aber sie zeigten Nachsicht. Ihr Schiff war noch nicht weit gekommen, wären sie schon die Küste hinunter gewesen, wäre die Stimmung jetzt anders. Aller Augen waren auf Brendan gerichtet, während er fertig aß, immer noch ohne erkennbare Scham, ja, ohne ein Anzeichen, dass er auch nur zuhörte. Er wischte sich den Mund mit dem Ärmel ab.

«Er hat uns erzählt, dass er aus dem Meer kommt», sagte einer der Männer.

«So, hat er das», sagte Ambrose mit einem kurzen Blick zu Brendan.

Declan lachte und tippte sich an den Kopf, um einen Dachschaden anzudeuten, aber die Nigerianer schienen seine Geste nicht zu verstehen.

Ambrose erhob sich und forderte Brendan auf, sich ebenfalls in Bewegung zu setzen. Brendan musste vorausgehen, und so verließen die Bonnars die Messe, vom Kapitän auf Deck begleitet. Die Jungen begannen hinunterzuklettern, und Ambrose schüttelte dem Kapitän die Hand und begab sich dann ebenfalls auf die Leiter. Der Kapitän sah ihnen von der Reling aus nach, er war einfach höflich und wollte sich vergewissern, dass sie wohlbehalten unten ankamen, aber Ambrose wünschte, er würde hineingehen. Sogar als sie alle im Klinkerboot saßen, schaute der Kapitän noch zu ihnen hinunter. Ambrose musste den Seilzugstarter sieben, acht weitere Male ziehen. Als er den Motor schließlich in Gang gebracht hatte, setzte er sich wieder an die Pinne und hielt auf die Landungsbrücke zu. Declan saß auf der Bank vor seinem Vater, während Brendan, das Kinn auf die Arme gestützt, im Bug inmitten von Cons Angelausrüstung saß und in das sich teilende Wasser blickte. Ambrose sagte nichts, bis sie ein gutes Stück vom Frachter weg waren, dann brüllte er: «Was zum Teufel sollte das denn?» Seine Stimme trug eine Meile über die Bucht – wenn nicht die Worte, dann doch der Ton: wutentbrannt.

Brendan dreht sich um und rief zurück: «Es interessiert doch eh keinen, was ich mache!» Ein Glanz erschien in seinen Augen, und er drehte sich wieder nach vorn, konzentrierte sich aufs Wasser und hörte auf zu sprechen.

«Stell dir vor, du wärst in Afrika gelandet!», schrie Ambrose. «Was würde deine Mammy dazu sagen?»

Vom Brendan kam keine Reaktion, und Ambrose schäumte innerlich, es war schwierig, den Jungen anzuschreien, er hatte so eine Art, sich zu entziehen, dass man sich einfach nur dumm vorkam.

Kurz darauf tat Brendan etwas Unerwartetes. Er streckte einen Arm aus, richtete sich etwas auf und ließ sich dann mit dem Kopf voran lautlos über das Dollbord fallen, er ging über Bord wie ein Sack Kartoffeln.

Ambrose ließ erschrocken die Pinne los, stieß Declan zur Seite, sprang vor und streckte beide Arme ins Wasser, um nach seinem Sohn zu greifen. Mit Brendan war der Kescher über Bord gegangen, ein Netz an einem runden Rahmen, das an einen Basketballkorb erinnerte. Vielleicht dachte Ambrose, Brendan habe sich darin verheddert, aber nein, er hatte bewusst danach gegriffen, bevor er sich ins Wasser stürzte. Ambrose erwischte mit einer Hand Brendans Knöchel, mit der anderen seinen Hosenbund, und riss ihn mit ungeahnter Schnelligkeit und Kraft aus den Wellen und schwang ihn ins Boot. Kaum war das geschehen, ließ Brendan den Kescher los, und plötzlich war das Boot von heftiger Bewegung erfüllt, eine zappelnde, muskulöse Masse, wie ein kräftiger Oberarm. Es war ein Wittling, und zwar ein selten großer, über 75 Zentimeter lang. Es war erstaunlich, dass Brendan dem Fisch auch nur nahe gekommen war, geschweige denn ihn gefangen hatte. Unter wildem Flossenschlagen sprang und krümmte sich der Fisch auf dem Boden. Brendan wich zurück und machte Platz für Ambrose. «Geh ans Ruder», befahl dieser Declan, und dann packte er das Tier und klemmte es sich zwischen die Knie. Hinter dem Kimmweger steckten mehrere Messer, und Ambrose griff sich das kürzeste, stieß es dem Wittling hinter der Brustflosse in den Körper und zog es einmal um den Kopf herum. Das Herz pumpte noch, kaltes Blut spritzte Brendan ins Gesicht und rann Ambrose über die Hände. Er ließ das Messer fallen, und dann knackte es, als er den Kopf abriss. Der Fisch schien den Tod nicht zu akzeptieren, ein Zucken durchlief ihn von der Schwanzflosse bis ganz nach vorn, wo der Kopf gewesen war, dann erst gab er auf.

Brendan sah vom Bug aus zu und fuhr sich dabei mit den Händen über die Hosenbeine, um das Wasser herauszudrücken, die Haare klebten ihm am Kopf, und sein Gesicht war mit Fischblut besprenkelt.

«So was habe ich noch nie erlebt», sagte Ambrose, während er den Fischkopf über Bord warf, «springst du da einfach rein und schnappst ihn dir!» Er hatte Mühe, seine Begeisterung über Brendans Fang zu unterdrücken, schließlich sollte er ja eigentlich böse auf ihn sein.

Declans Hände lagen schlaff auf der Pinne, auch er war verblüfft über Brendans Aktion. Sein Vater saß mit dem Rücken zu ihm auf dem Boden, sodass Declan keinen freien Blick auf den Wittling hatte, aber dass es ein riesiger Fisch war, konnte er sehen. Er schaute an seinem Vater vorbei zu Brendan, und es durchlief ihn eisig: Brendan sah ihn an. Ihre Blicke verhakten sich. Über mehrere lange Sekunden breitete sich ein Lächeln auf Brendans Gesicht aus, breiter, als Declan es je bei ihm gesehen hatte. Es war kein freundliches Lächeln.

Ambrose hob das Messer auf, stieß es in den After des Fischs und zog es durch den Bauch nach vorn. Aus der geöffneten Bauchhöhle räumte er mit bloßen Händen Leber, Magen und die restlichen Eingeweide aus und warf sie ins Meer. Die Schwimmblase, die an halb erstarrte Götterspeise erinnerte, kam von selbst heraus, Ambrose ließ sie von der einen Hand in die andere gleiten und warf sie ebenfalls über Bord. Dicht über ihnen segelten Möwen, selbst Seevögel waren erbärmliche Jäger im Vergleich zu Brendan Bonnar. «Damit haben wir unser Abendessen für heute und für morgen gleich auch noch», sagte Ambrose und beugte sich zur Seite, um sich die Hände in den Wellen abzuspülen. Unter anhaltendem Nicken sagte er: «Du hast ihn geschnappt, einfach so geschnappt, wie ein geborener Fischer.»

«So ist es», sagte Brendan. «Ich hab den Fisch erwischt, und du hast mich erwischt. Teamwork.»

«Stimmt!», sagte Ambrose und lachte so laut, dass man es auf der Landungsbrücke hören konnte. Seine Freude hatte die Oberhand gewonnen, der Ärger war vergessen, Ambrose strahlte wie der Leuchtturm auf St John's Point. Er hielt den Fisch mit beiden Händen vor sich, um ihn zu begutachten, sein mächtiges Gewicht zu spüren. «Aber du, mein Sohn», sagte er, «du bist anscheinend wirklich, was die Leute immer behauptet haben: der Junge aus dem Meer.»

Declan hatte seinen Vater diese Bezeichnung schon früher verwenden hören, aber immer nur im Spaß. Diesmal war es anders, jetzt klang echter Stolz aus seinen Worten. Declan sah zu, wie Ambrose den Fisch hoch über seinen Kopf hob, damit alle auf der Landungsbrücke ihn bewundern konnten.

An diesem Abend ging Ambrose auf ein Bier ins Ship Inn, zum ersten Mal seit Monaten. Er verlor kaum ein Wort über den Besuch bei den Nigerianern, wollte unbedingt die Geschichte loswerden, wie Brendan den Wittling gefangen hatte. «Nicht schlecht», sagten wir und deuteten mit kurzem Kopfnicken Bewunderung an. Es war schön, Ambrose in guter Stimmung zu erleben, und wir hörten uns die Geschichte gern an, auch wenn er sie sehr aufgedreht zum Besten gab und wir nicht jede Einzelheit wissen mussten. Unsere Stadt war voller Meeresgeschichten, das Bonnar-Abenteuer wurde zur Sammlung hinzugefügt, und wir wandten uns anderem zu. Ambrose würde bald darüber hinwegkommen und sich ebenfalls anderem zuwenden.

Nur einer kam nicht darüber hinweg. Er ließ die Szene mit Ambrose und Brendan immer wieder Revue passieren: den Fang, das Blut, das bösartige Lächeln. Der Vorfall trieb Declan um, bis ein Entschluss in ihm gereift war, und eines Abends ging er zu seinen Eltern in die Küche. Das Herdfeuer brannte, mit Holzresten gespeist. Der Geruch der blasenwerfenden Farbe war nicht ideal, aber es war schön warm. Draußen regnete es, und es war so trübe, dass man das Meer nicht sehen konnte. Ambrose saß am Tisch, Christine hatte ihm gerade einen Becher Tee hingestellt, und Declan bat ebenfalls um einen.

«Bist du zum Teetrinker geworden?», fragte Christine, schenkte ihm aber einen Becher ein.

«Ich habe mir gedacht, ich könnte jetzt doch auf Fangfahrt gehen», sagte Declan zu seinem Vater. «Ich bin sechzehn. Ich bin so weit.»

Ambroses erste Reaktion war Neugier. «Ich dachte, du hast was gegen die Fischerei? Ein einziges Elend, hast du gesagt.»

«Ich habe es mir anders überlegt», sagte Declan.

«Nutzlose Lebensvergeudung hast du sie genannt.»

«Ich habe mich geirrt», sagte Declan.

Ambrose grinste. «Nur ein Idiot würde damit anfangen, hast du gesagt, ziemlich aufgebracht –»

«Ich möchte Fischer werden», sagte Declan fest.

Ambrose schaute zu Christine hinüber, die sich in ihren Sessel am Herd gesetzt hatte. Sie erwiderte ruhig seinen Blick, wollte sich aber noch nicht einmischen. «Na gut», sagte Ambrose, bereit, sich mit der Idee zumindest zu befassen. «Ich könnte mal herumfragen», sagte er. «Vielleicht kann ich dich auf der *Girl Jacqueline* oder auf der *Far Horizon* unterbringen. Da verdienst du gutes, sicheres Geld.»

«Nein», sagte Declan erschrocken. Ein bekümmerter Ausdruck machte sich auf seinem Gesicht breit, seine Züge wurden weicher und seine Augen groß. «Ich habe gemeint, dass ich mit *dir* fischen will.»

Ambrose schaute völlig entgeistert drein, als wäre bei ihm gerade eine tödliche Krankheit diagnostiziert worden. Mit so einer Reaktion hatte Declan nicht gerechnet, er drehte sich zu seiner Mammy um, aber die war genauso überrascht wie Ambrose. «Es ist nicht so, dass dein Vater dich nicht auf der *Dawn* haben will», sagte sie, während sie sich in ihrem Sessel aufrichtete. «Er ist sich bloß nicht sicher, ob sich das finanziell wirklich lohnt.»

«Aber ich will mit ihm zusammenarbeiten, mit niemandem sonst.» Declan klang verzweifelt.

Alle schwiegen eine Weile vor sich hin. Declan rührte seinen Tee nicht an. Regen prasselte ans Fenster, hüpfte vom Fensterbrett hoch. Ab und zu fuhr ein Windstoß in den Kamin, und aus dem Herd drang eine Rauchwolke in die Küche. Schließlich sagte Christine: «Nimm ihn mit Ambrose, lass ihn fischen.»

«Und die Schule?», fragte Ambrose überrascht. «Du hast doch immer gesagt, er soll seinen Abschluss machen.»

«Die Schule war nie sein Ding», sagte sie. «Seine Zukunft ist auf See, warum also noch länger warten? Und wir können das Geld gebrauchen. Nimm Declan aufs Boot, dann landet etwas mehr von dem Verdienst bei uns.»

«Er wäre ja zusätzlich dabei, nicht an Stelle von jemand anderem», sagte Ambrose, «und die Männer werden nicht akzeptieren, dass ein junger Kerl, den sie anlernen und beaufsichtigen müssen, einen vollen Anteil bekommt. Es wird nicht viel sein.»

«Wir brauchen jeden Penny», sagte Christine.

Ambrose schaute in seinen Tee hinunter, er begriff, was geschehen war: Die Geldsorgen hatten seine Frau schließlich und endlich untergekriegt. In Ambroses Jugend hatte Geldmangel noch ausgesehen wie in den Geschichtsbüchern: Arme Leute hatten damals keine Elektrizität, kein Bankkonto, keine Zähne, aber sie hatten auch keine Schulden, sie lebten jenseits des Geldes, in geerbten Häusern, unterstützt von Verwandten und der Gemeinschaft. Aber solche armen Leute gab es nicht mehr, alle hatten jetzt Geld, nur eben nicht genug. Geldmangel war zu etwas Bösartigem geworden, und zugleich war er schwieriger zu erkennen. Er machte sich im Kopf breit und ließ einem keine Ruhe, erinnerte einen ständig daran, wie leicht das eigene Zuhause dahin sein konnte. Und es war fast unmöglich, darüber zu sprechen. Vielen Familien erging es so, aber man fühlte sich trotzdem allein damit, sehr allein.

«Also gut, dann machen wir das», sagte Ambrose.

Alle tranken ihren Tee.

11.

Es gab keinen Grund, warum Declan am nächsten Tag hätte zur Schule gehen sollen, aber er dachte, es würde ihm Spaß machen, sich zu verabschieden. Schon nach zehn Minuten war klar, dass das ein Fehler gewesen war, von außen sah er an seinem Tisch genauso aus wie immer, innerlich jedoch wand er sich. Er war jetzt jemand, der Geld verdiente, mehr oder weniger ein Mann, und es fühlte sich verkehrt an, dort zu sitzen, unter all den Mädchen und Jungen in Schuluniform. Als er erzählte, dass er mit der Schule aufhören würde, gaben sich die Jungen beeindruckt, aber die Reaktion der Mädchen irritierte ihn, sie schauten drein, als täte er ihnen leid. Rose O'Driscoll war unverhohlen traurig. Sie hatten vor Kurzem im Limelight herumgeknutscht, und er hatte es eigentlich nicht bei dem einen Mal belassen wollen, aber jetzt sah er seine Chancen schwinden. Er sagte ihr, dass er gutes Geld verdienen werde, aber sie wandte sich ab. In der Mittagspause verließ Declan die Schule ein für allemal.

Zu Hause fand er seine Mammy in der Küche. «Das war's dann also?», fragte sie.

«Kann man wohl so sagen.» Declan setzte sich schwerfällig, ließ die Arme auf den Tisch sinken, als wären sie tonnenschwer. Am nächsten Tag würde er zum ersten Mal mit der *Dawn* ausfahren.

Christine sah ihn aufmerksam an. «Du kriegst das hin», sagte sie.

Ihr Mann interpretierte nicht ganz richtig, warum sie Declan in seiner Absicht, Fischer zu werden, unterstützte, es lag mehr Stärkendes darin, als er ahnte. Christine war kein bloßes Opfer der wirtschaftlichen Verhältnisse, auch wenn sie gelernt hatte, streng zu haushalten – sowohl bei den täglichen Ausgaben als auch bei ihren Vorstellungen, was möglich war. Die Linguaphone-Kassetten hatte sie längst zurückgegeben. Christine glaubte zu wissen, was Declan brauchte, und je früher er es bekam, desto besser: Er brauchte eine Aufgabe im Leben, ein Ziel. Sie spürte etwas Zerbrechliches in ihm. Das Gebaren seines Bruders, ja dessen schiere Existenz hatte sein Selbstbewusstsein untergraben, dass sie seit vielen Jahren jeden Penny dreimal umdrehen mussten, hatte ihn ängstlich gemacht, und aus seiner Arbeit für die Schule bezog er keinen Stolz. Da sollte er lieber etwas Handfestes lernen und Geld verdienen, das würde ihn stabilisieren. Christine schätzte, dass sie noch gute fünfundzwanzig Jahre mütterliche Autorität in sich hatte, und die würde sie nutzen, um Declan zu Quellen der Selbstachtung zu lenken. Und wenn sich keine anboten, würde sie zumindest dafür sorgen, dass er beschäftigt war. Als Fischer würde Declan vermutlich in Donegal bleiben und wohl auch weiterhin bei ihnen wohnen, bis er irgendwann heiratete, und das war in Ordnung, so konnte sie bis dahin ein Auge auf ihn haben, und falls seine künftige Frau eine von der sanftmütigen Sorte sein sollte, vielleicht auch danach noch.

Und sie würde keine Albernheiten dulden. Ein paar Stunden später entdeckte sie Declan mit dem Feuerzeug hinter dem Haus, wo er gerade versuchte, feierlich sein Schul-T-Shirt in Brand zu stecken. Sie marschierte zu ihm, riss ihm das T-Shirt aus der Hand und sagte, das werde in ein, zwei Jahren Brendan passen. Phyllis stand in der Hintertür und lachte herzlich über Declans verhinderte Schulzeit-Beendigungs-Zeremonie. Die Schwestern scheuchten Declan in sein Zimmer, und dort musste er auf dem Bett sitzen, während sie um ihn herum einen Riesenwirbel veranstalteten.

«Gib ihm heute Abend ein Steak zu essen», sagte Phyllis.

«Mach ich», sagte Christine. Sie leerte seine Schultasche aus, die konnte er für seine Kleidung nehmen.

«Pack ihm vor allem genug Socken und Unterhosen ein», sagte Phyllis. Während Christine herumhantierte, wandte Phyllis sich Declan zu. «Diese Kerle aus der Stadt», sie meinte die Besatzung der *Dawn*, «werden dir eine Haufen Unsinn erzählen. Kümmer dich nicht um sie. Wenn sie dich ärgern, sag ihnen, dass sie dich am Arsch lecken sollen.»

«Mach ich», sagte Declan.

«Untersteh dich», sagte sie.

Phyllis stellte oft solche Fallen, sie formulierte Sätze, die einen zu einer bestimmten Antwort verleiteten, und dann putzte sie einen herunter.

Ambrose kam herein. «Was hältst du davon», sagte er zu Declan, «wenn wir in die Stadt gehen und ich dir dein erstes Bier spendiere?»

Phyllis schnalzte mit der Zunge, was bedeutete: *Jetzt hört euch diesen Einfaltspinsel an.*

«Declan hat schon vor ewigen Zeiten sein erstes Bier getrunken», sagte Christine.

Ambrose schaute verständnislos von einer zur anderen.

«Im Ship Inn würden sie selbst jemandem, der auf einen Dreirädchen hereingefahren kommt, ein Bier vorsetzen», sagte Phyllis.

Christine nickte zustimmend, und Ambrose trat den Rückzug an.

«Man hat dich auch schon rauchen sehen», sagte Phyllis zu Declan.

Dieses Thema wollte Christine nicht vertiefen, sie beschäftigte sich weiter damit, seine Kleider zusammenzulegen und aufeinanderzustapeln, ohne sich umzudrehen. «Eine üble Angewohnheit», sagte sie nur.

«Und kein Trübsal blasen, wenn du da draußen bist», sagte Phyllis, «schon gar nicht auf Deck.»

«Versprochen», sagte Declan mit einem übertriebenen, rebellischen Seufzer.

Christine und Phyllis sahen einander an und lachten über Declans Versuch, sich gegen sie zu behaupten. «Er wird ein großer Junge!», sagten sie.

Declan begriff, dass sie ihn immer als Jungen betrachten würden, für sie würde hinter dem Gesicht des Erwachsenen stets sein Kindergesicht hervorscheinen, es würde dasjenige sein, das sie als Erstes sahen und mit dem sie sprachen. Declan flüchtete sich in die Küche. Brendan hatte sich einen Stuhl vors Radio gerückt und hörte aus Langwelle den Seewetterbericht, der gerade zu Ende ging. Er sah Declan an, wieder mit diesem Lächeln. «Windstärke fünf, Böen sechs», sagte er. «Mäßige Sicht oder schwach diesig.»

«Verpiss dich!», sagte Declan, aber dann war doch er es, der ging.

Da er nicht wusste, wo er sonst hinsollte, ging er hinaus und stand im Nieselregen herum. Er blickte Richtung Westen, doch die Bucht war dunstig grau und der Horizont nicht zu sehen. Vom Schornstein wehte Rauch herunter, und der anheimelnde Geruch machte ihn schwach. Nach einer Weile kam auch Phyllis heraus, um nach Hause zu gehen. Sie schien zu erkennen, dass es an der Zeit für etwas mehr Feingefühl war, denn sie trat zu ihm und nahm etwas aus der Tasche. Phyllis hängte Declan die Heiligenmedaille an einem Lederband um den Hals. «Die hat dein Großvater immer getragen, sie wird dich beschützen», sagte sie.

Die Medaille glitt unter Declans Unterhemd, und Phyllis klopfte ihm auf die Brust. Die Heiligenmedaille war mit Familie und Beständigkeit aufgeladen: Declan spürte diese Kräfte auf seiner Haut.

Phyllis trat von ihm weg und deutete zum Atlantik. «Vernarr dich nicht in die Wellen oder die Wolken oder so was», sagte sie. «Du willst keine Gedichte schreiben. Manche Männer werden gefühlsduselig da draußen.»

«Ich nicht», sagte Declan.

«Hm, ich weiß nicht.» Phyllis musterte ihn eingehend, eine Augenbraue hochgezogen. «Weißt du noch, wie du dir damals in *Superman III* in die Hose gemacht hast?»

Auf der ersten Fangfahrt war Declan zu seekrank, um zu irgendetwas nütze zu sein. Er konnte sich nur an Kisten lehnen oder über die Reling beugen, schwitzte wie ein Hund. Farben pulsierten auf seiner Netzhaut: das Rosa von Kiemen, das Gelb in Tims Schnauzbart, das Orange der Auftriebskörper. Auch Geräusche empfand er als körperlichen Angriff: Holzkisten, die gegeneinanderschlugen, das Pfeifen seines Vaters, das Aneinanderreiben seiner eigenen Gummistiefel. Der Schwindel, der mit der Seekrankheit einherging, war eine echte Gefahr, man konnte den Weg eines ausschwenkenden Kranauslegers falsch einschätzen, sich bei der Entfernung zur nächsten Leitersprosse täuschen. Declan musste mit alldem mehr oder weniger allein fertigwerden, nicht einmal Ambrose kümmerte sich groß um ihn, so wie sich auch keiner um ihn gekümmert hatte, als er zum ersten Mal auf einem Fischkutter mitgefahren war. Fischer zu werden bedeutete, sich einer neuen Umgebung von Grund auf anzupassen, und das machte man letztlich allein. Doch selbst während er sich über die Reling erbrach, verspürte Declan eine grimmige Freude darüber, dass er mit seinem Vater fischte – Brendan mochte der Junge aus dem Meer sein, aber Declan war derjenige, der hierhergehören würde.

Obwohl Declan nichts als Weißbrot aß, war sein Magen in permanentem Aufruhr, wollte sein Inneres nach außen kehren. Während Declans gesamter erster und zweiter Fangfahrt begleitete ihn ein säuerlicher Geschmack im Mund. Es war Tradition, dass der Jüngste an Bord kochte, aber niemand wollte, dass Declan mit dem Essen hantierte, deshalb machte das weiterhin Stevie Shine.

Stevie war letztlich doch nicht nach England gegangen, er hatte geheiratet, sich niedergelassen und war jetzt Vater einer Tochter. Tim hatte auf ein paar anderen Booten gearbeitet, aber es hatte jedes Mal Ärger gegeben, und so war er wieder auf der *Christine Dawn* gelandet. Wir wussten, dass Ambrose nie wieder die besten Männer der Stadt bekommen würde, und er wusste es auch. Vor Kurzem hatte er Big Jimmy angeheuert, der zwar der älteste Decksmann in Killybegs war, aber durchaus kein schlechter. Die *Dawn* war ein kleines Boot, zwanzig Jahre alt und brachte keine großen Erträge. Auf ihren Fangfahrten blieben sie jetzt meist innerhalb der Donegal Bay, fuhren nie über Inishmurray hinaus, und Ambrose spielte den einzigen Trumpf aus, den die *Dawn* besaß: ihren geringen Tiefgang. Sie war einer der wenigen Fischkutter, die vor den sandigen Küsten der Bay schleppen konnte. Tim nannte das Ruhestandsfischen.

«Nichts dagegen», sagte Big Jimmy. «Ich bewege mich eh auf den Ruhestand zu.»

Nach den ersten vier Fangfahrten übergab sich Declan nicht mehr alle halbe Stunde, hatte sich an die Erschöpfung gewöhnt und entwickelte Initiative. Sie hatten keine schlechte Saison, und Declan verbrachte Stunden unter Deck, wo er den Fisch mit Eis abdeckte und die Kisten sortierte, trotz Handschuhen mit vor Kälte schmerzenden Fingern. Er war bald flink mit der Nadel und hatte immer ein kurzes Messer im Umschlagbund seiner Mütze stecken. «Zünftig siehst du aus», sagte Ambrose.

Eines ruhigen Morgens, kurz vor dem ersten Hol der Fahrt, standen die Männer der *Dawn* am Heck und aßen

Sodabrot mit Schmelzkäsescheiben. Die Luft war so klar, dass sie die Kühe auf den Hügeln hätten zählen können. In der Ferne lag ein silberner Schimmer auf dem Meer, und in der Nähe konnten sie fast zwei Faden tief ins Wasser hinunterschauen, konnten die Bläschenspuren sehen, die tauchende Möwen darin hinterließen. Ambrose und seine Besatzung wollten auf Seezunge fischen.

«Stöcker ist jetzt angesagt», maulte Tim. «Da sind die Preise viel besser.»

Declan konnte nichts Verkehrtes an diesem Thema sehen, aber sein Vater studierte eingehend den Horizont, seit Tim den Mund aufgemacht hatte. Big Jimmy und Stevie legten beide den Kopf schief, sagten aber nichts.

Tim ließ nicht locker. «Weiter draußen wimmelt es nur so von Stöcker», sagte er.

Ambrose zog die Folie von einer Easi-Singles-Käsescheibe ab, klappte diese zusammen und schob sie sich in den Mund.

«Ein Kerl wie du muss raus auf den Atlantik», sagte Tim, jetzt an Declan gewandt. «Solange man nicht auf dem Atlantik war, ist man kein echter Fischer. Das willst du doch auch, oder?»

Declan sprach langsam, tastend. «Es gibt einen Fischgrund, wo ich liebend gern mal hinfahren würde.»

Ambrose wandte sich um und sah seinen Sohn an. «Liebend gern» war ungewöhnlich emotional, alle hörten jetzt interessiert zu.

«Rockall», sagte Declan.

Sein Vater lachte als Erster, das war das Schlimmste. Es war sein übliches Lachen, fröhlich und nicht ausschließend, aber Declan war trotzdem gekränkt. Auch Jimmy grinste, während Stevie kichernd sagte: «Hätten wir doch alle noch einen dicken Pullover eingesteckt, dann könnten wir zum Polarkreis fahren und auf Waljagd gehen.» Tim schüttelte den Kopf und sagte: «Was für eine Vorstellung, mit dieser Klapperkiste in den Gewässern um Rockall unterwegs zu sein!» Normalerweise hätte Ambrose die *Dawn* sofort in Schutz genommen, aber jetzt lächelte er nur, er hatte seinen Spaß an dem Geplänkel. Declan hätte am besten daran getan, in das Gelächter über seine Naivität einzustimmen, aber dazu war er nicht in der Lage. Er merkte, dass er rot wurde, und wandte sich zur Reling ab.

Ambrose hatte vergessen, dass er derjenige war, der Declan die Vision von Rockall in den Kopf gesetzt, die Felsinsel mit einer mythischen Aura umgeben hatte, und daher begriff er natürlich auch nicht, dass der Wunsch seines Sohns mit der Fischerei gar nicht viel zu tun hatte. Rockall war für Declan etwas, das er und sein Vater – nur sie beide, ohne Brendan – teilen könnten. Aber das begriff nicht einmal Declan selbst, oft liegt das, was wir eigentlich wollen, auch für uns selbst im Nebel.

Obwohl er also auf der falschen Spur war, begann Ambrose zu überlegen, ob sie nicht wirklich wieder etwas weiter rausfahren sollten, natürlich nicht nach Rockall, das wäre Irrsinn gewesen, aber in die Gewässer außerhalb der Bay. Vielleicht hatte Tim ja recht: Für Declan würde es gut sein, das offene Meer zu erleben. In den folgenden Wochen redete er mit anderen Fischern und erfuhr von guten Fanggründen nicht mehr als fünfzig oder sechzig

Meilen von der Küste entfernt. «Also dann, wir versuchen es», verkündete Ambrose seiner Besatzung eines Tages. «Wir fahren aufs offene Meer.»

Die ersten Fangfahrten waren erfolgreich, die Netze prall gefüllt. Ambrose spürte wieder etwas von seinem alten Optimismus und merkte erst jetzt, wie sehr ihm der gefehlt hatte. Die Bonnars kauften sich einen neuen Gebrauchtwagen, und Big Jimmy leistete sich, was er sich schon seit Jahren gewünscht hatte, nämlich einen Farbfernseher. Dann wurde es in den Fischgründen eng. Mal Doran stieß mit einem Spanier zusammen, was große Dellen in beiden Rümpfen hinterließ und zu heftigem Zoff über Funk führte. Mit achtzig bereits vollen Kisten im Laderaum beschloss Ambrose, weiter hinauszufahren. Er hatte in seinem Logbuch geblättert und festgestellt, dass er vor genau sechs Jahren in nordwestlicher Richtung einen dicken Hol gehabt hatte. Dort würden sie es jetzt noch einmal probieren, würden über Nacht hindampfen und morgens dann das Netz aussetzen. Er räumte das Logbuch weg und drehte das Steuerrad der *Dawn.*

Zwei Abende später, als gerade die Neun-Uhr-Nachrichten begannen, klopfte Joe McGee von der Fishermen's Association bei den Bonnars an die Tür. Der Himmel war schwarz. Es ging ein böiger, immer wieder von Regen durchsetzter Wind. Christine stand in der Tür, während Joe ihr sagte, dass die *Dawn* einen verabredeten Funkkontakt nicht hergestellt hatte, man habe jetzt seit über achtundvierzig Stunden nichts mehr von ihr gehört. «Seit über achtundvierzig Stunden nichts mehr von ihr gehört», wiederholte Christine. Joe sagte, bei Tagesanbruch werde eine Suchaktion mit einem Dutzend Booten gestartet, sowohl irischen als auch britischen, und das Seenotrettungsboot werde erweiterte Suchen von Osten nach Westen durchführen. «Erweiterte Suchen von Osten nach Westen», wiederholte Christine. Joe hielt nach jedem Satz inne, und Christine wiederholte ausdruckslos alles, was er sagte. Als es nichts mehr zu sagen gab, schaute Christine zum Meer und sah die Dunkelheit nicht nur, sondern spürte sie, ein schwarzes Loch, das auf sie zukam und das Land verschlang. Irgendwann würde es vor ihrer Tür stehen, das war immer klar gewesen.

Brendan war irgendwo unterwegs, Christine war also allein. Sie zog ihre Jacke an und ging zum Haus der Lyons, die Arme vor der Brust verschränkt, der Regen peitschte ihr ins Gesicht. Windböen fuhren in die Schonung, dass die Fichten knarrten. Eunan saß in seinem Sessel und schaute die Nachrichten, Phyllis war mit ihrem Kreuzworträtselbuch beschäftigt. Wäre Christine doch nur früher hergekommen, dann hätte sie zu Hause nicht an die Tür gehen können, als Joe klopfte, aber natürlich wusste sie, dass das nichts geändert hätte, er wäre gleich als Nächstes zu den Lyons gegangen. Phyllis sah sie aufmerksam an, wahrscheinlich hatte sie Christines niedergeschlagene Miene bemerkt, ihre wie leblos an ihren Seiten hängenden Arme. Die Vorhänge waren zugezogen und die Heizung voll aufgedreht, und mit den gelben Wänden wirkte das Zimmer wie eine Höhle, zu stickig, aber es war ein guter Ort, um sich einzuigeln, und Christine war versucht, sich unmittelbar wie ein Igel auf dem Teppich zusammenzurollen, aber sie blieb aufrecht stehen und sagte: «Die *Dawn* wird vermisst.»

Phyllis schaltete den Fernseher aus und ging Teewasser aufsetzen. Eunan schaute weiter auf den sich verdunkelnden Bildschirm, doch er beschwerte sich nicht, offenbar hatte er Christines Worte also gehört und verstanden. Sie holte den Fußschemel aus der Ecke, stellte ihn direkt vor ihren Vater und setzte sich darauf. Der Schemel war früher Teil von Eunans Sitzarrangement gewesen, aber inzwischen brauchte er den Kontakt zum Boden und wirkte ohnehin zu zerbrechlich für den Schemel, einmal die Beine heben, so schien es, und sie würden abbrechen. Er verfiel zusehends, vergaß Wörter, sein Unterkiefer zitterte immer leicht. Christine beugte sich vor, hob das Gesicht zu seinem. «Seit Tagen hat niemand mehr von ihnen gehört», sagte sie. «Ich glaube, sie sind verunglückt.»

Eunan hatte jegliches Differenzierungsvermögen, das er womöglich einmal besessen haben mochte, verloren, für ihn war das Leben eine rein mechanische Angelegenheit, eine Folge automatischer Abläufe, und er nahm an, dass das für alle so war. Wir waren so konstruiert, dass wir erträgliche Verhältnisse anstrebten und uns fortpflanzen wollten, und damit hatte sich die Sache auch schon. Schlimme Dinge passierten, aber man sollte kein Trübsal blasen, das verhinderte nur, dass die Maschine funktionierte. Eunan dachte: Dass Fischer ertranken, kam nun mal häufig vor, sie kannten das Risiko, und ihre Frauen kannten es auch, und überhaupt, was hatte Ambrose mit der *Dawn* so weit draußen zu suchen? Immerhin hatte er seine Sinne aber noch ausreichend beieinander, um zu wissen, dass er diese Gedanken nicht aussprechen sollte. Das Beste, was er tun konnte, war zu schweigen, also schwieg er.

Christine blickte auf und sah, dass Phyllis von der Tür aus verfolgte, wie sie versuchte, ihrem Vater eine Reaktion zu entlocken.

«Ich bringe ihn ins Bett, und dann gehen wir zu dir», sagte Phyllis.

Von der Moorstraße aus sahen Christine und Phyllis, dass sämtliche Lampen im Haus der Bonnars brannten, ihr Lichtschein fiel auf den Boden und auf mehrere geparkte Autos. Die Schwestern sahen einander an. Die Haustür stand offen, und drei oder vier Gestalten bewegten sich im Wohnzimmer. Im Flur trafen sie auf Noreen Coyle, die den Besen, den sie in der Hand hielt, fallen ließ, um Christine zu umarmen. «Wir haben ein bisschen aufgeräumt, aber nicht herumspioniert», sagte sie. Drinnen brühte Sheila Gallagher gerade mitgebrachte Teebeutel auf. «Noch ist Hoffnung», sagte sie und drückte Christines Hände. Auch Mary Breslin war da, die von den Busvermietungs-, nicht den Eisenwaren-Breslins, was letztlich aber egal ist, denn deren Mary traf kurz darauf ebenfalls ein. Bella Power kam ins Wohnzimmer. «Irgendwelche Neuigkeiten?», fragte sie, und die anderen verneinten. Christine musste nicht einmal selbst sprechen, auch das nahmen ihr die anderen Frauen ab, sie sank in ihren Sessel und schwieg. Bella schaute zum Fenster. «Ich lasse mal das Rollo herunter», sagte sie. Bella war noch nie in diesem Haus gewesen und beanspruchte bereits die Hoheit über die Rollos, aber Christine war das nur recht. «Echt tückisch, das Meer», sagte Bella, als sie den Kettenzug losließ.

Die Frauen, die durchs Fischen einen Verlust erlitten hatten, deren Mann oder Sohn auf See geblieben war, erschienen nicht. Vielleicht hatten sie das Gefühl, ihr Kommen würde Christine als böses Vorzeichen erscheinen, oder vielleicht waren sie einfach nicht dazu in der Lage, aber andere Frauen kamen und gingen den ganzen Abend, einige, um meditativ bei Christine zu sitzen, andere, um im Haus zu helfen. Sie arbeiteten perfekt zusammen, so wie ihre Männer auf See, allerdings verständigten sie sich flüsternd statt schreiend und spottend. Sie hielten den Blick zumeist gesenkt, denn es ging darum, sich nützlich zu machen, Unterstützung auszustrahlen, ohne allzu spürbar präsent zu sein. Irgendwann wurde drinnen die Badewanne geschrubbt, und zugleich klopfte vor der Haustür jemand die Fußmatte aus. Ähnliche Szenen spielten sich bei Stevie und bei Tim zu Hause ab. Big Jimmy hatte keine Familie, aber in den Pubs hatten die überzeugten Trinker unserer Stadt viel Freundliches über ihn zu sagen. «Wo er sich doch gerade erst einen Farbfernseher gekauft hat!», sagte Manus McManus.

Im Haus der Bonnars äußerte Christine nur eine einzige Bitte: «Könnt ihr dafür sorgen, dass Brendan nach Hause kommt?»

Sie wollte ihn in ihrer Nähe haben, in den heimischen vier Wänden, auch wenn er dann in seinem Zimmer war. In solchen Zeiten wurde das Haus zur Festung, wer dazugehörte, wurde hereingerufen, und wer drinnen war, ging nicht mehr fort. Eine Familie musste gemeinsam hinnehmen, zum Warten gezwungen zu sein. «Wo könnte er denn sein?», fragte Justine O'Donnell.

«Er ist in letzter Zeit öfter bei diesen Aussteigern», sagte Phyllis, und es war ihr sichtlich unangenehm, das einzugestehen. «Es hat schon einiges Gerede gegeben.»

Man telefonierte herum, bis Brendan aufgespürt war und von einem der Aussteiger in einem klapprigen Auto nach Hause gebracht wurde. Brendan hatte womöglich getrunken oder etwas Starkes geraucht, jedenfalls stand er etwas unsicher mitten im Zimmer und wusste nicht, wohin mit sich, und durch die Frauen, die geschäftig um ihn herum zugange waren, wirkte er noch hilfloser. Phyllis sah ihn missbilligend an. «Dein Vater und dein Bruder, die euren Lebensunterhalt verdienen, werden vermisst, und du treibst dich herum», sagte sie.

«Hör auf, Phyl», sagte Christine.

Brendan sprach langsam, um saubere Artikulation bemüht: «Das Wetter war stabil, seit sie losgefahren sind.»

Christine nickte, wozu darauf hinweisen, dass auf See alles Mögliche schiefgehen konnte, das Wetter war nur einer von zahlreichen Faktoren. Das wussten sie alle.

Brendan nahm etwas Entschlossenes an. «Hoffen wir das Beste», sagte er und ging auf Christine zu, die Hand bereits ausgestreckt, um sie ihr auf die Schulter zu legen, doch als er ihren Gesichtsausdruck sah, hielt er inne.

«Bitte nicht», sagte sie.

Also. Mit der *Dawn* und ihrer Besatzung war Folgendes passiert: Die nordwestlichen Fanggründe waren ergiebig, aber am zweiten Abend gab es ein Problem. Die *Dawn* hatte zwei Treibstofftanks, und an der Verbindungsleitung entstand ein Leck, sodass Diesel in die Bilge lief. Ambrose und Jimmy teilten sich die Nachtwache und hätten das Leck normalerweise wohl gerochen, wäre da nicht die automatische Lenzpumpe gewesen, die Ambrose erst kurz zuvor eingebaut und für eine clevere Idee gehalten hatte. Die Pumpe sprang an, sobald ihr Sensor Flüssigkeit bemerkte, wobei er allerdings nicht zwischen Diesel und Wasser unterschied. Und so pumpte sie fröhlich den ganzen Treibstoff ins Meer, und im Morgengrauen blieb die Maschine stehen. Von der Stille wachten Stevie und Declan auf, sie kletterten aus ihren Kojen und stießen auf Tim, der gerade von der Bilge kam und das Problem identifiziert hatte. Es herrschte nur leichter Seegang, aber ohne Maschinenkraft geriet die *Dawn* ins Rollen. Sie waren zu weit draußen, um eine Küstenfunkstelle zu erreichen, deshalb suchte Ambrose auf dem Funkgerät alle Kanäle und Frequenzen nach anderen Booten ab. Er scheute davor zurück, «Mayday» zu sagen, es kam ihm ein bisschen zu dramatisch vor, doch dann hörte er im Kopf Josephs Stimme, die sagte, in dieser Situation sei es durchaus angebracht, den Notruf abzusetzen. Also sagte Ambrose «Mayday», aber es klang ein bisschen schnoddrig, als handelte es sich nicht um einen wirklichen Notfall. Es kam keine Reaktion, kein Boot war in Reichweite. Declan machte Kaffee für alle.

«Also, Jungs, wir warten ab, bis wir Funkkontakt kriegen», sagte Ambrose. «Kann sein, dass das ein paar Stunden dauert.»

Ambrose blieb am Steuer, auch wenn er da nur wenig

ausrichten konnte, und in der Nähe des Funkgeräts. Niemand wollte schlafen, und es gab nichts zu tun, außer Zigaretten zu rauchen, also taten sie das mit Hingabe. Eine kalte, aber leichte Brise wehte, und die See war gnädig, der Wellengang gleichmäßig, sodass er nicht störte. «Friedlich ist es jedenfalls», sagte Ambrose mit einer Munterkeit, die seltsam war. Die Männer fragten ihn regelmäßig, in welche Richtung sie trieben, und die Antwort war Westen, ein Dutzendmal wurde er das gefragt, und die Antwort war stets Westen, aber Ambrose zeigte keinerlei Verärgerung, wenn er ein weiteres Mal gefragt wurde. «Kanada wäre doch auch mal nett», sagte er.

Acht Stunden verstrichen. Ambrose freute sich zu sehen, dass Declan gut mit der Situation zurechtkam, er fragte kein einziges Mal nach der Richtung. Er saß in der Kombüse, rührte sich kaum, redete kaum – Declan machte sich, ein tüchtiger Kerl. Nur Stevie wurde zwischendurch etwas emotional. «Ich bin fix und fertig mit den Nerven», sagte er plötzlich und laut und kippte sich einen Extralöffel Zucker in den Tee.

«Die Geschichte kannst du später mal deinen Enkeln erzählen», sagte Ambrose lachend.

Die ganze Nacht trieben sie ohne Funkkontakt dahin. Um die Batterien zu schonen, funkte Ambrose nur alle zehn Minuten für dreißig Sekunden, dann alle zwanzig Minuten. Wenn niemand hinsah, presste er die Handflächen fest gegeneinander, ein nervöser Tick, den er bisher nur im Wartebereich von Banken und Krankenhäusern an den Tag gelegt hatte, aber noch nie auf See. Christines Gesicht erschien vor seinem inneren Auge, doch er presste das Bild mit den Handflächen weg. «Noch ein Tag Ruhe und Erholung», verkündete er, als der Himmel im Osten hell zu werden begann.

Stevie war in schlechter Verfassung, deshalb übernahm Declan das Kochen, und er investierte viel Zeit in die Frühstückszubereitung, schnitt das Fett vom Bacon, bevor er ihn grillte. Er machte Toast und dazu etwas, das es auf der *Dawn* noch nie gegeben hatte: pochierte Eier. Die anderen wussten das allerdings nicht zu würdigen. Tim schluckte seine Eier am Stück hinunter.

Später ging Stevie an Deck, und als er über ihnen einen Jumbojet vorbeifliegen sah, hatte er eine Angstattacke. Er krampfte die Finger ineinander und drohte endgültig zusammenzuklappen, doch ein verärgertes Brüllen von Tim bewahrte ihn davor. «Denen sind wir egal, ignorier sie!» Tim drehte seine Zigaretten jetzt so dünn wie Stricknadeln. Big Jimmy gingen langsam die Witze aus. Declan blieb stoisch.

Am frühen Nachmittag erschienen beunruhigende Farben, Ambrose sah sie zuerst im Sprühwasser flirren, Rosa- und Orangetöne, von einem goldenen Schimmer durchdrungen, Sonnenuntergangsfarben, aber dumpfer und zu früh. Ein paar Stunden später erschienen sie auch am Himmel, jene eigenartigen Farben, die zeigen, dass sich etwas zusammenbraut. Das Geräusch des Meers, ein an- und abschwellendes Rauschen, wurde lauter, und das Barometer zeigte einen Druckabfall an. Ambrose ging in die Kombüse, das goldene Licht strömte herein und hob jede einzelne Bartstoppel seiner Männer hervor. Einen Moment lang verlor sich Ambrose in den Einzelheiten ihrer Gesichter, besonders dem seines Sohns. Declan, wurde ihm bewusst, war ein gut aussehender, ja schöner Mann. Ambrose lehnte sich an den Türrahmen. «So, Jungs», sagte er munter. «Zeit für ein bisschen Bewegung. Da kommt ein kleines Tiefdruckgebiet, wir bewegen uns zwar davon weg, aber wir machen trotzdem lieber mal die Schotten dicht. Und heute Abend bleibt ihr am besten unter Deck.»

Big Jimmy schaute von einem Mann zum anderen, um sich vergewissern, dass er richtig gehört hatte, seine Ohren waren nicht mehr die besten.

Tim stöhnte auf, als hätte er schon die ganze Zeit gewusst, dass es noch schlimmer kommen würde.

Declan sagte nichts.

Stevie rieb sich mit dem Handgelenk die Augen. «Meine Frau weiß nicht, wo ich Jennys Geburtstagsgeschenk versteckt habe», sagte er.

«Hör auf, Stevie!», sagte Ambrose.

Eine hohe See hob die *Dawn* empor, weiter und weiter, bis sie schließlich wieder sanft absanken. «Die Wellen bauen sich jetzt weiter auf, und wir können nicht manövrieren», sagte Tim rundheraus. «Kann sein, dass wir diese Nacht nicht überleben.»

Ambrose schüttelte verärgert den Kopf. «Das gilt für jede andere Nacht genauso», sagte er, als wäre Tims Aussage einfach nur absurd.

Stevie verschränkte die Arme auf dem Tisch und vergrub das Gesicht in ihnen.

Declan verstaute in der Kombüse alles in den Schränken und half dann, die Trennwände der Hocken vom

Deck in den Laderaum zu bringen, damit das überkommende Wasser möglichst schnell wieder abfließen konnte. Stiebende Gischt peitschte in langen Fetzen durch die Luft, Sturzseen krachten auf Deck, und das goldene Licht wurde bleiern. Trotz der stürmischen See war die Windgeschwindigkeit nicht hoch, und das war beunruhigend. Im Nordosten bildete sich eine dunkle Wolkenballung, die sie beobachteten, wenn sie nicht gerade von sich auftürmenden Wasserbergen verdeckt wurde, oft neigte sich der Horizont über ihren Köpfen. Declan meinte, drei Schichten im Wasser ausmachen zu können: Die oberste war dünn und aufgelockert, verlagerte und verschob sich, von Schaum durchzogen; die mittlere war vielleicht sechs Meter tief und drängte nach Westen, man konnte die Kraft erkennen, die sie vorwärtsbewegte und die Wellen formte. Die dritte reichte in tiefste Tiefen und wogte gewaltig, aus ihr würde die Riesenwelle entstehen, die sie mühelos zum Kentern bringen konnte. Declan stellte sich zu seinem Vater ins Ruderhaus. Sie konnten Tim auf Deck fluchen hören. «Dem ist der Tabak ausgegangen», sagte Declan.

«Sag ihm, dass im Erste-Hilfe-Koffer eine Notration steckt.»

Die *Dawn* rollte in einem Wellental, das Deck wurde überflutet, und Ambrose und Declan stützten sich an den Wänden ab. Als sich das Boot wieder hob, schwappte gischtendes Wasser in alle Richtungen, und sie hörten Tim erneut fluchen. Ambrose und Declan standen nah beieinander. «Aus dir ist ein guter Fischer geworden», sagte Ambrose.

«War aber nicht die beste Berufsentscheidung», erwiderte Declan.

Ambrose deutete mit einer wegwerfenden Handbewegung zum Fenster. «Ich war schon bei viel rauerer See unterwegs», sagte er.

«Ja, aber du hattest immer eine funktionierende Maschine.»

Da war was dran. Ambrose schickte Declan nach unten.

Es gab an der gesamten irischen Westküste nur drei Rettungsstationen mit Seenotrettungsboot, aber eine davon war auf Aran Island. Einige von Ambroses Cousins arbeiteten dort, und er wusste, dass sie bereits auf der Suche oder zumindest in Bereitschaft waren. Vielleicht war eine *Nimrod* aus dem Norden unterwegs, um das Meer mit dem Überwachungsradar abzusuchen, und von dort würde auch ein Helikopter kommen. Irland hatte auch ein paar Helikopter, aber deren Reichweite war begrenzt, und aus irgendeinem Grund waren sie alle an der Ostküste stationiert. Bisher hatte Ambrose das kaltgelassen, aber jetzt machte es ihn wütend, und er beschloss, einen scharf formulierten Beschwerdebrief an den zuständigen Minister zu schreiben. Christine würde ihm helfen, so was konnte sie gut. Ambrose verzog das Gesicht, jetzt hatte er es vermasselt, seine Gedanken waren zu ihr gewandert, und er war zu erschöpft, um sie wieder fortzuschieben. Wie war er gewesen, als sie Declan und ihn an der Landungsbrücke abgesetzt hatte? Sicher hatte er gesagt: «Mach's gut», das sagte er immer, eine Wortwahl, die ihn jetzt schmerzte. *Mach's gut.* Wie lange war es her, dass sie miteinander geschlafen hatten? Monate.

Kurz nach Declan stiegen auch die anderen durch die Niedergangsluke nach unten und legten sich in ihre Kojen, Ambrose blieb im Ruderhaus, beim Funkgerät. Der Besatzung blieb nichts anderes zu tun, als der tosenden See zuzuhören und die Stöße zu spüren. Die Kojen waren wie Särge, sie waren aus Sperrholz und so konstruiert, dass jeder Mann seine eigene Schlafnische hatte. Der Raum lag größtenteils unter der Wasserlinie, nur eine Handbreit von ihren Gesichtern entfernt brodelte das Salzwasser. Declan stellte sich vor, sie würden untergehen, ertrinken, im kalten Wasser um ihr Leben strampeln, es war leicht, sich das auszumalen. An den Decken der Kojen waren mit Gaffa-Tape Taschenlampen befestigt, die etwas Licht spendeten. Declan schaute zu Tim und Jimmy hinüber, die beide auf dem Rücken lagen, die Beine aufgestellt, die Augen offen. Direkt über sich sah er Stevies Hand das Holz umklammern. Jede Koje hatte einen Vorhang an einer elastischen Schnur, und Declan zog seinen jetzt zu und rollte sich um sein Kissen.

Die *Dawn* bekam so heftige Stöße ab, dass es Declan und Stevie auf ihren Matratzen manchmal zwei Zentimeter in die Höhe schnellte. «Das war 'ne große», sagte Big Jimmy dann jedes Mal, er allerdings flog nicht hoch, er war zu schwer. Auch Tim löste sich nicht von seiner Matratze, sein eiserner Groll hielt ihn unten. Zwischendurch war es vielleicht mal eine Viertelstunde einigermaßen ruhig, dann wechselten sie ein paar Worte, aber früher oder später erbebte der Rumpf von Neuem, und sie schwiegen wieder. Sie wussten, wann das Deck unter Wasser war, spürten einen Druck in den Ohren und eine harte Resonanz. Einmal waren sie so lange untergetaucht, dass es aus und vorbei zu sein schien. «Dann bring's zu Ende!», rief Tim, und seine Worte hallten nach wie in einer Höhle.

In diesen Momenten dachte Stevie an seine Tochter und daran, dass er seine vornehmste und grundlegendste Vaterpflicht vermurkst hatte: am Leben zu bleiben. Big Jimmy dachte an etwas völlig anderes: an ein Poster, das er mal gesehen hatte. Als junger Mann hatte Jimmy ein Jahr lang in New York gearbeitet, und an den Wochenenden war er gern durch die Straßen spaziert und hatte nachmittags irgendwo ein Bier getrunken. Einmal war er in eine Bar gegangen und hatte zu seinem Erstaunen gesehen, dass dort ein Poster von Katharine Hepburn die gesamte Rückwand bedeckte. Es war riesig, wie eine Werbetafel, nur eben drinnen, und direkt aufs Mauerwerk geklebt. Jimmy hatte kein spezielles Faible für diese Schauspielerin (wobei er auch nicht Nein gesagt hätte, er hätte nicht gesagt: *Nein danke, Katharine, bleib du mal schön, wo du bist*), aber dieser Anblick bewegte ihn. Es war der schamlose Überschwang, diese unverhohlene Feier der Schönheit, die Chuzpe, ein derart gigantisches Poster aufzuhängen, im Wissen darum, dass alle es in Ordnung finden würden. Katharine Hepburn, überlebensgroß an der Wand. Er kam nie so ganz darüber weg. Während über ihnen Sturzseen niedergingen, sagte Jimmy: «Um mich müsst ihr euch jedenfalls keine Gedanken machen, Jungs, ich hatte ein erfülltes Leben.»

Declan, die Fäuste geballt und die Augen zugekniffen,

wurde fromm. Er hatte Erstkommunion und Firmung hinter sich gebracht, ohne die geringste religiöse Neigung zu entwickeln, aber jetzt überkam es ihn. Wenn ich überlebe, werde ich jede Menge Gutes tun, versprach er Gott, all die Sachen, die dir so gefallen. Er suchte nach einem Beispiel, brachte es fertig, Brendan auch jetzt zu übergehen und dachte stattdessen an Doris Kane. Ich bringe ihr das Geld zurück, bot er verzweifelt an, ich bringe es zurück!

Oben schaute Ambrose zu, wie der Bug wieder auftauchte. Wasser drang durch die Fensterdichtungen, rann die Wände des Ruderhauses hinab. Ambrose hatte seinen durchnässten Pullover ausgezogen, aber das Wasser in den Gummistiefeln musste er hinnehmen. Die Mischung aus Erschöpfung und Adrenalin führte dazu, dass er ab und zu von einem Fuß auf den anderen sprang, und seine Ohren schmerzten vom Tosen der wütenden See: ein Donnern wie aus den Tiefen der Erde, in dem etwas Scharfes mitklang, ein gleichsam elektrisches Knistern, das über die Oberfläche tanzte. Die *Dawn* neigte dazu, breitseits in den Wellentälern zu rollen, aber eine schnelle Riesenwelle konnte sie erwischen, so wie der Kaventsmann, der jetzt kam. Ambrose fasste seinen Gegner durch die Vorderscheibe ins Auge, die Welle war strahlend weiß und näherte sich mit raubtierhafter Entschlossenheit. Die *Dawn* erbebte bis ins Mark, als die Welle über dem Bug brach. Ambrose sah die Wassermasse auf sich zu kommen. Sie krachte gegen das Ruderhaus, und die Scheiben wurden erst schwarz, dann grün, dann wieder transparent. Ambrose stand bis zu den Knöcheln im Atlantik, aber die *Dawn* hielt stand, der Bug hob sich, Wasser strömte vom Deck hinunter, und die plötzliche Aufwärtsbewegung riss Ambrose den Boden unter den Füßen weg. Dann ein Plärren aus dem Funkgerät – eine Stimme.

Die Männer unten lagen so gut wie möglich abgestützt in ihren Kojen, als Ambrose von oben den Lukendeckel aufmachte, den Kopf hineinstreckte und rief: «Gute Nachrichten! Die Royal Air Force hat uns geortet, und ein Schlepper ist unterwegs. Vielleicht noch eine Stunde oder so.»

«Noch eine Stunde oder so», sagte Tim. «Na toll.»

Da er sich hinuntergebeugt hatte, um ihnen die Nachricht mitzuteilen, hatte Ambrose etwas Entscheidendes nicht mitbekommen: Hinter der ersten Riesenwelle hatte sich eine zweite versteckt, die in diesem Moment auf sie herunterkrachte. Unter Tonnen von Wasser begraben, wurde die *Dawn* auf die Seite gedrückt. Zwei Fenster des Ruderhauses gingen zu Bruch, Wasser schoss herein, überschwemmte die Kombüse und ergoss sich in einem Schwall durch die geöffnete Luke. Declans Schlafnische lief voll wie eine Badewanne, und da sein Kopf unter Wasser war, hörte er die anderen nicht aufschreien und fluchen. Er dachte, das Boot gehe unter. Wie betäubt von seiner Angst und dem eisigen Wasser, machte Declan sein letztes Angebot: Von jetzt an bin ich gut zu Brendan, ich bin gut zu meinem Bruder.

Mehrere lange Sekunden lag die *Dawn* auf der Seite, dann hörten sie ein Reißen und Schmatzen an den Planken, und sie richtete sich wieder auf. Das Wasser lief aus

Declans Schlafnische ab und schwappte samt leeren Lucozade-Flaschen und ruinierten Taschenbüchern im überschwemmten Mannschaftsraum herum. Er setzte sich auf, stieß sich dabei den Kopf an, hustete und spuckte.

Durch die Luke platschte weiter Meerwasser herunter, bis Ambrose mit einem Fußtritt den Deckel schloss. Sein Tritt schien ein starkes weißes Licht angeknipst zu haben, und er musste sich konzentrieren, um zu begreifen, dass zwischen dem Tritt und dem Licht kein Zusammenhang bestand. Er blinzelte das Salzwasser aus seinen Augen, streckte den Kopf aus einem der Fensterrahmen und spürte sofort einen Abwind. Ein leuchtend gelber Helikopter der Royal Air Force hatte seinen Scheinwerfer auf die *Dawn* gerichtet. Diese Helligkeit, so plötzlich und seltsam, Ambrose hatte Mühe zu fassen, was er da sah. Die Ladeklappe des Helikopters war offen, und der Höhenretter schaute heraus und zog sich dabei das Kinnband seines Helms fest. Beide streckten die Daumen hoch.

Die *Dawn* wurde noch etwas herumgeworfen, aber die automatische Pumpe rehabilitierte sich zumindest etwas, indem sie das Meerwasser aus der Bilge lenzte und die *Dawn* vor weiterem Schaden bewahrte. Die Jungs im Helikopter kamen zu dem Schluss, dass es gefährlicher wäre, die Besatzung hochzuholen als sie an Bord zu lassen, also kam der Höhenretter letztlich nicht zum Einsatz. Zwei Fischkutter aus Greencastle stießen dazu und schleppten die *Dawn* bis zu der Stelle, wo das Seenotrettungsboot übernahm. Entlang der Küste begannen

Telefone zu klingeln, und die Nachricht von der Rettung erreichte uns.

Es war schon dunkel, als die *Dawn* am nächsten Abend in den Hafen einfuhr, sechs Tage nach Auslaufen und zwei Tage nach Auslösung des Alarms. Nur Joe McGee stand auf der Landungsbrücke und nahm sie in Empfang, wir anderen hielten uns diskret zurück. «Wir waren außer Funkreichweite, als unsere Maschine ausgefallen ist», erzählte Ambrose Joe auf der Landungsbrücke. «Wir hatten eine üble Nacht mit starkem Seegang, aber die *Dawn* hat es gut überstanden, niemand wurde ernsthaft verletzt. Ein Helikopter hat unser Signal empfangen und uns geortet, und die haben dann dafür gesorgt, dass wir abgeschleppt wurden. Allen geht es gut, unseren Fang mussten wir allerdings opfern.»

Joe fuhr Ambrose nach Hause, hielt aber schon an der Abzweigung zur Moorstraße an, denn dort standen Christine und Brendan und warteten. Sie sahen aus wie Gespenster, als das Scheinwerferlicht auf sie fiel. Selbst Joe, der ja nur Zuschauer war, wurde bei diesem Anblick von Rührung ergriffen, und sobald Ambrose ausgestiegen war, wendete er und fuhr so eilig davon, dass Steinchen unter seinen Reifen wegspritzten. Ambrose ging auf Christine und Brendan zu, sein Atem wurde schwerfällig, und etwas Raues, Flatteriges, fast war es Panik, drohte ihn zu überwältigen. Er blieb ein paar Schritte vor Christine stehen. Es war, als begegnete er ihr zum ersten Mal, er wollte die Hand nach ihr ausstrecken, aber das wäre ihm zudringlich erschienen. Dieses Erlebnis hatte ihn verändert. «Tja, also, ich habe überlebt», sagte er.

«Wo ist Declan?», fragte Christine.

«Der ist mit ein paar Kumpels in die Pier Bar gegangen.»

«Nachdem er so knapp mit dem Leben davongekommen ist, hätte er sich ja erst mal seiner Mutter zeigen können», sagte Christine, aber sie wusste, dass er so nun mal war und vermutlich immer bleiben würde: robust, standhaft, aber mit gewissen Einschränkungen. Wenigstens würde er sich gut einfügen.

«Was ist passiert?», fragte Brendan.

«Wir hatten eine üble Nacht, aber die *Dawn* hat es überstanden, und niemand wurde verletzt. Wir wurden geortet und abgeschleppt. Allen geht es gut.»

Als Ambrose das nächste Mal gefragt wurde, verkürzte er das Ganze noch weiter und dann noch weiter, bis er seinen Bericht auf einen Blick in die Ferne und den Kommentar «eine üble Nacht» eingedampft hatte.

Auf dem Küchentisch stand ein noch nicht gebackener Shepherd's Pie in einer Keramikform, den eine Frau aus der Stadt gebracht hatte. Ambrose wollte ihn im Tiefkühlschrank verstauen, musste aber feststellen, dass fünf andere Shepherd's Pies schneller gewesen waren. Christine schickte Brendan damit zu Phyllis. Heftiges Verlangen regte sich in ihr, aber sie bat Ambrose, sich erst zu waschen, und wartete so lange vor der Tür, lauschte, während er sich einseifte, und fühlte sich wieder im Gleichgewicht, nun da er in seiner ganzen Körperlichkeit wieder im Haus präsent war. Sie zog sich aus, und als er aus dem Bad kam, lotste sie ihn zum Bett, legte ihn hin, kniete sich über ihn und machte sich mit den Händen an ihm zu schaffen. Sie schien es furchtbar eilig zu haben. Ambrose ließ es geschehen, er wollte heute Abend für nichts verantwortlich sein, vielleicht überhaupt nie wieder. Er brachte ein paar Seufzer zustande, als sie seinen Hals küsste. Sie hatte ihr Haar gelöst, und als er es wie einen Atemhauch auf seiner Brust spürte, wäre er fast gekommen. Ambrose hatte ein bisschen Speck angesetzt, doch als sie seinen Körper knetete, spürte sie die Muskeln darunter, und das gefiel ihr wie eh und je. Auch sie war um die Hüften etwas fülliger geworden, aber Ambrose bekam sie gut zu fassen und es gefiel ihm. Christine schob sich etwas nach vorn, und Ambrose glitt in sie hinein.

In den folgenden Wochen hatten Christine und Ambrose ein reges Liebesleben, von ganz neuer Energie erfüllt, weil sie um Haaresbreite entronnen waren – er dem Tod, sie dem Witwendasein. Wachten sie morgens um vier etwa davon auf, dass Böen über die Schieferplatten fegten, dann legten sie sofort los, ohne Worte, streichelten einander, erzeugten Schauer. Nichts Ausgefallenes, sie wussten, was sie mochten.

Eines frühen Morgens, nachdem sie wieder miteinander geschlafen hatten, streckte sich Ambrose rücklings auf dem Bett aus, und Christine legte sich neben ihm auf die Seite. Sie waren ganz beglückt von sich, nackt und bebend wie Jugendliche. Christine stützte sich auf den Ellbogen, den Kopf in die Hand gebettet, und betrachtete ihren Mann eingehend. Im frühen Morgenlicht traten die Kontraste stärker hervor, und damit auch seine alten Narben. Eine auf seinem Unterarm war sehr deutlich, dick und lila, von der Länge und Breite eines Buntstifts.

Sie fuhr mit dem Finger darüber. «Wo hast du die noch mal her?», fragte sie.

«Seilbrand», sagte er, «auf der *Ard Ciaran*, das ist ewig her. Wir haben auf Schellfisch gefischt.»

Ambrose schob sich einen Ellbogen unter den Kopf, um einen besseren Blick auf seine Frau zu haben. Mit seiner freien Hand griff er nach ihren Fingern, als wollte er sie küssen, doch stattdessen hielt er sie ins Licht und betrachtete die weiße Narbe über einem der Fingerknöchel. «Erzähl mir noch mal, wo die herkommt», sagte er.

«Gemüsemesser», sagte sie. «Ich habe Karotten geschält.»

Ambrose hatte auf der einen Hand eine etwa zweieinhalb Zentimeter lange Narbe, die er jetzt zum Vergleich neben ihre hielt. «Da ist auch das Messer abgerutscht, beim Fischausnehmen. Tommy hat mir das damals mit ein paar Stichen genäht.»

Christine schaute die Narbe einen Moment lang an, dann erhob sie sich auf die Knie und schob sich das Haar von der Schulter. «Das hier sieht nicht aus wie eine Narbe, ist aber eine», sagte sie und deutete auf etwas, das wie eine Ansammlung von Sommersprossen auf ihrem Oberarm aussah, braun und leicht erhaben. «Ich habe Pommes für die Jungs gemacht und da ist Fett aus der Fritteuse gespritzt. Ich hab das damals gar nicht bemerkt.»

«Es ist erstaunlich, was man alles nicht bemerkt, wenn die Nerven geschädigt sind.» Er lag immer noch auf dem Rücken und hob jetzt ohne erkennbare Mühe das eine Bein, bis es fast im rechten Winkel zu seinem restlichen Körper stand. Sie konnten einen überraschen, diese Fischer mittleren Alters mit ihrem Bauchansatz, wenn sie die Beine wie Balletttänzer bewegten. Es war das Ergebnis langer Jahre auf schwankenden Decks, und Ambrose hatte besonders schöne Beine, für Christine sein attraktivstes Merkmal, jetzt wo ihm das Haar ausging. Er nahm ihren Finger und führte ihn über eine Erhebung unter der schwarzen Behaarung. «Die hab ich mir beim Angeln zugezogen. Ich dachte, ich hätte den Angelhaken verloren, und habe überall rumgesucht. Dabei hat er in meinem eigenen Bein gesteckt!»

«Ich habe hier eine verborgene.» Christine befreite ihren Finger, griff nach einem von seinen und legte ihn kurz hinter ihren Haaransatz. «Da ist Declan von seinem Stuhl gefallen, und ich habe ihn gerade noch erwischt, bin aber mit dem Kopf an die Tischkante geknallt.»

Ambrose fuhr zweimal mit dem Finger über den harten Hubbel, dann fasste er sich an die Schulter und zog die Haut etwas nach vorn, sodass sie beide eine kurze rosafarbene Narbe sehen konnten. «Das war eine ganz fiese», sagte er. «Ich habe eine Kiste auf die Schulter gehoben und nicht gesehen, dass da ein Nagel rausragt.»

Christine nahm seine Finger und führte sie an ihre Taille, zu einer dünnen Linie, die sich anfühlte wie ein Stück Faden auf ihrer Haut. «Von einem Stacheldrahtzaun. Brendan ist auf Macks Feld gerannt, da war er vielleicht vier oder fünf, und wollte nicht mehr zurückkommen, ich musste ihn holen. Den Rock habe ich mir dabei auch ruiniert.»

Ambrose verschränkte die Finger hinter dem Kopf und hob das andere Bein. Sie betrachteten beide seinen Knöchel, den er im Licht hin und her drehte, sodass eine Reihe feiner Narben sichtbar wurde. Sie sahen aus wie Kratzer aus den vergangenen Wochen, tatsächlich waren es jedoch die zehn Jahre alten Bissspuren eines Heringshais. Er war lebendig in einem Netz mit hochgekommen und schnellte auf dem Deck umher, während Ambrose um ihn herumtanzte und versuchte, ihn mit Fußtritten über Bord zu befördern. Es gelang ihm auch, aber erst nachdem der Hai ihn durch den Stiefel hindurch gebissen hatte. «Ein ganz schöner Kampf war das», sagte Ambrose.

Er schaute länger als nötig auf sein Bein, also senkte Christine es für ihn ab, presste die Finger beider Hände auf ihren Bauch und zog die Haut etwas nach oben, sodass eine dicke dunkle Narbe hervortrat. Sie war etwa fünfzehn Zentimeter lang, fühlte sich wächsern an und war ungleichmäßig, hier und da erhaben, beiderseits von den Spuren von sechs chirurgischen Klammern gesäumt. Die Narbe erinnerte an Stunden voller Angst und Schmerzen. An dieser Stelle hatte ein Chirurg ihre Bauchdecke und Gebärmutter aufgeschnitten, um Declan herauszuholen, der sich weigerte, auf andere Weise herauszukommen.

«Das war ein echter Kampf», sagte Christine.

12.

Das Jahr schritt voran, und eine Woche lang stürmte es so heftig, dass alle Boote bis auf die größten im Hafen blieben. Es regnete ohne Unterlass, und unsere Kinder hatten die Reißverschlüsse ihrer Parkas bis ganz oben zugezogen und schauten durch das kleine Rund der Kapuzenöffnung wie durch ein Bullauge, wenn sie unterwegs waren und die Binsen für ihre St.-Brigid's-Kreuze sammelten. Unser Kino hatte schon Jahre zuvor zugemacht, und jetzt eröffnete in dem Gebäude, aus dem die Sitzreihen entfernt worden waren, ein Gebrauchtmöbelladen. Wir warfen alle einen Blick hinein und waren erstaunt, wie klein der Raum war. Tank McConnell wurde aus dem St. Conal's Hospital entlassen und in die Obhut seiner Mutter gegeben.

Irgendwann führte kein Weg mehr daran vorbei: Ambrose fuhr zur Landungsbrücke und inspizierte die *Dawn*. Sie sah erschöpft aus, ein Fensterrahmen ohne Scheibe konnte diesen Eindruck hervorrufen, und sie hatte gleich zwei solche Leerstellen. Die Schlepptrossen hatten Kerben in den Bug geschnitten, und der Kranausleger war beschädigt. Die Schäden waren größtenteils oberflächlich, trotzdem hatte Ambrose das Gefühl, dass bei der *Dawn* etwas Grundlegendes entzweigegangen war, sie war am Ende. Zu seiner Überraschung empfand er keinen Kummer. Er schrieb die *Dawn* zum Verkauf aus, wir sahen im *Skipper* die Anzeige, in der er sie als betriebsfähigen Fischkutter mit Überholungsbedarf anbot. «Mehr Überholungsbedarf als betriebsfähig», bemerkte Bella Power.

Es kamen keine Angebote, und die Liegeplatzgebühren wurden zum Problem. So manch ein ramponierter 17-Meter-Kutter war auf diese Weise in einer der geschützten Buchten entlang unserer Küste gelandet, die jeweiligen Besitzer erklärten immer, sie würden das Boot nur so lange dort liegen lassen, bis sie das Geld für die nötigen Reparaturen aufgetrieben oder einen Käufer gefunden hatten, aber das Geld war nie da, und kaufen wollte keiner, also neigte sich das Boot mit der Zeit zur Seite und verfiel. Es gab viele solcher Wracks in den sandigen Meeresarmen rund um Donegal. Manche Leute fanden sie malerisch, und es kam vor, dass so ein Wrack fotografiert und als Motiv für eine Postkarte verwendet wurde. Das war ungefähr so sinnvoll wie eine stillgelegte britische Kohlengrube als Postkartenmotiv zu wählen, aber wahrscheinlich wurde auch das gemacht.

Ambrose gab noch nicht auf. Er inserierte in England und schrieb, die *Dawn* lasse sich in ein Freizeitboot umwandeln. Viele unserer alten Fischkutter gingen diesen Weg, wobei uns nie wohl war mit solchen Umwandlungen. Für uns waren unsere Boote verdiente Arbeitstiere, von Familiengeschichte und Erlebnissen auf See durchdrungen. In unserer Vorstellung wurden sie entweiht, wenn sie nurmehr den frivolen Zwecken von Londoner Yuppies und deren dekadenten Vergnügungen dienten:

Cocktails trinken, Koks schnupfen, Orgien feiern und dergleichen mehr.

Abends sprachen Christine und Ambrose oft lange über die Zukunft, darüber, in welche Art von Arbeit er seine letzten ein, zwei Jahrzehnte Kraft investieren sollte. In einer der Fischfabriken wollte er nicht arbeiten, er meinte, da verdiene man schlecht, aber Christine wusste, dass ihm eine dröge Landtätigkeit in der Fischindustrie unerträglich wäre. Wenn er kein eigenes Boot führen konnte, dann wollte er mit Fisch nichts zu tun haben. Viele seiner Brüder arbeiteten an verschiedenen Orten in England auf dem Bau, wo genau, war nicht immer klar, aber Ambrose kramte sein Adressbuch hervor und nahm letztlich mit allen schriftlich oder telefonisch Kontakt auf. «Ich überlege, nach England zu gehen», sagte er zu Christine.

Christine war überrascht. «Die Jungs würden dich vermissen», sagte sie.

«Die sind doch groß», sagte Ambrose.

«Herrgott, Brendan geht noch zur Schule», sagte Christine.

«Aber nicht mehr lang», sagte Ambrose.

Christine studierte sein Gesicht, sein seltsam heiteres Gebaren.

«Auf dem Bau kann man gutes Geld verdienen», sagte er.

Ambrose wollte nützlich sein, und er war zu dem Schluss gekommen, dass das am besten ging, wenn er seine Rolle darauf beschränkte, das Geld für die Familie heranzuschaffen, vielleicht war es das Einzige, wofür er gut war. Eine Besatzung fast ertränkt zu haben war verstörend, schon gar, wenn der eigene Sohn darunter war, und Ambrose dachte, dass es für seine Familie besser wäre, wenn er für eine Weile fortging. Er würde jeden Penny nach Hause schicken, würde für sie sorgen. Brendan würde zurechtkommen, er war, fand Ambrose, doch nicht so leicht zu beeinflussen, wie er befürchtet hatte. Brendans Neigung, sich zurückzuziehen, war tatsächlich eine Form von Selbstsicherheit, es erforderte viel Mut, so anders zu sein, und der würde ihm immer nützen. Offenbar hatte sich Brendan mit den Aussteigern angefreundet, und die waren ein eigenartiger Haufen, aber es war gut, dass er sich irgendwo zugehörig fühlte.

«Und was ist mit Declan?», fragte Christine.

Ambrose nickte, er war schon am Planen. «Er hat gute Eigenschaften», sagte er. «Declan braucht einfach nur Arbeit. Überlass das mir.»

Am nächsten Tag fuhr Ambrose in die Stadt, parkte an der Landungsbrücke und betrat die große neue Auktionshalle, die erst kürzlich erbaut worden war. Es war ein mächtiges Gebäude, das sich auf der Mitte der Landungsbrücke entlangzog. An diesem Tag wurde kein Fisch angeboten, es hallte wie in einer Kathedrale und roch nach Salz und scharfem Putzmittel. Einer der Hart-Söhne, der einen weißen Kittel und gelbe Gummistiefel anhatte, beförderte mit einem Wasserschieber in Lachen stehen gebliebenes Wasser zu den Abflüssen im glatten Betonboden. Tommy plauderte mit einem Händler und zwei Asiaten, die Anzug trugen, aber er wandte sich rasch von dem Gespräch ab, als er Ambrose kommen sah. Sie gaben sich die Hand. Ambrose musste Tommy nicht explizit bitten, mit ihm hinauszugehen, er machte eine entsprechende Kopfbewegung, und sie verließen die Halle durch eine andere Tür. Auf dieser Seite dominierte die *Warrior III* die Landungsbrücke, grün, weiß, wuchtig, über dreißig Meter lang, damals der größte Trawler Irlands, frisch zurück von einer zweitägigen Probefahrt. «Ich werde mich erst mal auf Blauen Wittling und Stöcker konzentrieren», sagte Tommy. «Für die hat Brüssel noch keine Fangquote festgesetzt, und meine japanische Kundschaft ist verrückt danach.»

Meine japanische Kundschaft. So redete Tommy.

«Man muss den Quoten vorausbleiben», stimmte Ambrose zu.

«Die ganze Bauweise ist darauf ausgelegt, die Fangqualität, die Sicherheit der Besatzung und den Komfort zu maximieren», sagte Tommy. «Möchtest du eine Führung?»

«Ach, nein, du hast genug zu tun, ich schau sie mir gern von hier aus an», sagte Ambrose.

Der Trawler war wie eine einzige große Maschine, alles griff ineinander, die meisten Vorgänge waren mechanisiert. Die Männer von der Besatzung waren nur noch Assistenten der Ausrüstung, ein Drittel von ihnen waren Ingenieure. Die Winden hatten doppelte Mannshöhe, und mittschiffs standen zwei Fischpumpen, die den Fang direkt aus den Netzen in die gekühlten Seewassertanks beförderten, nichts mehr mit Ausnehmen und Verarbeiten bei dieser Art von Fischerei. Die Mannschaftsräume glichen einem Hotel. Es gab eine Lounge, und wer den Teppich mit Stiefeln betrat, bekam eine Geldstrafe aufgebrummt, man musste Hausschuhe anziehen. Das Essen wurde von einem echten Koch zubereitet.

«Die meisten Männer würden ihren – würden alles dafür geben, hier zu arbeiten», sagte Ambrose. (Den bei uns üblichen Ausdruck, «den rechten Arm dafür hergeben» benutzen wir seit Francis O'Connells Unfall auf der *Siobhan* nicht mehr, es wäre uns geschmacklos erschienen.) «Wahrscheinlich kannst du dich vor Bewerbern nicht retten?»

Tommys Miene wurde etwas weicher, und er sagte: «Einen bringe ich auf jeden Fall noch unter.»

Ambrose erklärte rasch: «Nicht für mich, ich denke an Declan.»

Tommy stieß hörbar die Luft aus, schüttelte den Kopf. «Kommst du denn nie darüber weg?», fragte er, und die Enttäuschung vieler Jahre klang durch. «Es könnte doch schön sein, wir beide wieder zusammen.»

Ambrose verschränkte die Arme. Die Ingenieure testeten wohl gerade den Radar der *Warrior*, denn über ihnen drehte sich die Antenne, sie hörten das Schwirren. «Declan ist ein tüchtiger Kerl», trieb Ambrose seine Sache voran. «Er muckt nicht herum, macht seine Arbeit und lässt sich nicht aus der Ruhe bringen.»

Tommy nickte traurig. Natürlich würde er einen Sohn von Ambrose anstellen, er würde sogar Brendan riskieren, wenn Ambrose ihn darum bäte. «Ich nehme Declan gern an Bord», sagte er.

Zufrieden fuhr Ambrose nach Hause und trat pfeifend ein. Declan stand am Spülbecken und schälte Kartoffeln, er drehte sich um, als er die fröhlichen Klänge hörte. «Ich hab dir eine Anstellung auf der neuen *Warrior* organisiert», verkündete Ambrose. «Du bleibst Fischer!»

Declans Arme sanken nach unten, und das Licht in seinen Augen erlosch. Falls Ambrose es wahrnahm, ließ er es sich nicht anmerken, doch Christine, die gerade hereinkam, fiel die Miene ihres Sohns sofort auf. «Was ist denn los?», fragte sie.

«Ich habe ihn untergebracht», sagte Ambrose mit breitem Lächeln. «Auf der *Warrior.*»

Declan schaute zu seiner Mammy hinüber, vielleicht würde sie etwas sagen, eine andere Möglichkeit vorschlagen. Er hatte mit seinem Vater fischen wollen, nicht so enden. Christine musterte ihn eingehend. Dann sagte sie: «Das ist etwas, worauf du stolz sein kannst.»

Declan wandte sich wieder zum Spülbecken und schälte weiter.

Ambrose hatte sich Gewissheit verschafft, dass seine Söhne ihn nicht mehr brauchten. Das war eine trostlose Sichtweise, und wir hätten ihm das sagen können, wäre es denn unsere Art gewesen, uns einzumischen. Außerdem stimmte es nicht, die beiden waren noch sehr jung. Aber selbst wenn sie schon älter gewesen wären, erwachsen gar, was hätte es geändert? Eltern bleiben Eltern, bis sie sterben, und das Kind bleibt leider sogar danach noch das Kind.

In den folgenden ein, zwei Wochen meldeten sich Ambroses Brüder mit Arbeitsangeboten, und er entschied sich schlicht für das mit der besten Bezahlung und der billigsten Unterkunft. Er erzählte Christine davon, während sie die *Late Late Show* anschauten, und sagte, er könne sich dann eigentlich auch demnächst auf den Weg machen, wozu noch hier herumhängen. Sie stand auf, schaltete den Fernseher aus und wandte sich ihm zu. Ambrose hatte gehofft, das vermeiden zu können.

«Ich werde ja einigermaßen regelmäßig wiederkommen», sagte er, «wenn wir erst mal genug Geld auf der Bank haben.»

Christines Miene drückte Missbilligung aus.

«Ich probier das mal ein paar Monate», sagte Ambrose. «Und dann sehen wir weiter.»

«Und damit hat sich die Sache für dich?», fragte sie.

«Unsere Situation ist ja nicht ungewöhnlich», sagte Ambrose.

Das stimmte, aber es wäre ihr lieber gewesen, er hätte wenigstens traurig geklungen. Das war wieder sein alter Fatalismus, dachte Christine. Ambrose schien zufrieden zu seinin Umständen zu leben, über die er angeblich keine Kontrolle hatte. Die vielen Jahre auf See hatten das bewirkt, ein Fischer musste akzeptieren, dass sich vieles seiner Kontrolle entzog, sonst wurde er verrückt. Ambrose redete jetzt so wie früher vor einer dreitägigen Fangfahrt. Er bewegte sich innerlich bereits von ihr und von zu Hause fort, er würde sich nicht aufhalten lassen. Vielleicht hatte sich in seinem Kopf die Überzeugung festgesetzt, dass Geldverdienen bedeutete, in eine fremde Umgebung zu fahren, England war nur eine andere Art von Fangfahrt.

«Und wo genau?»

«Huddersfield», sagte er.

«Wo ist das?»

«Weiß ich nicht, irgendwo im Landesinnern.»

Ambrose fand offenkundig heraus, wo es war, denn dort fuhr er hin. Wir hörten, dass er auf der Baustelle eines Bürokomplexes arbeitete: Gussformen vorbereitete, Betonblöcke goss, einfache Tätigkeiten. Manchmal hielt ein Mann es da drüben nicht aus und war innerhalb von zwei Wochen wieder da, weil er festgestellt hatte, dass er es brauchte, bekocht zu werden oder seine Familie um sich zu haben. Einige von uns prophezeiten, dass Ambrose einer dieser Männer sein würde, aber wir täuschten uns, er blieb, und Monate verstrichen. Es war seltsam, sich Ambrose in England vorzustellen, mit Schutzhelm unter lauter anderen Männern mit Schutzhelm, Anweisungen befolgend. Bei Christine landeten regelmäßig ordentliche Geldbeträge an, Ambrose hielt seine laufenden Kosten niedrig. Er machte sich jeden Abend Essen auf seiner Einzelkochplatte und kaufte sich nie abgepackte Sandwiches, nur samstagabends gönnte er sich ein paar Bier. Er bewohnte ein Zimmer mit Gemeinschaftsbad im Flur und Telefon im Treppenhaus, der Apparat war über und über mit Aufklebern von Taxiunternehmen und indischen Takeaways bedeckt. Ambrose rief etwa alle zehn Tage zu Hause an, es war teuer, und Telefonieren war ohnehin nie sein Ding gewesen. Für ihn dienten Telefone einfach nur der knappen Übermittlung wichtiger Informationen. Ambrose erinnerte sich an die Briefe, die in seiner Kindheit aus Amerika gekommen waren. Es war immer wie ein Wunder erschienen, dass die zusammengefalteten Blätter ihre kleine Insel erreichten, und sie erregten großes Interesse, wurden an ein Dutzend Leute weitergereicht, jedes Wort wurde abgewogen und -geschätzt, die Briefmarken als Artefakte bestaunt. Ambrose wollte sich in diese Tradition einreihen, also investierte er in Schreibpapier und einen Parker-Füller und schrieb einmal die Woche nach Hause, wobei er große Sorgfalt auf seine Handschrift verwendete. Er vermutete, dass er mit diesen Briefen Erbstücke erschuf, und genau so war es, sie wurden alle aufgehoben. Niemals, weder in seinen Briefen noch am Telefon, ließ Ambrose durchblicken, wie unglücklich er da drüben war.

Auch Declan lernte, hart zu arbeiten und keine Worte darüber zu verlieren. Er war jetzt ein Krieger, wie wir die Männer auf der *Warrior III* nannten. Aber seine Arbeit glich eher der in einer Fabrik als dem Fischen, wie er es gewohnt war: Hier hieß es auf Kommando aufstehen, in der Kombüse Kalorien tanken, den zugewiesenen Posten einnehmen. Der Rhythmus von Schlaf, Essen, Arbeit hatte nichts mit normalen Zeitabläufen zu tun, er wurde allein von den Hols bestimmt, und manchmal vergingen fünfzehn Stunden, ohne dass Declan an die frische Luft kam. Auf seiner ersten Fangfahrt musste Declan noch die hier und da in den Gängen angebrachten Deckspläne studieren, um sich zurechtzufinden. Er bekam Ölzeug und eine Schwimmweste ausgehändigt, wurde aber zunächst zum Sortieren und Netzreparieren eingeteilt. Es half, fand Declan, an das Geld zu denken, das er verdiente.

In Erinnerung an frühere Verfehlungen steckte Declan ein Bündel Geldscheine in den Opferstock, aber nur vorsichtshalber, und gegenüber Brendan blieb er so distanziert wie eh und je. Die letzte Fahrt der *Dawn* war zu etwas Abstraktem, Traumartigem geworden, die Intensität dieser Erfahrung ließ sich auf dem Festland einfach nicht nachvollziehen. Es war eine Nacht gesteigerter Emotionen gewesen, krass und grotesk. Jegliche Gedanken, die ihm in jener Nacht zu Brendan gekommen sein mochten, waren vergessen.

Erst auf seiner dritten Fahrt mit der *Warrior III*, an einem Morgen von dunklem, eisigem Blau, grimmiger Kälte und anhaltendem Regen, wurde Declan endlich zum Decksdienst eingeteilt und mit vier anderen Männern ans Heck geschickt, um beim Netzhieven zu helfen. Wasser schwappte über das Deck und kräuselte sich um ihre Gummistiefel. Über ihnen kreisten schreiende Möwen. Die Wellen türmten sich nicht, sondern brachen in alle Richtungen, Bänder aus Grau und Weiß. Die *Warrior III* fuhr nur noch mit wenigen Knoten, als sich die Netztrommeln polternd in Bewegung setzten. Der Heckgalgen umrahmte den Horizont, und Declan verspürte so etwas wie Ehrfurcht, als die Scherbretter erschienen und gegen die Seiten krachten, jedes so schwer wie ein großes Auto. Er schaute zu den anderen Männern hinüber, aber die waren ungerührt. Auf ihren im Regen zusammengekniffenen Gesichtern zeichnete sich nur Aufmerksamkeit ab. Rechts und links begannen die Winden die vierhundert Meter langen Stahltrossen einzuholen. Über die Heckschleppe kamen Dutzende orangefarbene Auftriebskörper und schwarze Gummischeiben hoch, jede von der Größe eines Schubkarrenrades, alle in Reihen auf dem Grundgeschirr angeordnet. Als Nächstes traf Metall auf Metall, die Schäkel wurden über die Rampe gezogen, gefolgt von triefenden Ketten, deren Gerassel auf dem ganzen Schiff zu hören sein musste. Declan schaute über die Schulter zur Brücke hinauf und machte hinter der spiegelnden Fensterscheibe Tommy aus. Er stand an den heckwärts ausgerichteten Monitoren, bediente das Fanggeschirr, überwachte alles durchs Fenster und über die Bildschirme. Manchmal verstrichen Tage, ohne dass man Tommy aus der Nähe sah, er glich eher einem Firmenchef als einem Kapitän. Die Winden wurden angehalten, damit Kurrleinen und Scherbretter vom Fanggeschirr gelöst werden konnten. Declan fand sich schnell in die Choreografie des Arbeitsvorgangs ein. Das Netz wurde am Kranausleger befestigt, der den Fang im Wasser nach Steuerbord mittschiffs zog. Declan folgte mit den anderen Männern, ging im Zickzack über das schwankende Deck. Er versuchte immer, sich auf dem Boot ohne Festhalten fortzubewegen, eine der vielen kleinen Aufgaben, die er sich stellte, um die Zeit besser herumzubringen. Die hohen Wellen, die gegen den Rumpf schlugen, klangen wie Schüsse. Tommy steuerte die *Warrior III* mit der Backbordseite nach Luv, um der Besatzung etwas mehr Stabilität zu verschaffen. Jetzt wurde das Netz gehievt, ein paar erste Fische erschienen, in den Maschen verfangen, dann weitere Tonnen von Fisch. Wenn die Fische aus der Tiefe hochgezogen wurden, traten wegen des Druckabfalls ihre Augen hervor, und ihr Bauch füllte sich mit Gas. Eine Menge Fische steckten in den Maschen, ihre Mäuler öffneten und schlossen sich, manchmal blieb das Maul auch offen und die Schwimmblase stülpte sich hervor. Der Erste Offizier entdeckte einen Schaden am Netz und sagte Declan, er solle seine Netznadel parat halten. Der Steert kam hoch, ein riesiger Beutel voll Fisch, aus dem nicht nur Wasser rann, sondern auch Blut und eine graue Flüssigkeit, wie bei einem herausoperierten Gehirn. Der Gestank nach Meeresleben war überwältigend. Declan half, die Pumpe an das Netzende anzuschließen, dann wurde das Netz wieder ins Wasser gesenkt, denn unter Wasser würde der Fang besser frisch bleiben, bis die Pumpe ihre Arbeit getan hatte. Alle traten einen Schritt zurück, die Kapuzen wegen des strömenden Regens ins Gesicht gezogen, und zündeten sich Zigaretten an, während die Pumpe begann, die Fische aus dem Netz zu saugen und unter Deck zu befördern. Die Männer unten an den Transportbändern sortierten unerwünschte Tiere aus, ein großer toter Oktopus sorgte für Erstaunen und schallendes Gelächter. Er wurde zusammen mit einer großen Zahl Nördlicher Schleimköpfe sowie etlichen langen, halb zerdrückten Gebilden aus einer gallertartigen Substanz, die in übel riechende Stücke zerfielen, wenn man sie hochhob, über die Gammelrutsche entsorgt. Der Gestank war bestialisch, in der Enge unter Deck konnte man sich vorstellen, daran zugrunde zu gehen. Auch Dieselgeruch schwang darin mit. Taschenkrebse überleben den Druckabfall meistens, und ein paar Dutzend von ihnen krabbelten herum und suchten nach einem Versteck, auch sie wurden entsorgt. Der verwertbare Fisch wurde nach unten in die Seewassertanks geleitet, und Declan kletterte eine Leiter hinunter, um zuzusehen, wie sich so ein Tank füllte, und ein paar Fische prüfend herauszunehmen. Er war froh über die Kälte dort unten, sie drängte den Gestank etwas zurück. Die *Warrior III* hatte drei Fischtanks, größer als die Häuser in der High Lane, und würde von einer einzigen Fangfahrt mehr Fisch nach Hause bringen, als sein Vater im Laufe von zwanzig Jahren gefangen hatte.

Alle fassten mit an, um den nächsten Hol vorzubereiten; wenn sie innerhalb von neunzig Minuten wieder schleppten, würde Tommy zufrieden sein, und alle wollten, dass Tommy zufrieden war. Declan war steuerbords damit beschäftigt, zusammen mit Aloysius Concannon einen Riss im Netz zu flicken, als der Erste Offizier ihn über die Bordsprechanlage auf die Brücke beorderte. Declan sah Aloysius etwas beklommen an, aber der sagte, er habe auf Deck gute Arbeit geleistet. «Wahrscheinlich hat Tommy trotzdem irgendeinen Vorwand gefunden, dich rundzumachen», sagte er. «Die Kapitäne zeigen neuen Männern immer erst mal gern, wer der Chef ist.»

Declan war zum ersten Mal auf der Brücke, und sie erinnerte ihn an das Labor in der Schule, helles Holz und abgeteilte Arbeitsplätze. Es war sehr sauber dort und roch nach Kaffee. Es gab Seekarten unter Plexiglas und Stühle wie bei Raumschiff Enterprise, nur hatten diese hier höhere Beine. Durch die nach innen geneigten Fensterscheiben konnte er Meilen wogenden Meers sehen und war erneut beeindruckt, wie stetig die *Warrior III* durchs Wasser pflügte. See und Himmel waren von dem gleichen kalten Grau, aber hier drinnen war das Licht warm und kam aus verschiedenen Quellen: den Lampen über den Seekarten, den Anzeigen der Echolote, auf denen farbige Flecken und Daten aufleuchteten. Tommy stand vor einem der Bildschirme, er rief Declan zu sich und erklärte ihm, wie die Anzeige zu lesen war: wie man erkennen konnte, in welcher Wassertiefe ein Schwarm unterwegs war und um welche Fischart es sich handelte. Declan begriff, dass er keinen Ärger befürchten musste.

«Wahrscheinlich ist es nicht leicht ohne euren Vater?», fragte Tommy.

«Wir kommen zurecht», sagte Declan, der instinktiv alles abwehrte, was Selbstreflexion erfordert hätte. Vielleicht war es wirklich nicht leicht, aber er hatte darüber noch nicht nachgedacht.

«Er fehlt dir wahrscheinlich?», schob Tommy nach.

Declan machte eine uneindeutige Kopfbewegung.

«Meinst du, du bleibst bei der Fischerei?», fragte Tommy.

«Vermutlich», sagte Declan.

Das war nicht die Entschiedenheit, die Tommy sich gewünscht hätte, aber Declan war auch gerade erst achtzehn geworden. Tommy legte den Arm um ihn, ein Mittelding zwischen Umarmung und Schulterklopfen, und sagte: «Wenn du irgendwas brauchst, kommst du zu mir, ja?»

«Okay.»

Ambrose war keiner, der seine Gefühle körperlich ausdrückte, und Declan war Tommys Arm extrem unangenehm. Es war ihm wohl anzumerken, denn Tommy zog den Arm rasch zurück, nahm es ihm aber nicht übel, Declan war immer verschlossen gewesen. Tommy lächelte. «Egal was», sagte er, «ob hier oder an Land.»

An Land hätte Declan viel eher jemanden gebraucht, der sich seiner annahm, wir fanden, dass er auf See besser aufgehoben war. Nach jeder Fangfahrt bekam er einen

Rappel, ging erst mal direkt in den Pub und blieb bei den Trinkern hängen, die jeden Abend einen Zug durch die Gemeinde machten. Declan hatte sich ein Auto gekauft, und wenn er hörte, dass irgendwo gefeiert wurde, war ihm das ein willkommener Anlass, kilometerweit durch die Gegend zu rasen, damals machte man sich noch keine Gedanken über Alkohol am Steuer. Er ging auf ein Bier in die Pier Bar oder ins Ship Inn, und wenn Tommy zwei Tage später seine Besatzung zusammentrommeln wollte, briet Declan vielleicht gerade auf der Halbinsel für ein paar Ausländer Blutwurst, oder er war mit einem Mädchen zugange, oder er saß nach der Sperrstunde mit ein paar anderen im eigentlich geschlossenen Pub und trank der Dämmerung entgegen. «Ohne seinen Vater ist schon mancher junge Bursche außer Rand und Band geraten», sagten einige von uns ahnungsvoll. «Er wird sich irgendwann beruhigen», sagten andere. Aber wir wussten alle, dass manche Kerle nie zur Ruhe kommen. Wir hatten so ein paar dauerhaft Ruhelose unter uns, und an die erinnerte uns Declan, Leute die niedergeschlagen wirkten, aber einfach nicht stillhalten konnten. Die nicht gern mit sich allein waren und deshalb ständig um die Häuser ziehen mussten. Es bringt viel Elend, wenn jemand nicht in der Lage ist, an den meisten Abenden einigermaßen zufrieden zu Hause zu sitzen. Vielleicht hatten diese Leute keine Ahnung, warum sie das nicht konnten, und würden nie verstehen, was sie da eigentlich trieben, oder vielleicht wussten sie auch ganz genau, wann ihre letzte Chance auf Zufriedenheit verstrichen war, für immer zerronnen, ein abgelehnter Heiratsantrag, ein unverwindbarer Verlust. Jedenfalls brauchten sie jetzt unmittelbare Erlebnisse, Farben, Gelächter, durch Alkohol intensivierte Eindrücke, und das führte dazu, dass sie weiter tranken, weiter herumzogen, und sei es nur im Süden Donegals, gelegentlich auch bis nach Letterkenny.

Auch einige der Aussteiger waren so, und manchmal erkannten Vertreter der beiden Gruppen ihre Seelenverwandtschaft und taten sich zusammen. Die Aussteiger mussten sich noch viel stärker getrieben fühlen, niemand von ihnen stammte aus unserer Gegend, und es brauchte schon eine mächtige Kraft, um jemanden in diese abgelegene Region zu bringen. Wir mochten Donegal, aber die meisten von uns hätten bereitwillig zugegeben, dass wir vor allem deshalb hier lebten, weil wir hier geboren waren. Ein paar der Aussteiger schienen schreckliche Sorgen mitgebracht zu haben, sie hatten traurige Augen und fanden es schwierig, regelmäßig arbeiten zu gehen. In Drumbeg ging ein Mann voll bekleidet ins Meer und ertrank, seine Schuhe mit den Socken hatte er ordentlich auf einen Fels gestellt. Wir dachten es alle, aber keiner sprach es aus.

Aber nicht alle Aussteiger waren so, die meisten waren ganz entspannt, nur eben wurzellos, oder es waren einfach junge Leute, die etwas von der Welt sehen wollten. Sie kamen aus ganz Europa, ab und zu auch aus Amerika. Manche trugen Hippie-Klamotten, aber die meisten zogen sich an wie wir, ganz normal, und man unterhielt sich auch ganz normal mit ihnen, bis sie irgendwann etwas Eigenartiges sagten, und dann wusste man Bescheid. In der Kirche bekam man sie nie zu sehen. Wir hatten eine Vorliebe für Lokalpolitik, sie interessierten sich für die Weltpolitik. Sie waren gegen Atomwaffen, und wir waren es natürlich auch, nur hielten wir es nicht für nötig, uns groß darüber auszulassen. Manche von ihnen waren auch gegen das Fernsehen, sodass man sich unter Umständen ziemlich blöd vorkam, wenn man gefragt hatte, was sie von den neuesten Entwicklungen in dieser oder jener Vorabendserie hielten. Die etwas direkteren unter uns fragten vielleicht auch mal einen der Aussteiger: «Was führt dich eigentlich hierher?» Oft sagten sie, dass sie in der Natur leben wollten, und Natur hatten wir ja nun reichlich. Einige sagten auch, unsere einfache Lebensweise ziehe sie an, aber wir machten ihnen schnell klar, dass unser Leben nur einfach aussah.

Eine Zeit lang war ein Mädchen vom Festland unter ihnen, mit Zöpfen und einem tätowierten Vogel auf der Hand. Eine Niederländerin oder Deutsche oder Dänin, so was. Sie war ein Freigeist, tauchte ab und zu im Ship Inn auf und setzte sich zu uns in die Bar, allerdings war es schwer, ihre Formen zu beurteilen, denn sie trug immer weite Wollsachen. Eines Abends stiftete sie erhebliche Unruhe, als sie eine Tinwhistle aus dem Ärmel zog und anfing, darauf zu spielen. Es war nicht böse gemeint, wahrscheinlich dachte sie, es würde uns gefallen. Manus McManus trieb sie damit in die Lounge, und später kam er dann wie ein Entdecker zurück und berichtete, dass es in der Lounge eigentlich richtig nett war. Trotz der drohenden Tinwhistle fand Declan Gefallen an dem Mädchen und versuchte in der Bar, ihr näherzukommen. Sein Stil war für örtliche Maßstäbe völlig in Ordnung; er hatte ein Auto und eine feste Arbeitsstelle, strahlte etwas Solides aus, und mit der Aussicht auf ein bisschen Geknutsche konnte er einen beißenden Witz entfalten. Aber für eine Aussteigerin kam er vielleicht doch ein bisschen raubeinig und konventionell daher, die standen ja eher auf lange Haare, Sozialismus, Gitarrespielen und so was. Es lief nicht, wie er es sich erhofft hatte, und dann sagte sie, sie müsse nach Hause, und glitt von ihrem Barhocker. Als letzten Versuch bot Declan ihr an, sie nach Hause zu fahren. Sie willigte ein, plauderte aber während der Fahrt unablässig, damit er nicht auf dumme Gedanken kam.

Sie lebte mit vier oder fünf anderen Aussteigern in einem gemieteten Bungalow bei Binroe, dem früheren Haus der McGettigans, die nach England gegangen waren. Es war fast vollständig von Ginster umwachsen, hinter dem Haus gingen die Büsche in Felsboden und dann die Küste über. Im Garten stand, noch aus den Zeiten, als der Bungalow das respektable Heim einer Familie gewesen war, ein Gewächshaus, das jetzt einige zerbrochene Scheiben aufwies. Zu seiner Enttäuschung sah Declan vier Autos und einen Transporter in der Einfahrt stehen. Eine Party war im Gange, durchs Fenster konnte er die Silhouetten von Menschen sehen. Declan hatte auf Zweisamkeit mit dem Mädchen gehofft, doch er lud sich trotzdem selbst ein. In dem großen Wohnzimmer befanden sich fast zwei Dutzend Leute, anscheinend hatten sie sich in einem Pub getroffen und waren dann hierhergefahren, wo sie Joints rauchen und billiges Dosenbier trinken konnten. Ein paar Leute aus dem Ort hatte es mit hierherverschlagen, an der Küchentür stand Derek Gill, ein Bier in der Hand und ein breites Grinsen im Gesicht, offenbar war er begeistert, hier zu sein, traute sich zugleich aber nicht, sich vom Fleck zu rühren. Er war ein Einfaltspinsel, der den Mund nicht aufkriegte, wurde aber toleriert. Bei seinem Anblick wusste Declan, welchen Eindruck er *nicht* vermitteln wollte, also setzte er sich, ohne zu fragen, auf den freien Stuhl, der in der Mitte des Zimmers stand. Um ihn herum waren vier oder fünf Unterhaltungen im Gange, aus der Stereoanlage erklang, zu laut, eine rauchige Stimme, und es roch stark nach Haschisch. Das Festlandmädchen reichte ihm eine Dose Bier und verschwand, er sollte sie nicht mehr wiedersehen. Er schaute sich um – es gab hier eine keltische Harfe, einen Notenständer, Hunderte aufeinandergestapelter Bücher, eine unverkennbare Vorliebe für tropfende Kerzen und ein Exemplar des hirnrissigsten Möbelstücks, das jemals nach Donegal geschmuggelt worden war: einen Sitzsack. Der Typ, der darauf saß, sah aus wie ein Trottel. Zu allem Überfluss hielten sich die Aussteiger ein Frettchen namens Bullet, das gerade bei Sandra auf dem Schoß hockte und ausgiebig von ihr gestreichelt wurde. Sandra saß auf dem Sofa gegenüber von Declan, sie hatte etwas Mediterranes an sich, stammte aber aus Dublin. Sie war um die siebenundzwanzig und hätte als attraktiv gelten können, wären da nicht ihr Nasenring und der kahl geschorene Kopf gewesen. Sie stand wohl unter dem Einfluss von Sinéad O'Connor, dieser Sängerin. Sandra trug Buttons mit politischen Statements, und wir hatten einmal miterlebt, wie sie unhöflich zu einer Nonne war. Am anderen Ende des Sofas saß Justin, der Hippie. Er hatte einen langen grauen Bart und war Amerikaner, ursprünglich war er nach Irland gekommen, um der Einberufung zu entgehen. Zwischen den beiden saß Brendan Bonnar. Er schien sich hier wohlzufühlen, wirkte entspannt, aber weggetreten, seine Pupillen waren erweitert. Ganz offensichtlich rauchte er Haschisch, also beschloss Declan, dass er das nicht tun würde, vielleicht überhaupt nie, er würde beim Alkohol bleiben, und wie zur Bekräftigung drückte er seine Bierdose zusammen. Er und Brendan sahen einander an, sagten aber nichts.

Sandra bedachte Declan mit einem freundlichen Lächeln, sie wohnte schon am längsten hier und hatte die Rolle der Mammy inne. Sie hatte Declan wohl mal an der Landungsbrücke gesehen, denn sie fragte: «Und, was machen die Makrelen?»

«Wenn hier noch irgendwo eine Makrele unterwegs ist, dann fühlt sie sich bestimmt einsam», sagte Declan. «Die Schwärme sind jetzt alle vor Norwegen.» Er war froh, dass sich gleich bei diesem ersten Austausch die Gelegenheit bot, Sandra zu korrigieren. Declan war überzeugt, dass alle in diesem Zimmer wegen irgendetwas korrigiert werden mussten. Man brauchte sie sich doch nur mal anschauen: Die Männer kicherten wie Mädchen, und die Hälfte der Leute hier lebte auf Stütze.

Sandra sah ihn erwartungsvoll an, doch er sagte nichts mehr, also legte sie die Hand auf Brendans Handgelenk und sagte: «Das ist der Junge aus dem Meer, kennst du ihn?»

Declan überlegte kurz, ob er gerade auf die Probe gestellt wurde, kam aber zu dem Schluss, dass nicht. Die meisten Einheimischen kannten die Bonnars und ihre

Geschichte, aber Fremde wie Sandra oder Justin konnten durchaus ahnungslos sein. Die Musik dröhnte, und die übrigen Unterhaltungen gingen weiter, von den anderen würde sie also niemand aufklären. Brendans Miene war ausdruckslos, stoned, aber Declan vermutete, dass er sehr wohl zuhörte und darauf wartete, dass Declan behauptete, ihn nicht zu kennen, wofür Brendan ihn dann verurteilen könnte. Diese Genugtuung gönnte Declan ihm nicht, deshalb wich er aus. «Das ist aber nicht sein echter Name», sagte er.

Sandra lächelte, sie konnten ziemlich herablassend sein, diese Aussteiger. «Nein, das wäre ein bisschen umständlich, oder? Er heißt Brendan.»

Declan trank aus seiner Bierdose und sagte nichts.

«Er ist hier aufgewachsen», sagte Sandra. «Du auch?»

Sie ließ nicht locker. Sandra hatte zwei Einheimische ähnlichen Alters vor sich und weigerte sich, Declans Ausweichmanöver hinzunehmen. «Er kennt mich», sagte Declan.

Sandra faltete entzückt die Hände. «Das ist so schön, wie ihr das hier ausdrückt – *Er kennt mich* statt *Ich kenne ihn*. Warum dreht ihr das um?»

Declan sagte das oft so, aber er hatte keinerlei Verlangen danach, sich dieser Außenstehenden zu erklären. Außerdem wusste er eh keine Antwort, er hatte diese Ausdrucksweise einfach von seinem Vater übernommen. Sein Schweigen gab Justin, dem Hippie, die Gelegenheit, seine Theorie vorzubringen. «Die Menschen hier haben etwas zutiefst Widerspenstiges», sagte er. «Das verdreht manchmal auch ihre Sprache.»

Dieser Unsinn gefiel Declan gar nicht, und er war sich sicher, Feindseligkeit darin zu spüren – so viel zu der Annahme, die Hippies seien verträgliche, liebenswürdige Menschen. Der Druck, eine bessere Antwort zu finden, verhalf Declan zu einer Erkenntnis: «Nein, es liegt einfach daran, dass wir keine Alleswisser sind», sagte er. «Jeder Mensch hat ein Privatleben und auch ein Recht darauf. Wir behaupten nicht, alles über jemanden zu wissen, so als wäre er vollkommen durchschaubar, das wäre arrogant. Deshalb behaupten wir nicht, jemand anders zu *kennen*.»

«Aber wenn andere behaupten, euch zu kennen, macht euch das nichts?», fragte Sandra.

«Wir sind bereit einzugestehen, dass andere vielleicht mehr wissen als wir selbst», sagte Declan. «Aber damit setzen wir uns nicht selbst herab, sondern wir sind einfach großzügig.»

«Das ist echt faszinierend», sagte Sandra wie eine Anthropologin, die gerade ein Thema für ein neues Buch entdeckt hatte.

Während dieser ganzen Zeit hatte Brendan bis auf ein gelegentliches langsames Blinzeln keine Regung gezeigt. Sandra lehnte sich ins Sofa zurück und begann, wieder das Frettchen zu streicheln, das sich genießerisch zu seiner vollen Länge ausgestreckt hatte. Declan bemerkte, dass Sandras Bein vom Knie bis zur Hüfte das von Brendan berührte, intimer als nötig, und auch mit Kopf und Schultern war sie zu ihm geneigt. Die hatten ja wohl nicht was miteinander? Ihm wurde schwindlig bei dem Gedanken, legal wäre es ja, gerade so, aber – in diesem

Moment legte Sandra Brendan die Hand aufs Bein, und Declan versuchte krampfhaft, diese Geste zu interpretieren, ohne sich anmerken zu lassen, dass er sie gesehen hatte. Wie eine Berührung unter Liebenden sah es nicht aus, eher so, wie wenn man seinen senilen Onkel im Altenheim tätschelt, aber die Hand blieb lange dort liegen. Sandra führte ihr Gesicht näher an das von Brendan heran, noch näher, dann hielt sie inne und studierte seine halb komatöse Miene. «Er hat sich in verborgene Gewässer zurückgezogen», sagte sie, es klang wie eine Diagnose. «Wenn der Junge aus dem Meer so entrückt ist, heißt das, er ist direkt an der Quelle. Wir bestehen zum größten Teil aus Wasser, und wenn wir uns ihm öffnen, können wir direkt aus ihm schöpfen: Im Meer liegt Weisheit, alles Leben hat dort seinen Ursprung. Brendan ist jetzt eins mit dem Meer, wenn du irgendwelche Sorgen hast, kannst du ihm Fragen dazu stellen. Er wird versuchen, die Weisheit zu dir zu lenken und dir zu helfen.»

Brendan hatte also ein neues Publikum gefunden. Was für eine Bedürftigkeit, dachte Declan verächtlich, was für eine Verzweiflung, doch im nächsten Moment fiel ihm ein, dass Brendan doch nicht so eine Lusche war, immerhin war er so schlau gewesen, an der Schule zu bleiben, später in diesem Jahr würde er seine Abschlussprüfungen machen. Declans Groll, nie allzu tief vergraben, trat wieder an die Oberfläche. Er hatte gerade sechs Tage damit verbracht, auf Höhe der Porcupine Bank gegen Langeweile und Übelkeit anzukämpfen.

«Ich habe ein paarmal gute Hinweise von ihm bekommen», sagte Justin, der Hippie, aber er sagte es lächelnd, nicht so ehrfürchtig wie Sandra. Die anderen im Zimmer merkten jetzt, dass etwas im Gange war, das ihre Aufmerksamkeit verdiente, und verstummten. Vielleicht nahmen sie das Ganze nicht ernst, aber sie waren auf jeden Fall neugierig. Die Musik wurde ausgeschaltet, und alle Anwesenden schauten zu Declan. Jetzt verstand er, warum der Stuhl frei gewesen war.

«Gibt es irgendetwas, was du den Jungen aus dem Meer gern fragen würdest?», fragte Sandra ihn, und alle warteten darauf, dass er etwas sagte.

Declan schaute Brendan an, er hatte durchaus eine Frage an ihn. Er stellte seine Bierdose auf den Boden, legte sich eine Hand aufs Knie und beugte sich vor, eine kleine Bewegung nur, doch er sah, dass Brendans Augen ihm folgten, und jetzt war er sich zum ersten Mal absolut sicher, dass Brendan um seine Gegenwart wusste. Er machte eine beiläufige Geste in Sandras Richtung und fragte: «Fickst du die?»

Brendan fuhr aus seiner Trance hoch. Sandra, im ersten Moment geschockt, wurde steif und eisig. «Also, echt!», sagte sie, ihre Hand war mitten auf dem Frettchen in der Bewegung erstarrt. Das Tier drehte den Kopf und stierte Declan böse an, die kleinen Zähne gebleckt, und Justin, der Hippie, schaute ähnlich drein. Declan war es egal, was die anderen dachten, er war mit sich zufrieden. Brendans Gesicht war wieder belebt, anscheinend war er von den verborgenen Gewässern zurückgekehrt. «Kümmert euch nicht um den Kerl, er ist es nicht wert», sagte Brendan zu den anderen. «Ich kenne ihn. Ich kenne ihn besser als sonst irgendwer.»

13.

Lange nach diesem Abend bei Sandra ließ sich Brendan noch einmal durch den Kopf gehen, was er über Declan gesagt hatte. Ja, Declan war für ihn leicht zu durchschauen, aber aus beneidenswerten Gründen: Er war normal, unkompliziert, schien sich selbst zu verstehen, Eigenschaften, die den meisten Leuten sympathisch waren. Unser Umgang mit Declan war mühelos, und Brendan wusste, dass er ganz anders wirkte: schwierig, unsicher, unberechenbar sogar für sich selbst. Für Brendan glich die Begegnung mit einem anderen Menschen einer komplizierten Apparatur mit verborgenem Getriebe, nicht beschrifteten Schaltern und unklarem Produkt. Man sah es in seinen Augen, wenn man mit ihm sprach, er fragte sich, was man von ihm wollte, was von ihm erwartet wurde. Wir fanden, dass es auch ihm, wie Declan, hätte, wenn sein Vater da gewesen wäre und ihm Orientierung geboten hätte, und sei es nur durch sein Vorbild, aber Ambrose war nach wie vor in England.

Brendan begann, einen gewissen Snobismus zu entwickeln, er war zu dem Schluss gekommen, dass wir zu dumm waren, um seine Individualität zu verstehen. Die Aussteiger hatten etwas mehr Fantasie, und Brendan fühlte sich zu ihnen hingezogen, denn auch sie hatten mit den Konventionen gebrochen. Aber aus der Anziehung wurde Bedürftigkeit, und Brendan merkte, dass er sie zu nerven begann. Er war erst sechzehn und seine Persönlichkeit noch nicht ausgeformt. Er sah die Enttäuschung in ihren Gesichtern, wenn er unangekündigt bei ihnen auftauchte, von dem Bedürfnis getrieben, irgendwo dazuzugehören, ohne dass er aber selbst etwas zu bieten gehabt hätte.

Eines späten Abends ging Brendan wieder zu dem Bungalow und stellte fest, dass zwar alle Lichter brannten, aber niemand im Wohnzimmer war. Die Hintertür stand offen, doch auch in der Küche war niemand. Er fuhr zusammen, als er ein langes, mäanderndes Heulen hörte, das von der Küste jenseits der Ginsterbüsche kam. Nicht das Geheul eines Tiers, sondern das eines Menschen, gefolgt von Beifallsrufen und Gelächter. Brendan verkrampfte sich, nicht wegen des Heulens, sondern wegen der Reaktionen: In dem Beifall schwang keine Großzügigkeit mit, in dem Gelächter keine Gemeinsamkeit. Er ging zu dem ausgetretenen Pfad, der durchs Gebüsch führte, das Neonlicht aus der Küche beleuchtete seinen Weg. Eine Gestalt kam ihm entgegengestolpert, einen Arm gehoben, um das Gesicht vor den Ginsterzweigen zu schützen. Es war Derek Gill. Als er Brendan sah, sagte er: «Geh da nicht runter. Die sind völlig durchgeknallt.» Dann lief er davon.

Brendan ging weiter. Der Seetang roch unangenehm, aber harmlos im Vergleich zu dem Gestank der zermahlenen Gräten, Köpfe und Eingeweide, der von der nahen Fischmehlfabrik ausging. Es war ein windstiller Abend, sodass der Geruch schwer in der Luft lag, sie ganz erfüllte. Die Lichter aus der Stadt warfen zitternde Linien auf das schwarze Wasser, und draußen in der Bucht markierten rote Baken die Netzgehege der Lachsfarm. Justin, der Hippie, kauerte auf einem großen Fels, und fünf andere Aussteiger standen vor ihm, zwischen Haufen von Seetang. Justin entdeckte Brendan und stieß ein Brüllen aus, eine Art herrische Begrüßung, die Brendan an den Schulhof erinnerte. Auch Sandra war da, und Brendan trat zu ihr. Sie saß in einem mitgebrachten Liegestuhl, einen Becher Tee in der Hand, als gehörte sie nicht dazu, sondern wäre nur eine Beobachterin.

Justin stand auf, stemmte die Hände in die Hüften, legte den Kopf in den Nacken und heulte. Es war ein beeindruckendes Heulen, anhaltend und wolfsartig, mit etwas Klagendem darin, sicher weit übers Wasser hörbar. Brendan war gebannt. Die Aussteiger unten hoben die Arme oder machten anerkennende Bemerkungen, während das Heulen verklang. Danach deutete Justin auf Brendan und sagte, noch schwer atmend: «Na los, lass es raus.»

Brendan lächelte unbehaglich. «Was denn?»

«Deinen Schmerz, setz ihn frei!», rief Justin mit einer Handbewegung Richtung Westen, zum Meer. «Heul so wie damals, als du geboren wurdest!»

Für die Dauer eines Wimpernschlags wurde Brendan fortgetragen. Er hatte eine so klare Vision vom Steinstrand, dass er einen Schritt zurücktrat. Sandra holte ihn in die Wirklichkeit zurück, als sie sagte: «Justin hat manchmal solche Anwandlungen.»

Tatsächlich war es nicht der erste Abend, an dem dieses Theater stattfand. Schon seit Monaten hörten wir ab und zu ein Heulen, bei ruhigem Wetter trug es bis zum Kai. Wir wussten nicht, wer oder was so heulte, aber bescheuert waren wir nicht, und ein Besucher aus Galway, der meinte, es sei eine Banshee, wurde gehörig verspottet. Irgendwann fanden wir dann heraus, dass das Geheul von den Aussteigern kam. «Die Aussteiger heulen mal wieder», sagten wir, als würden wir das Wetter kommentieren. Wir fanden diese öffentliche Zurschaustellung maßlos und kindisch – natürlich sollte man heulen, wenn es einem half, keine Frage, aber doch bitte zu Hause bei geschlossenen Fenstern. So machten wir das.

«Na los, ihr alle!», rief Justin. «Zeigt dem Jungen, wie das geht!»

Jetzt begannen auch die anderen zu heulen, ein schreckliches, ausgedehntes Klagen, das die Sehnen an ihren Hälsen hervortreten ließ. Einige wurden so rot im Gesicht, dass man sich um ihre Gesundheit sorgen musste. Sandra stimmte ebenfalls mit ein, allerdings war ihr Geheul eher damenhaft, dadurch beschränkt, dass sie sitzen blieb und sich weigerte, ihren Teebecher abzustellen. Die anderen reckten sich in die Höhe, von den Fußballen bis zu den verzerrten Gesichtern, und ihre lang gezogenen Heuler überlagerten einander. Hätte man Punkte vergeben, dann hätte Justins Darbietung in der Bewertung ganz oben gelegen, doch zugleich war sein Geheul zu routiniert, mehr vorgeführt als gelebt, und man merkte, dass ihm das Ritual nicht mehr half, was vielleicht seine Frustration erklärte. Die anderen waren nicht so geübt, doch ihre Versuche gruben sich in die Erinnerung ein.

Ihre Schreie verstörten, waren offenkundig schmerzhaft oder sogar gesundheitsschädlich, aber zugleich waren sie von Aufrichtigkeit durchdrungen. Ihr Geheul hatte einen Sinn.

Brendan bekam von alldem nicht viel mit. Er war längst fort.

Zu Hause kam Declan manchmal auf die Aussteiger zu sprechen. «Von denen solltest du dich fernhalten», sagte er zu Brendan.

«Es sind meine Freunde», erwiderte Brendan, aber nur mäßig überzeugend.

«Du bist für die doch nur eine Art Kuscheltier», sagte Declan, «die halten dich für einen Vollidioten.»

«Hört auf, Jungs», sagte Christine.

Immerhin redeten sie miteinander. Es gab Zeiten, da verhielt sich Declan wie ein Bruder: ein streitsüchtiger, gemeiner, scharfzüngiger und launischer zwar, aber dennoch ein Bruder. Christine fragte sich, ob das durch die Abwesenheit des Vaters möglich wurde, vielleicht würden die beiden einander schließlich und endlich akzeptieren lernen, wenn sie nicht mehr um seine Aufmerksamkeit buhlen mussten.

Declan machte Brendan eines Abends sogar Essen, oder vielmehr beschwerte er sich nicht, als Christine ihn dazu aufforderte. Declan war mit einer Flasche Weißwein und einem Beutel Seeteufelschwänze nach Hause gekommen, beides hatte er von dem Koch eines französischen Boots bekommen. Er legte zwei Seeteufelschwänze auf das Schneidebrett und zog ein Messer durch den Schärfer.

«Brendan ist auch da, er ist in eurem Zimmer und macht Hausaufgaben», sagte Christine. «Wenn du für mich kochst, musst du auch für ihn kochen.» Declan klatschte einen dritten Seeteufelschwanz auf das Brett, dann nahm er eine Pfanne und einen Krug aus dem Schrank sowie einen Fischwender, den er sich selbst gekauft hatte.

«Um Mitternacht fahre ich wieder mit der *Warrior* aus, für eine Woche», sagte er. Declan war nach Klagen zumute, aber er wollte nicht, dass Brendan hörte, wie sehr er das Fischen hasste, das wäre ein geschenkter Sieg. Declan schloss die Tür, ehe er hinzufügte: «Und in jeder einzelnen Sekunde dieser Woche werde ich das Festland vermissen.»

«Keinen übertriebenen Aufwand bitte», sagte Christine, die am Tisch saß und Declans bereitgelegte Utensilien betrachtete. Viele Mammys hätten sich über diese Umkehrung gefreut: mal selbst bekocht zu werden, aber Christine war zappelig, sie ärgerte sich darüber, wie viele Küchengeräte Declan verwendete, um für ganze drei Personen zu kochen, denn sie wusste, dass sie nachher alles würde abspülen müssen. Außerdem wollte sie Declan nicht schon wieder über seine Arbeit herumjammern hören – sie saugte den ganzen Tag die Teppichböden im Hotel, aber von ihr hörte man keine Klagen.

«Es macht einen fertig, da draußen zu sein», sagte Declan, «diese Monotonie, die Erschöpfung, der Gestank.»

Er kappte das Ende der Mittelgräte, entfernte die Haut, die grau und silbrig war, und schnippelte die Bauchflossen weg. Dann gab er die Seeteufelschwänze in die Pfanne mit geschmolzener Butter und briet sie von beiden Seiten an, ehe er sie mit Brühe aufgoss. Die Knoblauchpresse war noch nicht bis zu uns vorgedrungen, aber Declan zerkleinerte eine Zehe nach der anderen mit der Reibe, bis eine schockierende Menge fein geraspelten Knoblauchs im Sud gelandet war. Er stellte die Pfanne in den heißen Ofen, setzte eine große Portion Reis auf, dann zerteilte er Brokkoli und gab ihn in den kleinsten Topf. Die Bonnars hatten keinen Dampfgarer, aber ein bisschen Wasser am Boden des Topfes würde den gleichen Effekt haben. «Diese Typen hören nie auf zu spotten», sagte er. «Die stehen an den Transportbändern, schauen dir grinsend zu und warten nur darauf, dass du Mist baust, damit sie sich darüber lustig machen können.» Declan griff in den Kühlschrank und holte etwas Petersilie heraus, die er auf dem Brett in einem atemberaubenden Tempo hackte, die Messerklinge wie von einer Maschine angetrieben. Als der Fisch fertig war, öffnete Declan den Wein und gab ein bisschen davon in die Pfanne. Er stellte drei Teller zum Vorwärmen in den Ofen, dann schabte er die gehackte Petersilie in die Pfanne und fügte einen Schuss Sahne hinzu. Er schmeckte die Soße ab, was Christine nicht mochte, denn sie wusste, dass er sich dann beschweren würde, wenn sie nachsalzte, angeblich sei der Geschmack «ausbalanciert». Noch mehr Ärger würde es geben, wenn sie nach dem Ketchup griff.

«Ich denke oft, dass ich verrückt werde da draußen», sagte Declan. «Einmal habe ich geträumt, dass wir sinken, und als ich aufgewacht bin und es gar nicht stimmte, war ich richtig enttäuscht.»

Dreimal hintereinander füllte er eine Schale mit Reis

und stürzte sie jeweils auf einen der Teller, sodass der Reis als Halbkugel dort lag. Manche Leute hätten sich an diesem Anblick erfreut, aber Christine sah nur eine Schale, die ohne guten Grund würde gespült werden müssen. Declan arrangierte Brokkoli und Fisch neben dem Reis, goss dann die dampfende Soße darüber, garnierte alles mit Petersilie. «Tommy meint, es dauert eine Weile, bis man wirklich seefest ist, und ich soll dranbleiben», sagte er. «Aber ganz ehrlich, ich bin mir nicht sicher, ob ich zum Fischer geschaffen bin.» Das Küchentuch über der Schulter, trug Declan die Teller einzeln zum Tisch und setzte sich dann zu seiner Mammy.

«Ich kann mir einfach nicht vorstellen, womit du sonst deinen Lebensunterhalt verdienen könntest», sagte sie.

Kurz darauf kam auch Brendan und setzte sich. Seit Neuestem ließ er sich das Haar wachsen. Sie fingen an zu essen. Brendan schien beeindruckt, er studierte jede Gabelvoll, ließ sich das Essen auf der Zunge zergehen und gab anerkennende Laute von sich. Christine, verhärmt, aß so ähnlich wie früher ihr Vater: schnell und freudlos, allerdings nicht so geräuschvoll. Sie war als Erste fertig und ging in ihr Zimmer, um irgendeine Hausarbeit zu erledigen, sodass die Jungen allein am Tisch zurückblieben. Brendan hob die Gabel mit seinem letzten Stück Fisch und betrachtete es nachdenklich. Als er dann etwas sagte, war Declan war überrascht, auf welche Weise er von ihren Eltern sprach, denn er bezeichnete sie nicht als Dad und Mammy. «Christine und Ambrose Bonnar», sagte Brendan, «haben ihre eigenen Probleme, die werden nie verstehen, was das Beste für dich ist. Wenn du nicht zum Fischer geschaffen bist, solltest du herausfinden, was dein Weg ist.»

Declan war plötzlich fuchsteufelswild. «Verpiss dich», sagte er, aber dann war er es, der aufsprang. Mit angespannten Schultern ging er ans Fenster, drehte sich um und starrte Brendan böse an. Der Ausdruck «passiv aggressiv» war uns noch nicht bekannt, aber die Verhaltensweise sehr wohl. Dabei hatte Brendan ja nichts Falsches gesagt, ganz im Gegenteil, und Declan ahnte es. Nach kurzem Schweigen wandte sich Brendan wieder seinem Teller zu und genoss die letzten Bissen, ungeachtet des Hasses, der von der anderen Seite des Zimmers zu ihm herüberdrang.

Das Telefon klingelte. Ihr Vater hatte diese Woche schon angerufen, aber es war seine übliche Zeit, wahrscheinlich war er es. Brendan stand auf, um den Anruf entgegenzunehmen, aber Declan schoss an ihm vorbei in den Flur, wild entschlossen, als Erster mit ihrem Vater zu sprechen, wenigstens das. Er riss den Hörer hoch, doch am anderen Ende war nicht Ambrose, sondern einer seiner Brüder, der Christine sprechen wollte. Declan und Brendan warteten neben ihrer Mammy, sie wussten, dass etwas nicht stimmte. Der Bruder sprach laut, und Declan und Brendan hörten deutlich, wie er sagte: «Ambrose hat uns verlassen.»

«Verlassen?», fragte Christine.

«Für immer.»

Wir kannten den Tod. Unsere ganze Lebensweise war dem Tod zugeneigt. Alt und Jung lebten miteinander, das

Altern und Hinscheiden waren keine verborgenen Vorgänge. Auch darf man die gefährlichen Straßen nicht vergessen, unsere Arbeit auf See und die Entfernung bis zur nächsten Notaufnahme, wir wussten, dass es uns alle jederzeit erwischen konnte. Wenn man auf unserem Friedhof die Grabsteine betrachtet, findet man jedes Alter vertreten, weit gleichmäßiger verteilt als in jeder Großstadt. Trotzdem war der Tod für die unmittelbar Betroffenen, die Hinterbliebenen, ein Schock. Wir wussten, dass Ambrose seine Söhne ohne brüderliche Verbundenheit hinterließ, und die hätten sie jetzt gut gebrauchen können. Für uns andere bedeutete ein Todesfall immer, dass wir als Gemeinschaft zusammenrückten und sehr geschäftig wurden. Unsere erste Aufgabe bestand darin, allen Bescheid zu sagen, die Bescheid wissen mussten, und die zweite, auch jenen Bescheid zu sagen, die es würden wissen wollen. In Ambroses Fall kamen da sehr viele Leute zusammen, er war bekannt und beliebt gewesen, stammte aus einer großen Familie und hatte auf vielen Booten gearbeitet: Zahllose Menschen mussten informiert werden. Familiennetzwerke wurden aktiviert, und die Nachricht wurde an und über Tanten und Onkel, Cousins und Cousinen weitergegeben. Wer kein Telefon hatte, zu dem fuhr jemand, oder wir riefen bei den Nachbarn an. Lebte jemand in weiter Ferne, strengten wir uns besonders an, organisierten Telefonketten, folgten jedem Hinweis und jeder Möglichkeit, bis die Nachricht überbracht war.

Alle fragten, wie Ambrose umgekommen war: Bei der Arbeit auf der Baustelle war eine Gerüstbohle unter dem Gewicht einer vollgeladenen Mörtelwanne eingebrochen.

Ambrose war nicht durch die Bruchstelle gestürzt, sondern beim Sprung nach hinten, er fiel auf sechs aus dem Beton emporragende Armierungen. Diejenige, die sich in seine Seite bohrte, hätte er vielleicht überleben können, aber nicht die im Hals, er verlor Unmengen von Blut, und damit war es vorbei für Ambrose. «Wenigstens ging es schnell», sagten wir. In dieser Woche drehte sich jede Unterhaltung in der Stadt innerhalb kürzester Zeit um Ambrose, und der Satz war auf der Straße und in den Läden immer wieder zu hören: «Wenigstens ging es schnell.»

Ambroses Leichnam wurde nach Dublin geflogen, und Barney Lamb fuhr ihn abholen, während das Haus der Bonnars vorbereitet wurde. J.J. Brown war eine große Hilfe, er kam mit einem Teespender und mehreren gestärkten weißen Leinentüchern. Die Tücher waren so groß, dass sie, über das Bett gebreitet, bis zum Boden reichten und auch das Kopfbrett abdeckten, es sah aus wie ein Altar, still und friedlich. Phyllis räumte alles weg, was diesen Eindruck hätte stören können, die Hausschuhe an der Tür, den Lippenstift auf der Kommode, verbarg die Sachen oder schaffte sie gleich ganz aus dem Zimmer. Das Radio stellte Christine später wieder ans Bett, es kam ihr schrecklich vor, Ambrose sein Radio wegzunehmen. Die Schwestern traten ans Fenster, als Barney den Leichenwagen vor dem Haus parkte. Er arbeitete zu dieser Zeit gerade seinen Sohn ein und hatte ihn mitgebracht, damit er ihm mit dem Sarg half.

«Ich hoffe, dieser junge Spund ist der Sache gewachsen», sagte Christine mit Blick auf den Kasten, in dem ihr Mann lag.

«Die Jungs sollten hier sein und helfen», sagte Phyllis kalt.

Christine antwortete nicht. Es wäre ja in Ordnung gewesen, wenn sie zusammen unterwegs gewesen wären, aber Christine wusste, dass dem nicht so war. Declan war wahrscheinlich in einem seiner Pubs, obwohl es noch früh war, und Brendan war allein, irgendwo an der Küste oder auf einer der Landstraßen.

Die Enge im Bungalow war für Barney Lamb kein Problem, und er lotste seinen Sohn geduldig um alle Ecken. Wir hielten große Stücke auf Barney, aber wir hatten unsere Zweifel, ob sein Sohn als Bestatter jemals das gleiche Feingefühl entwickeln würde. Sie stellten den Sarg auf das Leinentuch, und Barney fragte mit dieser schönen sanften Stimme, die er haben konnte, ob sie den Sargdeckel abnehmen sollten. Christine sagte Ja, ging aber aus dem Zimmer. Als die Lambs herauskamen, bot Phyllis ihnen einen Tee an. Der Sohn hätte das Angebot angenommen und auch nach Plätzchen Ausschau gehalten, aber Barney wusste, wann man einen Tee trank und wann nicht, und dies war einer der Momente, wo man es nicht tat. Er reichte Christine einen Umschlag mit dem Bericht des Coroners, dann gingen die Lambs. Christine trat an den Sarg. Da lag er, Ambrose Bonnar, in seiner ganzen Körperlichkeit. Sein Haar war angeklascht, seine Haut hatte einen unnatürlichen Glanz, und die Schminke konnte den Bluterguss unter dem einen Auge nicht ganz verdecken. Christine hob eine Hand an ihre Wange, nicht erschrocken, sondern so, als sänne sie über ein Problem nach.

Phyllis stellte sich zu ihr. «Schön haben sie ihn hergerichtet», sagte sie, die freundlichsten Worte hatte sie immer für gutes Handwerk.

«Aber sein gutes Aussehen ist dahin», sagte Christine.

Ambrose trug Anzug und Krawatte, zum ersten Mal seit Brendans Firmung, der Hemdkragen war nach oben gezogen, damit sein Hals verdeckt war. Phyllis zupfte die Ärmel zurecht, damit die weißen Manschetten auf beiden Seiten gleich weit hervorlugten.

«Wahrscheinlich war es nie das Gesicht an sich», sagte Christine nachdenklich. «Sondern eher der Ausdruck, man hat sich immer gefragt, was er wohl gerade denkt.»

Sie betrachteten ihn wieder eine Weile.

«Ich würde den Deckel gerne wieder drauftun», sagte Christine, «aber wenn seine Leute kommen, werden sie verlangen, dass der Sarg offen ist.»

«Noch sind sie nicht hier», sagte Phyllis.

Sie packten den Sargdeckel jeweils an einem Ende und hoben ihn hoch, fühlten sich über den Lack verbunden. «So wie ich die kenne, werden sie auch Münzen auf seinen Augen wollen», sagte Christine, «aber das will ich nicht, ich finde es gruselig.»

Phyllis sah sie fest an. «Keine Sorge, das werde ich nicht zulassen», sagte sie.

Sie setzten den Deckel auf den Sarg und traten zurück, um sich das ganze Arrangement noch einmal anzusehen. Phyllis holte tief Luft und sagte: «Also dann.»

Drei Abende lang füllte sich das Haus, wir alle kamen mindestens einmal vorbei. Zu jeder beliebigen Zeit waren ein oder zwei Leute im Schlafzimmer, um einen letzten

Blick auf Ambrose zu werfen, und ein Dutzend Leute im Wohnzimmer. Wir blieben meist stehen, tranken aber gern einen Tee aus dem Spender und aßen ein Sandwich. Wir erzählten einander Geschichten, die etwas über Ambroses Charakter aussagten: Stevie Shine berichtete, wie Ambrose seine Besatzung einmal dazu gebracht hatte, ihn an den Knöcheln festzuhalten, während er im Wasser das in die Schraube verhedderte Fanggeschirr löste. Big Jimmy erzählte, wie gern Ambrose rohes Ei direkt aus der Schale getrunken hatte. Tim O'Boyce merkte an, dass Ambrose immer fair gewesen sei. Joseph McBride erzählte von ihrer Fahrt nach Aran, um den Herd des Großvaters zu retten, genau den Herd, der jetzt da drüben stand. Diese Geschichte wollten viele gern erzählen, aber Joseph war dabei gewesen, deshalb überließen wir sie ihm. Christine hörte nur mit halbem Ohr zu, sie sah zu, dass sie beschäftigt war, sagte sich leise vor, was sie noch alles zu tun hatte, füllte den Teespender auf oder spülte Tassen. Frauen umarmten sie, und sie klopfte ihnen rasch auf die Schulter und ging weiter. Declan sahen wir weder am ersten noch am zweiten Abend, während Brendan am zweiten Abend zwar erschien, sich aber nach einer halben Stunde schon wieder verdrückte. Christine machte es zu einer ihrer Aufgaben, geschäftig herumzueilen und Brendan zu suchen, bis sie ihn schließlich auf dem Rücksitz des Autos entdeckte. «Zu viele Leute, hm?», fragte sie. «Komm, steig aus, ich zeig dir, wie das geht.»

Gehorsam stieg Brendan aus und stellte sich neben den Wagen. Er zitterte in der Kälte.

«Dein Vater konnte Männer mit schlaffem Händedruck nicht leiden», sagte Christine und streckte dabei die Hand aus. «Hier. Und schau den Leuten in die Augen. Sprich mir nach: *Vielen Dank, dass Sie gekommen sind, ich hoffe, es geht Ihnen gut?*»

«Vielen Dank, dass Sie gekommen sind, ich hoffe, es geht Ihnen gut?», wiederholte Brendan mit mäßigem Händedruck.

«*Ja, danke, und Ihnen*?», sagte Christine, drückte fest seine Hand und schüttelte sie kräftig, bis Brendan gleichzog. «So passt's», sagte sie.

Unter Phyllis' Aufsicht gab es im Haus keinen Alkohol, aber natürlich hatten einige schon ein paar Bier intus, als sie kamen. Tommy erschien spät am zweiten Abend, und ihm war anzusehen, dass er getrunken hatte, doch er ging schnurgerade durchs Zimmer zu den Sandwiches. Wir begrüßten ihn, was er mit einem abweisenden Schulterzucken erwiderte. Er war schlechter Stimmung und nicht zum Plaudern aufgelegt, stand einfach nur da und brütete mit angespannter Miene vor sich hin, nur wenn jemand den Namen eines Boots falsch in Erinnerung hatte oder eine Geschichte in aller Unschuld ein bisschen ausschmückte, korrigierte er uns scharf. «Nichts für ungut», sagten wir dann vorsichtig. Als Christine auftauchte, ging Tommy mit großen Schritten zu ihr, er sah verzweifelt aus, und sie hatte ein bisschen Angst vor ihm, bis sie sah, dass er weinte. «Für mich war er immer mein Bruder», sagte er zu ihr. «Glaubst du, das hat er gewusst?»

«Ich glaube schon, Tommy. Ich glaube, das hat er gewusst.»

Am dritten Abend ließ Declan sich schließlich blicken,

außerdem waren jetzt alle Brüder und Schwestern von Ambrose da, sie allein füllten das ganze Wohnzimmer. Wir fanden letztlich nie heraus, wie viele Geschwister Ambrose wirklich hatte, aber es waren mindestens ein Dutzend, alle mit ähnlichen Gesichtern und dem gleichen stämmigen Körperbau. Für uns war Ambrose immer einzigartig gewesen, deshalb war es seltsam, plötzlich festzustellen, dass die ganze Zeit all diese Varianten von ihm – einschließlich weiblicher Versionen – woanders existiert und ihr Leben gelebt hatten. Sie wohnten alle in England: Die Brüder waren Bau- oder Fabrikarbeiter, die Schwestern Krankenpflegerinnen oder anderweitig im Gesundheitswesen tätig – im National Health Service muss an diesem Wochenende massiver Personalmangel geherrscht haben. Den Schwestern merkte man an, dass sie in England lebten, sie trugen ungewöhnliche Schuhe, Jacken in bunten Farben und sprachen mit dem einschlägigen Akzent, aber die Brüder hätten Aran Island genauso gut erst am Tag zuvor mit der Fähre verlassen haben können, ihr Leben in England hatte keinerlei Auswirkungen auf ihre Aussprache, ihre Kleidungsvorlieben oder ihr Verhalten gezeitigt. Die älteste Schwester und Erstgeborene der Geschwisterschar kam als Letzte und bezog am Tisch Position. Sie war eine füllige Frau, und man hatte den Eindruck, dass sie nicht mehr gern aufstand, wenn sie erst einmal saß. Auf ihren Stuhl gepflanzt, wechselte sie zwischen Phasen gütigen Schweigens, in denen sie allen anderen zuhörte, und plötzlichen, furchterregenden Anwandlungen lautstarker Tyrannei, zumeist gegenüber ihren Geschwistern – doch auch einige von uns bekamen etwas davon zu spüren. Wir stellten uns vor, dass sie sich von den Kranken in England nichts bieten ließ, wahrscheinlich mussten einem beide Beine fehlen, ehe man von ihr einen Stuhl angeboten bekam. Als Brendan vorbeitigerte, packte sie ihn am Handgelenk. «Bist du der aus dem Fass?», fragte sie.

«Ja», sagte Brendan.

Sie drückte ihn fest an sich, sodass er in den Knien einknickte, und klemmte seinen Kopf in einer dreisekündigen Umarmung unter ihr Kinn. Dann stieß sie ihn wieder von sich, hielt sein Handgelenk aber weiter fest. «Ich weiß noch, dass Ambrose als Junge mal eine Seemöwe gefunden und mit nach Hause gebracht hat. Sie hatte einen Flügel gebrochen, und er wollte das wieder richten. Er hat sie gefüttert und mit ihr geredet.»

«Und wurde sie wieder gesund?», fragte Brendan begierig. «Hat er sie gerettet?»

«Natürlich nicht», sagte sie, verärgert über seinen Versuch, ihre Anekdote zur Geschichte einer wundersamen Heilung umzubiegen, sie hatte nur illustrieren wollen, was für ein naiver, guter Mensch der junge Ambrose gewesen war. «Eine Seemöwe ist zu groß und zu wild für so was», sagte sie. «Unser Vater hat sie aus ihrem Elend erlöst.» Sie zog eine Grimasse, formte eine Hand zur Klaue und tat mit der anderen so, als erschlüge sie die Möwe mit einem Stein.

«Das war nicht Ambrose, sondern ich», sagte einer der Brüder. Er saß in Christines Sessel am Herd. «Ich habe die Möwe mit dem gebrochenen Flügel nach Hause gebracht.»

«Jetzt sei doch still!», herrschte seine Schwester ihn an. «Ich wollte dem Jungen einfach nur eine schöne Geschichte erzählen.»

«Ich hatte die Vorstellung, ich könnte ein Haustier aus ihr machen», erinnerte sich der Bruder. «Ich habe sie Bob getauft. Aber unser Vater hatte recht, sie war nicht zu retten. Er hat das Richtige getan, es war das Beste für sie.»

Die Schwester umfasste Brendans Handgelenk noch fester und rief auch Declan herüber, der allein auf dem Fensterbrett saß. Declan kam, hielt aber Abstand. «Kümmert euch um eure Mutter, ihr beiden», sagte sie. «Ihr seid jetzt die Männer im Haus.»

Brendan und Declan sahen einander an. Sie sagten nichts.

Einige von uns konnten nicht umhin zu denken, dass es besser gewesen wäre, wenn Ambrose auf See geblieben wäre, wir sprachen das bei der Totenwache nicht aus, wohl aber später im Ship Inn. Wir fanden es eine schreckliche Vorstellung, dass er sein Leben zwischen Pfeilern und rechten Winkeln verloren hatte, von einer Schicht Zementstaub bedeckt, so fern von seinem eigentlichen Element. Ertrinken wäre ein angemessenerer Tod gewesen, allerdings mit dem hohen Preis, dass es keinen Leichnam zu beerdigen gegeben hätte. Diese Überlegungen erzeugten eine ungute Stimmung, wühlten Männer auf, die kaum je etwas aufwühlte, und es wurde laut. John Cotter erschien hinter dem Tresen. Mr Cotter musste kein Wort sagen, wir verstummten, sobald wir ihn sahen. «Wenn ein Mann tot ist, spielt es keine Rolle, wie das nach außen aussieht», sagte er. «Oder was angemessen wäre.»

Insgeheim dachten viele von uns trotzdem weiterhin so, und wir empfanden die Tragik dieses Todesfalls dadurch umso intensiver. Man sollte das nicht verurteilen, es war eine Art und Weise, damit fertigzuwerden. Die brutale Tatsache, dass Ambrose auf einer Baustelle ums Leben gekommen war, in einem Land, das ihn als «ungelernt» betrachtete, machte diesen Verlust zu etwas Machtvollem, Umfassendem. Wir waren erschüttert.

Wir kamen alle zur Beerdigung, es waren mehr Leute da als bei Tom Hunts Begräbnis 1976, und wer das anzweifelte, wurde schnell niedergeschrien. So viele waren wir, dass es in der Kirche ganz warm wurde und nicht mehr hallte. Ambroses Sarg stand auf einem Friedhofswagen vor dem Altar, und der kräftige Sonnenschein ließ die Buntglasfenster leuchten. Die engsten Angehörigen setzten sich in die vorderste Kirchenbank. Declan parkte Eunan in seinem Rollstuhl im Mittelgang neben der Bank und legte ihm eine Decke um die Beine. Wir hatten Eunan lange nicht mehr gesehen. Als er sich umschaute, irritiert durch die Gewölbedecke und die vielen Leute, fing sich das Licht in kleinen Haarbüscheln an seinen Ohren und dem Kinn. Er hatte seine Brille nicht auf. Sein Gesicht war fahl, nur die großen, schlaffen Tränensäcke unter seinen Augen waren rosa.

Der Pfarrer trat an sein Pult und porträtierte Ambrose durchaus treffend, er hob hervor, wie wichtig dem Verstorbenen Freunde und Familie gewesen seien, und spielte auch auf Brendans Adoption an: Ambrose habe «ein auf den Felsen ausgesetztes armes Junges» bei sich aufgenommen, so drückte er es aus. Er fuchtelte nicht allzu sehr mit den Armen, wie er es sonst manchmal tat, und seine Worte waren wohlgewählt, wir waren zufrieden mit ihm. Nach der Messe gingen wir zur Familie und schüttelten der Reihe nach allen die Hand, es dauerte eine volle halbe Stunde, bis sie mit uns durch waren. Ambroses Brüder und Schwestern hatten eine freundliche Art, umfassten die ihnen gereichte Hand mit beiden Händen. Eunan konnte keine Hände mehr schütteln, stattdessen hob und senkte er den einen Arm, wie jemand, der grüßen will, aber auf halbem Weg ermüdet. Brendan hatte sich zu einem großen Händeschüttler entwickelt, allerdings wirkte es bei ihm etwas mechanisch, während Declan erwartungsgemäß solide war. Es blieb nicht unbemerkt, dass die beiden an entgegengesetzten Enden der Bank saßen. Beide allein, wie wir befürchtet hatten, und wir waren uns nicht sicher, ob ihre Mammy ihnen momentan helfen konnte. Christines Händedruck war fest, aber so wie sie dreinschaute, hätte man meinen können, dass sie niemanden von uns erkannte.

Ambroses Sarg wurde durch den Mittelgang geschoben, und wir gingen hinter ihm her und blieben dann draußen vor der Kirche stehen, während er in den Leichenwagen verladen wurde. Unser Friedhof lag fast anderthalb Kilometer von der Kirche entfernt, und normalerweise wären wir jetzt alle in unsere Autos gestiegen und zum Begräbnis dort wieder zusammengekommen, aber aus einer spontanen Regung heraus begannen wir, dem Leichenwagen zu Fuß zu folgen. Man konnte sich darauf verlassen, dass Barney so etwas bemerkte und die Situation richtig deutete, er sah uns im Seitenspiegel, als er den Hang hinaufgefahren war, und blieb stehen, bis wir aufgeschlossen hatten, dann fuhr er in unserem Tempo weiter. Es war ein trockener, schöner Vormittag, und wir konnten ein Lächeln nicht unterdrücken, als wir nach rechts und links schauten und einander sahen, wir waren beeindruckt von unserem Trauerzug und unserer schieren Zahl.

Am Friedhof fuhr Barney rückwärts durchs Tor und öffnete dann die Heckklappe. Ambroses Brüder versammelten sich um den Sarg. Sie trugen alle schwarze Jacketts, und ihre breiten Rücken bildeten eine Mauer, die sich nur kurz für Declan auf der einen und Brendan auf der anderen Seite des Sargs öffnete. Uns allen schnürte es das Herz zusammen, als uns der Verlust erneut bewusst wurde. Keine Anweisung war nötig, die männlichen Bonnars hoben den Sarg gleichmäßig in die Höhe. Dann geschah etwas, für das es keine Entschuldigung gab. Unter dem gerade hochgestemmten Sarg schaute Declan zu Brendan hinüber und knurrte wie ein Tier. Brendan schaute ihn verwirrt an. Declan hatte beide Hände an einem der Sarggriffe, nahm die eine jetzt aber weg und stieß Brendan fort. Brendan stolperte, stürzte zwar nicht, musste den Sarg aber loslassen. Sein Beitrag zum Halten des Sargs war nur klein, wahrscheinlich war es eher Declans Ausfall, der dazu führte, dass der Sarg in Schieflage geriet. Wir alle gaben die Sorte Laut von uns, mit dem wir üblicherweise reagierten, wenn wir etwas kippen sahen: ein scharfes Lufteinziehen, ein Fluch, ein Wimmern, und unsere Arme schossen nach vorn. Ambroses Brüder glichen die Schräglage rasch aus, mit konzentriertem Ächzen, der Moment war zu dringlich für Worte. Der Sarg blieb oben, und Declan fasste wieder danach. Brendan stand gebückt da, und niemand sah, dass er die Faust geballt hatte, bis er sich aufrichtete, ausholte und Declan unter dem Sarg einen Hieb verpasste. Er traf ihn auf der Brust, und Declan taumelte einen Schritt nach hinten. Diesmal hielten Ambroses Brüder zu stark dagegen, sodass der Sarg zur anderen Seite hin kippte und wir erneut unsere verzweifelten Laute von uns gaben.

Mehrere von Ambroses Schwestern marschierten herbei, packten die beiden Jungen am Oberarm und wiesen sie leise, aber scharf zurecht. «Ihr habt hier eine Pflicht zu erfüllen», hörten wir eine von ihnen sagen. Der Sarg blieb oben, und die Unruhe legte sich, aber der Tag hatte eine schlechte Wendung genommen und würde sich nicht mehr retten lassen. Declan und Brendan wurden ihrer Aufgabe nicht enthoben, aber sie standen jetzt unter Beobachtung. Sie starrten beide nach vorn, die Gesichter verkniffen, während die Männer den Sarg auf ihre Schultern absenkten, wobei Brendan sich darauf beschränken musste, ihn von unten mit den Händen abzustützen, weil er der Kleinste war. Sie gingen zum Grab, der Ritus wurde vollzogen und Ambrose wurde beigesetzt. Am Abend im Ship Inn wurde dann alles detailliert besprochen, besonders das Gebaren auf dem Friedhof. Es sollte lange dauern, bis wir den beiden Jungen verziehen, dass sie eine Beerdigung ruiniert hatten, die eigentlich die beeindruckendste seit vielen Jahren hätte sein können.

14.

Die arme Christine war außerstande, mit den beiden zu reden. Ihre Söhne waren ihr an diesem Tag einfach zu viel, auch an den folgenden Tagen noch, die zwei würden das untereinander ausmachen müssen. Christine trieb etwas anderes um: Sie musste immer wieder an den Bericht des Coroners denken. Sie hatte ihn noch nicht gelesen, er steckte nach wie vor im verschlossenen Umschlag, aber die Frage, ob sie ihn lesen sollte oder nicht, ließ ihr keine Ruhe. Sie fürchtete sich vor den Details von Ambroses Tod, doch zugleich hatte sie das Gefühl, ihr sehnliches Verlangen, bei ihm zu sein und seine Hand zu halten, während er dort unter dem Gerüst lag, könnte durch das Lesen des Berichts noch am ehesten gestillt werden, so weit das eben möglich war. Christine hatte den Umschlag in einer Küchenschublade liegen, manchmal nahm sie ihn heraus, nur um ihn dann ungeöffnet wieder hineinzulegen.

Eine Woche nach der Beerdigung merkte Christine, dass sich wieder normale Gedanken in ihr Denken einschlichen: Sie brauchten Brot, für das Auto war eine neue Versicherung fällig, ihr Haaransatz musste nachgefärbt werden, und mit diesen Gedanken breitete sich in ihrem Innern eine Leere aus, die immer schmerzlicher wurde. Christine trat an die Schublade, riss den Umschlag schließlich auf, stellte sich ans Fenster und las den Bericht. Im ersten Satz wurde Ambrose als «hellhäutiger Mann» bezeichnet, was Christine ein Lächeln entlockte. Ambrose selbst hätte als ethnische Zugehörigkeit «Donegaler» angegeben. Sie las weiter. Die Schrift war so blass, dass Christine sich besonders konzentrieren musste, wodurch bestimmte Begriffe eine besondere Wucht bekamen: «Penetrationswunden», «Ruptur der Halsschlagader», «Muskelriss», «innere Verletzungen». Der Bericht war nur ein paar Absätze lang, aber er beschwor Bilder in Christines Kopf herauf, all die Details des Aufgespießtwerdens. Es war ein Fehler gewesen, den Bericht zu lesen.

In dieser Nacht konnte Christine nicht schlafen, und am nächsten Tag überlegte sie, ob sie die Bilder vielleicht tilgen könnte, indem sie den Bericht ein zweites Mal las. Diesmal würde sie ihn ganz langsam lesen: Sich ihm furchtlos voll und ganz auszusetzen würde sie hoffentlich abhärten. Sie setzte sich hin, eine Tasse Tee in der Hand, sammelte sich, vertiefte sich. Aber das erneute Lesen half nicht, im Gegenteil, es brannte ihr die Bilder noch tiefer ein. Sie stand aus ihrem Sessel auf und stellte sich ans Fenster. Mehrere Stunden vergingen.

Gegenstände aus Stahl begannen Christine zu verstören. Stahl, so hatte sie gelernt, will in uns hinein, will eindringen, man musste sich vor ihm hüten. Die Messer und Gabeln in der Besteckschublade beschleunigten ihren Puls. Selbst Löffel waren beunruhigend, sie konnten Augen ausstechen, man konnte ihnen nicht trauen. In etwas besonneneren Momenten wusste Christine, dass sie sich nicht ihr restliches Leben lang vor Besteck fürchten konnte – wenn sich ihre Angst schon nicht abbauen ließ, dann musste sie sie umgestalten, umlenken. Also las sie den Bericht ein weiteres Mal. Und tatsächlich wurde ihre ängstliche Fixierung auf Besteck schlagartig beseitigt – jetzt hatte Christine vor allem Angst. Unsere ganze Gegend war eine Todesfalle: ungesicherte Kliffs, Zehntonner, Riesenwellen, fiese Kurven. Eines späten Abends fiel ihr das verbogene, stählerne Tor ein, das auf dem Weg zur Stadt in eine Hecke am Straßenrand eingewachsen war. Es war kaputt und aus den Angeln gerissen, aber nicht umgefallen, das Gestrüpp hielt es aufrecht, und der Durchlass, den das Tor ursprünglich verschlossen hatte, war inzwischen von Brombeeren und Dornensträuchern zugewuchert. Dieses Tor befand sich schon Christines ganzes Leben lang dort, und sie hatte es kaum je wahrgenommen, aber jetzt konnte sie den Gedanken daran nicht ertragen, die vorstehenden Gitterstäbe bargen so viele Gefahren: Risswunden, Stichwunden, Wundstarrkrampf. Wenn man aus einem bestimmten Winkel darauffiel, konnte das tödlich sein. Sie ging ins Zimmer der Jungs und weckte Brendan. Auf seiner Bettkante sitzend, sprach sie von dem Tor, wie in Trance, so als erzählte sie von einem intensiven Traum. Der Wecker zeigte zwei Uhr an, aber Brendan beschwerte sich nicht, er setzte sich auf und betrachtete Christine abwartend.

«Begleitest du mich?», fragte sie. «Ich will das Ding da wegschaffen.»

Brendan nickte langsam.

«Wo ist Declan?», fragte sie mit Blick auf dessen leeres Bett.

«Er war die letzten Tage nicht da», sagte Brendan.

«Auf See?»

«Oder in der Stadt unterwegs», sagte Brendan.

Sie bildeten eine seltsame kleine Prozession, Mammy und Sohn auf der leeren Straße. Christine redete in einem werbenden Ton, als wollte sie etwas verkaufen, während Brendan ihr klarzumachen versuchte, dass sie sich nicht rechtfertigen müsse, er helfe ihr gern. Vor dem Tor blieben sie stehen, und Christine verstummte. Sie hatte zwei Paar Gummihandschuhe aus der Küche mitgenommen, die sie jetzt überstreiften, dann beugten sie sich nebeneinander nach vorn, fassten nach dem Tor und zogen daran. Tautropfen fielen wie Regen von den Brombeerranken. Sie zogen und zerrten, bis das Gebüsch nachgab und das Tor freikam. Bei der Elektronikwerkstatt stand ein leerer Müllcontainer, und in den warfen sie das Tor hinein. Scheppernd landete es auf dem Boden. «Endlich ist dieses fiese Ding weg», sagte Christine, zufrieden mit der gemeinsamen nächtlichen Aktion, und zog an ihren rostbefleckten Handschuhen, bis sie sich schmatzend von ihren Händen lösten.

«Meinst du, jetzt kannst du schlafen?», fragte Brendan.

«Ich glaube schon», sagte sie, und so war es.

Als drei Wochen später eine Messe für ihren Mann gelesen wurde, hatten sich die Details aus dem Bericht des Coroners schließlich durch Christine hindurchgearbeitet. Die Bilder kamen nicht mehr, und sie konnte ohne größere Qualen an den Bericht denken, sogar darüber sprechen. So wie eines frühen Morgens, als sie Ambroses ältesten Bruder nach Donegal Town fuhr, wo er den Bus zum Flughafen nehmen würde. Er war nach der Beerdigung noch länger geblieben, denn es war sein erster Besuch seit elf Jahren gewesen und würde vermutlich, wie er realistisch sagte, auch sein letzter sein. Während der Fahrt kommentierte er anerkennend jeden neu ausgebauten Straßenabschnitt und die gute Beschilderung. Die irische Wirtschaft lag am Boden, aber in unserer Region sorgte die Fischerei mit Großtrawlern für anhaltende Liquidität, und diejenigen, die gutes Geld verdienten oder ihr Geld sicher hatten, bauten weiterhin große Häuser. Den Bruder überraschten und amüsierten diese Bauten. «Noch so ein Monsterhaus», sagte er nach jeder Kurve. Er war der Bruder, der mit Ambrose zusammengearbeitet und ihn als Letzter lebend gesehen hatte. Christine fragte ihn nach dem Bluterguss unter Ambroses Auge, den man noch hatte sehen können, als er gebracht wurde. «Im Bericht des Coroners ist davon keine Rede», sagte sie.

«Weil er den vorher schon hatte», sagte der Bruder. «Der war vom Wochenende davor und hatte nichts mit dem Sturz zu tun.»

Mehr sagte er nicht, also bat sie ihn um eine Erklärung.

«Eine kleine Rauferei, nichts Schwerwiegendes.»

Wieder sagte er nicht mehr, und sie fragte abermals nach, worauf er ihr erzählte, dass sich Ambrose an dem besagten Samstag auf der Straße mit jemandem geprügelt hatte. «Er hat sich verteidigt, nehme ich an?», sagte Christine.

Der Bruder presste die Lippen zusammen und machte eine Kopfbewegung, die so viel bedeutete wie *Nicht unbedingt.*

«Aber er hat in seinem ganzen Leben nie jemanden geschlagen!», sagte Christine.

«Dann hat er das dort nachgeholt», sagte der Bruder.

Christine merkte nicht, dass sie immer langsamer fuhr, bis hinter ihr jemand hupte. Sie schwieg, die Sorte Schweigen, die Ausdruck eines inneren Ringens ist und selten lange anhält. «Du meinst, er hat sich öfter geprügelt?»

«Ich würde sagen, Ambrose hat immer mal wieder Streit gesucht», sagte er. «Wir haben ein Auge auf ihn gehabt, aber er ist sehr leicht wütend geworden, und dann ist er auf jeden losgegangen, der gerade in der Nähe war. Richtig ernst ist es aber nie geworden. Also, er wurde nie angezeigt.»

An der Haltestelle parkte Christine hinter dem wartenden Bus. Das am Rückspiegel baumelnde Duftbäumchen kam zum Stillstand. Es regnete, und die Tropfen auf der Windschutzscheibe brachen das Licht und verwischten den Morgen, lauter Blau- und Grautöne bis auf die leuchtend roten Flecken von den Rücklichtern des Busses. Christine erschien alles furchtbar real und überdeutlich: die Beschaffenheit des Armaturenbretts, die Zigarettenstummel im ausziehbaren Aschenbecher, ihre eigenen blassen Finger am Lenkrad. Sie sahen zu, wie der Busfahrer die Türen des Laderaums unten am Fahrzeug öffnete und mehrere Männer und Frauen, die meisten in ihren Zwanzigern, ihr Gepäck hineinschoben, im Begriff, für ein paar Monate oder Jahre das Land zu verlassen.

«In dem Alter ist das ein Abenteuer», sagte der Bruder. «Für die Älteren ist es schwieriger, niemand über fünfzig will in einem neuen Land noch mal von vorne anfangen. Ich habe auf den Baustellen im Laufe der Jahre eine ganze Reihe solcher Männer erlebt. Sie kommen rüber und versuchen ihr Bestes, aber mit den Gedanken sind sie meist noch bei dem, was sie von zu Hause fortgetrieben hat, was immer es war, und England erinnert sie ständig daran, dass ihr Leben nicht so gelaufen ist, wie sie es gern gehabt hätten. Sie kommen nicht davon los, und dann werden sie immer frustrierter.»

Er stieg aus, um sein Gepäck aus dem Kofferraum zu nehmen. Als sie sich verabschiedet hatten und der Bus losfuhr, machte sich Christine auf den Heimweg. Auf halber Strecke begann sich ihr Gesicht seltsam taub anzufühlen, und sie bog in eine Haltebucht und parkte. Die Taubheit verschwand wieder, aber Christine blieb fünf Minuten dort stehen. Was sie gerade fühlte, dämmerte ihr schließlich, war Wut, eine so blanke Wut, dass sie sie erst gar nicht erkannt hatte. Nach den Worten des Bruders zu urteilen, hatte auch Ambrose in seinen letzten Monaten solch eine Wut verspürt, und so erlebte Christine jetzt, nachdem sie sich von der Möglichkeit verabschiedet hatte, schließlich doch einen Moment der Gemeinsamkeit mit ihrem Mann: Sie nahm seine Hand. Was sie einte, war das Gefühl, gegen alles zu sein.

Christine entschied, dass sie Zeit für sich brauchte. Sie wendete und fuhr wieder los, ohne jeden Plan.

15.

Declan befand sich unterhalb der Wasserlinie. Zu wissen, dass das Meer weit über seinen Kopf reichte, erzeugte ein Gefühl tiefster Verlassenheit in ihm, das er aber als stimmig empfand. Er machte seine Trauer ganz mit sich allein aus. Er redete kaum mit den anderen Besatzungsmitgliedern der *Warrior*, stellte sich beim Sortieren der Fische immer ans Ende des Bandes und wurde nach und nach vom Geplauder und Geplänkel der anderen ausgeschlossen. Er konzentrierte sich auf seine Arbeit, betrachtete sich als reines Anhängsel der Maschinerie, als Muskeln und Knochen, die an ein Gehirn angeschlossen waren und mit Eintopf und einem wöchentlichen Umschlag voll Geld angetrieben wurden. Auch das war ein Gefühl tiefer Verlasssenheit, und auch das empfand er als stimmig.

Die Bedingungen waren gut, und sie hatten vier äußerst ergiebige Fangtage. Declan schrubbte gerade die Gänge zwischen den Fischtanks, als Tommy auftauchte. Meistens blieb er auf der Brücke, doch gelegentlich kam er herunter, um zu kontrollieren, ob irgendwo gebummelt oder nicht sauber gearbeitet wurde. Ein weiterer Hol war im Gange, und sie schauten gemeinsam über die Tanks, die obersten Schichten Fisch wie geflochtene Matten aus Blau und Silber. Declan wusste, dass Tommy im Begriff war, etwas über seinen Vater zu sagen, wollte es aber nicht hören, deshalb fragte er: «Meinst du, wir haben es mit den Makrelen übertrieben?»

Tommy neigte kurz den Kopf, ging auf die Frage aber nicht ein. Er zog sich wieder auf die Brücke zurück.

Neunzehn Stunden später, ein paar Seemeilen von Tiree entfernt, ging ein kleines Boot längsseits, und zwei Inspektoren kamen an Bord der *Warrior*. Sie trugen Helme und Rettungswesten, und der eine hatte einen gefütterten Rucksack dabei, in dem rosafarbene, grüne und weiße Formulare steckten. Es waren Schotten, doch sie vertraten Europäisches Recht. Sie lehnten den angebotenen Tee dankend ab, überprüften die Logbücher und gingen zwischen den Tanks umher. Kevin Beattie, der Erste Offizier, räumte bereits seine Schürze weg und zog sich seine Freizeitsocken an. Alle wussten, dass sie die Quote überschritten hatten.

Bis die Inspektoren ihre Kontrolle abgeschlossen hatten, wurde die Besatzung zum Warten in die Messe geschickt. Alle saßen an dem großen ovalen Tisch, aber keiner hatte Lust, Karten zu spielen, denn die Überprüfung würde sich womöglich auf ihren Verdienst auswirken, da verlor das Zocken seinen Reiz. Der Fernseher hatte keinen Empfang. Tommy hatte ein Vermögen für die elektronische Ausrüstung der *Warrior III* ausgegeben, aber einen Videorekorder hatte er nicht installiert, um zu verhindern, dass seine Männer womöglich Pornos guckten. Das Rollen nervte, die *Warrior* machte nur noch ein paar Knoten. Ihnen blieb nichts zu tun, als dazusitzen, Tee zu trinken und zu rauchen, und alle klopften die Asche ihrer Zigaretten unnötig heftig ab. Rory Murrin hatte sich neben Declan gesetzt und zu dessen Unbehagen angefangen, ihm Fragen über Brendan zu stellen. Er meinte es nicht böse, offenbar wusste er nichts von der Szene auf der Beerdigung. Rory war fünf gewesen, als Brendan auftauchte, und die Aufregung in der Stadt hatte ihn damals tief beeindruckt, seine deutlichsten Kindheitserinnerungen waren die Kerzen in den Fenstern und die volle Kirche. Rory hatte sich ein paarmal von Brendan segnen lassen und sehnte sich jetzt nach dem Ritual zurück. «Schade, dass dein Bruder nicht hier ist», sagte Rory. Er merkte nicht, mit welchem Blick Declan ihn ansah, schaute zur Mitte des Tischs und bewegte seine Finger, Rory Murrin war nicht der Aufmerksamste. «Der Junge aus dem Meer würde unsere Stimmung heben», sagte er.

Declan stand abrupt auf und ging entgegen der Anweisung nach unten. Er hatte vorher ein paar kleine Kalmare in der Kiste mit dem Beifang liegen gesehen, und die wollte er jetzt holen. Er nahm sie heraus, das Fleisch fühlte sich an wie kalter Pudding, und ging damit in die Kombüse. Dort nahm er die Kalmare aus, säuberte sie und spülte die Tinte weg, dann benutzte er ein Messer mit Wellenschliff, um die Tentakel abzuschneiden und die Tuben in Ringe zu zerteilen. Er schaltete die Fritteuse ein, und der Geruch von heißem Öl entfaltete sich. Eine einzige Flasche Bier pro Ausfahrt war an Bord erlaubt, nur für die Zubereitung von Backteig, und der Koch würde garantiert stinksauer sein, aber Declan entschied, dass er das Bier verwenden musste, er bereitete dieses Festmahl schließlich nicht nur für sich selbst zu, sondern auch, weil er deutlich machen wollte, wer er wirklich war. Declan wollte sich ausdrücken, etwas, wozu wir gemeinhin nicht neigten. Er rührte den Teig an, tauchte die Kalmare hinein und frittierte sie, dann legte er sie auf Küchentücher, damit das überschüssige Öl abtropfen konnte, und arrangierte sie auf der größten Platte, wo er schließlich noch etwas Steinsalz darübersprenkelte und ein paar Zitronenscheiben darauf verteilte. Wie ein vornehmer Kellner trug Declan die Platte auf Kopfhöhe in die Messe und stellte sie in der Mitte des Tischs ab.

Die Männer schauten auf den Berg in Teig ausgebackener Kopffüßer. Lippen wurden gekräuselt, Gesichter zusammengekniffen, Aloysius Concannon stieß die Luft aus, wie man es beim Anblick von jemandem täte, der einem gerade in den Vorgarten pinkelt. «Diese Viecher ess ich nicht, das kannst du vergessen», sagte er. Allgemeine Zustimmung. Zwiebelringe wären ja noch gegangen, aber das hier war etwas ganz anderes. Kevin Beattie schob die Platte ans Ende des Tischs, damit er sie nicht mehr vor der Nase hatte, aber sie kam wieder zurück und so ging es ein paarmal hin und her, bis sie schließlich an einer akzeptablen Stelle stand. Declan spürte, wie sich alles in ihm zusammenzog, er fühlte sich gedemütigt. Wäre er etwas älter gewesen, hätte er sich vielleicht über die Männer lustig gemacht, aber dazu fehlte ihm sowohl der Status als auch das Selbstbewusstsein.

Nur Rory Murrin nahm ein Stück frittierten Kalamar und knabberte daran herum, offensichtlich aus Höflichkeit. «Dein Bruder mag Meeresfrüchte bestimmt, oder?», sagte er.

«Er ist nicht mein Bruder!», schrie Declan, sodass Rory zusammenfuhr und die anderen alle herüberschauten. Declan erwartete Verlegenheit, vielleicht sogar eine Entschuldigung, doch stattdessen richtete sich Rory wieder auf, und ein nachsichtiger Ausdruck, fast war es ein Lächeln, erschien auf seinem Gesicht. «Schon gut, ja», sagte er.

Declan sah sich um, aber die anderen wandten den Blick ab, keiner wollte da hineingezogen werden.

Die Sprechanlage knisterte, dann ertönte Tommys Stimme. «Also dann, meine Herren, fahren wir nach Hause.» Die Männer standen auf, um ihre Ausrüstung zu verstauen und sich zu waschen, froh, etwas zu tun zu haben. Die Inspektoren kehrten auf ihr Boot zurück, und mit zunehmender Geschwindigkeit lief die *Warrior* wieder ruhiger. Declan beschäftigte der Ausdruck auf Rorys Gesicht, doch als er Aloysius danach fragte, sagte der nur: «Ach, vergiss es.»

Aber Declan vergaß es nicht, sondern brütete während der Arbeit darüber und war entsprechend langsam. Zu langsam, aber keiner sagte etwas. Die *Warrior* fuhr nach Hause, und während alle anderen die Gelegenheit nutzten und schliefen, lag Declan wach in seiner Koje, hörte dem allseitigen Schnarchen zu und konnte an nichts anderes denken als an Rorys Gesichtsausdruck.

Am nächsten Abend nach dem Essen waren die übrigen Besatzungsmitglieder besser gestimmt, holten einander Tee und plauderten freundlich, es war immer gut, nach Hause zu fahren, egal aus welchem Grund. Vor den Fenstern war alles schwarz, und in der hell erleuchteten

Messe herrschte eine heimelige, geborgene Atmosphäre. Während Schalen mit Vanilleeis verteilt wurden, stand Declan auf und setzte sich neben Rory. Es wirkte nicht wie eine freundliche Geste, das sahen alle auf einen Blick. «Also, hast du irgendwas über Brendan zu sagen?», fragte Declan.

Rory wollte lieber Frieden, das war eindeutig. Er schob sich einen Löffel Eis in den Mund und schüttelte den Kopf, wie ein großes Kind sah er aus.

Die anderen verstummten, Declans aggressiver Unterton war nicht zu überhören gewesen, doch Rorys Hilfe suchenden Blicken wichen alle aus. Declan merkte etwas: Er jagte Rory Angst ein. Er spürte eine gewichtige Veränderung in seinem Innern, eine Last hob sich, und neue Möglichkeiten taten sich auf. Declan war nicht bewusst gewesen, dass er inzwischen eine körperliche Präsenz hatte, die bedrohlich wirken konnte, dass ein grimmiger Ausdruck auf seinem Gesicht andere einzuschüchtern vermochte. Aber jetzt wusste er es, und er würde es nicht mehr vergessen. Sein Puls beschleunigte sich etwas, und seine Stimme wurde tiefer. «Ich habe einfach das Gefühl, dass du mir etwas verschweigst.»

Rory schaute in seine Eisschale hinunter und lief rot an, und Kevin Beatty entschied, dass es seine Pflicht war, dem quälenden Schauspiel ein Ende zu setzen. «Hör zu, Declan, niemand hier verurteilt deinen Vater. Er war ein anständiger Mensch, daran besteht überhaupt kein Zweifel.»

Viel zustimmendes Gemurmel. «Ein prima Kerl», sagten mehrere.

«Und niemand sagt etwas gegen ihn», ergänzte Aloysius, «außer den Frömmlern.»

«Und was die Frömmler sagen, interessiert niemanden», sagte Kevin.

«Sag mal, was redet ihr da eigentlich?», wollte Declan wissen und schaute von einem zum anderen.

«Jeder weiß, dass ein Mann in Versuchung geraten kann», sagte Aloysius, der fand, dass die Information von etwas psychologischer Analyse flankiert werden sollte, «und dass er dann vielleicht auf komische Ideen kommt.»

Declan studierte ihre Gesichter, versuchte zu verstehen, und ganz allmählich dämmerte ihm etwas.

«Ambrose war Brendans leiblicher Vater», sagte Aloysius.

«Deshalb hat er ihn adoptiert», fügte Rory hinzu und beugte sich zugleich weg, weil er befürchtete, Declan könnte zuschlagen.

«Wer behauptet das?», fragte Declan.

«Alle», sagte Kevin.

«Er ist nicht mein Bruder!», sagte Declan, aber seine Stimme war in eine höhere Tonlage gerutscht, klang kindlich, kraftlos.

«Aber alle sagen, dass er es ist», erwiderte Aloysius.

Ein leises Stöhnen entfuhr Declan, ohne dass er es gewollt oder gestattet hätte. *Mein Bruder*. Er erstickte das Stöhnen, indem er aufsprang, ein letztes Mal panisch in die Runde schaute und dann die Flucht ergriff. Er fiel fast die Treppe hinunter, und unten stolperte er herum, das Licht blendete, der Boden schwankte, und die Handläufe fühlten sich schmierig an. Der Eisraum im Bug war der kälteste und einsamste Ort auf dem ganzen Boot, Declan ging hinein, schloss die Tür hinter sich, und die eisige Luft begann sofort, auf seiner Haut zu beißen. Im vorderen, schmaleren Teil des v-förmigen Raums lag ein Berg Scherbeneis, und Declan spürte durch den Stahl der Bugwände, wie sich über ihm das Wasser teilte. Er atmete tief ein, ließ die kalte Luft in seine Lunge schneiden. Konnte sein Vater so falsch gewesen sein?

Niemand hielt minus fünf Grad lange aus, und der einzige andere Ort, an den sich Declan zurückziehen konnte, war seine Koje, also ging er in die Gemeinschaftskajüte, legte sich in seine Koje und zog das Rollo herunter. Ja, sein Vater konnte so falsch gewesen sein. Jeder hatte etwas Hinterhältiges in sich, Ambrose selbst hatte Declan dieses Misstrauen eingepflanzt, hatte es ihm tief verwurzelt, als er eines Tages mit einem anderen Kind auf dem Arm nach Hause gekommen war. Declan legte sich mit dem Rücken zur Kajüte, die Stiefel noch an den Füßen, und beschloss, den Dienst zu verweigern, falls er gerufen wurde.

Aber das war nicht nötig, keiner von der Besatzung sagte etwas, sie waren erleichtert, sich nicht mit ihm abgeben zu müssen. Declan wurde auf der gesamten Fahrt bis zur Donegal Bay in Ruhe gelassen.

Als die *Warrior* an die Landungsbrücke manövrierte, kroch Declan aus seiner Koje und schaute durch ein Bullauge. Es war ein regnerischer Abend, aber eine große Schar von uns erwartete das Boot, mit nassen, energiegeladenen Gesichtern. Ein Sendewagen von RTÉ war in unserer Mitte geparkt, die Kamera auf einem Stativ und von einer Plastikplane geschützt, während der Scheinwerfer die *Warrior* anstrahlte und den Regen erleuchtete, der durch den Lichtstrahl fiel, Silber vor Schwarz. Declan war nervlich so angegriffen, dass er dachte, das Kamerateam sei seinetwegen da, um einen dieser humorigen Filmbeiträge zu drehen, die unter dem Motto «Kaum zu glauben, aber wahr!» kurz vor der Wettervorhersage gezeigt wurden – diesmal über einen Mann, der einen Jungen adoptierte, damit er ihn als seinen Sohn großziehen konnte, ohne zugeben zu müssen, dass er selbst der Vater war. Es schien, als machte die ganze Stadt dabei mit. Aber dann sah Declan unsere Pappschilder, auf denen stand: «Quoten erhöhen!» oder «Es gibt genug Fisch im Meer!» und dergleichen mehr. Die Fernsehleute in Dublin hatten entschieden, dass die Kontrolle der *Warrior* einen Bericht wert war, und als wir erfuhren, dass ein Kamerateam auf der Landungsbrücke stand, versammelten wir uns zu einer spontanen Demonstration, um den Zuschauern unsere Meinung kundzutun.

Tommy senkte die Scheibe des Brückenfensters und lehnte sich lächelnd hinaus, und wir applaudierten alle und riefen: «Gut gemacht!» Wir gewannen den Eindruck, dass Tommy diese geballte Aufmerksamkeit angemessen fand, als wäre er der Ansicht, dass er eigentlich jedes Mal, wenn er mit vollen Fischtanks hier einlief, von einem Kamerateam und jubelnden Fans empfangen werden sollte, schließlich war unsere Stadt auf Männer wie ihn angewiesen. Er verschwand vom Fenster, erschien auf Deck und kam auf die Landungsbrücke. Tommy machte sich gut im Scheinwerferlicht, um die Augen etwas scheu, aber mit Zähnen wie ein Filmschauspieler, nicht unbedingt die

Hauptfigur, eher der gute Freund, der in einem wichtigen Moment helfend eingreift. Er schaute zu dem Fernsehteam hinüber, und wir sahen, wie er entschied, dass er hier eine Aufgabe zu erfüllen hatte. Als Tommy auf die Kamera zuging, erfasste uns freudige Aufregung, denn wir dachten, dass er direkt in die Kamera sprechen würde, zum ganzen Land. Aber nein, das wäre doch ein bisschen viel gewesen, er blieb neben dem Reporter stehen. Eine große Gruppe von uns stellte sich hinter Tommy, damit unsere Schilder und unsere ernsten Gesichter im Fernsehen den Hintergrund für ihn bilden würden, allerdings schmälerten ein paar von den jüngeren Burschen die Wirkung, indem sie Grimassen schnitten und sich aufspielten. Sie bekamen hinterher ordentlich was zu hören.

Der Reporter fragte, was sich zugetragen habe, und Tommy antwortete: «Wir sind arbeitende Männer, wir arbeiten auf See und haben einfach nur unsere Arbeit getan. Das tun wir seit Jahren, seit Jahrzehnten, und alle waren immer zufrieden mit uns. Wir haben mit kleinen Holzkähnen und ein paar Fässern Fisch angefangen und durch unsere Schufterei eine profitable und sichere Industrie aufgebaut. Aber jetzt heißt es plötzlich, wir wären zu groß geworden, vorher wäre alles besser gewesen. Europäische Wissenschaftler erzählen uns, dass es nicht genug Fisch gibt, dass die Bestände schrumpfen, und deshalb werden unsere Fangmengen eingeschränkt. Tja, ich schlage vor, dass die mal mit uns ausfahren und sich anschauen, was unsere Echolote und unsere vollen Netze zeigen. Und bis dahin sollen sie uns unsere Arbeit tun lassen, die Arbeit, die wir am besten beherrschen.»

Er deutete zur *Warrior* hinüber, und zustimmende Rufe ertönten. «So, und jetzt entschuldigen Sie mich bitte», endete Tommy. «Ich habe Fisch anzulanden, und es gibt viele Menschen, die das Protein brauchen.»

Das war Tommys Rede, er drehte sich zu uns um, hob majestätisch die Hand, und wir jubelten ihm zu.

Alle außer Declan, der bereits gegangen war.

Er war auf dem Weg nach Hause, war über die Landungsbrücke und durch die Stadt gegangen, ohne mit irgendjemandem zu reden. Als er sich der fiesen Kurve näherte, kam von hinten ein kalter Wind, und alle halbe Minute traf ihn eine peitschende Regenböe, die in seinen Ohren dröhnte, wenn sie gegen seine Kapuze schlug. Vor dem Haus der Bonnars sah Declan das Licht einer neuen Lampe, die neben dem Fenster stand. Drinnen bemerkte er selbst in seinem aktuellen Geisteszustand ein neues Plüschkissen auf dem Sessel, in dem seine Mammy saß, die Porzellanteekanne in Reichweite, und zu ihren Füßen ein neues Schaffell. Das Schaffell war völlig abwegig, es war klar, dass Funken aus dem Herd es im Nu mit Brandflecken übersäen würden, aber es hätte auch an jeder anderen Stelle im Haus fehl am Platz gewirkt, so unglaublich weich und hell, wie es war. Christine stand nicht auf, was ungewöhnlich war, wenn ein Mann vom Fischen zurückkam, und sah ihn mit herausfordernder Miene an, in Erwartung abfälliger Kommentare zu ihren neuen Luxusartikeln. «War Dad Brendans leiblicher Vater?», fragte Declan.

Christine blinzelte. «Nein.»

Declan hatte die Kapuze noch auf, und das heruntertropfende Wasser bildete eine Lache um seine Füße. «Die Leute in der Stadt behaupten das», sagte er.

«Mag sein, aber es stimmt nicht.»

«Die sagen, er hätte Brendan deshalb aufgenommen.»

«Das hätte ich gewusst», sagte Christine. Sie geriet nicht in Panik wie Declan, sondern wog den Gedanken ab, genau so lange, wie er es verdiente, also eine Zehntelsekunde, und verwarf ihn dann. Ambrose war kein Rätsel gewesen, ihr jedenfalls nicht. Die Vorstellung, er könnte etwas mit einer anderen Frau gehabt haben, und sei es nur ganz kurz, war schlicht lachhaft. Sie hätte jederzeit die Hand für ihn ins Feuer gelegt.

Declan ließ sich auf das Zweiersofa fallen und warf die Arme zur Seite.

«Du machst alles nass», sagte Christine.

Er stand auf, zog seine Jacke aus, ließ sich erneut aufs Sofa fallen. «Das sagen aber alle.»

«Manche vielleicht», sagte Christine. «Leute ohne Sinn und Verstand, die nichts Besseres zu tun haben. Glaubst du denn, so was hätte all die Jahre geheim bleiben können? Ganz gewiss nicht. Es liegt nur daran, dass dein Vater nicht mehr lebt, deshalb kann jetzt solcher Unfug verbreitet werden, aber die Geschichte wird sich nicht lange halten. Alle kannten Ambrose, und alle haben gewusst, dass er kein Geheimniskrämer war, selbst die Dümmsten werden das bald kapieren.»

Sie hatte recht, es war völlig offensichtlich. Tränen der Erleichterung stiegen Declan in die Augen, und Christine betrachtete ihn einen Moment lang. «Dazu gibt es keinen Anlass», sagte sie.

Am nächsten Tag erwachte Declan bester Laune und streckte sich in seinem Bett. Er hatte herausgefunden, dass sein Vater kein Lügner gewesen war und dass Brendan kein Blutsverwandter war, aber er würde nicht einfach wieder da ansetzen, wo er sich innerlich befunden hatte, als er in die Irre geführt wurde. Da er die Geschichte volle vierundzwanzig Stunden lang geglaubt hatte, war sein Gefühl, entkommen zu sein, mächtig genug, um etwas in ihm zu verändern, es machte ihn klüger und mitfühlender. Declan erkannte, wie schlecht sie alle drei mit Ambroses Tod zurechtkamen, sie gerieten alle auf sonderbare Abwege. Seine Mammy hatte am vergangenen Abend gestanden, dass sie aus Wut auf Ambrose über die Grenze nach Strabane gefahren war und in dem schicken Laden dort einen Haufen Geld ausgegeben hatte, im vollen Bewusstsein, dass Ambrose das furchtbar gefunden hätte. Declan beschloss, dass er die Familie Bonnar wieder ins Lot bringen würde, und er würde mit sich selbst anfangen. Er wusste, dass er dankbar sein sollte: Er war der leibliche Sohn der Familie, das konnte ihm keiner nehmen, und er konnte beschließen, gegenüber dem Adoptivsohn großzügig zu sein. Er stand aus dem Bett auf, ging seinen Bruder suchen und fand ihn in der Küche: Brendan saß am Tisch und schrieb Zahlen aus einem Schulbuch ab. Declan setzte sich ihm gegenüber und fragte in freundlichem Ton: «Was machst du da?»

Brendan schaute skeptisch zu ihm hoch, schaute skeptisch auf seinen Block hinunter und dann wieder skeptisch zu Declan hoch. «Buchhaltung», sagte er.

Traditionellerweise war das ein Mädchenfach, und

man würde erwarten, dass Declan gespottet oder zumindest geschnaubt hätte, doch stattdessen sagte er: «Gut so, es schadet nichts, wenn man sich mit so was auskennt.»

Brendans Lerneifer war eine neue Entwicklung, er war immer nur ein mittelmäßiger Schüler gewesen, und nach Ambroses Tod hatte er die Arbeit für die Schule vollkommen vernachlässigt. Seine Probeexamen waren schlecht ausgefallen, und Christine hatte gesagt, sie würde mit ein paar Schiffsführern reden und versuchen, ihn bei einem von ihnen unterzubringen. Das hatte Brendan einen richtigen Schub gegeben, und er hatte sich einen Lernplan erstellt. «Ich habe mich für einen Kurs beworben», sagte Brendan, den Bleistift immer noch auf einer der Zahlenreihen. «Gleich wenn ich mit der Schule fertig bin, der geht drei Monate, und dann mache ich ein Praktikum.»

«Klasse», sagte Declan.

Früher hätte so eine Äußerung Brendan ein Lächeln und eine entsprechende Erwiderung entlockt, aber es waren zu viele Jahre vergangen. Brendan sah Declan ausdruckslos an, registrierte seine verlegene Miene und sagte nichts. Er wollte, dass Declan sich noch mehr erniedrigte.

«Hör mal, es tut mir leid wegen der Beerdigung», sagte Declan. «Dass ich dich weggestoßen habe und so, ich weiß nicht, was da in mich gefahren ist.»

Brendan sagte immer noch nichts, hielt den Bleistift weiterhin auf dem Papier. Er hätte die Entschuldigung erwidern können, sah dazu aber keinen Anlass, Declan war hier derjenige, der im Soll war. Er wartete.

«Mir tun eine Menge Sachen leid», sagte Declan mit einer Handbewegung, die eine lange Folge andeutete, fand aber keine Worte dafür. So viel hatte er noch nie von sich preisgegeben, und seine Hemmung zeigte sich körperlich: eine Starrheit im Oberkörper, eine trockene Kehle. Er beugte sich vor, und das half, als er weitersprach, sprudelte es aus ihm heraus: «Tut mir leid, dass ich nie was mit dir zusammen gemacht habe. Tut mir leid, dass ich ein Arschloch war. Tut mir leid, dass ich deine Kassetten überspielt und dein Astro Wars kaputt gemacht habe. Tut mir leid ... also, der Liebesbrief, der angeblich von Irene Tully war, den habe ich geschrieben.»

«Ich dachte mir schon, dass du das wahrscheinlich warst», sagte Brendan.

Es war nicht viel, aber Declan klammerte sich daran fest, wild entschlossen zu glauben, dass sie eine Unterhaltung führten. «Gut so», sagte er, und bevor irgendetwas diesen Moment ruinieren konnte, sprang er auf und stürmte aus der Küche.

Declans gute Laune hielt nur einen Tag an, irgendetwas rumorte noch immer in seinem Innern. Er hatte den Konflikt mit seinem Bruder beigelegt, aber er trug eine komplette Infrastruktur für einen Krieg in sich, die er nicht einfach demontieren konnte. Seine ganze Persönlichkeit gründete darauf. Der Umstand, dass wir Blödsinn über seine Familie redeten, wurde ihm zum nächsten Stein des Anstoßes. Die Familie umfasste für ihn jetzt auch Brendan, und sein Ärger richtete sich gegen uns.

Inzwischen wurde die Behauptung, Ambrose sei Brendans leiblicher Vater gewesen, schon wieder von allen verworfen. Allein Brendans Aussehen war der beste Gegenbeweis, mit seiner markanten schmalen Nase und seinem dicken, welligen Haar hatte er nichts von einem Bonnar. Außerdem wurde Brendan schnell braun, wohingegen Ambrose und Declan, wenn die Wolkendecke mal für fünf Minuten aufriss, im Nu rot verbrannt waren. Aber unsere Einsicht kam zu spät, Declan war bereits auf dem Kriegspfad. Er wollte herausfinden, wer dieses Gerücht in die Welt gesetzt hatte, wer der Urheber war, und dann, tja, mal sehen, was dann.

Auf der Hauptstraße fuhren Lastwagen hin und her, und über ihm kreisten ungefähr fünfhundert kreischende Seemöwen, als Declan Cindy ansprach. Sie lehnte gerade in der Tür ihres Salons und rauchte. «Über meinen Vater ist so eine Geschichte rumgegangen», sagte er. «Haben Sie davon gehört?»

«Ja», sagte sie.

«Das hat bestimmt hier angefangen.»

«Wieso glaubst du das?», fragte Cindy und betrachtete ihn nachdenklich, als wäre sie wirklich neugierig auf die Antwort und bereit zu warten.

Declan war nicht auf eine Gegenoffensive vorbereitet, wahrscheinlich hatte er gedacht, Cindy würde sofort einräumen, dass Frauen halt gern tratschten und Ärger stifteten – so waren sie nun mal. Er schaute an ihr vorbei in den Salon, in dem unablässig geschwatzt wurde und die Münder nie stillstanden, zweifellos eine Brutstätte wildester Geschichten, aber er wusste nicht, wie er diese Beschuldigung in Worte fassen sollte.

Cindy ließ ihn nicht lange zappeln. «Vielleicht solltest du nicht so voreilig sein», sagte sie und zog an ihrer Zigarette. Declan wollte schon den Rückzug antreten, da spitzte Cindy den Mund und stieß den Rauch in einem dünnen Strahl aus, dem Declan mit den Augen folgte. Sie lenkte seine Aufmerksamkeit auf die nicht arbeitenden Männer, die auf ihrer Mauer saßen.

Declan überquerte die Straße, und sein gerechter Zorn loderte wieder auf. Er starrte die Männer an, atmete die Abgase der vorbeifahren Laster ein und sagte: «So, ihr wart das also – ihr habt behauptet, dass Ambrose Brendans leiblicher Vater war!»

Die Männer schielten schuldbewusst zu ihm hoch, pulten an ihren Fingernägeln herum und kratzten sich an der Nase. «Aber nicht als Erste», sagte einer.

«Wer war es dann?», fragte Declan.

«Er hat gesagt, wir sollen ihn da raushalten», sagte ein anderer.

«Wer war es?»

«Der da», sagte ein Dritter. Er schaute zu einem Jungen hinüber, der gerade am Hegarty's vorbeiging, auf dem Heimweg von seinem Abschlussexamen. Brendan Bonnar muss die geballte Aufmerksamkeit gespürt haben, denn er blieb stehen und sah sich um. Er erstarrte.

Declan und Brendan schauten einander an.

Brendan lief los, und Declan sah ihm nach, bis er außer Sicht war, ehe er begriff, was Brendan vorhatte: Er wollte vor ihm mit ihrer Mammy sprechen. Das würde Declan nicht zulassen, und er hatte einen entscheidenden Vorteil: ein Auto. Er bog aus dem Hafenparkplatz, blieb aber gleich erst mal in einem Stau aus Lastwagen und Gabelstaplern stecken. Brendan lief offenbar schneller als je zuvor, denn auch nach der Hälfte der Strecke hatte Declan ihn noch nicht eingeholt, allerdings kam er an seiner Schultasche vorbei, die am Straßenrand lag. In der fiesen Kurve sah er Brendan vor sich, eine gequält aussehende, zusammengekrümmte Gestalt, dunkel vor dem Himmel, er hielt sich den Bauch und versuchte trotzdem, noch weiterzurennen. Declan fuhr haarscharf an ihm vorbei und sah mit Genugtuung, dass Brendan vor Schreck an den Zaun sprang. In der Mitte der Moorstraße hielt Declan, zog die Handbremse an und stieg aus. Brendan war quer über das Heideland gesetzt und erreichte die Tür vor ihm. Declan folgte in aller Ruhe, als Brendan in den Flur taumelte und vor Christine zusammenbrach. Sie stand in der Küche an der Arbeitsplatte und sah ihn besorgt an, während die Waschmaschine rumpelnd schleuderte. Brendan brachte kein Wort heraus, er japste nach Luft. Declan trat ein und sagte: «Er war es – er hat versucht, den Leuten in der Stadt weiszumachen, dass Dad eine andere Frau geschwängert hat.»

Christine sah Brendan an. Für ein paar Sekunden wurde ihr Gesicht kantig und streng. «Ambrose hat dich aufgenommen», sagte sie, «er hat dich großgezogen.»

Brendan sagte nichts, er lehnte jetzt an der Arbeitsplatte, konnte mit Mühe aufrecht stehen. Sein Gesicht entkrampfte sich etwas, und als er den Mund aufmachte, um etwas zu sagen, deutete seine Mammy zur Tür. «Geh mir aus den Augen», befahl sie.

Brendan tat wie angewiesen, sie hörte, wie er das Haus verließ, während sich im gleichen Moment die Waschmaschine abschaltete.

«Wir sollten ihn ganz rausschmeißen», sagte Declan.

Christine hörte ihn nicht, ihr Blick war noch auf die Tür gerichtet, durch die Brendan hinausgegangen war. Declan musste seinen Satz wiederholen, diesmal kam er bei Christine an, und sie wandte sich ungläubig zu ihm um. «Wir schmeißen ihn nicht raus, red keinen Unsinn.»

Sie ging in die Hocke, um die Waschmaschine auszuräumen, schüttelte die Handtücher kräftig aus und warf sie in den Wäschekorb. Frustriert presste sie die Lippen zusammen.

«Dieser Mistkerl hat Schande über unsere Familie gebracht!», sagte Declan.

«Schande?» wiederholte sie. Sie richtete sich abrupt auf. «Schande! In solchen Kategorien denkst du? Ihr seid wirklich unerträglich, beide, absolut unerträglich.» Und dann tat Christine etwas, was Declan zusammenfahren ließ, wie ein trotziger Junge trat sie mit voller Kraft gegen den Wäschekorb, der umkippte, sodass die Handtücher auf den Boden fielen. «Da», sagte sie. «Tu mal etwas Sinnvolles. Wenigstens einmal in deinem Leben.»

Sie riss die Hintertür auf und stürmte hinaus, marschierte auf die Hügel zu. Ihre Schuhe waren dafür nicht wirklich geeignet, aber das war ihr egal. Sie stampfte durch die Binsen und blieb erst stehen, als das Haus unter dem grauen Himmel klein und fern war. In weiser Voraussicht hatte sie im Hinausgehen ihre Zigaretten eingesteckt, und jetzt setzte sie sich auf einen Stein und zündete sich eine an. Seit Ambroses Tod rauchte Christine mehr, das Gelb ihrer Finger war noch intensiver geworden, und wenn sie den Filter zwischen den Fingerspitzen drehte, fühlte sich das ölig an. Sie beobachtete das Haus.

Die Rauchsäule, die aus dem Schornstein aufstieg, wurde immer dünner, offenbar ließ Declan das Feuer ausgehen, und die Handtücher hatte er auch nicht auf die Leine gehängt. Nach einer Weile sah sie sein Auto wegfahren, aber sie ging trotzdem nicht zum Haus zurück, sondern blieb an ihrem Aussichtspunkt sitzen, während es langsam Abend wurde.

Christine fragte sich, welche Rolle ihr in Brendans Geschichte zugedacht gewesen war: das Dummchen, das ein Kind ihres Mannes großzog, ohne etwas zu bemerken? Oder sollte sie, genauso schlimm, gewusst haben, dass Ambrose ein Mädchen geschwängert hatte, und sich aus freiem Willen auf den verrückten Plan eingelassen haben, das Kind großzuziehen, den Seitensprung aber geheim zu halten? Das waren die beiden Rollen, die ihr zur Verfügung standen: argloses Weibchen oder rückgratlose Idiotin. Man zieht einen Jungen groß, und dann wendet er sich gegen einen und bietet einem so eine Auswahl.

Christine zündete sich eine weitere Zigarette an.

Nachdem sie eine Weile unter dem dunkler werdenden Himmel gesessen hatte, kam sie zu dem Schluss, dass es sich tatsächlich noch mal anders verhielt, und vielleicht sogar noch schlimmer: Brendan hatte an ihre Gefühle überhaupt nicht gedacht, er hatte keine Sekunde lang überlegt, welche Wirkung seine Geschichte auf Christine haben könnte. Das war die typische Position einer Mammy: Sie wurde von ihren Kindern innig geliebt und zugleich existierte sie außerhalb der Wahrnehmung ebendieser Kinder, wurde von ihnen für selbstverständlich genommen, so wie die Welt vor ihrer Geburt oder das

Funktionieren ihrer Verdauung. Es war nicht schwer zu erraten, warum Brendan die Geschichte in Umlauf gebracht hatte: Es war ein verzweifelter Versuch, Anspruch auf Ambrose zu erheben. Auch Declan ging schlecht mit der ganzen Situation um, er verwechselte Unversöhnlichkeit mit Stärke. Die Jungen waren in einem Alter, wo sich die Eigenschaften eines Menschen ausformen und verfestigen, wenn sie also nicht bald zur Vernunft kamen, würden sie beide kein gutes Leben haben. Aber die Lösung lag eindeutig nicht bei ihr, Christine war mit den beiden überfordert. Ich will nach Hause, dachte Christine und war geschockt, als sie merkte, dass sie dabei nicht auf ihr eigenes Haus schaute. Ihr Blick war über den Hang geschweift und da hängen geblieben, wo die Wipfel der Fichtenpflanzung wie Zacken in den Himmel ragten. Das Haus der Lyons war verdeckt, aber sie sah Rauch aus dem Schornstein aufsteigen.

Brendan kam an diesem Abend nicht mehr zurück, wahrscheinlich schlief er bei den Aussteigern, und Declan brach am nächsten Morgen zu einer sechstägigen Fangfahrt mit der *Warrior III* auf. Christine ging durch die Moorstraße zum Haus der Lyons und folgte dem Geruch nach Politur in die Küche. «In der Stadt reden alle über Brendans Machenschaften», sagte Phyllis ohne Einleitung. «Ich versuche seit Jahren, dich vor diesem Kind zu warnen. So ist es doch? Oder?»

Christine wollte sich auf diese Diskussion nicht einlassen, auf überhaupt keine Diskussion. «Geh doch ein bisschen in die Stadt», sagte sie. «Ich kümmer mich um ihn.»

Christine wartete, bis ihre Schwester weggefahren war, dann erst betrat sie das Wohnzimmer. Eunan saß in seinem Sessel, zerbrechlich wie ein Haufen Herbstlaub. Auf der Sitzfläche lag eine neue Plastikabdeckung, leicht abwischbar und krankenhausgrün. Die Farbe hatte sich in jedes Zimmer eingeschlichen: Stapel von Kompressen im Schlafzimmer, Feuchttücher neben der Toilette, Plastikbesteck in der Küchenschublade. Eunan trug Hausschuhe, er wirkte klein in seinen Kleidern. Der Gehstock, der quer über den Sessellehnen lag, schien ihn einzusperren. Seine Fingerknöchel traten hervor, sie waren viel breiter als die Finger und auch dunkler, als staute sich sein träges Blut darin. Er blickte auf, als Christine zwischen ihn und das Licht vom Fernseher trat, und gab einen kehligen Laut von sich. Als er Monate zuvor aufgehört hatte zu sprechen, hatten Christine und Phyllis zunächst gedacht, er habe einfach nur schlechte Laune, es hatte eine Woche gedauert, bis sie begriffen, dass er die Fähigkeit verloren hatte. Christine verschränkte die Arme und musterte ihn. Mit dem Haus ins Reine zu kommen bedeutete tatsächlich, mit ihrem Vater ins Reine zu kommen.

Eunan gab einen weiteren kehligen Laut von sich, der keine Bedeutung hatte, trotzdem betrachtete Christine ihren Vater eine Weile aufmerksam, als hätte er eine Meinung geäußert. Als sie hinausging, um Wasser aufzusetzen, folgte er mit den Augen ihrer schwindenden Gestalt.

Eunan konnte nicht mehr viel sehen, ob mit oder ohne Brille. Der Fernseher lief häufig, aber hauptsächlich wegen des schimmernden Lichts und weil ihm die leisen Stimmen Gesellschaft leisteten, schon was sich auf der anderen Seite des Zimmers befand, verlor sich im Nebel, einer Anmutung in nur zwei Farbtönen: hell am Tag und dunkelgelb in der Nacht. Der Nebel begann inzwischen ungefähr auf Armeslänge und rückte weiterhin näher. Was in den Bereich davor gelangte, nahm feste Gestalt an, seine Töchter, seine Enkel, die mit den Händen, den Fingern eine Verbindung zu ihm herstellten. Andere in Eunans Zustand hätten diese Berührungen als Liebe interpretiert, energisch, aber hilfreich, doch Eunan fühlte keine Wärme in den Berührungen seiner Familie. Sie kamen ihm spitz und spröde vor, wie tote Korallen, die durch das von aufgewirbeltem Sediment eingetrübte Wasser nach ihm griffen.

Um elf half Christine ihrem Vater aus dem Sessel und stützte ihn auf dem Weg zur Toilette. Er war bucklig geworden, und sein Kopf ragte vor wie ein Schiffsschnabel. Vor der Kloschüssel drehte er sich langsam, bis er mit dem Rücken dazu stand, dann wartete er. Es war schwer zu sagen, ob er diese Bewegungen bewusst oder rein mechanisch machte. Christine öffnete ihm die Hose und ließ sie auf seine Knöchel gleiten, dann zog sie ihm die Unterhose herunter. Mithilfe der Haltegriffe konnte Eunan sich selbst herunterlassen, aber sie blieb trotzdem nah bei ihm stehen, um notfalls nach ihm fassen zu können. Er setzte sich zurecht, ging in Wartehaltung, irgendwann würde eine Wurst hinunterplumpsen.

Christine trat in den Flur, lehnte sich mit dem Rücken an, die offenen Hände gegen die Wand gelegt, und wartete. Es war viele Jahre her, dass sie einen Anlass gehabt hatte, länger hier zu stehen, sie betrachtete das gerahmte

Foto von sich und Phyllis, beide mit Pferdeschwänzchen, Christine mit dümmlichem Grinsen und besorgtem Blick, Phyllis genauso, nur noch ausgeprägter. Nach einer Weile klopfte Christine zweimal an die Badezimmertür und schaute hinein. Eunan versuchte gerade aufzustehen, und sie kam ihm zu Hilfe. Um ihn zu säubern, benutzte sie erst feuchte Tücher, mit denen sie zwischen seinen Pobacken wischte, dann Küchentücher zum Trocknen. Während sie das alles tat, umklammerte Eunan die Haltegriffe und starrte zur Tür, leise zitternd, doch mit einem Gesichtsausdruck, als läse sie ihm etwas vor oder knöpfte ihm die Manschetten zu. Christine betätigte die Spülung, zog ihm die Unterhose hoch, dann die Hose, knöpfte diese zu und geleitete ihn zurück zum Sessel.

In den folgenden Tagen verbrachte Christine viel Zeit bei den Lyons. Phyllis war entzückt, sie buk jeden Morgen Sodabrot, und mittags aßen sie zusammen. Phyllis' gute Laune fiel auf, sie war sehr gesprächig, wenn sie bei Hegarty's Mehl, Zucker, Marmelade und zusätzliche Milch einkaufte. Es ging gar nicht mal um die Hilfe bei der Versorgung des Vaters, sie freute sich einfach, ihre Schwester dazuhaben. Christine wiederum fühlte sich bei den Lyons wohler, als sie es für möglich gehalten hätte. Es war zweifellos besser, als in ihrem eigenen Bungalow zu sein, wo sich mit Declans nahender Rückkehr ein spürbarer Druck aufbaute.

«Seit Jahren versuche ich, zwischen den beiden zu vermitteln, aber es hat nie geklappt», sagte Christine zu Phyllis. Sie saßen in der Küche der Lyons, tranken Tee und aßen dicke Scheiben von der Biskuitrolle, die Phyllis gebacken hatte. «Trotzdem sind sie bei dem letzten Drama beide wieder zu mir gerannt gekommen.»

«Vielleicht werden sie erst erwachsen, wenn sie nicht mehr zu dir rennen können, weil du schlicht nicht da bist», sagte Phyllis. Sie sah ihre Schwester bedeutungsvoll an und schenkte Tee nach.

Am nächsten Morgen, als Phyllis in die Stadt gefahren war, um sämtliches verfügbare Backnatron aufzukaufen, trat Christine in ihr Mädchenzimmer. Es war ordentlich und gepflegt, nicht zur Rumpelkammer verkommen. Sie setzte sich auf die Bettkante, und ihr Körper erinnerte sich von selbst an die nächste Bewegung, wie unter einem Zwang streckte sie den Arm zum Schrank aus und öffnete die Tür. In dem ovalen Spiegel fing sich das Licht. Christine betrachtete sich. Sie saß immer noch auf dem Bett, als sie Phyllis heimkommen und in ihr eigenes Zimmer gehen hörte. Als Christine sich etwas anders hinsetzte, quietschten die Sprungfedern der Matratze, und Phyllis unterbrach, was immer sie gerade getan hatte. Christine konnte vor sich sehen, wie ihre Schwester auf die Wand starrte, nicht sicher, ob sie wirklich etwas gehört hatte oder nicht.

«Bist du daheim?», fragte Phyllis durch die Wand.

«Ja», sagte Christine probeweise.

Brendan war in diesen Tagen entweder nicht da oder in seinem Zimmer. Im Haus der Bonnars war es kalt, doch weder er noch Christine zündete den Herd an, keiner von beiden widersetzte sich der trüben Stimmung, die sich bei ihnen ausgebreitet hatte. Brendan wartete darauf, dass sie seine Lüge ansprach, das wusste Christine, sie sah, dass er sie beobachtete, aber sie beschränkte ihre Äußerungen auf Alltägliches, Essen, Haushalt, ein erforderlicher Gang zum Postamt und dergleichen mehr. Sie hatte beschlossen zu warten, bis er selbst den Mund aufmachte, doch erst als sie ihre Tasche packte, gab er schließlich nach.

Es war an dem Tag, nachdem Christine in ihrem Mädchenzimmer gewesen war, Brendan kam nach Hause und fand sie im Schlafzimmer vor, wo sie Kleider in eine große Reisetasche packte. «Ich ziehe für eine Weile zu Daddy und Phyl», sagte sie zu ihm. Sie spürte, dass Brendan sie anstarrte, konzentrierte sich aber auf ihre Tätigkeit, hielt den Blick gesenkt. Sie befürchtete, Brendan könnte gekränkt sein, und wollte nicht, dass ihre Entschlossenheit ins Wanken geriet. «Ich möchte, dass ihr beide, du und dein Bruder, daran arbeitet, besser miteinander auszukommen», fuhr sie fort. «Er kommt heute Abend oder morgen zurück. Du solltest auf der Landungsbrücke stehen und ihn in Empfang nehmen.»

«Wahrscheinlich schmeißt er mich ins Wasser», sagte Brendan.

«Nicht wenn du dich sofort entschuldigst.»

«Ich habe keinen Grund, mich zu entschuldigen», sagte er. «Ich habe ein Recht auf einen Vater.»

Jetzt blickte Christine auf. Brendans Miene war ausdruckslos, er schien nicht erregt zu sein, wobei man das bei ihm nie so recht wusste. «Du hattest einen Vater», sagte Christine.

«Ich wollte eine runde Sache daraus machen, und er ist tot, ich habe ihm also nicht geschadet.»

«Und mir?»

Brendan schwieg.

«Alle wissen, dass Ambrose so ein Geheimnis niemals hätte für sich behalten können», fuhr Christine fort. «Und du hättest das auch wissen müssen.»

«Manche Leute denken vielleicht so», sagte Brendan. «Aber die sind naiv. Du vergisst, dass ich viel zu hören bekommen habe. In dieser Stadt gibt es Scham, und Scham führt dazu, dass Leute Geheimnisse haben.»

«Schon wieder so ein Wort», sagte Christine. «Erst Declan mit seiner Schande, und jetzt kommst du mit Scham. Für deinen Vater war Scham kein Thema. Das ist eher dein Problem, und das deines Bruders.»

Brendan sagte nichts.

«Bei Ambrose war es Stolz – davon hatte er ein bisschen zu viel. Er wäre zu stolz gewesen, um so etwas zu verbergen», sagte Christine. «Er hätte die Exkommunikation riskiert oder wie immer sich das nennt, hätte unsere Ehe aufs Spiel gesetzt, aber er hätte der Versuchung nicht widerstehen können, das herumzuerzählen – allen zu erzählen, dass du sein leiblicher Sohn bist. Weißt du denn nicht, wie sehr er dich geliebt hat?»

Christine hätte sich um Brendans Gesichtsausdruck keine Gedanken machen müssen, ihre eigene Worte reichten, um sie aufzuwühlen. Ihr Schmerz brachte sie aus dem Gleichgewicht und wirkte sich auf ihre Koordination aus, als sie den Reißverschluss ihrer Tasche zumachte, riss sie zu heftig am Schieber, sodass er sich löste. Ambrose hätte ihn reparieren können, aber Christine konnte das blöde Ding nur wegwerfen. «Ich bin nur ein paar Minuten entfernt», sagte sie, nahm die Reisetasche und ging zur Tür. Brendan folgte ihr, und sie standen zusammen vor dem Haus. Die Wolken über den Bergen waren schiefergrau und schwer, ihre Unterseiten regenzerfurcht. Christines Stimme klag wackelig, als sie jetzt sagte: «Ich habe den Kühlschrank für euch aufgefüllt, bitte iss nicht nur Spaghetti Hoops.»

Dann ging sie.

16.

Declan war fest entschlossen gewesen, die nächste Fangfahrt der *Warrior III* nicht mitzumachen, das Boot ohne ihn ausfahren zu lassen. Er wollte an Land bleiben und den Streit mit Brendan ein für allemal austragen. Beim Gedanken an Brendan ballten sich seine Hände zu Fäusten. Aber dann sagte Aloysius, dass sie in der Gegend von Rockall fischen würden, und diese Information hatte Declan dann doch zur Landungsbrücke und auf die *Warrior* getrieben. Er würde Brendan nach seiner Rückkehr stellen. Diese Gelegenheit konnte er sich nicht entgehen lassen, entschied er: Er würde derjenige sein, der Rockall wirklich gesehen hatte.

Sie hielten sich Richtung Nordwesten, schleppten unterwegs, und mit jedem Hol kamen sie Rockall näher. In Declans Vorstellung erwartete Rockall sie. Ab und zu ging er auf die Brücke, wo Rockall ein leuchtendes Pünktchen auf der digitalen Seekarte war. Er stand dann einfach nur da und starrte auf das Pünktchen, bis Tommy ihn wieder an die Arbeit scheuchte. Wenn Declan auf Deck oder an den Transportbändern arbeitete, hatte er ständig Rockall vor Augen: So hoch wie ein fünfstöckiges Gebäude, von Wind und Wellen umpeitscht, aber unerschütterlich.

Da er in dieser Saison keine Makrelen mehr fischen durfte, hatte Tommy beschlossen, sich den eigenartigen Tieren zu widmen, die in den verborgenen Tälern vor Rockall lebten. Es dauerte eine Weile, bis Declan und die anderen Besatzungsmitglieder gelernt hatten, welche Fische sie behalten und welche sie entsorgen mussten. Goldlachse hatten sonderbar große Augen, der Schwarze Degenfisch sah böse aus, wie ein Dämon, der Granatbarsch war sehr orange und hatte ein würdelos aussehendes Gesicht. Wir aßen diese Fischarten bislang noch nicht, aber Tommy nahm an, dass sich Märkte dafür finden lassen würden. Es war klug von ihm, nach neuen Möglichkeiten Ausschau zu halten, denn die Fischindustrie wuchs so schnell, dass eine ganze Spezies mit einem Schlag aus dem Handel verschwinden konnte. Noch gab es keiner zu, aber die Dorschfischerei im Nordatlantik stand kurz vor den Zusammenbruch, bald würde es praktisch keinen Dorsch mehr geben. Declan arbeitete zügig am Band, und wenn er die Nördlichen Schleimköpfe aussortierte, dachte er an Brendan. Wenn er sie richtig schwungvoll in die Gammelrutsche schmiss, klatschten sie gegen die Seitenwand, das gefiel Declan. Ein Klatschen, und weg war er.

Am vierten Tag waren sie in der Umgebung von Rockall angelangt, und Declan nutzte jede Gelegenheit, um an Deck zu gehen oder aus dem Fenster zu schauen und den Horizont nach der Felsinsel abzusuchen. Aber irgendwas war immer gegen ihn: das Licht, die Verhältnisse oder die Position – manchmal waren sie einfach zu weit entfernt.

Als der letzte Hol der Fahrt abgeschlossen und der Fang sortiert war, legten sich alle in ihre Kojen, bis auf Declan, der in die Kombüse hochging. Es war dunkel geworden, während er unten gewesen war. Er beugte sich zu einem der Fenster vor und schirmte die Augen mit gewölbten Händen gegen das Licht in der Kombüse ab, um in die Schwärze hinauszuschauen. Declan hatte den Kurs der *Warrior* auf einem der Bildschirme auf der Brücke gesehen und wusste, dass sie südlich von Rockall einen Bogen fuhren, aber es war nichts zu sehen, keine Sterne, kein Horizont, kein Fels, nur ein paar schimmernde Wellenkämme, die von den Deckstrahlern der *Warrior* hervorgehoben wurden. Declan war total frustriert, früh am nächsten Morgen würden sie die Heimfahrt antreten, und er hatte die Felsinsel noch nicht gesehen. Er legte sich in seine Koje, stellte den Wecker aber so, dass er vor den anderen aufwachen würde, und nach ein paar Stunden ging er wieder in die Kombüse. Wieder beugte er sich ans Fenster vor. Das Licht bleichte den Himmel, aber jetzt waren die Verhältnisse gegen ihn. Die Windstärke hatte zugenommen, Gischt sprühte über die Decks, und die Sicht war schlecht. Declan konnte hohe weiße Wellenkämme sehen, aber wegen der gesättigten Luft nur etwa eine Meile weit. Die Glocke ertönte, und weitere Besatzungsmitglieder erschienen in der Kombüse, niemand sagte viel, alle respektierten die frühmorgendliche Atmosphäre, Kevin Beattie pfiff leise eine langsame Version der Titelmelodie von *Dallas*. Der Koch setzte den Grill in Gang, aber nicht einmal der Geruch bratenden Bacons konnte Declan vom Fenster weglocken, er starrte weiter nach Norden. Dann sah er in etwa anderthalb Meilen Entfernung ein gewaltiges Aufbranden, Wasser schoss dreißig Meter in die Höhe, vielleicht gegen ein massives, unbewegliches

Hindernis. Ohne sich umzudrehen, sagte Declan: «Ich glaube, gerade habe ich es fast gesehen.»

Die anderen Männer standen auf und kamen auch ans Fenster. Die Gesichter blass im fahlen Licht, hielten sie alle miteinander Ausschau nach Rockall.

«Tommy könnte doch wirklich mal ein bisschen näher ranfahren und uns eine Chance geben», sagte Rory Murrin.

«Für Sightseeing verbraucht Tommy keinen Treibstoff», sagte Aloysius.

«Mein Vater hätte das gemacht», sagte Declan, und für einen Moment überkam ihn Trauer.

«Aye», sagte Aloysius und verstummte. Ein paar von den anderen nickten, sagten aber nichts.

Niemand sonst sah etwas, und bald wurde Declans Behauptung angezweifelt, Wellen brachen sich überall, es war schwer, da etwas zu erkennen. Ihr Geplapper ging Declan auf die Nerven, und er war froh, als sie nach und nach an den Tisch zurückkehrten. Declan wollte kein Frühstück, er stützte sich auf die Fenstereinfassung, schaute konzentriert in die Ferne und versuchte, nicht zu blinzeln. Die Sicht wurde dadurch erschwert, dass bebende Wassertropfen über die Scheibe jagten, und Declan kam zu dem Schluss, dass er draußen eine bessere Chance hatte. Er ging zur Außentür und zog seine Stiefel an. «Spinnt der?», hörte er den Koch sagen, aber niemand schritt ein. Sobald Declan die Tür auch nur einen Spaltbreit geöffnet hatte, blies es mächtig herein, und das Tosen der See war ohrenbetäubend, ein immenses Knirschen und Krachen in einer Wand aus weißem Rauschen, als würden sämtliche Bäume in einem Wald zertrümmert, wieder zusammengesetzt und erneut zertrümmert. Declan trat in den Sturm hinaus, schloss die Tür hinter sich und stieg aufs Brückendeck, die Augen gegen den Sprühnebel zusammengekniffen. Bei diesem starken Wellengang musste er sich mit beiden Händen an der Reling festhalten, und während der Abwärtsbewegung des Boots fühlte er eine Art Schwerelosigkeit. Zwei Dutzend Eissturmvögel glitten durch die Wellentäler, die so lang und tief waren, dass Declan nie Himmel hinter den Vögeln sah. Wieder oben, spähte er nach Norden. Ein erneutes Aufbranden, bei dem nur Gischt zu sehen war, aber jetzt wusste Declan immerhin, wohin er den Blick richten musste. Er starrte auf die Stelle und hatte jenes seltsame Gefühl, das einen überkommt, wenn man sich inmitten von heftiger Bewegung und enormer Geräuschkulisse auf eine ferne Bewegung konzentriert, die aufgrund der großen Distanz winzig und lautlos erscheint. Und als es dann geschah, war es perfekt: Das Wasser zog sich für einen Moment zurück, wogte in andere Richtungen, und Declan sah die dunkle Masse hervortreten. Rockall, keine Frage, von der Form und Größe seines Fingernagels, volle zwölf Sekunden lang sichtbar. Das Boot sackte wieder herunter, und für einen kurzen Augenblick zog es Declan den Boden unter den Füßen weg, ein Moment des Fliegens, der für immer mit seiner Erinnerung an Rockall verbunden sein würde.

Tommy entdeckte Declan von der Brücke aus, ließ eine Fensterscheibe herunter und schickte ihn nach unten. «Du wirst hier nicht gebraucht!», rief er gegen den Wind an, von Declans Anwesenheit auf dem Brückendeck irritiert. Solange die Arbeit es nicht erforderte, sollte sich kein Besatzungsmitglied Wind und Wetter aussetzen, schon gar nicht bei solchen Bedingungen. Declan wusste, dass Tommy seinen Beweggrund nicht verstehen würde, also tat er wie befohlen und ging wieder hinunter, zurück in die Kombüse. Mitten im Raum blieb er stehen, er wirkte wie vom Blitz getroffen, atmete schwer, sein Gesicht glühte vom Sturm, und er hatte vergessen, seine Stiefel auszuziehen. Alle schauten ihn an. «Hast du Rockall gesehen?», fragte Kevin.

Declan zögerte nicht. «Nein», sagte er.

Ein paar Stunden später nahmen sie Kurs auf Killybegs. Rockall gesehen zu haben hatte Declan nicht besänftigt, im Gegenteil, es hatte seine Wut noch angeheizt. Er würde Brendan nicht nur aus dem Haus, sondern aus der Stadt jagen.

Es war zehn Uhr abends, als sie den Fang fertig angelandet hatten, und die meisten von der Besatzung steuerten erst mal den Pub an, aber Declan begab sich geradewegs nach Hause, und seine Stimmung verfinsterte sich unterwegs noch mehr. Doch Brendan war nicht da, und Declan tigerte frustriert durch die Zimmer. Der Herd war kalt, die Luft klamm und abgestanden. Zwei ungeöffnete Umschläge lagen auf der Fußmatte, auf dem Küchentisch standen benutzte Tassen herum und im Spülbecken ein Topf, an dessen Boden Spaghetti Hoops festgebacken war. War die Ratte vielleicht zu den Lyons rübergegangen? Ohne auch nur zu duschen oder sich umzuziehen, marschierte Declan hinüber und ließ sich selbst ein. Brendan fand er auch hier nicht, wohl aber Christine und Phyllis, die im Wohnzimmer saßen, ihren Vater hatten sie bereits zu Bett gebracht. Sie standen auf, um Declan zu begrüßen, und Phyllis ging Wasser aufsetzen. Mit seiner angespannten Miene und dem von ihm ausgehenden Fischgeruch bildete Declan einen krassen Gegensatz zu der heimeligen Atmosphäre: Auf dem Tisch stand ein frisch gebackener Biskuitkuchen, der Fernseher war abgeschaltet, und im Kamin brannte ein Kohlenfeuer, Declan spürte die Wärme auf seinem Gesicht. Ein Feuer hatte er dort noch nie gesehen, ja nicht einmal den Kamin selbst, er war immer verdeckt gewesen. Eunans Sessel stand jetzt an der hinteren Wand, und der Fernseher war entsprechend ausgerichtet. So war genug Platz für die beiden Sessel vor dem Kamin, in denen seine Mammy und seine Tante einander gegenübergesessen hatten.

Christine sah, wie Declan die neue Lage allmählich erfasste und begriff, dass sie jetzt hier wohnte. «Ihr müsst euch zusammenraufen, dein Bruder und du, bitte bemüht euch», sagte Christine. «Ich weiß, dass ihr das könnt.»

Ohne ein Wort machte Declan kehrt und ging. Phyllis war im Flur, und bevor sie etwas zu ihm sagte, bugsierte sie ihn vor die Tür, denn sie wollte nicht, dass Christine mithörte. «Geh nett mit Brendan um, ja?», sagte sie in bittendem Ton. «Dann bleibt deine Mutter gerne hier. Sie ist bei mir besser aufgehoben, sie ist noch nicht lange Witwe, und ich bin es gewohnt, mich um Leute zu kümmern.»

Ihre Schwester wieder zurückzubekommen war das Beste, was Phyllis seit zwanzig Jahren passiert war, sie wäre fast in Tränen ausgebrochen, als Christine vorschlug, zu ihnen zu ziehen. Christine sagte gleich dazu, dass es nur für eine Weile sei, aber diesen Teil schien Phyllis zu überhören. Sie buk unermüdlich weiter, machte es ihnen gemütlich. Sie beide hier oben und Declan und Brendan unten, das wäre ein Arrangement nach ihrem Geschmack. Phyllis neigte nicht zur Tagträumerei, aber hin und wieder, beim Teigkneten etwa, verlor sie sich in Fantasien, dass Christine für immer bleiben würde. Ihr Vater würde ja irgendwann sterben, und dann konnten sie beide gemeinsam alt werden.

Phyllis schaute Declan an und versuchte zu erkennen, wie er gestimmt war. «Ich werde tun, was ich zu tun habe», sagte er, und Phyllis schrak zurück, als sie seinen Gesichtsausdruck sah. Sie musste sofort weiteres Brot in den Ofen tun.

Declan ging wieder zum Bungalow der Bonnars und stand dort mehrere Minuten im Wohnzimmer, um sich darüber klar zu werden, was das alles für ihn bedeutete. Das einzige Geräusch war das des Kühlschranks, ein Summen, das er nie zuvor wahrgenommen hatte. Seine Mammy war fort, und damit, so entschied er, war das Haus jetzt im Prinzip seins, und er würde es nicht teilen, nicht mal für eine einzige Nacht. Declan holte den Koffer, der früher Ambrose gehört hatte, vom Speicher, er war voller Unterlagen zur *Dawn.* Declan kippte alles aus. Decksplan, Aufzeichnungen über Hols, eine Karte der Donegal Bay, Declan ließ sich nicht beirren. Er packte zwei Wolldecken in den Koffer, Brendans Kleider, seinen Kassettenrekorder und sieben Kassetten mit Musik, die er sich bei den Aussteigern überspielt hatte. Das war alles, nicht einmal genug, um den Koffer zu füllen: Diese paar Gegenstände waren Brendans ganzer irdischer Besitz. Auch davon ließ Declan sich nicht beirren, allerdings fügte er noch einen Büchsenöffner und eine Schachtel Heftpflaster hinzu, und da einer der beiden Briefe auf der Fußmatte an Brendan adressiert war, legte er den ebenfalls in den Koffer. Zum Schluss öffnete er seine Brieftasche, nahm zweihundert Pfund heraus und legte sie obendrauf. Er machte den Koffer zu und stellte ihn vor die Haustür. Was er empfand, war nicht Befriedigung, eher ein Gefühl von Vollendung: ein Stück kaltes Eisen, das in eine exakt bemessene Nut greift. Einen Zettel musste er nicht dazulegen, der Koffer war Aussage genug.

Declan ging ins Bett und starrte eine Stunde lang an die Decke.

Brendan war den ganzen Abend bei Sandra gewesen. Im leeren Haus der Bonnars fühlte er sich unbehaglich, keine Mammy da, dazu die Stille, aber auch bei den Aussteigern fühlte er sich nicht wohl. Sandra gab gern die Psychologin und fragte ihn immer wieder, warum und wieso seine Familie so gestört sei. Brendan war nicht imstande, sich ausdauernd genug mit dem Thema zu befassen, um eine Erklärung liefern zu können, er würde der Frage sein Leben lang ausweichen, so gut es ging. Und so kehrte er schließlich doch in die Moorstraße zurück, kam nach Mitternacht vor dem Haus an. Es überraschte ihn nicht, den Koffer dort stehen zu sehen, doch er betrachtete ihn eine ganze Weile, ehe er ihn ergriff. Auch Brendan verspürte ein Gefühl von Vollendung, er nahm sein Schicksal an. Es war angenehmer, das Ganze als Schicksal zu betrachten und nicht als einen traurigen Zustand der Zerrüttung. Brendan verharrte einen Moment mit dem Rücken zum Bungalow, schmeckte die Atlantikluft und hatte das bewegende Gefühl, besonders zu sein. Er hatte keine Familie, nicht wirklich. Vielleicht, sagte er sich, war er die ganze Zeit nur auf der Durchreise gewesen. Er war vom Meer herangetrieben, und morgen würde er die Stadt verlassen, woandershin gehen, wo vielleicht andere Menschen seine Hilfe brauchten. Er würden ihnen helfen, ihnen dabei aber nicht zu nahe kommen, denn er wusste, dass er früher oder später würde weiterziehen müssen, das war von nun an das Leben des Jungen aus dem Meer.

Erst einmal aber galt es, diese Nacht irgendwo zu verbringen, und Brendan kannte einen trockenen Ort, wo er für sich sein und seine Ruhe haben würde. Er summte die Titelmelodie von *Der kleine Vagabund*, während er um die fiese Kurve ging, fort vom Haus der Bonnars. «Ich werde einfach weiterziehen», sagte er laut vor sich hin, es war das einzige Geräusch auf der finsteren Straße.

Der Schiffsfriedhof war eine flache Bucht mit einem Untergrund aus grobem Gestein, in der unsere ausrangierten Fischkutter – ohne Maschine, Beleuchtung, Schiffsschraube und Winden – entsorgt wurden. Der Geruch von abgestandenem Salzwasser und aufgequollenem Holz hing in der Luft. Holzboote verfielen in mehreren Schritten: Als Erstes verrotteten die Decksplanken, die aus Kiefernholz bestanden, dann, etwa zehn Jahre später, begann sich der meist aus Lärche gebaute Rumpf in seine Bestandteile aufzulösen, bis nur das eichene Bootsgerippe übrig blieb, das dann, etwas gespenstisch aussehend, noch jahrelang überdauerte. Damals lagen elf Boote in der Bucht. Alter Seetang saß in dicken Büscheln an den verfallenden Rümpfen und zersetzte sich zu einer grauen Masse, in der Tag für Tag aus Millionen von winzigen weichen Eiern schmierige, hüpfende Flöhe schlüpften. Die Wracks waren nicht aufgereiht oder sonstwie geordnet, sondern lagen wild durcheinander, so wie der Kran sie fallen gelassen hatte. Das Heck der *Ard Barra* ragte in die Höhe, ihr Ruderhaus fehlte ganz, stattdessen klaffte ein dunkles Loch im Deck.

Brendan ging leichtfüßig über den steinigen Boden und verschmolz mit dem Schatten des neuesten Wracks. Die *Shining Light* hatte noch Plexiglasscheiben in fast allen Fenstern und einen vollständigen Mast, der allerdings parallel zum Boden verlief, denn sie lag auf der Seite. Sie war am weitesten vom Wasser entfernt, nicht mal eine Springflut hätte sie erreicht. Den Koffer vor sich her schiebend, kroch Brendan unter das Ruderhaus, richtete sich in einer scheibenlosen Fensteröffnung auf und kletterte hinein. Das Sperrholz des Ruderhauses war durch den Regen verzogen, aber im Laderaum, in den Brendan durch eine Lücke zwischen den Planken gelangte, war es trocken. Er knipste sein Feuerzeug an und hielt es hoch, alles sah noch so aus wie bei seinem letzten Besuch, die Kisten, auf denen er gesessen hatte, die in Einmachgläser gestellten Kerzen. Auch die zurückgelassene Ausrüstung lag noch da: zwei nicht zusammenpassende Gummistiefel, drei Auftriebskörper, ein großer verbogener Schraubenschlüssel, eine Taurolle. Passt, dachte er und zündete eine Kerze an. Das Licht reichte nicht bis in die Ecken, aber es warf Muster an die Wand, und Brendan saß lange da und schaute einfach nur zu. Durch das jahrelange Anhören unserer Probleme hatte Brendan eine besondere Fähigkeit erworben: Er konnte einen Teil seiner Wahrnehmung vorübergehend ausschalten, abwesend sein und dabei weiter funktionieren, mit halbem Ohr zuhören. Auch an diesem Abend blendete er nun alles Überflüssige aus und schaltete sich in den Leerlauf. Brendans Selbstwertgefühl wurde dadurch keineswegs geschmälert, sondern eher noch etwas gesteigert. Er war stolz, ein Überlebenskünstler zu sein, alles verlieren und dann neu anfangen zu können.

Er wickelte sich in seine Decken, legte sich auf die Kisten und schlief sofort ein.

Am nächsten Morgen wurde Brendan durch das Geräusch von Motoren geweckt, zweier starker Motoren, nicht weit von ihm. War es besser, still liegen zu bleiben oder abzuhauen? Er wollte nicht gesehen werden und setzte darauf, dass er in der *Shining Light* sicher war, also blieb er auf seinen Kisten liegen, schaute zur Wand des Laderaums hoch und horchte. Die Motoren verstummten, und das Zischen einer Druckluftbremse ertönte. Er hörte Männerstimmen, dann gemeinschaftliches schallendes Gelächter. Etwas Zeit verstrich. Das dünne Dröhnen einer Hydraulik. Ein Knirschen. Mehr Zeit verstrich. Wieder Stimmen. Dann ein gewaltiges Krachen, ein Aufprall, dessen Wucht die *Shining Light* von Grund auf erbeben ließ, der Boden unter Brendan bewegte sich, und die Einmachgläser fielen um. Es war ein ziemlicher Schreck, aber soweit Brendan sehen konnte, war kein Schaden entstanden. Er hörte das Schwappen von aufgewühltem Wasser. Dann wieder Stimmen, was sie sagten, konnte Brendan nicht verstehen, doch er hörte Befriedigung heraus, das Gefühl, eine Aufgabe erledigt zu haben. Fahrzeugtüren schlugen zu, und das Geräusch der beiden Motoren entfernte sich. Brendan hatte vor, mit dem ersten Bus die Stadt zu verlassen, doch der fuhr erst in einer Stunde, also wartete er noch etwas, bis er sicher sein konnte, dass niemand mehr in der Nähe war, dann trat er aus dem Laderaum und ließ sich durch das Fenster des Ruderhauses hinunter. Die kalten Steine unter seinen Händen weckten ihn vollends auf. Er kroch hinaus und sah, dass ein neues Wrack den Blick auf den Horizont versperrte, es stand einen Meter tief im Wasser. Der Kiel war durch den Aufprall zu Bruch gegangen, sodass sich der Rumpf an die Steine schmiegte und das Boot aufrecht hielt, einige der Planken waren glatt durchgebrochen, andere zertrümmert. Es war die *Christine Dawn.* Brendan sank zu Boden, er konnte den Blick nicht von dem Boot lösen, und jetzt schließlich überkam ihn doch ein Gefühl von Zerrüttung. Es ließ sich nicht leugnen, er spürte es körperlich. Brendan schaffte es nicht zum Bus. Er blieb den ganzen Tag und bis in die Nacht auf dem Schiffsfriedhof.

17.

Wir redeten wieder über Brendan, redeten so viel über ihn wie damals, als er bei uns aufgetaucht war, aber diesmal ohne Großzügigkeit oder Staunen. Wir waren gegen Trickserei und Unredlichkeit, und viele von uns waren empört über seine Lüge, besonders diejenigen, die darauf hereingefallen waren. Wir hatten ein sicheres Gespür dafür, was sich gehörte, Prinzipien, die unsere Eltern ohne große Worte an uns weitergegeben, uns vorgelebt hatten. Brendan hatte diese Prinzipien verhöhnt, und darüber hinaus hatte er gegen eine besondere Regel verstoßen, die nur für ihn galt und von deren Existenz wir selbst erst erfuhren, als er gegen sie verstieß: Brendan hätte dankbarer sein sollen. Nicht nur Christine und Ambrose, sondern uns allen gegenüber, der ganzen Stadt. Hatten wir ihm nicht Zuflucht geboten? «Eigentlich haben wir ihn ja doch alle adoptiert», sagte Manus McManus am Tresen des Ship Inn.

Doch mit der Zeit begann sich unsere Haltung zu ändern, und dabei spielte die traditionelle Säuberungsaktion auf dem Friedhof unserer Kirche eine wichtige Rolle. Sie fand immer im Spätsommer statt und fiel diesmal genau auf den Tag, nachdem die *Warrior III* von Rockall zurückgekehrt war und Brendan das Haus der Bonnars für immer verlassen hatte. Viele von uns fuhren mit Putzmit

Eimern, Lappen und Gartengeräten im Kofferraum zum Friedhof. Wir begrüßten einander, kommentierten erfreut das gute Wetter und machten uns an die Arbeit, wuschen die Grabsteine unserer Familien ab, kratzten das Moos weg und jäteten Unkraut: ein allgemeines Reinemachen und Instandhalten. Wir harkten den Blausteinschotter, und Hughie Devlin brachte sogar einen Sack frischen Schotter mit, den er auf der Schulter vom Auto zum Grab seiner Eltern trug, um es ganz neu herzurichten. Beschädigter oder ausgeblichener Grabschmuck wurde ausgetauscht, damals waren Plastikkugeln mit künstlichen Blumen sehr beliebt. Viele von uns brachten eine Thermoskanne voll Tee und ein paar Schinkensandwiches mit und verbrachten den ganzen Nachmittag dort. Unsere Kleinsten purzelten im Gras herum oder spazierten zusammen zwischen den Gräbern umher und bewegten die Lippen, wenn sie stumm die Inschriften lasen. Wir plauderten über dies und das, während wir arbeiteten, aber insgesamt war die Stimmung gedämpft, das schien uns angemessen für so eine Tätigkeit. Kein Grab wurde ausgelassen, wenn jemand niemanden mehr hatte, sprangen die Leute ein, die die Nachbargräber pflegten. Biddy Donoghues Nachbarn aus den High Lanes zupften das Unkraut, das über ihr Wurzeln geschlagen hatte. Ambrose lag oben am Hang. Da sein Grab neu war, musste nichts daran gemacht werden, aber vielleicht brachte uns der Anblick seines eingemeißelten Namens zum Nachdenken. Brendan hatte es bestimmt nicht leicht. Trotz unserer Totenwachen, der offenen Särge und großen Beerdigungen waren wir nicht unbedingt gut darin, mit Trauer umzugehen. Das Leben war eine Art Prozession, in der wir alle mitmarschierten, und man musste Schritt halten. Tatsächlich gaben wir einander nicht viel Zeit, auch uns selbst nicht, wir traten die Dinge nicht gern breit. Wenn jemand ins Straucheln kam, war es Sache der engsten Angehörigen, ihn oder sie aufzufangen und zu stützen, aber nicht alle Familien konnten das. Im Laufe dieses Tages, während wir harkten und Unkraut jäteten, begannen wir, Brendan zu verzeihen.

Als es dämmerte, kam der Pfarrer, um oben am Hang stehend die Fürbitten zu sprechen, wir versammelten uns vor ihm und sprachen unsere Zeilen. Wir wären natürlich niemals auf ein Grab getreten, aber auf die niedrigen Betoneinfassungen stellten wir uns schon, um einen besseren Blick zu haben. Christine kam, und das machte uns aufmerksamer. Wir strafften die Schultern, sprachen lauter und legten andächtig die Hände zusammen. Sie wirkte abwesend, doch sie nahm unsere Beileidsbekundungen entgegen und fragte nach unseren Familien. Sie schüttelte uns die Hand, so wie Ambrose es immer getan hatte, und wir bewunderten sie dafür. Nach den Gebeten ging sie zum Grab ihres Mannes und blieb dort eine Weile stehen. Der Pfarrer ging langsam den Hang hinunter und segnete im Gehen die Grabsteine, besprengte sie mit Weihwasser, so wie es der Bischof mit der Flotte tat. Wir folgten ihm alle, in einer Prozession auf dem Weg oder seitlich zwischen den Gräbern hindurch, zwischen unseren Eltern, Schwestern, Brüdern und Kindern.

Danach ging Christine zur Moorstraße zurück, zum Haus der Lyons. Im Wohnzimmer blickte ihr Vater auf den flimmernden Fernseher, in eine Decke gehüllt, die ihm bis zum Kinn reichte, wie ein riesiges Lätzchen. Er schien sich im Licht des Bildschirms zu sonnen. Christine tätschelte seine Schulter, dann ging sie in die Küche. Dort hing der intensive, süße Geruch von gebackenen Haferflocken und Sirup in der Luft, auf dem Auskühlgitter lagen Haferkekse. Phyllis war wieder am Werk.

«Ich muss doch dafür sorgen, dass du ordentlich isst», sagte Phyllis mit gezwungener Munterkeit. Sie stand am Tisch und merkte sofort, dass etwas geschehen war, Christine wirkte verändert.

«Es tut mir leid, aber ich ziehe morgen besser wieder zurück nach Hause», sagte Christine. «Es war dumm von mir, die Jungs sich selbst zu überlassen.»

«Aber wir sind doch nur ein paar Minuten von ihnen entfernt», sagte Phyllis mit verzweifeltem Lächeln.

«Ich für dich dann ja genauso», erwiderte Christine.

«Willst du dir das nicht noch mal überlegen?», sagte Phyllis.

«Ich habe es mir schon überlegt.»

Phyllis wusste, dass Ärger nicht half, aber ganz konnte sie ihn nicht aus ihrer Stimme heraushalten. «Die kommen doch zurecht!», sagte sie.

Christine wusste, dass Brendan nicht mehr im Haus war, aber sie dachte, er sei wieder bei den Aussteigern. «Wenn ich da bin, kommt Brendan wieder heim», sagte sie.

Phyllis wandte sich wieder dem Ofen zu, kreuzunglücklich.

Unterdessen gab sich Declan im Bungalow die Kante.

Als Erstes leerte er etliche Dosen Bier, dann wandte er sich dem Sahnelikör zu, den er hinten im Schrank gefunden hatte. Der Likör war uralt, und als Declan die Flasche aufschraubte, knirschte die Kruste unter dem Deckel, aber das war ihm egal, er nahm trotzdem einen kräftigen Schluck. Auf der Suche nach Ablenkung sah er sich um und beschloss, das Herdfeuer anzuzünden, weniger um der Wärme als um des Gefühls willen, sein Erbe anzutreten. Er knüllte Zeitung zu Kugeln zusammen, die er auf den Rost legte, verteilte Reisig darüber und gab als oberste Schicht Torf darauf, dann zündete er die Zeitung an und hantierte noch etwas an den Lüftungsklappen herum, bis ein richtiges Feuer in Gang kam. Während die Flammen größer wurden, dämmerte eine Erkenntnis in ihm auf: All seine großen Lebensentscheidungen waren getroffen. Ab und zu hatte er die Vorstellung, er könnte Koch werden, aber er sah keinen einfachen Weg zu diesem Ziel, und er brauchte jetzt Unkompliziertheit – tatsächlich war es eine Erleichterung, einen klaren Lebensweg vor sich zu sehen: Er würde Fischer bleiben. Er würde die Hypothek abbezahlen und schließlich und endlich den Anbau errichten. Declan hatte kein Verlangen nach Kindern oder einer Frau, aber er wusste, dass das hier dazugehörte, und er bildete sich nicht ein, etwas Besonderes zu sein, irgendeine Frau würde ihn irgendwann herumkriegen. Und dann würde er hier alt werden, an diesem Herd. Ja, die großen Entscheidungen waren getroffen, er musste sie nur noch umsetzen. Das feierte er mit einem weiteren Schluck aus der Flasche.

Am nächsten Morgen in aller Frühe, noch bevor Christine aufgewacht war, erschien Phyllis an der Hintertür des Bungalows. Sie schaute angewidert auf die leeren Bierdosen, die über den Boden verteilt waren. «Warum bist du nicht in den Pub gegangen?», fragte sie.

Declan lag auf dem Zweiersofa, die Beine über der einen Armlehne, den Aschenbecher auf dem Bauch. Sein Gesicht sah blutleer aus, und er hatte gelbe Ringe unter den Augen. «Mir hat's hier gefallen», sagte er.

Phyllis trat zu ihm, sie hatte unbehagliche Gedanken und hoffte, Declan würde sie ihr entlocken und dadurch mitverantwortlich werden, aber Declan war gerade nicht in der Lage, ihre Bedürfnisse zu erkennen. Er schloss die Augen wieder und legte Zeigefinger und Daumen auf seine Lider. Also sagte Phyllis leise, als befürchtete sie, das Haus könnte verwanzt sein: «Wenn du willst, dass Brendan aus deinem Leben verschwindet, dann musst du einen anderen Ort für ihn finden. Einen, wo er sich heimisch fühlen kann.»

Declan nahm die Hand von den Augen und sah sie verwirrt an.

«Wenn er zufrieden ist, dann ist Christine auch zufrieden und lässt mich für sie sorgen», sagte Phyllis. «Und das wäre für alle das Beste.»

Declan wartete darauf, dass sie weitersprach.

«Ich habe eine Idee, wo Brendan vielleicht hinkönnte – es wäre eine gute Lösung, für ihn und für uns alle, aber um das zu arrangieren, müssten wir eine kleine Autofahrt unternehmen. Nur du und ich. Jetzt sofort.»

Schwerfällig stellte ihr Neffe den Aschenbecher weg, setzte die Füße auf den Boden und stand auf. Phyllis beobachtete ihn, befürchtete, er würde sie verurteilen. Verständlich wäre es, ihr war selbst nicht wohl mit dieser Heimlichtuerei, aber Declan wusste ja doch sicher, dass sie das Herz auf dem rechten Fleck hatte? Sich um die Familie zu kümmern konnte nun mal drastische Schritte erfordern.

Declan sah sie an, sagte aber nichts. Dann ging er durchs Zimmer und nahm seine Autoschlüssel vom Tisch.

Während er fuhr, erläuterte Phyllis, sie habe damals, als die Bonnars das Baby zu sich genommen hätten, Nachforschungen angestellt, um die Mutter aufzuspüren. So geheimnisvoll das Ganze erschienen sei, habe sie doch ohne größere Probleme ein paar Fakten ermitteln können, das Mädchen habe in einer der Fischfabriken gearbeitet, und ihr Name sei für jeden, der es wollte, leicht herauszufinden gewesen: Christabel McGilloway. Eine Adresse habe sie nicht hinterlassen, aber Phyllis hatte einige der Frauen, die auch dort am Fließband arbeiteten, angerufen und erfahren, dass Christabel ihnen erzählt hatte, wo sie herkam, nicht genau, aber so ungefähr. Daraufhin hatte Phyllis im Telefonbuch die Nummern von allen möglichen Geschäftsbetrieben in der Gegend herausgesucht und durchtelefoniert – Läden, Pubs, Tankstellen –, um die Nummer der McGilloways in Erfahrung zu bringen. Einfach war das nicht gewesen, die Leute waren ziemlich zugeknöpft, aber letztlich war Phyllis zu dem Schluss gekommen, dass die Familie des Mädchens kein Telefon hatte. Die vollständige Adresse hatte sie auch nicht herausfinden können, aber immerhin das Townland, und das würde wahrscheinlich reichen, um das Mädchen zu finden, wenn man hinfuhr und sich durchfragte. Phyllis hatte nie jemandem verraten, dass sie über diese Informationen verfügte, Christine und Ambrose hatten mittlerweile beschlossen, das Kind zu adoptieren, und sie hatte nicht die Kraft gehabt, die Sache weiterzuverfolgen. Das Townland lag im Nordosten von Donegal an der Grenze, ein paar Stunden entfernt. «Ich bin einmal hingefahren», sagte Phyllis, «in der Zeit, als Brendan ständig Leute gesegnet und die Nase immer höher getragen hat, aber dann musste ich an Christine denken und bin doch wieder umgekehrt. Dabei war ich nur noch ein paar Kilometer entfernt.»

«Aber jetzt willst du seine Mammy finden?», fragte Declan.

Phyllis zog ihren Sicherheitsgurt zurecht. «Es wäre für alle das Beste.»

Sie ließen das Meer hinter sich, und als sie höher hinaufkamen, wurden die Straßen schmaler und die Markierungen verschwanden, eine offene Moorlandschaft, windgepeitscht und eintönig. Mit ihrem niedrigen Horizont und dem gigantischen Himmel erinnerte sie Declan an den Atlantik. Alle paar Meilen trafen sie auf einen Bungalow mit einem Stapel Torfsoden draußen an der Wand und manchmal ein paar Kindern in dreckigen Turnschuhen vor dem Haus. Sobald sie an den Kindern vorbeigefahren waren, liefen diese auf die Straße und schauten ihnen nach. Schafe mit schwarzen Gesichtern standen im Wind, und selbst bei geschlossenen Fenstern konnten Declan und Phyllis ihr Geblöke hören. Manchmal liefen die Schafe frei auf der Straße herum, und dann bremste

Declan ab, um sich mit dem Auto zwischen ihnen hindurchzudrängen, denn sie machten nie Platz. Sie wirkten irgendwie zu groß, Phyllis war sich sicher, dass ein Schaf, das mit allen vier Beinen auf dem Boden stand, nicht in der Lage sein sollte, einem durchs Autofenster in die Augen zu sehen, aber diese Schafe konnten es.

Am Horizont erschien ein dunkler Streifen, eine Fichtenpflanzung wie bei ihnen in der Moorstraße, nur war diese viel größer, sicher fünfzehn Kilometer breit. Darüber schwebte gleich einem Insekt ein britischer Militärhubschrauber. Die Straße vor ihnen führte direkt in die Pflanzung. Auch als sie näher kamen, blieben die Bäume dunkel, und kurz bevor es in den Wald hineinging, hielt Declan mitten auf der Straße an. Es war nicht nötig, an den Rand zu fahren, sie hatten seit zwanzig Minuten kein anderes Auto gesehen.

«Was sagen wir denn zu dieser Frau, wenn sie zu Hause ist?», fragte Declan.

«Dass wir wissen, wo ihr Sohn ist, und den Kontakt zwischen ihnen herstellen können», sagte Phyllis. «Und dass er vielleicht gern eine Weile bei ihr wohnen würde.»

Declan schaltete den Motor aus und umfasste seine Knie. Das Auto knackte und tickte, während es abkühlte. Sie waren zu nah an der Pflanzung, um den Hubschrauber zu sehen, aber sie hörten ihn, ein paar Kilometer entfernt.

«Du wirst ja wohl nicht die Nerven verlieren?», sagte Phyllis.

Declan hielt seine Knie fest umklammert. «Nein», sagte er.

«Ich bin mir da nicht so sicher», sagte Phyllis. «Weißt du noch, wie du dir bei *Superman III* in die Hose gemacht hast?»

Declan atmete schwer aus, fasste nach dem Zündschlüssel und ließ den Motor an. Sie fuhren in die Fichtenpflanzung hinein.

Es gab keine Schilder, aber etliche Kreuzungen, und bald durchstreiften sie den Wald eher, als dass sie auf ein Ziel zugehalten hätten. Das Licht war dämmerig, und wegen der Kurven sahen sie die meiste Zeit sowohl vor als auch hinter sich nur Bäume. Die Fichten waren alle graugrün, und einige sahen krank aus, waren fahler und von hängenden Gewächsen bedeckt. Einmal hatte der Pilot offenbar die Grenze überquert oder sie waren auf die andere Seite geraten, denn der Hubschrauber war genau über ihnen, und sie spürten, dass sie beobachtet wurden. «Verhalt dich ganz normal», sagte Phyllis.

Irgendwann sahen sie eine alte Frau an einem Zaunpfosten am Straßenrand lehnen, sie trug eine schmutzige Jacke und Jeans. Ihre Brille hatte sehr dicke Gläser und wurde von Klebeband zusammengehalten. Declan hielt an, kurbelte das Fenster herunter und fragte, wie sie zu Christabel McGilloway kämen. Sie deutete in Fahrtrichtung und leierte eine Reihe von Anweisungen herunter, hier rechts ab, dort links ab. Sie fuhren weiter, und nach zehn Minuten trafen sie erneut auf die Frau, die noch am selben Zaunpfosten lehnte. Diesmal sah sie die beiden nur voller Abscheu an, wandte sich um und verschwand zwischen den Bäumen. Beim zweiten Versuch landeten sie woanders, auf einer Straße, die sie noch nicht befahren hatten.

Die Fichtenreihen wichen einer freien Fläche, auf der unweit der Straße ein Bungalow stand. Er glich dem der Bonnars, einschließlich der Mosaikdekoration an der Wand. Bei seinem Anblick wurde ihnen etwas beklommen zumute, und sie hielten auf der Straße an, neben dem Weg, der zum Haus führte, noch unentschlossen, ob sie nicht doch weiterfahren sollten. Das Grundstück rings um den Bungalow war von Ampfer, Disteln und Nesseln überwuchert. Aus dem Schornstein stieg kein Rauch auf, und die schlaffen Gardinen verliehen dem Haus etwas Lebloses. Ein rot-weißes Motorrad, eine Honda, war halb mit einer Plane abgedeckt, und daneben stand etwas, das damals in bestimmten Gegenden von Donegal geradezu üblich war: ein auf Hohlblocksteine aufgebocktes Auto ohne Räder. Irgendwo begann ein Hund zu bellen, und zehn Sekunden später stürzte ein Mann aus der Haustür und auf sie zu. Er war um die sechzig, dünn, unrasiert und trug ein altes schwarzes Jackett über einem Pullover. Etwa einen Meter vom Auto entfernt blieb er mit herausfordernd fragender Haltung stehen. Phyllis schaute zu Declan hinüber, aber der Mann stand auf ihrer Seite des Autos, also musste sie das Fenster herunterkurbeln. «Entschuldigen Sie die Störung», sagte Phyllis und machte etwas Eigenartiges mit ihrer Stimme, sie sprach in einer höheren Tonlage, um förmlicher oder kultivierter zu klingen. «Ist dies zufällig der Wohnsitz von Christabel McGilloway?»

«Da sind Sie am richtigen Ort.»

«Wunderbar», sagte sie wenig überzeugend und schaute wieder Declan an.

Der Mann beugte sich vor, sodass sein Körper einen rechten Winkel bildete, schaute an Phyllis vorbei und sprach Declan an. «Hat die irgendein Problem?», fragte er.

«Vielleicht, dass Sie keine Hose anhaben», sagte Declan.

Der Mann schaute überrascht an sich hinunter. Tatsächlich trug er keine Hose, doch nachdem er sich vergewissert hatte, dass seine Unterhose an Ort und Stelle war, schien ihn das nicht weiter zu kümmern. «Christabel ist die Liebe meines Lebens!», sagte er und richtete sich wieder auf. «Kommen Sie rein.» Er drehte sich um und ging zum Haus zurück.

Phyllis und Declan sahen einander an. Beiden war die markante schmale Nase, die gebräunte Haut und das ergraute, aber noch volle, wellige Haar aufgefallen. Sie stiegen aus dem Auto und folgten ihm. Die Haustür stand offen und führte in dürftige Räumlichkeiten, bewohnt, aber kärglich. An den Wänden sah man noch, wo früher Bilder gehangen hatten, und der muffige Teppichboden schien geschrumpft zu sein, er reichte nicht ganz bis zur Wand. Im Wohnzimmer roch es nach Hund, und außer einem großen Fernseher auf einem Ständer, einer dreiteiligen Couchgarnitur und einem Kaffeetisch befand sich nichts darin. Auf dem Tisch standen ein paar fleckige Becher und eine Flasche Rum. Die Couch war voller Krümel und Hundehaare, doch der Mann machte eine einladende Geste, also setzten sich Declan und Phyllis jeweils an ein Ende, denn in der Mitte waren die meisten Hundehaare. Der Mann hatte sich inzwischen eine Hose angezogen, was eine Erleichterung war, bot ihnen aber keinen Tee an.

«Ist Christabel womöglich auch da?», fragte Phyllis und schaute zur Küchentür.

«Möglich wäre das schon», sagte er und rückte auf seinem Sessel nach vorn, sein lebhaftes Mienenspiel drückte mal Neugier, mal Hoffnung aus. «Was führt Sie denn her?»

«Christabel hat vor vielen Jahren in einer Fischfabrik in Killybegs gearbeitet», sagte Phyllis.

«Ah, Killybegs», sagte er und schaute Declan an. «Dann sind Sie wohl Fischer?»

«Bin ich», sagte Declan.

Der Mann sank wieder in seinen Sessel und wurde still, seine Aufmerksamkeit war ganz auf Declan gerichtet. Die Neigung seiner Stirn, sein Körperbau, selbst seine Art, still zu sein, ließen keine Zweifel zu: Er war Brendans Vater. «Einer von diesen großen Trawlern?», fragte der Mann.

«Der allergrößte», sagte Declan.

«Waren Sie mal in der Gegend von Rockall?», fragte der Mann.

Declan, den schon die Vertrautheit dieses Gesichts ganz kirre machte, konnte seine Überraschung nicht verbergen, als er jetzt hier, aus dem Mund dieses Mannes, den Namen Rockall hörte. Es war, als hätte der Mann Declans Geburtsdatum und Vornamen aufgesagt. Aber er schien nicht zu ahnen, was für eine heikle Frage er da gestellt hatte. «Ja, war ich», sagte Declan.

«Ich habe es mal gesehen, da», sagte der Mann und

deutete mit einem Nicken auf den Fernseher. «Das ist schon was, dieses Rockall.»

«Christabel ist also Ihre Frau?», fragte Phyllis.

Jetzt schaute er wieder zu Phyllis hinüber, als hätte er ganz vergessen, dass sie da auch war. «Ich hätte sie natürlich heiraten sollen, das Ganze offiziell machen», antwortete er Phyllis. «Aber ich habe sie zu mir genommen, habe ihr zu Essen gegeben und Kleider gekauft und nicht zugelassen, dass irgendwer ihr Kummer macht. Das haben nämlich einige versucht! Wir hatten ein paarmal ihren Bruder da, der wollte sich mit mir anlegen.» Er knirschte mit den Zähnen und schaute weg.

Eine Maus lief hinter ihm an der Fußleiste entlang. Phyllis und Declan sahen sie beide, sagten aber nichts.

Der Mann wandte sich wieder Declan zu. «Ich habe mir was überlegt», sagte er. «Schon seit Jahren denke ich das: Ich würde gern mal für eine Weile auf Rockall leben. Ich bräuchte nur Hilfe, um eine Hütte und Vorräte zu organisieren.»

Dass er erneut von Rockall sprach, setzte Declan zu, aber er ließ es sich nicht anmerken. «Und warum wollen Sie das?»

«Um unseren Anspruch auf Rockall durchzusetzen», sagte der Mann, durchaus vernünftig.

«Irlands Anspruch?», fragte Declan nach.

Das erregte den Mann, er riss die Schultern hoch und schnellte mit einer aggressiven Bewegung in seinem Sessel nach vorn. «Scheiß auf die Briten, und auf Dublin genauso», sagte er. «Ich würde Donegals Anspruch auf Rockall durchsetzen. Rockall sollte uns gehören und sonst niemandem. Es ist eine nordwestliche Insel, genau wie Aran oder Tory. Etwas weiter von der Küste entfernt, das gebe ich zu, aber es gehört eindeutig zu Donegal, das sieht man doch!» Er funkelte Declan an, sein Gesichtsausdruck verlangte eine Antwort.

«Ich verstehe, was Sie meinen», sagte Declan.

Der Mann beruhigte sich etwas. «Rockall ist einfach großartig», sagte er.

«Könnten wir wohl mal mit Christabel sprechen?», fragte Phyllis.

Er sah sie an und drehte die Handflächen nach oben, eine Geste des Eingeständnisses. «Ist diese Adresse die einzige, die Sie von ihr haben?», fragte er. «Eine neuere haben Sie nicht?»

Phyllis und Declan wechselten einen kurzen Blick. «Nein, nur diese», sagte Phyllis.

«Sie hat mich verlassen», sagte er, hob die Hände und ließ sie langsam wieder sinken. «Wahrscheinlich ist sie in England. Ihr Bruder weiß auch nicht, wo sie ist, er belämmert mich immer noch wegen ihr. Das hab ich davon, dass ich mich mit einer jüngeren Frau eingelassen habe, keine Dankbarkeit, obwohl ich so viel für sie getan habe.» Er sah Phyllis an. «In unserer Generation hätte es das nicht gegeben, hab ich recht?»

Nach einer vielsagenden Pause erwiderte Phyllis: «Ja, da haben Sie wohl recht.»

«Sie hat mich schon öfter verlassen», sagte er. «Ich warte dann einfach, irgendwann kommt sie immer zurück. Sie ist nicht die Hellste, wenn Sie mich recht verstehen, sie kommt nicht allein in der Welt zurecht. Einmal, das ist schon ewig her, war sie ein ganzes Jahr weg, aber selbst da ist sie wiedergekommen.»

«Wie lang ist sie denn diesmal schon weg?», fragte Phyllis.

Der Mann schaute zum Fenster. «Oh, ich würde sagen ... Ich weiß es nicht genau. Ein bisschen länger.»

«Ist sie letztes Jahr gegangen?», fragte Phyllis.

«Es ist schon länger her», sagte er.

«Vorletztes Jahr?»

«Ah, nein, noch länger», sagte er. «Aber bestimmt nicht mehr als ... Also, sicher nicht mehr als zehn Jahre.»

Alle schwiegen.

«Wie wär's mit einem Drink?», fragte er dann, und seine Finger krochen schon auf die Rumflasche zu.

«Nein! Nein, vielen Dank», sagte Phyllis

«Es ist noch ein bisschen früh für uns», sagte Declan.

Er brummte und rutschte wieder in seinen Sessel zurück, sie hatten ihn verärgert. «Es ist heutzutage nicht einfach, gastfreundlich zu sein», sagte er.

«Wir sollten uns dann auch mal auf den Weg machen, nicht wahr, Phyllis?», sagte Declan.

Phyllis ignorierte ihn und wandte sich stattdessen an den Mann. «Verzeihen Sie mir die neugierige Frage», sagte sie, «aber haben Sie und Christabel eigentlich Kinder?»

Declan sah sie scharf an.

«Nein, nein», sagte er. «Ich glaube ja, mit ihren inneren Organen hat was nicht gestimmt. Es schmerzt mich sehr, ich denke da oft dran. Ich wäre ein toller Vater.»

Phyllis hob an –

«Wissen Sie, was», sagte Declan, «ich trinke doch einen mit.»

Der Mann schnellte wieder nach vorn und zog zwei der Becher zu sich heran.

«Sie hätten nicht vielleicht ein Glas greifbar?», fragte Declan. «Ich trinke nicht oft am Vormittag, aber wenn, dann möchte ich es richtig machen.»

«Aber sicher», sagte er und nickte rasch. Er sprang fast in die Küche. Sie hörten Wasser rauschen.

Declan wandte sich Phyllis zu und sagte: «Wehe!»

«Ich sage natürlich nichts», antwortete sie und schaute weg, sichtlich beleidigt, ihre Lippen waren geschürzt und die Augenbrauen hochgezogen. «Ich wollte mir nur ein vollständiges Bild von der Lage machen.»

Der Mann kam mit zwei fast sauberen Gläsern wieder und schenkte ein. Beide nippten an ihren Drinks, der Mann mit einem genüsslichen Schmatzen, als wäre es reinstes Quellwasser. Dann wandte er sich an Declan. «Glauben Sie denn, ein paar Fischer wären bereit, sich zusammenzutun und mich bei meinem Vorhaben zu unterstützen?»

«Bei welchem Vorhaben?», fragte Declan.

«Auf Rockall zu leben!», sagte er. «Meine Anwesenheit würde Ihnen die Fischereirechte in der Gegend sichern. Und ich würde zufrieden auf diesem Felsen sitzen und das Gefühl haben, etwas Gutes für Donegal zu tun. Ich würde keinen Penny dafür wollen, keinen Penny. Ich müsste nur mit Essen versorgt werden und was man halt sonst noch zum Leben braucht.»

Declan antwortete bedachtsam: «Ich könnte Ihr Angebot beim nächsten Treffen der Fishermen's Association zur Sprache bringen.»

«Ja, bitte tun Sie das», sagte er und schaute zum Fernseher, das imposante Bild von Rockall wieder vor Augen. Sein Gesichtsausdruck zerfloss zu purer Sehnsucht. «Ich bin mir sicher, dass ich da glücklich sein könnte.»

Es lag wohl an den paar Schlucken Alkohol, jedenfalls wurde der Mann jetzt sehr gesprächig und wollte unbedingt, dass seine Gäste noch blieben. Es dauerte eine Weile, bis Phyllis und Declan auch nur bis zur Tür gelangt waren, und selbst dort redete der Mann noch auf Declan ein, bestürmte ihn mit Fragen. Phyllis ging schon zum Auto, setzte sich ans Steuer, ließ den Motor an und wartete dann wie die Fahrerin eines Fluchtwagens. Declan musste dem Mann eine Packung Zigaretten und einen Zehner in die Hand drücken, bevor der ihn gehen ließ.

Sie fuhren schweigend, bis sie der Fichtenpflanzung entronnen waren, dann sagte Phyllis: «Lass uns niemandem erzählen, was wir heute gemacht haben. Kein Sterbenswort, zu niemandem.»

Declan nickte. «Das bleibt unter uns.»

Sie fuhren nach Hause. Phyllis musste für ihren Vater Essen machen. Declan bat sie, ihn kurz vor der Stadt abzusetzen, an der Abzweigung nach Binroe. Von dort aus lief er.

Im Gehen wurde ihm etwas bewusst: Trotz der langjährigen Feindseligkeiten war er oft auf der Suche nach Brendan gewesen, er war ihm zu Kathleen Cunningham gefolgt, zu dem nigerianischen Schiff, zu Doris Kane, und vor Kurzem bei der Verfolgungsjagd durch die Stadt schließlich zu ihrer Mutter. Jedes Mal hatte ihn etwas angetrieben, das ihm wichtig erschienen war, doch wer über die Jahre ihren jeweiligen Kurs verfolgt hatte, sah ein Grundmuster, das Declan erst jetzt auffiel: Brendan ging voran, und Declan zockelte hinterher, folgte auf seinen Spuren. Früher hätte diese Entdeckung Declan aufgebracht, aber jetzt amüsierte sie ihn, denn gerade war es schon wieder genauso, Declan war auf dem Weg zu den Aussteigern, in der Hoffnung, Brendan dort zu finden. Als er näher kam, sah er, dass Sandra im Gewächshaus arbeitete. Hier und da ersetzten Pappstücke kaputte Scheiben, aber es war noch viel Glas da, und das saisonale Grün drängte sich gegen die Scheiben. Sie sah ihn und kam heraus, sie hatte ihren Armeeparka mit der deutschen Flagge auf dem Ärmel an und hielt ein Büschel Koriander in der Hand. Declan fragte nach Brendan, und sie sagte, sie habe ihn seit zwei Tagen nicht mehr gesehen. Er wandte sich zum Gehen. «Magst du den mitnehmen?», fragte sie und hielt ihm den Koriander hin. «Ich habe gehört, du bist ein guter Koch.»

«Wer hat dir denn das gesagt?»

«Na, wer wohl.»

Declan nahm den Koriander in einer braunen Papiertüte mit und lief die ganze Strecke bis zur Stadt. Er ging an der Bank vorbei, an der Kirche, an der Gesundheitsstation. Vor dem Ship Inn traf er John Cotter und fragte ihn, ob er seinen Bruder gesehen habe. Das hatte John nicht, aber er spann die Unterhaltung mit Declan noch etwas fort, denn er hatte nur selten Gelegenheit, mit ihm zu reden. John bot Declan an, den Koriander bei ihm in den Kühlschrank zu legen und später wieder abzuholen, und sie gingen hinein. Am Ende der Lounge führte eine Tür in einen Lagerraum, oder vielmehr einen Raum, der jetzt zur Lagerung genutzt wurde – unter den Bierkästen und Kartons mit Chipstüten sah Declan eine stählerne Arbeitsfläche und einen professionellen Herd. «Das wurde hier eingebaut, als wir noch das Bed & Breakfast geführt haben», sagte John und tätschelte den Stahl. «Schade, wenn so was ungenutzt herumsteht, oder?»

Etwas später tauchten sie beide hinter dem Tresen auf. Es schien eine besondere Ehre, hinter John Cotters Tresen zu stehen, schon gar mit John zusammen, und wir strafften uns bei dem Anblick alle ein wenig, keiner von uns hätte dort stehen dürfen. Declan fragte uns, wo Brendan sein könnte, er wusste, dass wir sehr aufmerksam waren, aber wir konnten nicht mehr tun, als einander ansehen und den Kopf schütteln. Bis auf Manus McManus am hinteren Ende der Bar, er sagte, ohne den Blick von seiner Zeitung zu heben: «Kann sein, dass ich ihn beim Schiffsfriedhof gesehen habe.»

«Meine Güte», sagte einer. Wir dachten es alle, der Schiffsfriedhof war gefährlich.

«Was denn?», sagte Manus. «Ich wollte mich da nicht einmischen.»

Declan machte sich auf den Weg, die Küstenstraße entlang. Der Himmel färbte sich abendlich rot, und über dem Schiffsfriedhof hing der Geruch von Fäulnis. Es herrschte Ebbe, und das ablaufende Wasser hatte Stränge von Tang hinterlassen, die wie nasse grüne Wimpelketten an den

Tauen und Ketten hingen. Declan schaute sich die neuesten Wracks an und wurde von einer kalten Vorahnung erfasst, und im nächsten Moment kam der Schlag, traf ihn bis ins Mark. Da lag die *Christine Dawn*. Declan hatte das Gefühl, innerlich zusammenzusacken, es war so seltsam, so verkehrt, sie auf Grund gesetzt zu sehen. Er wusste, dass man ihn hätte vorwarnen, ihm ersparen sollen, sie auf diese Weise zu entdecken. Er schüttelte den Kopf. Niemand hatte sich einmischen wollen.

Declan ging auf die *Dawn* zu, angestrengt horchend, doch er hörte nur den Atem der Bay. Er legte eine Hand auf den Rumpf und blieb so stehen, bis er ein Heulen vernahm, ein animalisches Schreien, das sich machtvoll erhob und dann verebbte. Eine halbe Sekunde lang dachte Declan, es sei aus ihm selbst aufgestiegen, doch ihm wurde schnell klar, dass es von weiter her gekommen war, ein Stück die Küste entlang. Trockener, weniger riskant, und wahrscheinlich auch schneller wäre der Weg über den Küstenpfad gewesen, aber Declan ging direkt in Richtung des Geheuls, kletterte über die Felsen am Wasser. Teppiche aus Seetang bewegten sich unter seinen Füßen, rutschten über den felsigen Untergrund, mit dem sie nur lose verbunden waren. Einer von Declans Füßen landete in einem teerschwarzen Schlammloch und kam mit vollgelaufenem Schuh wieder heraus, bei jedem weiteren Schritt quoll die ölige Pampe zwischen seinen Zehen hoch. Eilig ging er weiter. Das Heulen erklang nicht noch einmal, doch als Declan den Steinstrand erreichte, sah er dort Brendan mit zwei nicht zusammenpassenden Gummistiefeln im Wasser stehen.

«Scher dich zum Teufel», sagte Brendan.

Declan blieb stehen, wo er war.

Brendan wandte ihm den Rücken zu und blickte aufs Meer hinaus.

Declan hätte diese Momente nicht einmal ansatzweise beschreiben können. Es war weder Liebe noch Hass, sondern völlige Verstrickung. Es passte, dass er zwischen den Felsen stand, sein Bruder dagegen im Wasser, sie waren wie Meer und Küste.

«Warst du das, der so geheult hat?», fragte Declan.

«Kann sein», sagte Brendan.

«Hat es geholfen?»

Brendan schwieg, spürte in sich hinein, ob irgendetwas anders war, den Blick immer noch auf die Bucht gerichtet. Die Sonne ging unter, und am gegenüberliegenden Ufer erschienen die ersten Lichter. «Nein», sagte er.

Declan balancierte auf einem Fels. «Ich habe mich heute im Ship Inn mit John Cotter unterhalten», sagte er. «Da gibt es eine kleine Küche hintendrin, und er hat mir vorgeschlagen, für die Leute in der Lounge Essen anzubieten, so eine Art kleines Restaurant. Er will nicht mal einen Anteil, er meint, dass er mit der Bar genug dazuverdienen wird. Ich glaube, ich werde das mal probieren.» Brendan sagte nichts, also redete Declan weiter. «Ich habe gedacht, wir könnten das vielleicht zusammen machen, du und ich. Du kannst dich um die Buchhaltung und den ganzen Kram kümmern.»

Brendan sagte immer noch nichts, schaute auf die Lichtpunkte jenseits der Bucht. «Du wirst irgendwelche feinen Gerichte zaubern, die kein Mensch anrührt», sagte er schließlich. «Die Leute hier haben keinen Bedarf an Soufflé.»

«So blöd bin ich nicht», sagte Declan. «Es wird handfeste Sachen geben, Lasagne und so was.»

Das Wasser plätscherte, als sich Brendan zu ihm umdrehte. «Mit Pommes, sonst wird das nichts», sagte er.

Kurze Stille, dann lenkte Declan ein. «Gut, mit Pommes», sagte er, «warum nicht.» Und dann sprach er langsam weiter, er wollte nicht drängen. «Vielleicht», sagte er, «können wir ja ab und zu, wenn wir frische kriegen, auch Krebsscheren auf die Karte setzen.»

Brendan dachte wieder einen Moment lang nach.

Declan stand auf.

«Nein», sagte Brendan.

«Nein?» Declan war überrascht.

«Ich habe einen Studienplatz angeboten bekommen», erklärte Brendan. «Und den werde ich nehmen. Ich gehe weg.»

Declan erinnerte sich an den Umschlag, den er in den Koffer gelegt hatte, und an das darauf aufgedruckte Akronym aus drei Buchstaben, das er nicht erkannt hatte. «Wohin denn?»

«Nach Galway.» Brendan drehte sich um und deutete über die Bay nach Süden, fort.

«Wie kannst du das bezahlen?»

«Heutzutage gibt es Stipendien für so was, von Europa.»

«Studierst du Buchhaltung?», fragte Declan.

Brendan schüttelte den Kopf. «Geschichte», sagte er.

Gut so, dachte Declan, auch wenn er sich nicht durchringen konnte, es auszusprechen.

Das Jahr schritt voran. Es gab klare Tage, an denen wir die fernen Hügel und Berge südlich der Donegal Bay erkennen konnten. Wir deuteten auf die einzelnen Gipfel und sagten unseren Kindern, wie sie hießen, ob sie es wissen wollten oder nicht. Johnny the Matchbox erkrankte an Krebs und kam ins Hospiz. Tommy O'Gara fuhr regelmäßig zu einer Werft in Norwegen, in der die *Warrior IV* gebaut wurde. Phyllis Lyons begann in der Bücherei zu arbeiten. Es sei gut, aus dem Haus zu kommen, sagte sie, wies aber darauf hin, dass es ja nur ein paar Stunden pro Woche seien, sie habe zu Hause mehr als genug zu tun. In unseren Unterhaltungen ging es um die alljährlich wiederkehrenden Ereignisse: Die Kirmes begann, und nach ein paar Wochen fuhren die Schausteller weiter; die Mehlschwalben zogen nach Süden und die Makrelen nach Norden; die Kinder gingen wieder zur Schule, und das Hotel leerte sich. Auch die langsameren Rhythmen der Stadt waren Thema, Aussteiger kamen und gingen, und wenn einer der nicht arbeitenden Männer verstarb oder feststellte, dass er doch lieber ein Dach über dem Kopf hätte, nahm alsbald ein anderer nicht arbeitender Mann seinen Platz auf der Mauer des Hafenparkplatzes ein. Unterdessen wurden unsere Kinder groß und fingen an zu arbeiten, zogen aus der Bucht weg oder verließen uns vielleicht auch ganz.

Die Bonnars gingen manchmal zum Mittagessen ins Melly's, und dann saßen Declan und Brendan nebeneinander und Christine ihnen gegenüber, was ein schönes Gleichgewicht ergab, wie wir alle fanden. Natürlich hätten wir dem Dreieck, das sie bildeten, eine andere Form vorgezogen, diese neue Form war durch einen Verlust entstanden, aber Dreiecke sind stabil, sie werden verwendet, um Rümpfe oder Stützen zu formen, da muss man nur mal die Jungs aus der Werft fragen. Christine bestritt den größten Teil der Unterhaltung, schaute von einem Sohn zum anderen, redete auf sie ein und gab gute Ratschläge, aber so manches sprach sie wohlweislich auch nicht an, etwa dass Brendan oft erst mittags aufstand oder dass Declan zu viel trank. Wozu unnötigen Ärger heraufbeschwören, sollten sie machen. Mit der Zeit würde sich das geben. «Und», sagte sie und schaute ihre Söhne an. «Wie geht's euch?»

Brendan sagte: «Ganz okay.»

Declan sagte: «Du weißt schon.»

Manchmal, wenn sie eine Narbe oder einen kräftigen Unterarm sah, schloss Christine die Augen und wurde von Trauer überschwemmt. Einen ähnlichen Effekt konnte es haben, wenn sie jemanden etwas völlig Offensichtliches leugnen hörte oder wenn sie gebratene Leber roch. Es gab Momente, da bekam Christine wieder eine Wut auf Ambrose, und dann zog sie los und gab weiteres Geld aus seiner Lebensversicherung für Sachen aus, die er furchtbar gefunden hätte, einen Videorekorder zum Beispiel oder Crunchy Nut Corn Flakes. Was das Schaffell betraf, war sie doch noch zur Vernunft gekommen und hatte es zurückgegeben, dafür kam sie dann allerdings mit einem Gänsedaunenkissen wieder aus dem Laden, das fast genauso viel gekostet hatte. Das Kissen war schwer, und statt nachts ihren Kopf darauf zu betten, lehnte sie sich dagegen. Sie verriet es niemandem, aber sie hatte das Kissen gekauft, um die Leere auszufüllen, die Ambrose im Bett hinterlassen hatte, um seine Körperlichkeit zu ersetzen, es half ihr zu schlafen. Manchmal fantasierte sie ihn sich nachts herbei, dann lag Ambrose ausgestreckt an ihr, sie spürte seinen Atem auf ihrer Wange und hörte ihn flüstern: «Hast du in der Küche das Licht angelassen?»

Brendan half Declan, sein neues Unternehmen im Ship Inn auf die Beine zu stellen, und es war gut, die beiden zusammenarbeiten zu sehen. Ab und zu machten wir einen kleinen Abstecher in die Lounge und testeten das Essen, die Karte war vernünftig zusammengestellt. «Willst du nicht bei uns bleiben?», fragten wir Brendan eines Abends. Er stützte sich auf den Tresen und schaute von einer Wand zur anderen, als überlegte er es sich, aber wahrscheinlich war er einfach nur höflich. Er versprach, zu Besuch zu kommen.

«Hier ist immer ein Platz für dich», sagten wir.

Declan stand mit umgebundener Schürze in der Tür zur Küche. «Einen Ort wie diesen wird man nie los», sagte er. «Wenn man nicht zurückkommt, holt er einen ein, egal wo man ist.»

Eines Nachmittags in Herbst sahen wir das Auto der Bonnars auf dem Hafenparkplatz stehen, die Jungs auf den Vordersitzen und Christine auf der Rückbank. Sie hatte etwas Hoheitsvolles angenommen, und wenn Declan verfügbar war, fuhr sie nicht selbst, sondern erwartete, gefahren zu werden. Brendan hatte inzwischen langes Haar, das er zurückgebunden trug, Declans Haar war kurz wie immer. Der größte Teil der Flotte lag im Hafen, unsere Supertrawler mit dem Heck zur Landungsbrücke, damit genug Platz für alle war. Die Boote bildeten zusammen eine so gewaltige Masse an Stahl, dass man den Eindruck gewinnen konnte, die Stadt sei an ihnen festgemacht. Es war der Tag, an dem Brendan zum Studium abreiste, seine Tasche lag auf seinen Knien, und sie warteten auf den Bus. Christine redete auf Brendan ein, der abwechselnd nickte und den Kopf schüttelte. «Sei fleißig», sagte sie. Wir mussten nicht von den Lippen lesen, um das zu wissen.

Als der Bus kam, stiegen sie aus dem Auto und überquerten die Straße. Declan trug Brendans Tasche und verstaute sie im Laderaum des Busses. Brendan hatte nicht viel dabei, er war mit leichtem Gepäck unterwegs, und wir nahmen an, dass das immer so bleiben würde. «Die brauchst du jetzt am ehesten», sagte Declan und reichte Brendan eine Heiligenmedaille an einer Lederschnur, die Medaille, die er von seiner Tante bekommen hatte. Brendan lächelte und hängte sie sich um. «Ich komm dich besuchen, muss doch schauen, ob du ordentlich isst», sagte Declan.

Brendan ging zur Bustür hinüber, wo Christine auf ihn wartete. Sie zupfte seinen Kragen zurecht und fuhr ihm einmal über den Arm, von der Schulter bis zum Ellbogen. Brendan lächelte sie ungezwungen an und sagte: «Mach's gut.»

Christine schloss die Augen, und als sie sie wieder öffnete, war Brendan eingestiegen. Der Bus fuhr los, doch sie blieb noch stehen und sah ihm nach. Erst als Brendan außer Sicht war, drehte sie sich um und ließ sich nach Hause fahren.